漱玉 著

岐黄

新世界出版社
NEW WORLD PRESS

图书在版编目（CIP）数据

岐黄／漱玉著．-- 北京：新世界出版社，2018.12
ISBN 978-7-5104-6608-3

Ⅰ．①岐… Ⅱ．①漱… Ⅲ．①长篇小说—中国—当代
Ⅳ．① I247.5

中国版本图书馆 CIP 数据核字 (2018) 第 221336 号

岐 黄

作　　者：漱　玉
责任编辑：张杰楠
责任校对：宣　慧
责任印制：王宝根　苏爱玲
出版发行：新世界出版社
社　址：北京西城区百万庄大街 24 号 (100037)
发行部：(010)6899 5968　(010)6899 8705（传真）
总编室：(010)6899 5424　(010)6832 6679（传真）
http://www.nwp.cn
http://www.nwp.com.cn
版权部：+8610 6899 6306
版权部电子信箱：nwpcd@sina.com
印　刷：北京京华虎彩印刷有限公司
经　销：新华书店
开　本：710mm × 1000mm　1/16
字　数：330 千字　印张：19.5
版　次：2018 年 12 月第 1 版　2018 年 12 月第 1 次印刷
书　号：ISBN 978-7-5104-6608-3
定　价：49.80 元

清晨，方樱子脸上挂着比头顶上的太阳还大的微笑，这微笑不仅粲然明媚，而且阳光十足极富感染力。

她用这张笑脸照耀路上堵得极有气势的车海，照耀举止匆匆的行人，照耀路边姹紫嫣红的俗花媚草。

花丛中鲜亮的虞美人扭动小细腰，摇摆着小粉脸，既妩媚又招展，看起来美美的。地铁口蹲坐的民工大爷，一脸褶子溢出的都是淳朴可爱。

心情好，看山是山，看水是水，每一眼都是风景。

此刻，方樱子感觉咧开的嘴有些累，耳根子报警似的发酸，牙也有点着凉。她把上下嘴唇一碰，闭上了小红嘴。

方樱子的学生生涯已经彻底结束，从今天开始，她将步入生活的又一个阶段，成为苦哈哈的上班族。

放下书包背起人生的小行囊，是个让人既忧伤又兴奋的事。

因此，很多人甩出硬邦邦、撞脑仁、弹心弦的话。

闲人阴阳怪气：校园生活好啊，单纯；

俗人粗声大气：上班可以挣一沓令人眼前一亮的人民币；

诗人婉转悠扬：既然选择了远方，便只顾风雨兼程；

哲人沉声静气：我与世界相遇，我自与世界相容。

不是万口一谈，是众说纷纭，莫衷一是。

方樱子认为，人生是哲人的格言警句和诗人抒情的浪漫诗句，在现实生活里，总把“人生”这么庄重的大词挂在嘴边上的，有时会让周边的人产生一种怪怪的感觉。

此时，方樱子欢喜的是：不用抱着砖头书死啃，承受考一次试脱一层皮的煎熬；遗憾的是：舒服的假期没有了；感慨的是：生活里很多事情就像一把舞动的双刃剑，伤了好的一面，也疼了坏的一面。

想到这些，方樱子心里美美的，感觉自己像个宇宙小哲人，思想的小火花“刺刺”地向外飞，火光四溅照耀着脚下乱七八糟的路。

方樱子是一名医生，当一名医生是方樱子从小就有的想法，虽然小时候一进医院就紧张得屁股抽筋，看到明晃晃的钢针就挨宰似的张牙舞爪，拼命嚎哭。

恐惧挡不住诱惑。方樱子小时候屁股上长了个疖子，漂亮的女医生举着闪亮的手术刀，美丽的女护士举着刺眼的长钢针围着她的胖屁股一通折腾，方樱子忘了哭，没感觉疼，直接晕了过去。但是，所有这一切都没有阻挡住方樱子立志当一名医生的决心。虽然自己是磕磕绊绊考上的大学，铆着劲儿才毕了业。

当方樱子准备到医院上班的时候，她妈妈一脸神圣地说："宝儿，当医生是你小时候埋下的理想的种子，现在终于生根发芽了，妈妈为你自豪。"妈妈满意地冲方樱子点点头。

方樱子的爸爸一脸庄严地补充说："妮儿，实现了自己的理想，你是个有志青年。"爸爸紧闭嘴唇肯定地抖了抖下巴。

方樱子一听爸爸妈妈叫自己宝儿、妮儿，还郑重地大谈什么理想，忍不住捂嘴扑哧乐了。

"爸、妈，我好像看见有志青年挥舞着胳膊喊口号呢。"

方樱子的妈妈一扬眉毛兴奋地说："这就对了，青年一代不可以没有远大的抱负。"

方樱子皱着细眉不满地说："打算教育我到什么时候，我的亲爹娘。"

方樱子的妈妈扬起头说："永远。"她好看的身姿一如既往般美丽。

方樱子的爸爸垂下头说："闭眼为止。"他并不魁梧的身体一如既往般沉稳。

方樱子一声叹息："无期徒刑呀！"

第一天上班，方樱子一脸的兴奋和喜悦，她的妈妈则一脸的不放心，像尾巴似的追着方樱子的后背说："做手术的时候，切记，千万不要把手术刀落在病人肚子里。你从小就粗心大意，根本不适合当医生。"

方樱子一脸坏笑："妈妈放心，我一定把剪刀落在病人肚子里。哈哈！"

方樱子妈妈捂着胸口无奈地望着她的背影喘粗气，恨不得抓回方樱子，揪住她的耳朵再叮咛千百回。

方樱子看看表，好在医院距离家不远。她怕堵车迟到，直接从楼道里拎出这几天骑着上瘾，还没有新鲜够的飞驰独轮车，潇洒地两腿一跨，把独轮车夹在长腿中间，像离弦的箭一般飞上了辅路。

就这样，方樱子挂着一脸微笑，悠然背着手，街景在眼前闪过，长发飘飘，衣角翻着小跟斗，风飕飕地拍着脸，好惬意！理想是人生的太阳嘛！

独轮车越走越快，方樱子如入无人之地，在缓慢的堵车队伍中，方樱子非常英姿飒爽。她为今天的正确选择兴奋不已。这速度，这别出心裁。方樱子满满的沾沾自喜抑制不住向外冒，她觉得自己就是蹬着风火轮，甩着红绸带，光着小脚丫的三头六臂的哪吒，就差来把阴阳剑了。现代哪吒方樱子正飞快地向前飞去。突然，从街角跑过来一个晨练跑步的人，还是老外，一身运动装，前臂上绑着手机，伸着小舌头，呼哧呼哧喘着气，他没有看见方樱子，方樱子也没有看到他，两个人撞了个人仰马翻。方樱子以狗吃屎的姿势趴在地上，刹那间胳膊和膝盖扎心地疼，她痛苦地咧着嘴怎么也爬不起来，独轮车滑出八丈远躺在地上，轱辘上了发条似的“呜呜”转着。老外的手机也甩出九丈远，屏幕粉碎。老外蹲下身问方樱子："你能站起来吗？要不要去医院？"

方樱子都快摔哭了，这跟头摔得，简直迅雷不及掩耳。惊魂未定的方樱子趴了半天才缓过劲来，她坚强地抬起头，看见一双毛茸茸的大腿，晕厥一下，再抬头，看见一双深蓝色眼睛、褐色卷发和一口微笑的白牙。

方樱子惊诧了两秒钟忘了疼。是个老外，中文还这么好。

“你干吗撞我？”方樱子一肚子懊恼。心想，雾霾微醺，你乱跑什么呀！肺不是自己的吧。

老外听到方樱子蛮不讲理的话，笑了，觉得这个漂亮女孩很有趣。

“能扶我起来吗？”方樱子认为这个狗吃屎的姿势实在丢人。她看到了路边的长条椅子。

方樱子膝盖和胳膊上渗着血，一瘸一拐，完全像战场上下来的伤兵。

“我叫托马斯，中文名字叫李悬壶，我带你去医院看看吧。”老外李悬壶看着痛苦不堪的方樱子说。

“李悬壶？悬壶济世啊？”方樱子问。

李悬壶肯定地点点头。方樱子心想，你叫李悬壶我还叫李岐黄、李时珍、李杏林呢。“杏林春暖”“岐黄再世”的故事你知道吗？弘扬中华医学也轮不到你来悬壶济世呀。

“真巧，我叫李岐黄。”方樱子摔了跟头也不能丢掉气势。

当然，方樱子知道，自己只是伤了皮，没有摔坏骨头。她瞟了一眼李悬壶被甩出九丈远的苹果手机，歉意地向他挤出虚假的微笑。

“岐黄之道你也知道？”李悬壶惊异地看着方樱子。方樱子抿着嘴笑了笑。两个人素问、内经、阴阳五行地聊了起来。突然，方樱子抬手一看表，差七分钟八点，她即刻像打了鸡血似的，闪电般掏出斜挎在肩上的小包，飞快掏出笔，拽着李悬壶的手在上边飞笔写了一行草书：方樱子，电话……

“我不会骗你的，下午五点半在这里等我，商议怎么赔你的手机，对不起，我要迟到了。”方樱子提起独轮车撒丫子向对面的医院跑。李悬壶张着嘴，看着跑远的方樱子喊：“李岐黄，不，方樱子，你身体没事了？”

方樱子顾不得回头，她钻过堵成一个乱疙瘩的医院大门口，穿过堪比节假日拥挤的购物广场般摩肩接踵的稠密人墙。

这么多人看病啊？！方樱子感叹，她不自觉地望了一眼医科大学附属医院金光闪闪的牌子，心里是满满的愉悦。

女医生方樱子来了！她在心里呐喊，向五楼的胸外科冲去……

胸外科是以肺和乳腺手术治疗为主的科室，治疗范围包括所有肺部、乳腺的良性和恶性疾病。

八点，胸外科早交班正在进行，偌大的办公室，四面墙上挂满了“华佗再世”“妙手回春”“医德传四海”“济世良医”等字样的丝绒绛色锦旗。白色看片机上，贴着一张左右肺叶 CT 光片，白板上写着留言和通知：周五下午两点业务学习，内容为“如何当一名出色的心理医生”；下周二政治学习，内容为“不忘初心——优秀医生李存旺事迹”；今日医生去向……等等。

十几名身穿白衣的医生、护士，鸦雀无声、笔管条直地站立着，静听值班医生和护士交代危重病人病情。威严、肃穆的气氛把踏着迟到节奏迈进的方樱子吓得对摔破的伤口都没有感觉了。看来，紧张可以减轻疼痛。

胸外科主任陈浅学教授是享受政府津贴的医学专家，海蓝纹的领带在他脖子下鲜亮地闪耀，穿上白大褂的他永远保持打领带的习惯，笔挺的白衣，整洁的头发，挺直的腰板。在他身上，既可以看到学者的儒雅，又可以看到医生的严谨。

他审视地看了一眼慌慌张张撞进来的方樱子。瘸着腿，散散的辫子垂在肩上，紫色发卡歪歪地趴在左前额的头发上，完全一副懒散的样子，像刚刚起床没有梳头的懒丫头。

不能提前到科室做准备吗？做医生绝对不可以赶着时间点上班，现在的年轻医生什么乱七八糟的形象就敢来参加交班，若是自己当学生的时候，早被教授轰出门了。严谨和自律呢？国家最不能丧失道德的职业就是医生啊。陈浅学主任看到方樱子，心里一通触目兴叹，感慨万千。

陈浅学主任的感慨是对的。一九三〇年的协和医大，五十二个学生，毕业时只剩下十五个，淘汰率差不多百分之七十，现在的医学院几乎没有淘汰率。

当然，陈浅学主任不知道方樱子一早就摔了狗吃屎，致使无法整理好自己，只能仓促露脸。

陈浅学主任扫了方樱子扣错了位置的白衣纽扣一眼，不满再次膨胀，谁说这次分来的学生很优秀，现在优秀的标准太低。陈主任的一声叹息被憋在宽厚的胸腔里，他带着满肚子的郁闷开始倾听病人的病情。

方樱子眼前白花花一片，白大褂晃得她什么也看不清，一个身穿樱花粉束腰护士服，头顶樱花粉燕尾帽的护士，手里托着一个厚厚的牛皮纸交班本，柔美动听的女音清晰地念着交班本上的记录，宛若唱诗班的修女在歌唱，声音敲击着方樱子的耳膜，可她脑子里乱哄哄的，什么痕迹也没有留下，混混沌沌中，早交班结束了。

“方樱子！”方樱子猛然听到有人喊她的名字，立刻激灵一下紧张起来。

“这是新分配到我们科的医生。”陈浅学主任冷着脸对大家说。

方樱子躬身向陈浅学主任点头，又向大家微笑。在十几双目光如炬的照射下，方樱子如芒在背，身体不仅被温暖还被烤热了，她的小鼻尖齐刷刷冒出春雨般细密的小汗珠。她立即感觉像被放在X光底下，仅剩下一具穿不透的骨骼。陈主任对身边年岁大的短发女医生说：“你带带她，多做做乳腺手术，今天的大手术也可以带她上台，至少可以看看，拉拉钩嘛。”

年纪大的女医生是钱木副主任，至今未婚，她留着齐刘海童花头，保持着纯真的稚气，她喜欢穿牛仔衣，保持着青春的干练和任性，童花头和牛仔衣使五十多岁的她，很难让人从外形上判断出年龄。听说她也有过刻骨铭心的爱情，但最终爱情没有转化为婚姻。多年的医生生涯，使她有着不同于常人的怪癖。出门坐飞机、去剧院看演出要带自己的专用坐垫，住饭店要带自己的床单、被罩，吃饭带自己的专用勺子和筷子，钱要放在微波炉里消毒……她养了一只胖乎乎的比熊犬，出门要穿上四只小狗鞋、戴上小口罩，不管是她的狗还是她本人，上街都非常吸睛辣眼。

不婚女医生怎么可能与普通妇女等量齐观、同日而语呢，举止再怪异也可以得到人们的理解和包容。况且，她的医术高明，在医学界，钱木的乳腺手术很有名气。那是拯救中国妇女乳房的一把金刀啊。

方樱子听说钱木主任带自己，感觉很幸运。她得意地看了一眼钱木，那意思，我以后就是你的影子了。钱木没有搭理方樱子，她垂着眼睛拉着细嫩文雅的脸，甩出一句硬邦邦、冷冰冰的话："我最近忙，没有时间带。"看来，她对方樱子一百个不满意，根本不感冒。

"女医生不能跟着我们做肺部手术，你就带带她吧。"

陈浅学主任和蔼地对钱木主任说。他是想让钱木严格要求方樱子，这样也许能把方樱子身上懒散邋遢的坏习惯改掉。

胸外科不成文规定，相对而言，男医生做肺部手术多，女医生做乳腺手术多。陈浅学主任是站在整个胸外科的角度，高瞻远瞩，依他个人的感受，哼，这样的医生，没人带。

方樱子鼓了一下嘴，孤零零有些尴尬地跟在陈主任、钱木主任等医生屁股后面，开始了医院的例行程序——早查房。

查房结束，方樱子突然想起今天要上手术，不知五点能不能下班，她赶快给男友——中医科医生李银针打电话，让他下班替自己跟李悬壶接头，处理早晨摔坏手机的事。

"怎么回事，你好好讲，我听不明白。"李银针眨巴着小眼睛在电话里问方樱子。

"我骑独轮车跟人撞了，腿都摔破了。"方樱子低头看看自己的伤腿。

"樱子，我不扶墙，我服你。不是我说你二，你干吗骑哪吒的风火轮上班呀，不摔你摔谁……"李银针的话还没有说完。

“还不是你害我，让我骑着玩，都怨你。哎呀，别啰唆了！烦死人了！”方樱子给李银针布置完任务，匆忙挂断了电话。李银针卡了壳，话被憋回去了。不过，他已经习惯方樱子的说话风格，什么刀子、冰块、辣椒面都向他身上扬，向他心里砸，句句话都是要命的武器。用李银针的话说，方樱子，你会说话吗，你就会向外喷火，你就会让我胸口中箭，伤我的心。

急火火的方樱子恨不得拧李银针的耳朵，让他哀号两声心里才舒服。一早就来个狗吃屎，这是什么运气，上班第一天就迟到，这是什么默示，早交班会上被人冷落，这是什么人气。方樱子心里的气直冲头顶，没地方发泄。

方樱子长得漂亮，灵巧的五官镶在白皙的皮肤上，垂到耳边的乌发上别着一枚精致的薰衣草色小卡子。她的身材高挑出众，腰纤腿长，是那种扔在人堆里一眼就能挑出来的女孩子。可以说，虽无天生丽质，却也亭亭玉立，虽无婀娜多姿，却也明眸皓齿。

方樱子最喜欢的照片就是双手插在白大褂兜里，长发飘飘遥望远方。她自恋地闪动着双眼说：这位女医生真拉风，太有风采了，这张照片当微信头像，一定吓倒一大片恐医胆小鬼，当然了，也会迷倒一大片内心纯洁的男青年，哈哈。

但是，什么工作也不是凭借脸蛋挺腰杆，《聊斋》里的妖精也要凭义气和身手兴风作浪、装神弄鬼。尤其神圣的医生职业，靠的是人品，山高水长，考量的是德才兼备。

李银针比方樱子高一届，迎接新生的时候，他把自己打扮整齐，小分头喷了半瓶湿漉漉的发胶，整理成一个蓬起来的奔腾式，这样显得个子高，可以稍微弥补他不够魁梧的身材。他举起大卫杜夫香水瓶，噗噗猛喷了几下。李银针晃着脑袋夹着裤管踱着方步，一路飘着清香，惹得蜜蜂嗡嗡地追着，把他当成盛开的鲜花来采蜜了。李银针挥手轰着小蜜蜂，头发都摇乱了，他加快脚步，向热闹的校门口走去。

他真的去迎接新生，发扬雷锋精神，给青涩的新生们扛被卷、拉箱子。错！李银针能卖那个苦力？别傻了！这仨字可是李银针的口头禅。号称身家上亿的银针少爷能去干这个。他是去搜罗美女，完全是假善人的壮举。上届的师姐有点老，本届的女生一个个长得茄子、土豆、大白薯似的，没有一个能看的，期待这一届蹦出个美女师妹，水灵灵像个富士大苹果，也让银针少爷演绎一段绝美清纯的校园之恋。

筛选美女，搭讪美女是李银针拿手小伎俩，完全是骆驼吃蚂蚁，小收拾。当初的理想是当郭德纲第二，在台上张开嘴台下就前仰后合，嘴咧到耳根子，顾不得自己笑得多寒碜。可惜呀，白云苍狗，三寸不烂之舌白长了，理想也随着岁月的流逝而火光渐弱。

方樱子站在校园门口，被李银针一眼从嘤嘤嗡嗡的人海中捕捞上岸。这身材，这气质，这头上精巧的薰衣草卡子，云泥之别啊，何止是大苹果，这是一朵芬芳的玫瑰。

看到方樱子，李银针的嘴咧开了花，眼神即刻贼亮贼亮地放光，像饿了三天的人一眼看到热腾腾的狗不理包子，不仅兴奋喜悦，嘴里的唾液也潮水似的飞溢，浑身的荷尔蒙骚动不安。

“师妹，师妹！”

方樱子不知道他在喊自己，晕乎乎地感觉面前扑过来一阵香气，肩膀被一个留分头的男生拍了一下。

“我来接新生，你是哪个系的，你肩膀上怎么粘着一块脏兮兮的透明胶呀，这么漂亮的姑娘，多影响形象呀。”李银针轻言软语，庄重地为方樱子拿掉肩上影响美观的透明胶。方樱子哪里知道，这是李银针刚刚给她贴上去的，这会儿一本正经地摘下来，以示他的细心和关爱。

方樱子点头微笑，手摸着粘透明胶的肩膀一阵不知所措，懊恼自己这么邋遢不注意形象。

初步搭讪成功，李银针还有追漂亮女生的撒手锏。他知道自己其貌不扬，身材也不魁梧，“女神”们不会正眼看他。和方樱子混熟了之后，李银针开始约方樱子上咖啡厅口吐珠玑地吹牛。

“你知道我为什么叫李银针吗？你知道我为什么学中医吗？”李银针坐在优雅的校园咖啡厅出言有章地向方樱子提问。

“你不会抖搂一个传奇故事吧。说你以前叫淫针，后来被江湖追杀，差点被废了筋骨，痛改前非叫银针，准备学一身中医医术，重出江湖养家糊口。”方樱子搅动小勺把浅褐色的咖啡打成了飞转的旋涡。

“金庸小说看多了还是《琅琊榜》之类的古装片看傻了，这套路多庸俗。”李银针理了一下油亮的分头。

“坐稳了，别惊掉下巴砸坏了咖啡杯。”

李银针痛说家史，开讲！

方樱子不屑地一撇嘴，特意用手托住了下巴。

“我出生于中医世家，我爷爷的爷爷给宫里看病，是李时珍七十八代耳耳孙。”

方樱子笑着趴在桌子上，下巴没被惊掉，脑袋却抬不起来了。什么耳耳孙，这个称呼可是第一次听说。

“耳耳孙？”方樱子盯着李银针的扇风耳，急速研究和消化这个新词。

“十八代祖宗，从鼻祖、远祖、太祖到仍孙、云孙、耳孙，我不是耳耳孙吗？”李银针的小嘴“叭叭”的，向外吐纳方樱子没有听过的远古词。

方樱子举着手指算是不是七十八代。

“你数学不好，别算了，差不多就那个意思吧。”李银针吧嗒吧嗒眨着小眼睛。

“肯定骗我。”方樱子实在不能相信油头滑脑的李银针。

“哎哟，你不信？我叫李银针，我爷爷就是想让我继承他的中医医术。”李银针的脸上显示着诚恳的痛苦状。

“那你爷爷叫李金针还是叫李日珍？”方樱子忍住笑。

李银针不想回答方樱子这个不严肃的问题，继续讲家史传奇。

“知道获诺贝尔医学奖的科学家白洛珀吗，发明了阿司匹林的替代品，就是从黑木耳中提取的抗凝剂。那是从我爷爷这里得到的启迪，那个老外本来要做心脏搭桥手术，突然心血来潮，也不知哪根神经不对，不远万里到我爷爷这里看中医，我爷爷闭着眼睛一把脉，开出了中华美食药补方，一天一盘黑木耳，连服一个月。老外还以为我爷爷开国际玩笑呢，将信将疑地回家吃黑木耳去了。结果，一个月后，医生说他指标正常，不用做手术了。老外惊了，天天捧着黑木耳像祖宗似的，研究、研究、研究，结果发现黑木耳里含有无副作用的抗凝剂。这是抗凝剂研究的重大成果和飞越，诺贝尔医学奖不发给白洛珀发给谁。”

“白洛珀？这么耳熟，好像在哪里听过这个名字？”方樱子疑惑地说。

“就是白萝卜。”李银针笑了笑继续神侃。

方樱子瞪了李银针一眼，继续半信半疑、津津有味地听他讲。

“我根本不喜欢中医，我爸爸不学，我再不学，我们李家的医术就传不下去了，我爷爷急了，说如果我不学中医，就把家里的四合院捐出去。我妈一听急了，我爸一听惊了，我一听傻了。高考还差一年，你知道吗，我头悬梁锥刺股，恨不得拿针把眼皮支起来，真是苦读、拼命读啊，天天眼睛里是古文、脑子里是单词，每天睡两三个小时，高考完我先睡了三天三夜，我妈急得哭天抹泪，险些拿针扎我人中，以为我晕过去了，睡醒以后，我走出家门，沐浴阳光，看到被风吹得颤动的树叶，愣了几十秒，险些不认识树叶了，高考完人傻了好几天。唉！好险，刚刚过了分数线一分，这一分，多金贵，差点丢了一个亿。”

“哈哈哈！”方樱子笑得喘不上气了，心想，这个李银针太有意思、太有情趣了。

“我觉得你可以说相声，这嘴皮子，这急刹车的脑子。”方樱子忍住笑对李银针说。

“方樱子，还是你了解我。说相声是我的理想，我没骗你，这是真的。”李银针眨巴着小眼睛看着方樱子，心想，这小妞要上钩。

“想说相声是真的，可是，家藏万贯的事怎么能随便跟人讲，那不成图财交友了，你也有犯傻的时候呀。”方樱子看着李银针，好像很为他着想似的。

“我不是随便跟人说的，你不是我女朋友吗，女朋友是什么你知道吗？就是未来的媳妇，你懂不懂。”李银针端起杯子扬起脖子灌了一口咖啡。

“谁同意当你女朋友？一个亿是什么，海市蜃楼，你以为我是懵懂小姑娘呢。”方樱子没好气地说。

“以为有家产我就做你女朋友？想得美。”方樱子心里翻着大海浪，嘴上带着不屑。欣喜不能让李银针看出来呀。

“嗨，谈钱好像俗了一点，可是很现实，谁不喜欢钱啊，哪个女人不喜欢嫁个有钱的老头或者我这样的青年才俊，难道你不是地球人？”

“我是嫁人不是嫁钱好吗？”方樱子咬牙维持着自己鄙夷钱财的美好烈女形象。

“人品比什么都重要。不过，我蛮喜欢钱的。”方樱子终于忍不住打开一点心扉，露出了贪婪的小脸蛋。

看着李银针，方樱子感觉他虽然有些贫嘴呱舌但也不失可爱。方樱子感叹自己的庸俗，铜臭气不仅满身还满心飞舞。

“一定要看人品，我就知道方樱子不是俗物，冰清玉洁，阳春白雪，这些词不错吧。你看我给你带来了什么，这可不是俗物，是真诚，一天换一个，保证你两礼拜不重样，中国的、外国的淘宝店被我搜罗遍了。”李银针掏出一大盒各种款式的薰衣草色卡子，镶钻的、银饰的、蝴蝶形的、小花朵的，看到这些，方樱子眼睛都亮了。

“你怎么知道我喜欢攒薰衣草色的卡子。”方樱子抱过盒子。

“外国的淘宝店你也看了？”方樱子疑惑地重复了一句。心想，外国有淘宝吗，难道马云的淘宝店已经悄悄进军海外了？

李银针看到方樱子的表情，知道校园之恋正式开幕。这种预感让他莫名地兴奋，嘴完全闭不上，有些刹不住闸了。

“悬壶济世，救死扶伤，丹心妙手保康健，奇药银针除病魔。谁曰华佗无在世，我云扁鹊又重生。知道我名字怎么来的吧。华佗再世、扁鹊重生可是我的理想。”李银针唾沫星子飞溅，三寸不烂之舌牢牢套紧了方樱子。方樱子瞪着大眼睛，倾听华佗再世、扁鹊重生，她完全成了李银针的“脑残粉”。

“樱子，你以后说话要注意，不能太愣、太直，一张嘴就是我骗你，尤其女医生，内心要把别人想得阳光，医者德为先，谨慎而后行医，必须树立这样的思想。”李银针撇着薄嘴唇，眯着小细眼说。

“妈呀，救命。”方樱子一捂耳朵，一撇嘴喊道。听到树立思想这类话，她条件反射想起了自己的老爸老妈。

“这都是我爷爷教育我的，我借过来卖弄一下。”看着漂亮青春的方樱子，李银针眼睛眯成了一条缝。美丽的姑娘谁不喜欢，李银针也是地球人。

方樱子和李银针真的做起了朋友，绝不仅仅是海市蜃楼的四合院把方樱子砸中的，是李银针真的对方樱子好啊！

挂断了李银针的电话，方樱子准备处理一下早晨摔伤的伤口，她冒冒失失推开一个浅蓝色木门，正看到房间里一个护士刚给女病人灌完肠。女病人吓得惊叫了一声，一把提上了裤子。

护士抬起水灵灵的大眼睛，看着方樱子笑着问："你干吗？"

"不好意思、不好意思，我想换药。"方樱子指指腿上的伤口。

"对面。"女护士一抬手。

方樱子赶快关上门，她听见病人抱怨说："新来的，门都找不到，乱撞。"

方樱子定定神，不敢见门就开、见房间就进了，她仔细看了看换药室玻璃门上的小红字，定位准确后推门走了进去。一个冷着脸的年轻女医生正给病人换药，抬头看了方樱子一眼，根本没搭理她。方樱子用碘伏仔细给伤口消了毒，贴了一块无菌纱布。她洗好手准备走出换药室，正看到刚才灌肠的女护士走了进来，已经摘掉了口罩露出了漂亮的脸。

"我叫艾叶，我带你在科里转转，熟悉熟悉环境，不然你连厕所都找不到。"艾叶的眼睛黑黑的像葡萄一样水灵，长睫毛忽闪忽闪的。方樱子感叹艾叶好看的眼睛，感慨她善良、热情、善解人意的心。

"高考差几分，学校把我分到护理系当护士。每次看到新分来的医生我心里就一阵酸楚。我现在只有一条路，疯狂学英语，出国当护士挣美金。这样，心里还觉得舒服一些。"艾叶心直口快地对方樱子说。

想去美国也不能这样高调去喊啊，艾叶就是这样，要不怎么被冠以"二姐"的称呼呢。本来，医院想把她提为肾外科护士长，或者留在护理部提拔，可她自从分到医院就嚷嚷着要出国，说自己的同学在美国医院当护理医生，年薪七万美金，飞机驾照都考下来了，这是什么生活水准？她还在这里撅着屁股扎点滴，弯着腰灌肠，拿每月四千块钱的工资，挤人流如潮的地铁，她要改变生活品质，至少开上奔驰。医院领导听说后，只好把这个不安心工作的不稳定分子扔在科室里锤炼。虽然犯点小二，她这个人还是蛮热情、蛮纯真的。看见方樱子刚来科室，护士长忙得顾不上，她就担起了带着方樱子熟悉环境的任务。

"这是甘草，比你高几届。"艾叶指着换药的冷脸女医生说。

方樱子看到口罩下面甘草大夫冷漠的眼神。方樱子向她笑了笑，甘草也笑了笑，甘草笑得极其短暂，像一道闪电划过，还来不及看，就没了。

方樱子跟艾叶走出换药室。她很喜欢艾叶这种率真的性格。

艾叶带着方樱子从浴室转到休息室，几乎把整个科室走了一遍，方樱子终于知道，生活区没有挂牌的是厕所，艾叶特意解释说，挂上标识牌病人会乱上，这样只有科里人知道，卫生间干净。最后艾叶推开医生值班室的门，房间里，一个阔面平头、戴着大框黑边眼镜的男医生正在吃三明治，奶酪和火腿的香味弥漫整个房间。

“你准备上手术啊？”艾叶问男医生。

“我下夜班，那么多人，用不着我上。你怎么带她转啊？护士长呢？”男医生啃了一口三明治，看了方樱子一眼。

“哎哟，别提了，交完班护士长就被陈浅学主任叫走了，说咱们科新分配的两个护士太难看，脸像包子，不仅难看，早晨来的时候，一个穿露肚脐的上衣，一个穿裤腿上都是窟窿的牛仔裤，被陈主任看到了。陈主任说，奇装异服，这都是什么护士呀，退回护理部。让护理部分配些漂亮的护士，脸要像苹果。他夫人是广播说唱团唱大鼓的演员，当然漂亮了，一般人他能看上吗？”

男医生听完哈哈大笑，对艾叶说：“二姐，你怎么什么都说，一会儿让主任听见瞪你。”

被称为二姐的艾叶仰着头说：“听见怕什么，我当陈主任的面也敢说。陈主任挑医生、护士的长相全院有名。”

艾叶回身对方樱子说：“这是杜仲医生，医学博士啊。”

杜仲喜欢泡在动物实验室做实验，以解剖动物手段凶狠，发表论文多闻名，因为论文数量多因此得到医院的赏识，是个典型的论文医生，手术能力一般，陈浅学主任对他的手术能力相当不满，认为他是一条腿走路的医生，动手能力太差。

艾叶搂着方樱子准备出门，正碰到一个高个子浓眉大眼长得极帅的男医生进来，艾叶正撞到他的前胸上。

“哎哟，二姐，你撞我胸干什么。”

方樱子听完高个子男医生的话忍不住笑了。

“看把人家小姑娘逗乐了。你们说话注意语言文明，别什么都说。我已经被你们污染得不行了，人家可是新来的。”艾叶攥起拳头向男医生胸部砸了一下。

“还说呢，你们那个张姐买了一袋馒头昨天忘了拿走，挂在医生办公室，也不知被谁捏得变了形，非说是我和钱木主任捏馒头找手感，说我们特别喜欢捏馒头，有严重职业病。前两天查体，病人过多手都麻木了，还用捏馒头找手感。”帅男医生瓮声瓮气地说。

“我知道，是钟思书也想买馒头，捏捏软不软。”艾叶笑着说。

“那你赶快告诉张姐，别怀疑我们了。”男医生哈哈笑了起来。

艾叶指着男医生问方樱子：“你知道他吗？康健，电视上《中华大医堂》的主讲人，多帅呀，迷倒一大片女病人、女医生、女护士。”艾叶跷起的拇指、食指、中指按顺序折了下去，那是她形象比喻的女病人、女医生、女护士。

方樱子看着康健说：“康健老师，你在我们医学院女学生里很有名。”方樱子没有告诉康健，女生们提起他特别兴奋。

“啊？那不好，被那么多女人惦记不是好事。”康健痛苦地撇嘴摇头。似乎是唐僧落入了女儿国，在女人堆里艰难前行。

艾叶和方樱子听到康健的话都笑了。

康健有这么帅吗？的确很帅，一米七八的个子，浓眉大眼，一股帅气、英气和阳刚之气，这是外化于身的盔甲，他还有内化于心的智慧、幽默、学识和口才。他替陈浅学教授给医学院上了几节课，因此被女学生们牢牢记在心底，又因为长相帅气在电视台《中华大医堂》节目客串主持人，身穿白大褂，脖子上搭着听诊器的他，帅气无敌，完全把医生的风采演绎得淋漓尽致，使得那个节目的收视率逐渐上升，成为一档很有名气的节目。甚至还有个富家千金看上了他。但是，康健医生的桃花运太好，富家千金出现得太晚。康健上大学时就被人追得落花流水，最后与大学同学结了婚。后来读硕士，又被硕士同学追得抵挡不住，最后与大学同学离婚，跟硕士同学结婚。读了博士，又被年轻女博士追得溃败，只得与硕士同学离婚，跟博士同学结婚。从大学到硕士到博士，上学之路就是他的婚姻之路。他感慨结婚早了，每每想起自己的婚姻，他总是糟心地自省，好像被人一路追杀，根本就是被动得身不由己。分析目前严峻的形势，就是女王追来，他也无心恋战了。

康健对方樱子说：“陈主任让我们一起上手术，先去开胸，他和钱木主任处理完病房的事再上台。”

听说上手术，方樱子身体即刻紧张得发硬，她机械地跟在康健身后。康健向医生办公室放开喉咙喊：“张五经，上手术。”

这是标准的外科特点，热闹，粗声大气，大大咧咧。

“干嘛干嘛？上手术啊？”方樱子看到医生办公室冲出来一个留着盖子头的男

医生，一听口音就知道是天津人。他向方樱子笑笑说："走，咱们上台拉钩。"

听到张五经的话，方樱子忍不住笑了，她的紧张情绪也缓解了不少。

方樱子当然知道手术拉钩，在外科手术中，当组织被切开后，必须用止血钳、卵圆钳等器械将皮肤和肌肉向周围拉开，露出手术视野。张五经的话有些夸张，好像他们上台仅仅是去拉钩。

方樱子看了张五经一眼，张五经的发式、口音，配上府绸盘扣衫，这个形象离神圣的医生形象实在是相差十万八千里。

"咱们年轻大夫，上手术就是拉钩缝皮，起码拉几年钩、缝几年皮才能独立手术。"张五经很有经验似的侧头对方樱子说。

"还用拉几年钩，没那么夸张吧。不过，有些医生拉一辈子钩也做不了手术。"康健笑着对张五经和方樱子说。

"我打算出一本拉钩学专著，专门讲手术中拉钩的学问和技巧，供外科兄弟姐妹们参考。"张五经一本正经地说。

"同意，我帮你联系出版社。拉钩真的是一门学问，是最基本的手术技术，你发现了吗，各种手术拉钩手法都不一样，你总结一下也许可以出一本书。"康健对张五经说。

方樱子听了他们的话，感觉确实有些道理。

"今天做什么手术？"方樱子心里没底，问康健和张五经。

两个人看了方樱子一眼笑了。

"不知道什么手术就上台，早晨交班的时候没听见？"张五经心想，这姐姐真生猛，完全是一个上班不入心的人。

早交班的交班程序是先交代危重及术后病人，再交代术前病人，方樱子迟到的时候，还没有交代术前病人的病情。但是，她慌里慌张什么也没有听见。

"哎哟，第一天上班根本不在状态，还发晕呢，光看到白花花一大片人，脑子里走神冥想还没有结束，早交班就结束了。"方樱子有些满不在乎地说。

"真说实话。"张五经坏笑着做个鬼脸。

"我们前两天开会做了术前讨论，制定了手术方案，昨天做了术前准备。你千万不要在陈主任和钱木主任面前说你什么都不知道，那样会被认为上班不在状态，非挨骂不可，医生不比别的职业，人命关天，不是教训你啊。"康健笑着看了方樱子一眼。

“第一天上班可以理解。不过，实习那么久，应该不用过渡。”

“就是，我第一天上班就上手术。”张五经理直气壮地说。

康健继续补充说：“在我和张五经面前说什么都没有关系，绝不告你黑状。在主任等人面前，说话还是要考虑考虑。”

“就是。”张五经附和说。

这些都是康健的经验之谈，方樱子听后急忙感激地点头。

“实习的时候上过手术吧？”康健问方樱子。

“上过阑尾、剖腹产，都是缝皮。”方樱子对康健说。

“就是最后关腹的时候，剩几针让你缝，太小儿科了。”张五经撇撇嘴，好像根本就不算上过手术。

方樱子点点头。

“那你要多上台，多练。”康健认真地对方樱子说。

“病人是左侧肺叶部分切除加右侧乳房根治术。乳癌加肺部转移的病人，六十五岁。你到手术室先翻看病历，简单了解一下病人的病情。陈主任的意思今天主要让你上台看，我们两个先上。”康健向方樱子简单介绍了手术病人。

方樱子点点头。看来，方樱子今天上台，根本就是以观摩为主了。她跟在康健和张五经身后走进手术室。

手术室里，从一号到十号手术室，穿梭着来来往往的医生和护士。几乎每个医生和护士都戴着严严实实的帽子和口罩，只露出一双忙碌的眼睛。二号手术室刺耳而揪心地响着刺刺的电锯声，这是骨外科医生正在给病人做锯腿截肢手术。

方樱子听到电锯声头皮直发麻，心灵备受摧残。方樱子下意识地攥起拳头砸了砸心前区。

“护士长，这条锯下的腿不要焚烧，找个人给医学院的许老师送去，她要做成教学骨架。”二号手术室传来手术医生的话。手术室护士长高声答应。

方樱子想到一些做医学标本的细节，胃里就一阵翻腾，幸亏今天早晨吃的不是要命的肉包子，否则非吐了不可。

五号手术室传来“嗷嗷”响亮的婴儿啼哭声。只听忙碌的护士长说：“哎哟，龙凤胎，真棒，别说家属，我都乐疯了。”手术室里飘荡着欢快的气氛和生命的活力。

看到手术室里的演出，方樱子感慨，手术室真是有喜有忧，每一个传出手术室的喜悦和悲伤，都是一个家庭的幸福和痛苦。

换鞋、更衣、戴帽、刷手、泡双臂……方樱子咧着嘴把受伤的胳膊伸进冰冷的碘伏桶里，泡了三次以后，方樱子举着胳膊，她用后背顶开一号手术室的门。康健、张五经已经全副武装站在手术台上，麻醉师早已为病人做了全身麻醉。

无影手术灯打在病人惨白的身体上，张五经用大号长柄卵圆钳，咔的一声夹起饱蘸褐色碘伏的无菌纱布，在病人的胸腹部涂抹消毒，惨白的皮肤即刻变成浅褐色。消毒完毕，康健拿起闪亮的手术刀，在病人胸部一刀切了下去，刀尖入皮，四十五度角，动作完美流畅。看到明晃晃的刀冷冷地切入皮肤，方樱子突然恍惚了，她闭了一下眼睛没敢看，方樱子知道，切开皮，血马上就会汹涌而出。她感觉额头汗津津的，心里也烦乱不安。难道第一台手术就胆怯了？方樱子摇摇头，必须从容淡定，她咬咬牙，给自己鼓劲儿。

第一次上台不能恐惧，不能紧张，不能晕倒。方樱子给自己提出了最低要求。不知为什么，她的脑海里突然出现了菜市场杀鸡的小贩，咔咔咔，手起刀落，干净利索。看来，做个职业杀鸡手也需要勇气，这是不是异曲同工呢？方樱子问自己。

医疗器械叮叮当当响起，止血钳，一把把掀开了表皮、真皮、皮下组织，渗血的血管被康健和张五经手里的止血钳“咔咔咔”全部卡死，利索、果断、干净、沉稳。康健剑眉下的眼睛里，流露的是凝重和一丝不苟，张五经盯着手术视野的眼神也是犀利和机警。方樱子被肃穆的气氛感染了，平时生活里可以嘻哈，手术台上就该是这个样子，这才是一个优秀外科医生应有的风采啊！方樱子感叹。

手术台上，正式的手术过程开始了……方樱子机械地拉拽着基层组织，用有些发颤的手拿着纱布吸渗出的血。她感觉很热，手术衣贴紧了后背，不是手术无影灯的炙烤，完全是上台紧张，是血淋淋的画面刺激的结果。方樱子调动了所有书本上的理论和实际经验。但是，肺叶上繁复的神经和血管，乳腺上血淋淋的组织，还是让方樱子的理论水平几乎降到了零。看来她需要理论与实践的契合。

方樱子就像刚上路的新司机，面对复杂的路况，紧张得一塌糊涂。

不一会儿，陈主任和钱木主任同时上台，方樱子以为大佬们来了，手术气氛会更加紧张沉闷，没有想到，反而轻松了不少。

“肠科的手术病人洗完肠偷吃东西，几个医生对着一大坨屎肠子手术呢，手术室一进来都是厕所味，要命了。”钱木上了手术台就充满厌恶和不满地说。

“就是你觉得要命，肠科医生都习惯了。”陈浅学主任笑了笑。

两位主任上了台，手术大幕正式拉开。

“钱木，你离我远一点，每次做手术挤得我一只手像废了一样。”陈主任对身边的钱木主任说。

“我们两个人三只手，中间那只阴阳结合就是无敌阴阳手。”

原来钱木主任也会开玩笑，方樱子不自觉地放松了很多，也咧嘴笑了。

“今天开胸不错，开口大小刚好。”陈主任对康健和张五经说。

陈浅学主任表扬了康健和张五经，这是他手术中的一贯作风，他知道，激励和肯定是提高年轻医生手术水平的关键。

“主任，手术准备做得好呀，病历都翻烂了，这个病人胸部的血管、神经、组织结构，我闭着眼睛都能画下来。”康健抬了一下眼睛。

“就喜欢我们康健这样的医生。”钱木感叹。陈主任没有说话，眼神里也是满满的肯定。方樱子暗下决心，向康健医生看齐，下次手术前，翻烂手术病历，闭着眼睛画出胸部神经血管图。

“听说妇产科来了一个女博士，做手术特别利索，妇产科剖腹产手术羊水和血能吸满满两大瓶，几千毫升，那么多血，第一次上台手不哆嗦、人不晕倒就不错。”陈浅学主任说。

听到陈浅学主任的话，方樱子心里再也不能安然无恙了，陈主任是不是看到了她控制不住地抖动的双手，从手术开始到现在，她颤颤巍巍的手就没有停止过哆嗦，再严重整个人就筛糠了。今天这是怎么了，早晨仓促露脸，手术仓促上阵，方樱子在胸外科的表现完全一败涂地。

“现在的女孩子个个都是花木兰似的女汉子，晕倒？你以为深闺小姐呢。你晕了，她们都不晕。”钱木拿起了锋利的手术刀，看了方樱子拉钩的手一眼。

“妇科手术格局太小，就一亩三分地。而且，说句实话，我是看不上个别妇产科医生做手术，手底下不够利索，做手术没有规矩，止血钳乱丢，明明手边一堆止血钳，对器械护士喊，给我止血钳，这样的坏毛病在外科手术台上肯定挨训。只要产妇一出血，恨不得让全院外科主任联合上台会诊，什么事都处理不了。完全是，搭戏台卖豆腐——阵势大。”

听到钱木的话，大家一起笑了起来。器械护士居然点了点头，好像同意钱木主任的观点似的。

钱木的话完全透出对个别妇产科医生的不屑。

“钱主任，妇产科天天有剖腹产手术，一会儿听到找你理论。”康健笑着说。

“随便！”钱木主任傲然地说。

“赶快吸血。”

钱木大声催促。张五经加快了动作。

方樱子正听钱木的话傻笑呢，若不是口罩捂着脸，嘴早咧到耳根子旁边去了。张五经和康健的双手一直忙碌着，方樱子的手就像多余的爪子，完全没有起到手的作用，除了拉拉钩完全不知道该干什么。必须进入手术状态。方樱子准备抬起左脚使劲踩一下右脚，让自己在手术台上更精神、更投入。可是，她狠劲儿跺下左脚的时候，右脚没有感觉疼痛，张五经却哎哟一声。方樱子抱歉地说对不起。心想，他的脚什么时候伸到自己的脚边了。方樱子脚下正在挪动，手却被钱木主任的长柄卵圆钳啪地狠狠打了一下，方樱子感觉手指生疼，眼泪险些掉下来。原来，方樱子的手挡住了钱木主任的手术视野，在手术台上，钱木主任不会给任何人面子，只要做手术的时候不投入、不认真，就会被她训斥。

手术进行中，方樱子感觉隐隐尿意，怎么忘了手术前排空膀胱呢。方樱子有点懊恼自己的粗心。

手术有条不紊地进行，时间一分一秒过去了，钱木主任已经干净利索地切下乳房进行腋窝淋巴结清扫。

“我下午三点还有一台手术，肺切除我还跟你做吗？”钱木问陈浅学。

“连台吧。”陈浅学主任笑着说。

“我跟你把肺叶切了再下台，让钟思书带着甘草三点准时上那台手术。”钱木说。

“安排得有条不紊，刚才我开玩笑呢，五十多岁的老战士了，下去休息吧。”陈浅学对钱木说。

“老陈你真心疼我。”钱木主任的声音又娇又嗲，颇有小女生的娇媚，把大家逗乐了。也只有她敢这样亲昵地称陈主任为老陈。

“讨论病历的时候，认为这个病人的肿瘤位置离血管太近了，做手术风险很大。”钱木担忧地说。

“不过，老陈，我很相信你的水平。”钱木看着躬身手术的陈浅学说。

“已经跟病人家属讲得非常清楚，家属说病人憋气，喘不上气。一定让陈主任做，他们不愿放弃一点希望。”康健解释说。

“钱主任，你的乳腺手术最近安排不少呀。”康健说。

“病人太多，不排怎么办。好多外地赶来的，耽误一天病人就要多花钱。”

“钱主任您真为病人着想。”张五经拉着病人的胸肋骨，手套上都是血，他从器械包里捏出了一块纱布擦了擦。

钱木主任继续在手术台上跟陈主任一起手术。两点多了，看来她真要连台上那台手术了。

方樱子感觉自己的膀胱又胀起了一些，她痛苦地挪了挪脚。膀胱要憋坏了，她懊恼地想。

巡回护士给大家送来了酸奶。插好的管子举到手术医生面前，护士把手术医生的口罩推开一条缝，医生只需歪着脑袋吸就可以了。

“喝酸奶了，来，一人一瓶，更有精力做手术。”巡回护士声音和蔼，语调温柔。

“钱主任，我把你的酸奶管子用盐水冲洗了，放心喝吧，你坐的凳子、卫生间把手也用酒精擦过了。”巡回护士向钱木主任汇报。

“钱主任，听说你那天放微波炉里消毒的钱焦了，你若钱太多，把钱给我。”陈主任调侃钱木。

“比平时多转了几秒钟就煳了。”钱木笑了笑。

护士把酸奶瓶举到方樱子面前，方樱子使劲摇头。

“你不喝？不饿吗？”护士瞪着眼睛惊讶地问方樱子。方樱子点头，有点痛苦地皱了皱眉。谁能知道她的苦衷呢。憋着尿，还妄想喝酸奶，作死的节奏啊。

肺叶切除顺利，但是，牵拉的结缔组织已经粘连，需要一点点剥离。陈浅学主任和钱木主任用手术刀尖小心剥离。康健切割结缔组织。张五经和方樱子一边用纱布吸着胸腔里的积血，一边用止血钳拉钩拽着肌层组织。此时，手术室非常安静，只有心电监测仪器的声音。

“哎呀，我看不能再剥离了，见好就收吧。”陈浅学主任对钱木主任说。见好就收是陈主任手术中常说的一句话。把握好这句话的内涵，做到既为病人的病情负责，又可以安安稳稳地做完手术，并不是那么简单，需要经验、胆识、知识和责任……

“同意，血管不能再剥离了。”钱木主任也小心谨慎地放下手术刀。

“我准备下台去五号手术室会合钟思书，老腰都累弯了。”钱木准备下台。

“胸腔里的血怎么突然这么多？”陈主任问康健和张五经。

“不像积血，这么新鲜。”陈主任高声说，钱木也赶紧躬下身。

“血压向下掉了。”麻醉师提醒大家。

“赶紧输血，不是备了一千毫升血吗？”陈主任高声喊。

“好像哪里出血了，我们剥离的血管没有问题啊？”钱木问陈主任。

“肯定是看不到的地方出血，或者肿瘤使血管畸形脆化，手术中牵拉破了。找不到出血点很麻烦。”陈浅学主任担心地说。

陈主任和钱木主任还有康健同时躬下身仔细寻找出血点。

病人的血压依然向下走，监护仪发出警报声，血压降到了警戒线，出血点依然没有找到。病人已经输进了八百毫升血。方樱子和张五经不停地吸胸腔里渗出的血。所有人都开始紧张起来。病人死在手术台上是外科医生的大忌。况且，这台手术主刀的是陈浅学主任和钱木主任。

“我从上面找，你和康健从下面左右包抄，中间会合，这样节省时间，先找大血管。”陈浅学主任临时指挥。“你们两个观察出血量和颜色，严密观察病人病情，根据病情调整用药，做好抢救准备，麻醉师观察生命体征，舒张压低于四十告诉我们。巡回护士再开一组静脉点滴，增加血容量。”陈主任像一名指挥官，全面细致地布置手术抢救。

此时的方樱子被沉稳的气氛震撼了。病人命悬一线，还有什么比这个更重要。陈主任和钱木主任、康健已经会合，出血点依然没有找到。

“防不胜防，总是有意外。”康健无奈地叹了口气，方樱子看到他的手术帽渗出了湿漉漉的汗渍。

“怎么回事呢！”钱木叹了口气，抬了抬一直低垂的头。

“在看不到的地方找，必要的时候剥开筋膜，我还是从上面，你们从下面，注意气管、支气管壁和包裹的血管。”陈主任改变办法，他永远不会放弃。

“舒张压三十五，心率一百四。”麻醉师对大家说。

“加快补液速度，用升压药，看心率和血压调整补液速度。”陈主任没有抬头，依然仔细寻找出血点。

“再这么出血就危险了。”可以听出钱木的声音有些紧张。

此刻，时间就是生命，方樱子深刻体会到这句话的含义。

“血压三十，心率一百四十八”。监护仪嘀嘀的报警声伴随麻醉师的声音，让手术室的气氛提到了最恐怖的时刻。方樱子沾血的手不自觉地重新抖了起来，她的手套上黏糊糊的沾满了血，已经顾不上擦了。张五经无奈地叹了一口气，康健扬头看了看心电监护仪摇了摇头，他的头低的时间太长了。

紧张的气氛笼罩着手术台，方樱子突然感觉头晕、胸闷、心慌，视野模糊不清，她的身体不自觉地打晃，霎时，眼前一片黑暗。

巡回护士看到方樱子摇摇晃晃的身体，一把拽住了她。

钱木没有抬头，大声说：“晕台了，赶快下台。”

方樱子还是晕台了。她被巡回护士搀到手术台旁边的圆椅上坐下，护士叭叭掰开两支葡萄糖，准备给方樱子注射葡萄糖。

“三十,一百五。”

伴随着麻醉师报告生命体征的声音，陈浅学主任也兴奋地大叫起来：“可找到了，藏在气管后面，包裹着厚厚的组织。”说着拿起止血钳咔的一声夹住了出血点。

“这里也有，被包裹得特别严实。”钱木和康健也找到了一个出血点。

“两个出血点，怪不得血量吓人，好了！找到出血点问题就解决了，一会儿我去五号手术室看看，那台手术也不太好做。”找到出血点后，钱木声音轻松、脚步轻捷地下了手术台。

刚刚听到陈主任大声疾呼找到出血点，方樱子兴奋得险些尿了裤子。

此刻，最幸福的事就是上趟厕所啊，这个幸福点多么低呀，方樱子痛苦地想。

下午五点，李悬壶准时来到街角的长条椅子上等方樱子。

李悬壶来自加拿大，他喜欢中国文化和中国美食，喜欢中医的神奇和深奥。

一枚小小的银针，扎进穴位，腹部不疼了。翻翻眼皮看看颜色，就知道你的肝有没有问题。吐吐舌头看看舌苔就知道你的胃有没有问题。食指搭脉，表、里、寒、热、虚、实、气、血，可以摸出八种脉象。怀孕了，一定是滑脉，用李悬壶师父的话叫“算盘走珠”，就是怀的男孩还是女孩，脉象上也可以判断出来。太神奇了，简直是，藏古今绝艺，聚天地精华。李悬壶完全被神奇的中医折服了，像发现了天书一样，他立志要掌握中华医学的精髓。当然，除了医学他也想尝遍中华美食，什么川菜、鲁菜、潮州菜、客家菜，什么煎炒烹煮炖，什么麻辣鲜香、鲜嫩酥脆，什么虾子羊肉粉、黄鱼海参羹、红糖粑粑、土笋冻，看着图片就口水泉涌。所以，他跋山涉水不远万里来到中国。

夕阳把李悬壶的身影拉到路旁的银杏树丛里，人影在地，夕阳在天，完全一幅绝美的古都夕照图。

川流不息的车流人海涌向归途，鸟儿飞快地扇着小翅膀钻入它奢侈的草窝别墅。李悬壶的脖子伸得长长的，蓝眼睛穿过蜿蜒的林荫小路，完全望穿秋水的神态。遥望遥望再遥望，李悬壶的眼睛瞪累了，也没有看到方樱子的身影。

“为什么要骗人呢。”李悬壶抱怨地站起身。

“我就知道你在这里等美女，对不对？”李银针坏笑着蹿到李悬壶身边。

其实，李银针下午五点多一点就到了这里，他看见撞方樱子的人立即乐了。这个李悬壶，撞我女朋友，你可真会撞。他转身走了，没有搭理李悬壶，他打算先晾他一会儿。他故意到路边咖啡店，要了块剧本蛋糕，一杯焦糖玛奇朵。中午的菜太素了，银针少爷先享受享受焦糖味的甜美。李银针嘬着小尖嘴喝口咖啡，张开狮子嘴吃口蛋糕，嗯，感觉美妙、满足！吃饱喝足，银针少爷绅士地用纸巾沾沾嘴，不紧不慢地来到李悬壶身边。

“师侄，你怎么知道？”李悬壶看到李银针惊诧地问。

“叫反了，叫师叔。”李银针翻着眼睛对李悬壶说。

什么师叔、师侄，反正李悬壶也分不清，所以李银针就往辈分大了说，自己不吃亏就行。李悬壶是李银针爷爷收的徒弟，李银针不明白爷爷怎么想的，收个洋徒弟。他懊恼地认为，我中华医学精华都被这个洋人偷走了。一想起这些，李银针就愤愤不平。

爷爷每听到不满意他收洋徒弟就气得抖胡子，他愤懑地说："你们不学，喜欢中医的外国人学你们还眼热，难道要你们丢弃了中医，等中医灭绝了才好，'世溷浊而嫉贤兮，好蔽美而称恶'，一群愚钝、没有眼界的乌合之众。世界大同，天下一家，弘扬我中医文化不分国界，医学是世界的，它理应属于全人类。"爷爷的话铿锵有力、慷慨激昂。

每听到爷爷这些话，李银针都会高声附和道："爷爷说得对。令人振奋昂扬、热血沸腾。"让爷爷高兴、哄爷爷开心是当孙子的职责。不然，爷爷就要向外捐钱，那可真是丢真金白银的事。

"爷爷，我有一事不明，这严重阻碍了我学习中医的脚步。"李银针煞有介事、一脸严肃地说。他知道，有时候跟爷爷来点小辩论、小请教，爷爷会更高兴。他已经把好了爷爷的老脉。

"鲁迅先生对庸医误人深切痛恨，为给父亲治病，郎中开出了荒谬的药引子，一对原配蟋蟀，哈哈，这也要贞节，真荒唐，蟋蟀有原配吗？中医完全是故弄玄虚。"

"你是一叶障目，一对蟋蟀就能淹没我中医文化，庸医有没有？贪医有没有？神医有没有？什么蟋蟀，不值一提，扁鹊换心、起死回生的故事才值得说一说，待我给你慢慢道来。"

李银针一看爷爷要讲长篇故事，立即快刀斩乱麻，啪啪啪，长驱直入直奔谈话的高潮和结尾。

"爷爷，你点燃了我学习中医的热情，更点燃了我的爱国热情和弘扬中医的热情。"李银针拍着胸脯子，啪啪的，好像拍的不是自己的胸。

"这才是我的好孙子，爷爷今天考考你。"爷爷一脸五月的鲜花，脸上的褶子都平了。不讲故事，改成考试也是要小命的事呀。一听要考试，李银针立即蹲在地上捂着肚子皱着眉头说："爷爷，中午吃坏了，我先上趟厕所。"李银针撒丫子就溜走了。

李银针与爷爷的故事和段子多着呢，今天又被女朋友方樱子派到李悬壶这里演绎段子来了。这是他最拿手的。

"我一算八卦就知道你今早出门不利，必撞美女。"李银针看着一脸诧异的李悬壶，背着手挺着胸说。

"师叔你真会易经八卦，哪天教教我。"李悬壶改口给李银针升辈分了。

"不能教，辈分乱了，你是我爷爷的徒弟，我再收你当徒弟，那不乱套了。"

被叫着师叔，占着辈分的便宜，李银针神气地扬着小分头。

"我跟你说，你惹大祸了！知道吗？你撞的那个美女可是有来头的，我爷爷和我都敬她三分，不敢得罪她。"李银针故弄玄虚吓唬人。

"啊！那是什么人？中医老前辈的后代？"李悬壶心里开始打鼓。

"你就知道中医，她是有背景的人。"李银针开始虚张声势。

"啊！有这么严重？！"李悬壶耸耸肩，很不解。

"最主要你把姑娘的腿撞坏了，她住院了。"

"啊！"

"你不要总是啊啊的，一会儿再把玉泉路的乌鸦给招来。"李银针一脸捉弄人的得意。骗得李悬壶心跳加快，他还不让人家吃惊地叫嚷。

"我要带她去医院，她飞跑着走了，你看我的手机。"李悬壶一脸委屈地拿出屏幕碎得像玻璃花似的手机。

"你还想让她赔手机？"李银针吃了黄连似的咧着嘴、皱着眉，极其不满意。

"没有没有，我没有这样想，是想带她看病。"李悬壶诚恳地说。

"这就对了，你想，你撞了人家女孩子，就乖乖地赔偿人家吧。要不她家人也饶不了你，还有这些广场舞大妈，声势浩大呀，一个个都会点拳脚功夫，你看那伸腿、弯腰、旋转，多有招式。"李银针指着街边小广场上欢快舞动的大妈们。

"明白明白！你们中国妇女很厉害的，人人会功夫。"

李悬壶听了李银针的煽乎频频点头，合上了广场舞的韵律节拍，李银针恨不得弯腰大笑。李悬壶完全被李银针的话弄蒙了。

钱木下了手术就去找陈浅学，看到方樱子手术台上的表现，钱木决定不带她，建议陈浅学主任把她退回医院。她认为方樱子当内科医生更合适，胆子小和慌手忙脚的性格不适合做外科医生。

听完钱木的建议，陈浅学考虑了一会儿。

“你先带一段时间，看她身上的毛病能不能改，对她严格要求，严厉批评。内科科室不一定有空缺名额，万一没有科室要，怎么办？”陈浅学知道，几年的医科念出来很不易，他想给年轻人一些机会。

“我知道，就是因为她长得不错，你舍不得退回去，若是个丑八怪，你早打发走了。”钱木半开玩笑地对陈浅学主任说。

“钱木，你也跟他们一起乱讲，完全没有的事。反正这个姑娘交给你了。”

钱木主任没有答应，心里完全没有接受方樱子。带学生也好，带医生也好，责任重大，钱木不愿意带方樱子这样的医生给自己找麻烦。

晚七点，张五经在医生办公室写手术病历，用康健医生的话说，上手术动手、写病历动脑，整完了武的整文的，不能闲着。

康健今晚夜班。这是特意安排的，他要重点监管今天出血的术后病人。

方樱子洗完澡准备回家，她才不想像张五经一样，下了手术加班。被钱木用卵圆钳敲击的手指隐隐作痛，卵圆钳不仅打在手上，更打在心里。方樱子表情阴郁，这一天班上的，早晨是满怀兴奋、喜悦和期待，下班的时候是拖着一身疲惫带着一身伤和受伤的心。现实与期望差得太远了，完全是梦想照进现实，现实一片雾霾。方樱子噘起嘴，眼泪在眼睛里含着，坚持等到回家，见到亲人开闸泄水。

“我今晚不走了，写完病历不知几点，两个手术病历呢，甘草上的那台手术，病历没有写完，她让我帮忙写。我跟康健老师并肩战斗。以后实行了电子病历，我就不用奋笔疾书了。”张五经正用钢笔在病历上画胸廓和血管的走形，小线条画得极其优美。

康健看了方樱子一眼，知道她今天情绪不好，被钱木主任打了手，不仅伤了心还丢了面子。而且，这似乎还传达了一个信息，就是钱木不喜欢方樱子。

“方樱子，赶快回家吧。”康健笑笑对方樱子说。

“就是。”张五经没有抬头，附和说。

方樱子看看康健，勉强咧嘴笑笑，又看了奋笔疾书的张五经一眼，想跟他们聊聊天缓解缓解情绪。

“张五经你主动加班啊！我觉得你品德真高尚，医德真崇高。”方樱子说完这句话自己都想笑，这话听起来调门太高，比阿谀奉承还难听。

方樱子觉得自己做不到张五经这么无私，上手术累了一天，下班主动加班写手术病历。方樱子真心佩服张五经，只是话一出口就严重跑偏。方樱子在心里叹了口气。

“你是青年医生的典范。”康健说完哈哈笑了起来。

“身上起鸡皮疙瘩了。”张五经笑笑低头唰唰飞写钢笔字。

“方樱子你不知道，张五经今晚舍不得走，除了无私奉献还有其他原因。”康健翻开病历下医嘱。

“其他原因？”方樱子收拾包准备回家。

“以后你就知道了。”康健打了一个哈欠，今天的手术确实累了。不仅身体累，精神也高度紧张。

“不告诉我？故弄玄虚。”方樱子撇了一下嘴，叹了口气，第一天上手术就碰到大问题，方樱子心里存在不少疑虑。

“我想问你们一个问题，今天手术出血的病人，是不是因为没注意观察出血量，所以才造成失血抢救。”方樱子还没有完全从那台手术中走出来。

方樱子的话让房间里霎时安静了。

康健看了看张五经，笑笑说：“这个问题问得好。不过，病人是突然出血，发现出血后马上开始抢救，陈浅学主任和钱木主任这点手术经验还是有的，虽然惊心动魄。但是，他们完全可以掌控局面。”康健看了方樱子一眼，心想，这姑娘说话太直白了，这不是穿高跟鞋上山——自己跟自己过不去嘛，在自己身上找事啊。

“病人术中出血防不胜防。手术做成这样，能安全下台已经很不错了，也就是碰到陈浅学和钱木两位主任。”张五经说。

“就是，碰到这样的病人，肺部一团糟，神仙也无回天之力。”康健感慨。

“方樱子，我没把你当外人，咱们好歹是并肩战斗在一个战壕里的战友。这种话千万不要跟病人说，不要跟某些居心叵测的人说，否则咱们都洗不清。当然，我不是说咱们手术做得有问题，不管是书写的病历还是手术，都是拿得出手、经得起检查的。这一点，我们是有自信的。”

方樱子听完康健的话吐了吐舌头，知道自己说错话了。

“方樱子，好好跟康健老师学吧。今晚艾叶值班。”张五经岔开了话题。

艾叶正被张五经追求。张五经在胸外科有闻名的恋爱故事。

医学博士毕业的他至今单身，他把科室里分配来的护士几乎追遍了，貌美如花的护士在他的追求中逐个与别人结婚。但是，这种结果丝毫没有减弱张五经追求真爱的热情。虽然，他其貌不扬，虽然，他身材不够魁梧和伟岸，虽然，他没有房子和车子，虽然，他的家在天津农村；但是，他有自信的底牌，医学博士就是他最好的财富。最近听说艾叶的男朋友不愿意艾叶出国，两个人因此吵架分手，上天赐给的好机会，张五经坚决不能错过。虽然艾叶是全院有名的美女护士，护理系毕业的大学本科生，外语叽里呱啦不输博士毕业的他，但他每天守着艾叶，有极其便利的条件，他对艾叶豪言，不仅支持她出国，还可以陪她比翼双飞。这是他追求艾叶最雄厚的资本。

因此，张五经对上班充满期待，恨不得天天泡在科室里。

“今晚吃什么，方便面？有点对不住自己。唉！累得不知道饿了。”张五经听见楼道里的病人早已开过饭，开始盘算自己晚饭吃什么。

“我订了几份华云楼烧卖，马上就到，一起吃。方樱子，今晚我请你吃烧卖，牛肉大馅，一咬汤汁四溅，大虾仁一咬满嘴鲜香，你一定要尝一尝，不吃后悔。”康健像给烧卖做广告。

“真的这么香啊，说得我口水四溅，前胸贴后背的感觉。”方樱子放下了书包。

艾叶走了进来：“什么美食？我也没吃饭呢，今天白班连夜班，为了那个术后病人加了双班，前半夜两个人值班。”

“康健请吃烧卖。”张五经看见艾叶，小眼神充满激情和温柔。

方樱子一看张五经的眼神就明白了，心想：哎哟，妈呀，这温柔的小眼神，都是丘比特的小桃心箭，齐刷刷地射向了艾叶，跟李银针看自己的眼神一样一样的。

“有病人找你啊，康健帅哥。”艾叶对康健说。

“找我？我的病人都处理完了。”康健疑惑地站起身。

一个长发美女手里抱着一个巨型娃娃熊走了进来。方樱子以为她是给康健送玩具的，夸张地说：“这玩具真可爱。”

长发美女即刻嗲嗲地说：“我就喜欢这个熊，到哪里都抱着，不然两只手空空的。”

方樱子哦了一声，完全尊重和折服于长发美女人熊合体的嗜好。

“康医生，你能再帮我摸摸乳腺吗，我总害怕是恶性的。”长发美女看着康健。

“是不是恶性的摸不出来，要等病理切片。”康健抬头看了女病人一眼，继续低头写病历。

“你们都有经验，一摸就知道，摸摸我才放心，不然今晚会担心得睡不着。”

“明天上台等病理切片，睡不着跟值班护士要两片安定。”康健无情拒绝了女病人的要求。

“我今晚要失眠了，要是恶性的怎么办？”女病人很有不摸不走的意思。

“你就给人摸摸呗，五分钟的事。要不今晚失眠明天怎么手术？”二姐艾叶快人快语。

张五经也挥着手说，摸摸吧摸摸吧。也许他看出病人有不摸不走的意思，想把病人打发出医生办公室。

康健无奈，把笔放在病历纸上站了起来。

“去换药室。”康健走了出去。女病人抱着熊紧紧跟在康健身后。

“艾叶，艾叶，进换药室。”康健叫艾叶。虽说是医生和病人的关系，可女孩子解上衣的事，还是有第三者在场妥当，什么都可以说明白。康健很清楚这一点。

“干什么？我正有事。”艾叶手里拿着一本病历让张五经签字。

“我去吧！”方樱子站起身向换药室跑去。

艾叶合上病历，一抬头，正看到一个男人提着两盒比萨饼走了进来，身后跟着一个魁梧的外国人。外国人怀里捧着一大束红玫瑰和白百合。

“看哪个病人呀？”艾叶诧异地问。

“你不认识我？”李银针问艾叶。

“你？哦！想起来了，脱了白大褂险些认不出。他我也知道。”艾叶笑着说，顺手指了指李悬壶。

“你怎么在这里？”李悬壶惊讶地看着方樱子。方樱子也呆看着抱着鲜花的李悬壶。

“你不是说她住院了吗？你小子又骗我。”李悬壶指着李银针不满地说。

“不骗你鲜花和比萨怎么来呀。方樱子医生，请接受鲜花和美食。”李银针把两大张比萨放在桌子上。

“太好了，一会儿咱们一起吃，烧卖马上到了。”张五经高兴地说，方樱子也兴奋地打开比萨盒闻了闻。

“这么热闹。”康健也走了进来。

李银针看着艾叶，小眼睛开始放光，心想，全院闻名的美女今天可算看见真容了。以前装模作样来过胸外科几次，从没有看到艾叶的影子，好不容易见过一次，还戴着大口罩。

“艾……艾叶姐，我今天特意来看你，知道你值夜班。”李银针有点结巴。

“来看我，好呀。鲜花也是给我的？”艾叶开玩笑。

“那是他送给方樱子的。”

“哦，方樱子的男朋友是外国人啊。”

“hello，you come from the US？ Overseas Study？”

艾叶跟李悬壶说了句英语。

“我来学中医。”李悬壶用中文说。

“哎哟，中文这么好。”艾叶做了个鬼脸。

“马上吃饭，护士长库房里有两只烧鸡，不知道谁给的，我给你们拿来。康健，明天就说你拿的。”艾叶对康健说。

“我成偷鸡贼了。你们先准备，我去看看病人，查查病房。”康健去看病人。

大家热热闹闹吃完饭，外面下起了雨，艾叶对方樱子说：“你住值班室别回去了，我给他们找两把伞。”她指着李银针和李悬壶。

方樱子确实累了，看看窗外的大雨，她向艾叶点点头表示自己不回去了。李银针和李悬壶举起艾叶递过来的小花伞走了。望着李悬壶离去的背影，方樱子突然醒悟似的喊：“你的手机怎么办？”

李悬壶回头说：“我再来找你。”

李悬壶还想再来找方樱子。

“你还想找她？”李银针瞪着小眼睛酸溜溜地说。

“你不是也要来找那个漂亮的护士吗？是不是喜欢上她了，我看你的眼神不对，这个秘密被我发现了。哈哈！”李悬壶有点得意地说。

李银针叹了口气："唉！感觉完全不对，你的思维有问题，你什么时候改成中国人的思维方式，你的中医才能学到精髓。"

"中国人的思维方式？"李悬壶摸了一下棕色的头发，似乎不太理解。

"那要等多久呢？"李悬壶瞪着蓝眼睛问。

"不长，猴年马月吧。"李银针眯着眼睛得意地说。

半夜十二点，方樱子去厕所，看到长发女病人抱着熊幽灵似的在走廊里走来走去，她问正走进值班室睡觉的艾叶，这个女病人在干什么。

艾叶打着哈欠开玩笑说："等康健安慰呢，她说有预感，肯定是恶性的。"

方樱子闭着眼睛翻了个身，笑了笑，说："还要怎样安慰啊。"

"就是啊，我们康健帅男医生也太不容易了。"艾叶说。

艾叶和方樱子一起笑了，先后进入梦乡。

深夜，艾叶被叫醒，说病人正在抢救，忙不过来。方樱子困得实在爬不起来，她惊醒了几秒钟后又睡熟了，艾叶什么时候出去的，什么时候进来的，她根本不知道。直到清早，才被咕噜噜的送水车声和护士的治疗车声吵醒。她揉揉眼睛，看到艾叶已经起床了。

"哎哟，妈呀，五点我才过来躺会儿，倒在床上还没摆好姿势就睡着了。康健和张五经忙了一夜，手术出血那个病人夜里呼吸、心率都不好，请心内科和呼吸科会诊，又让家属签字把麻醉科找来做气管切开，还有个晚期病人抢救，你没听到抢救车响，心三联呼三联轮番上，康健和张五经做了快一个小时的胸外按压，累得满头大汗，病人还是走了。还有昨天下午那个乳腺手术病人，总喊伤口疼，一会儿说手麻，一会儿说咳嗽，一会儿说发烧，总嚷着找医生找医生，还有一个肺癌晚期病人，大夜里跑到护士值班室的椅子上躺着，说不给打止疼针就不走，刚刚打完杜冷丁半个小时都没有，再打针吗啡，呼吸还不停了？谁敢给他打。"艾叶昨天忙坏了，飞转的节奏好像还没有调过来，语速特别快。

方樱子被艾叶密集的语速和昨晚病房发生的超大信息包砸精神了。

"就是，亏得你没起来，要不也要忙个半死，我去洗澡。"艾叶端着小蓝盆冲进了浴室。

听完艾叶的话，方樱子有些不安，夜里没有起床参与抢救是不是医德有点不高尚呢。她打了一个哈欠，实在太困，起不来，高尚情操也支撑不起疲惫的身体。她安慰下有点自责的小心脏，懒洋洋爬起了床。

早交班结束，艾叶看到康健和张五经一脸疲惫地向值班室走去。康健边走边说："睡觉睡觉，谁也别吵我们，下午还有个手术。护士长，你昨天的烧鸡被我们吃了，别心疼啊。"

吴嘉佑护士长捂着护士帽跑过来，说："吃吧、吃吧。有个病人家属是开熟食店的，让我帮忙推销，我刚好有个亲戚开饭馆，你们若买也可以联系，病人家属经济困难，全当帮忙了。"

"护士长，这心你也操，太累了吧。"康健笑笑说。

吴护士长在日本进修三年，能说一口流利的日语，管理的病房整洁干净，最喜欢带护士们给病人擦澡，据说这是在日本医院带回来的良好习惯。因为日本医院要求每天给病人洗澡。不知他们除了洗澡还干不干其他工作，反正胸外科若是每天给病人洗澡，其他治疗工作就没有时间做了，这个讲卫生的好习惯，完全不适合国内医院繁重的护理工作。

吴嘉佑对走过来的艾叶说："好吃的东西藏在哪里他们都能找到，比警犬还厉害。"

艾叶赔着笑说："就是，总偷吃你的好东西，你那盒外国巧克力收好啊。"

"还知道我有外国巧克力？！"护士长转身走了，也许赶快收巧克力去了。

昨晚上夜班的护士怀孕了，扭着身子挺着隆起的肚子准备下班。康健笑着对她说："你去称称体重，绝对重了半斤，据我统计，怀孕的护士值完夜班体重都增加。"

"又开始胡说。"怀孕的护士瞪了他一眼走了。

"忙成这样，累成这样，你还有心情跟孕妇开玩笑，佩服你。"艾叶对走进医生值班室的康健和张五经说，"你们两个好好睡，我从外边把门锁上，免得有人找你们。"

艾叶的心眼儿特别好，也特别会照顾人。

"二姐，你锁上门我们怎么上厕所，肾没有那么好，憋不住啊。"康健笑着对艾叶说。

"我把上厕所的事给忘了，憋着呗。"艾叶咯咯笑了起来。

“你赶快去休息，我桌子上有瓶酸奶你喝了。”张五经心疼地对艾叶说。

不一会儿，值班室就响起了康健和张五经的鼾声。

方樱子正准备贴化验单。走廊里传来病人的争吵声。方樱子看见冷脸女医生甘草走进办公室，后面跟着一个病人，高声说她已经好几天没有换药了，伤口上的纱布都硬了，找了甘医生几次，她都让回去等，总是冷着脸，问什么都不耐烦，还说再不给她换药就去医务处告状。

甘草理直气壮地说：“手里一大堆病历没有写，医嘱也没有开，换药的病人也不止她一个，急也要等，爱告不告。”

陈主任今天外出开会，钟思书笑呵呵地走过来，向甘草摆摆手，把病人拉进了换药室。

钟思书方脸留背头，有些微胖，他是胸外科资历比较老的医生，干了一辈子胸外科，做手术做得背都驼了。钟医生调得一手香香的辣椒，常年免费放在值班室，他在四川和云南生活过，四川辣椒的鲜香和云南辣椒的本味都调在他的辣椒里。吃饭的时候，胸外科的人喜欢放一勺他的独门辣椒解馋。问他秘方，他总是笑说保密，然后认真地告诉你，一定要放芝麻和炒过弄碎的花生，这样才能调出香味。他爱人有抑郁症，不能上班需长年吃药，女儿脑子有问题，不是很灵活。医院外派支援非洲、地震救援、非典救助，他都报名参加，一方面是想多挣钱贴补家用。一方面，他确实是个勤勤恳恳、有责任感的称职好医生。

方樱子想走进换药室拿纱布，钟思书看见进来的方樱子和蔼地说：“想不想看看换药啊。”

方樱子即刻点头说：“好啊，我还没给大手术病人换过药呢。”

钟思书对方樱子说：“我给你演示一次完整的换药，下次你就会了，很简单，不过，要记得这根埋在皮下的引流管三天后取出，也可以根据引流情况而定。还有，伤口的线一定根据伤口的愈合情况，逐步、逐段拆线。换几次就有经验了。”方樱子点头，觉得钟思书特别和蔼可亲。

下午，方樱子和康健一起上抱熊女孩的乳腺手术，术中等病理切片。抱熊女孩问康健，如果是恶性的是不是要把乳房切掉，可不可以不切，不切的危害有哪些。

康健长出一口气，说："这些不都在手术前跟你交代了吗？在没有得到病理切片结果的时候，说什么也没有用啊。"

方樱子断言，这个女孩结婚以后随着年龄的增长会变得比唐僧还絮叨，可以活活用语言把人折磨死，大有年轻版祥林嫂的趋势。一遍是话，两遍是烦，三遍就是废话。

不一会儿，女孩哭了起来。她说自己肯定是恶性的，失掉乳房她还怎么生活，都不想活了，她还想以后当明星呢。

听了她的话，方樱子都想为她祈祷，如果是恶性肿瘤，这个女孩一定会痛苦得撕心裂肺，他们不是在救死扶伤，治病救人，完全是拯救一条鲜活年轻的生命，责任太重大了。

下了手术，康健对方樱子说："亏得不是恶性的，不然咱们两个非被她折磨死。"

方樱子笑笑说："是啊，太虐心了。"

方樱子要李银针下班来找她，说有重要的事让李银针陪她做。

李银针在电话里痛快地说："樱子，就是上刀山下火海我也陪着你。我就喜欢当你的影子，当你的尾巴，当你的左膀右臂，让你温柔的小身子靠着我。李悬壶找你没有？"李银针问。

"找了啊，约我今天吃西餐，我没有答应。"方樱子咯咯笑了起来。今天方樱子也想捉弄捉弄李银针。

李银针一听，心想坏了，这洋人是不是要对我的方樱子下魔爪啊。

"樱子樱子，听我说，你千万别搭理他，他追过的女孩子有一火车，见到漂亮女孩就不放过，到手一个甩一个，比狗熊掰棒子还快。天天骑着破电驴子带着爱慕虚荣的中国傻妞满街招摇，哪像我这么专一。"

"一火车？太夸张了吧，说明人家有魅力。不过，我就喜欢让外国人骑着电驴子带我满街招摇，那多拉风、多神气，羡慕死人啊。"

"你诚心气死银针少爷是不是。你知道吗，我昨天看见艾叶美女口水流一地。"李银针也恶狠狠地说。

"你等着！"方樱子恶狠狠地挂断了电话。

下班后，方樱子见了李银针就伸出右手直奔他的耳朵，一下就拧个九十度死角，稳、准、狠，李银针还没来得及蹲身捂耳朵。两个人早熟悉对方的进攻套路，就看谁敏捷了。

“哎哟，哎哟，樱子下手千万别这么狠，我妈、我爸、我爷爷都心疼肝颤，最主要的，这等于拧你自己的肉呀。”李银针踮着脚歪着头咧着嘴。

方樱子放了手。李银针揉着耳朵。

“本来就扇风耳，再拧就更败家了。”李银针哀怨地看着方樱子。

“你昨天看艾叶的眼神，嘴里稀里哗啦的口水以为我没看到吗？”方樱子昨天就想找李银针算账，憋了二十四小时，都膨胀了。

“那是看见虾仁大烧卖馋的。”李银针讪笑着。

“你这是秀色可餐，那时候烧卖还没来，你骗谁呢？”

“樱子，唯有深情，绝不多情，更不滥情，这是我作为男人的准则。我就喜欢看看美女啥的。今宵酒醒何处，杨柳岸晓风残月，这是风流才子柳永说的做的。才子多风流，你得理解。”

“你是才子吗？就想风流。”

“我半个才子、半风流，所以只能看看美女。”

“樱子你吃醋了，我真高兴。”李银针咧嘴笑着说。

“你也吃醋了。”方樱子说。

“就是，所以我们两个就别掐了。”李银针握住方樱子的手。

“哎哟，手疼！心累。”方樱子软弱地叹了口气。

“怎么了这是？无病呻吟林黛玉，还是有病呻吟秦可卿呀？她们是深闺小姐，闲的。你是事业女性，忙得还有工夫叹气？”李银针看着方樱子的脸说。

“我昨天上了一个特别特别大的手术，病人大出血，血压都掉下来了，险些下不了手术台。我在台上被钱木主任的卵圆钳打了手，还晕了台。我下手术后一直心情很差，可以看出来，陈浅学主任和钱木主任都不喜欢我。”

“不喜欢就不喜欢，还能怎么样。”李银针一副无所谓的态度。

“还有。”

方樱子把病人大出血，感觉自己没有认真观察出血量，有些自责跟李银针说了说。

“怎么了？有主刀医生，你一个新大夫在台上能干什么，自责什么呀，资格都没有。”李银针不屑地说。

“你不知道，我当时正站在胸腔下部，吸了一块纱布的血，忘了跟他们汇报，所以没有记在出血量里，耽误了他们的判断，如果马上告诉主刀医生，病人就不会这样危险了。”

“错，这没有准则，没法判断，不是一个简单的责任心就可以解决的，完全是你臆想。经验、医术、医德、责任心不是你刚上一天班的医生可以悟到的。手术台上的人都是瞎子，就你长了神仙的千里眼？再说，一块纱布的出血量没有多少。”

“行了行了，你不用自责，病人抢救成功就好。”李银针一挥手。

“我明白了，有了经验自然就有了眼力和心力，不过，我总觉得没有理的事你也能嚼出理来，这一点我很佩服你。”方樱子看着李银针撇了一下嘴。

“有一点，你没有上报出血量的事千万不要跟任何人说，别犯傻，本来两位主任都对你不感冒，别自己找事。”李银针叮嘱方樱子，方樱子点点头。

“方樱子，你绝顶聪明，定成一代名医。当然，以我的智商，高出你几个档次，一定是李时珍再世。你的手术刀和我的一枚小银针定能横扫当世中西医。中国医学有救了，癌症也快攻克了。”

“你昨天晚上是不是被雨淋了？”方樱子摸了摸李银针的额头。

“一边去，我没发烧。”李银针和方樱子都笑了。

“我发现上了手术台，如何解剖组织全部忘光，是不是我学得不扎实？今天钱木主任找我谈话了。”

今天，钱木主任找了方樱子，一脸严肃，一点不留情面。她告诉方樱子，如果有手术，当晚休息好，不要熬夜打手游、打网游，学一些年轻人的恶习，不好好睡觉，免得手术台上晕倒。另外，如果胆量不够，就练练自己的胆子，不要在手术台上两只手不停地抖。如果觉得自己理论知识不够清楚，就好好重温医学书。并提出下次上台不能再出现这种情况，否则她就认为方樱子根本不适合做外科医生。她要求方樱子有时间就跟着上台做手术。

“肺后壁的血管走向我想再看看。要不趁现在天还没有完全黑，你陪我去后院医学院解剖室找两个肺看看。”方樱子抬眼看了看被法国梧桐的大叶子遮挡的夕阳。这是她此刻的真实想法。

听说要去解剖室，李银针身子一歪险些摔地上，像低血糖病人般软弱无力。

"方樱子，陪你上刀山下火海我都能做到。看人体器官，我……我真没这个思想准备啊。"李银针哭丧着脸，声音都颤抖了。

方樱子看到李银针这副德性，忍不住扑哧笑了。

其实，刚到医学院上解剖课的时候，方樱子也被吓得哭爹喊娘，魂掉一地。记得第一次上解剖课，方樱子做好了思想准备。不以为然地想，不就是一堆神经、肌肉、骨骼、结缔组织吗？与一只猪、一只鸡有什么区别？我们祖先茹毛饮血，我们现在大口啃动物的肉，地球上还有过食人族呢。人，其实就是地球的一种生物。

顺着这个逻辑思维，方樱子一脚把"可怕"两个字踢出了地球。

上课前，方樱子把口罩上喷了两滴兰蔻奇迹香水，一股清晨朝露般的清新，香进了骨髓，武装了思想。

医学院解剖室走廊里挂了多幅伟人、科学家、哲人的油画像。马克思浓密的大胡子，一根一根滋生的都是崇高，他画像的胡子下面闪烁着行云流水的语录。

"认识世界的目的在于改造世界。"

"认识尸体的目的在于改造疾病。"方樱子也悟出了医学真理，医学院老师完全掌控和理解学生们的心理，正能量的心理暗示太给力了，方樱子信心百倍。

方樱子雄赳赳走在进入解剖室的队伍里。心底里，真理和思想的激情之火呼呼向上蹿，她恨不得冲到队伍的最前面，带领同学们向前冲。

"哎哟！方樱子，你踩我脚干什么，吓慌了？哈哈，害怕了吧。"前面的男生怪笑着回头对方樱子说。

"一边去。"方樱子豪气地回击。

方樱子迈着大步踩了别人的脚，不是慌，是心底蹿出的胆量。

"肃穆，肃静！"解剖室男教授用浓浓的山东淳朴口音高声提醒着。

"那位同学，把墨镜摘了。"

方樱子回头一看，险些笑了，同宿舍的女生在解剖室里戴了一副大框墨镜。她怕福尔马林药水熏眼睛，提前做好了防护。

"首先对尸体默哀三分钟。"

三分钟之后，教授进行了人生观、价值观、世界观的三观教育。讲完了三观，解剖教授搬起一条大腿，这次讲的当然是大腿上的肌肉、骨骼的故事，随后他又拿起一条弯曲的胳膊，教授不戴橡胶手套的手完全本真上阵。这是温暖与冰冷、热血与漠然的亲密接触。

二百零六块骨头，六百三十九块肌肉，上千亿个神经元，人体是个多么复杂神秘的宇宙。方樱子盯着教授不戴手套的手开始胡思乱想。她那双水灵灵的大眼睛被福尔马林泡尸水熏得眼泪哗哗的，擦也擦不完。

唉！这节解剖课上的，完全成了惊魂之梦。

中午，去食堂的路上，被踩脚的男生特意跑到方樱子面前，学女音尖叫一声后闭着眼睛软软瘫下去，他在夸张地模仿被吓坏的方樱子，方樱子毫不客气地抬起高跟鞋狠狠踹了一下他的屁股。

"今天中午食堂有肉包子，快走啊！"不知谁喊了一句，同学们加快了步伐。食堂的肉包子一咬流油，香而不腻，红红的汤汁裹着嫩嫩的肉馅，一口下去又香又松软，一直是同学们的最爱。方樱子托着饭盆里的包子和凉菜走到餐桌边，坐下后，方樱子张开狮子大口，小半个包子咬到嘴里。可是，方樱子突然张着嘴，嘴里堵着包子，定格在那里，她看到教解剖的教授坐在餐椅上捏着肉包子大口往嘴里塞，一口一口又一口。他的手……他的手捏解剖室里的大腿、胳膊，托着骷髅的时候没戴手套呀，这……这豪气和生猛，把方樱子惊呆了。

"方樱子，方樱子，今天中午的肉包子特别特别够味，你看这肉色，特别像解剖室里的……"被方樱子踢了屁股的男生坏笑着对方樱子说。

"方樱子，你知道解剖室的骨架是怎么做的吗？"另一个男生恶狠狠地咬着肉包子，边夸张地咀嚼，边对方樱子说。

方樱子嘴里的包子说什么也咽不下去了，她捂着嘴跑出了食堂，包子被男生们一抢而光。

上了很多节解剖课之后，方樱子开始变得淡然和从容，她可以带上早点进解剖室，有些男生佩服地说，在这里吃早点啊，真佩服你的胃口。她可以把厚厚的解剖书放在泡尸体的台子上从容翻看。她可以把骷髅带回宿舍和疯狂的女室友们认头骨上面的蝶骨、颞骨……然后熟练地背诵十二对脑神经口诀：一嗅二视三动眼，四滑五叉六外展，七面八前九舌咽，迷走副脊舌下全。

方樱子看看向晚的天色，放弃了去解剖室的想法。走过 CT 室，迎面正走来科里的钟思书医生。钟思书笑呵呵地看着方樱子和李银针。

“下班了，怎么还不走？”

“马上马上！”李银针笑着向钟思书点头说。他此刻已经恢复了精神，双腿不软，精神抖擞。

“钟医生你去干什么？”方樱子看见钟思书手里提着一大袋子菜叶和剩包子，还有昨晚他们吃剩的小半只烧鸡。

“哈哈！不知道吧，我去动物园，想不想看看。”

“动物园？”方樱子和李银针同时惊讶地看了看对方。

“我看我看！”方樱子拉着李银针的手跟在钟思书身后。

钟思书带着方樱子和李银针穿过一个铁栅栏门来到一排铁架子旁边。方樱子一看就兴奋起来。几只毛茸茸的小白兔瞪着红眼睛在窝里跳来跳去，还有两窝小白鼠和几只柴狗。

“这么多动物怎么一直没发现呀。”李银针眨着眼睛，心想，要是早知道，兔子没准就成红烧兔头进肚子了。

“这是做实验用的。我常来喂它们，菜叶是我在食堂跟大师傅要的。”

钟思书和方樱子拿着芦笋叶喂兔子，李银针扯着烧鸡喂狗。

“当医生既要有爱心也要有胆识，否则没法治病，起码要有杀它们的胆量。”钟思书平和地说。

“啊？杀它们，我可不敢。”方樱子闭了一下眼睛。

“外科医生嘛！不然你的手术刀怎么一刀准确切开皮肤、分离组织，怎么把那些肿瘤细胞切干净。哪天我帮你练练胆量，我说的练胆，就是敢于下手，先解剖一只小白鼠。”

方樱子喜忧参半地说：“好吧，好吧！”

“我发现这狗真傻，不知道抢吃的，有一只还是瘸腿狗。”李银针摇头撇嘴，对狗呆傻迟缓的表现很不满意。

“实验狗，这只狗肺肿瘤扩散了。”钟思书摸摸狗的脑袋，把狗面前的鸡皮放在它嘴边，狗似乎没有一点食欲。

“病狗真可怜，当人类的试验品。”方樱子感叹道。

“方樱子你真有同情心。这些小动物即使不当试验品，也有可能被人吃掉。”

不管多么深奥的理论和沉重的话题，李银针都能找到合理的解释。

“病狗可怜，病人也可怜。”钟思书有些沉重地说。

钟思书喜欢每一位充满朝气的年轻医生，不管他们身上有没有缺点，尽管方樱子第一天上班就迟到，听说在手术台上的表现也令钱木主任不满意。但是，钟思书根本就不在意，他愿意把自己的临床经验分享给任何年轻医生。

几个人正在喂食小动物。突然，旁边房间里的门开了，杜仲医生手里提着一只兔子走了出来。

“老钟，你看这只兔子就是不死，生命力还挺顽强。”

天渐渐暗了下来，李银针拉着方樱子走出栅栏门，方樱子停下脚步对李银针说：“我的胆量还是该练练，钟思书医生的意思是让我练胆儿，你听出来了吗？”

李银针头摇得拨浪鼓似的说：“没听出来，你太多情。癔症加冥想症患者。”

“你说怎么练胆，要不你陪我到太平间那边转转？”方樱子抬眼望了望太平间方向。

李银针一听，腿立即哆嗦了一下。

“看你那胆量，我就知道你们学中医的，就知道整天拿个布娃娃练针灸。”方樱子不屑地说。

“谁说的，基础医学我们是一样学的。再说，我们不仅扎布娃娃，还扎洋娃娃，还扎自己呢，我的头上就扎过一百多针，险些成了筛子。”李银针不服气地争辩道。

“脑袋快成刺猬了，刮风天出来没漏风吧？既然咱们学的一样，那好，咱们去吧！”

“方樱子呀，太平间那小白楼可去不得，你看白楼四周仙气缭绕，一片郁郁葱葱的松柏在白雾里缥缥缈缈，阴气十足。你见过太平间那俩大爷吗？长得可都够吓死人了，有一天我大白天看见他们，心里一慌脚下一乱，咚，撞树上了，你说邪不邪？”李银针咬着后槽牙说。

“那天，一个晌晴的中午，我从小白楼门口路过，正看到一个白衣女子袅袅婷婷，白色的纱裙盖过了脚面，那叫一个飘逸，左右头顶各盘一个发髻，双耳边珠环玉翠叮当作响，十指丹红，纤纤玉手一点粉面，朱唇轻启，杏眼含春，她向我浅浅一笑，我立马浑身酥软，口舌满津。心想，这等绝色女子简直不是人间俗物，待我上前搭讪问她姓甚名谁。突然，背后有人喊：'银针。'我急忙回头寻找，没人。再回顾身后，你猜怎么着。"

方樱子张着嘴听傻了。

"哈哈！待我回过头来，白衣女子不见了。这不是大变活人，这是活生生的聊斋志异呀。"

"真的？！"

"方樱子你别嚷，现在想起依然后怕，来来来，我们赶紧走。"李银针拽着方樱子就跑。方樱子的高跟鞋差点跑掉了，跑了几步，迎面的汽车晃着大灯开了过来。方樱子心里的阴影似乎被灯光照亮了，她放缓了脚步。

方樱子回过神来，喘着气说："你肯定在骗我。"

李银针一捂脸痛苦地咂着嘴："真的，方樱子你什么时候能相信我。我一直绕着小白楼走，从不敢抬眼看它，我的心里有着无法弥补的创伤和恐惧。"

方樱子盯着李银针的脸，李银针躲开方樱子的眼神，绷紧的脸还是没忍住，他咧嘴眯眼笑了起来。

"那女的是精神科跑出来的神经病，正常人谁梳个丫鬟头呀。"李银针说出了实话。

方樱子左右开弓，伸出两只手直奔李银针的两只扇风耳，这回不是拧九十度，是一百八十度。

李银针即刻野狼般哀嚎，向方樱子求饶说："我请你到簋街吃麻辣兔头。"

方樱子没松手，抬脚给了李银针屁股一脚。

"去簋街吃兔头？你还刺激我！"

夜晚，热闹的簋街人来人往，鲜香的麻辣味从一个个餐馆飘出。各色饮食男女从餐厅里进进出出，人气、香味、诱惑搅动这里的喧嚣。

方樱子和李银针挽着胳膊款款步行在这条美食街上。

李银针的眼睛已经忙不过来了，除了撒网捕美女，还得忙着挑餐馆。

“我上次去成都，双流的麻辣兔头真够味，脑花滑嫩爽口。”李银针被杜仲医生勾起了吃兔子的馋瘾。

“樱子，麻辣兔头到底吃不吃？”李银针念念不忘。

方樱子坚决摇摇头，说：“你想吃，所以反复问我，我早就号清楚你的小脉了。”

李银针嘻嘻笑了笑。

方樱子今晚绝对吃不下麻辣兔头。

李银针吧嗒一下嘴，放弃了决定。

“小龙虾、牛蛙、撸串？”李银针念着餐馆外面的招牌食谱问方樱子。

“小龙虾我不敢拿，牛蛙身上寄生虫太多，你没学过寄生虫学呀？”

“尸体都敢碰还不敢拿小龙虾？练胆从现在开始。先解剖几只小龙虾。”李银针拽着方樱子准备进香飘飘餐厅。

方樱子像被绑架似的后退着身体，她救命似的指着红字闪烁的爵士西餐馆说：“芝士牛排、罐焖牛肉、三文鱼沙拉、格瓦斯、冰激凌，我要吃这些。”

“别说我不陪你练胆，陪你解剖小龙虾你不同意。西餐也不错，看微信朋友圈发过图，就吃西餐了。”李银针点点头。

“只要我们樱子满意就行，一会儿我得买俩麻辣兔头解馋。”李银针对方樱子说。

“我给你买五个回家解馋。”方樱子在李银针面前挥舞着小巴掌。

“还是樱子是我的亲人。”李银针抓住方樱子的小巴掌。

学医的女朋友太讲究，方樱子也不例外。李银针想变成痛快的凶猛吃手都不行。这也不能吃，那也不能啃，方樱子像戴个放大镜，把食品的内部结构都看穿了。

坐在音乐环绕的座位上，李银针翻着考究的西餐菜谱问方樱子。

“樱子，是你事太多还是食品不安全？”

“你说呢？”方樱子拉着长音。

“食品不安全，食品不安全。樱子说得对，以后牛蛙我也不敢吃了，寄生虫进脑子变成傻子就惨了，樱子肯定把我一脚踢走，我爷爷的银针妙手也回不了我的自由青春。”李银针点着头说。

“我事多？下次让你见识见识我们钱木主任，非把你像木乃伊似的裹起来不可，这椅子不能坐，这菜谱得戴上手套翻，这柠檬水要自己带来的杯子喝。”方樱子指着李银针的手说。

“啊？这怎么生活呀？”李银针惊讶地说。

“这环境怎么样？氛围怎么样？味道怎么样？”方樱子喝着柠檬水，看着墙上的俄罗斯晚秋大油画问李银针。

“不够味，太清净，必须油烟味呛人，耳根子里都是你嚷我叫的嘶鸣，那才对路子。洋人太多了，太老，尤其不合我的口味。”李银针环视了一周，那边的红发俄罗斯小妹不错，可惜对面坐着一身肌肉的猛男，像个看门大狮子，李银针想看两眼的勇气都被吓没了。

等菜的时候，方樱子的电话响了，是闺密加死党梅珊打来的。

“你在哪里？有一件好事、一件坏事向你报告，你先听哪一件？”梅珊问方樱子。

“当然是好事，我在簋街爵士西餐馆吃饭呢，你过来吧。见面再说，好吧？”方樱子小嘴一闭，挂断电话。她拿起餐单补菜，准备迎接梅珊。

梅珊是方樱子的高中同学，不知是盗墓小说看多了还是脑子受了什么刺激，非要学考古。梅珊的妈妈和爸爸离异，一个人带着她，坚决不同意梅珊学考古，说那是扒坟掘墓的专业，不能干。梅珊说妈妈是封建思想作怪，她就喜欢傍晚故宫幽深的感觉，就喜欢拿着小铲子蹲在墓坑里翻着小铜钱，就喜欢一件件斑驳的出土青铜器。她立志：三千年的木乃伊要一眼辨出真假。她妈妈说，那是科学仪器辨认的，不用你肉眼辨认劳神。梅珊一头扎在古墓群里，妈妈拗不过她，母女两个在这个问题上完全死掐。

梅珊和方樱子自由行跑遍了祖国大江南北的墓地，近的明十三陵、清东陵，就连八王坟和公主坟也没有放过，远的长沙马王堆、西安秦始皇陵都留下了她们的足迹。梅珊看着马王堆博物馆里精美的彩绘锦画、色彩绚丽的漆盒和辛追夫人的蜡像，对方樱子说：“你看，尸体也可以流芳千古、扬名海外。”

游西安的时候，望着依骊山、临渭水的秦始皇陵梅珊感叹，什么时候能挖掘看看里面的秦始皇世界，我掐算，今生恐怕无望。

方樱子笑着调侃说这还用掐算，什么时候也无望，谁敢呀。武则天奶奶墓的传说有多少版本，都是吓人的神奇故事，动她一块石头就飞沙走石给你点颜色看看，飞舞的石头恨不得长着眼睛跑过来砸死你。秦始皇爷爷陵说不定捏粒沙子就直接倒地暴毙，这叫威慑全人类！

梅珊说："我看《盗墓笔记》《鬼吹灯》都是小儿科。秦始皇、武则天陵墓的故事写起来肯定更吓人，保证看完不敢睡觉。"

后来梅珊的钱包丢了，那时候手机支付还没有普及，回京的机票都成了问题，两个人吃饭的钱也要算计，梅珊把带来的零食给方樱子吃，自己半饥半饱饿了两天。她说为了惩罚自己，实际是为了照顾方樱子。方樱子开玩笑对梅珊说，你可千万别再提扒秦始皇墓的事，这是帝王在报复你呀。梅珊紧张得双手合掌念念有词：秦大爷保佑我们！

本来两个人要深夜看大雁塔，吓得改白天游了。

梅珊留直发，如同一把束起来的刷子高高顶在头顶，像唱戏的武生，戴一个小黑框眼镜，鼓额头，厚嘴唇，她喜欢穿中式长袍，粗纹棉布红袍子上绣着梅兰竹菊，身上散发着一股温婉娴雅的中国风，很有"孤标傲世偕谁隐，一样花开为底迟"的独特个性。

她说，这样的打扮，这样的发式，才能跟她的爱好和职业相契合。

方樱子和李银针面前的凉菜刚刚上来的时候，梅珊带着一个男人走了进来。男人戴一个咖啡色宽檐遮阳帽，帽子下看不到头发，面无血色的一张白脸没有头发的修饰，没有胡须的点缀，越发显得缺乏生气。面庞消瘦，两腮无肉，眼神软弱，整个人感觉像个弯腰小蘑菇。

方樱子心里不满地说，这姐妹儿从哪片森林采的蘑菇呀。也不经过我同意和检阅，不铺垫没有预备期直接甩一个蘑菇让我消化。方樱子心里对"蘑菇"升起了淡淡失望，对梅珊升起了淡淡哀怨，她实在消化不了这个"蘑菇"。

虽然李银针长得也不魁梧高大，但他身上抖着机灵、幽默和智慧，带给人的是欢快和热闹。而眼前这个男人身上透着寒气和冰冷，跟僵尸和蜡像似的，一点人气也没有。方樱子感觉这个"蘑菇"不对胃口。

梅珊的胸前戴着一个血沁色白玉圈——血沁色传说是棺木中的尸骨流出的液体浸染留下的。心底无私百邪不侵，梅珊有胆量！

她的“蘑菇”男友胸前也戴着一个饰品，透明色琥珀里趴着一只弯腰大蝎子，方樱子看完他胸前的弯腰大蝎子，感觉他不像蘑菇了，也许江湖毒侠客更贴切。

“这是我老公，学地质的，我们后天去埃及旅游结婚。如果时间允许再去趟泰姬陵。”梅珊眼睛里烧着小炭火，眼神散发着温暖和柔情。中国红的布袍子遮不住她溢出的幸福和满足。

方樱子听完梅珊的话，惊得嘴里的格瓦斯呛了喉咙，咳嗽了一分多钟才止住。啥时候谈的朋友？啥时越过了同居、试婚等现代青年必走的交友程序，直接赶潮流闪婚扯证！梅珊要逆天吗？肯定认识时间极短，不然方樱子不会不知道，梅珊的妈妈肯定不会同意把女儿嫁给这位蘑菇“男神”，方樱子用脚趾头也能想明白。

等方樱子停止了咳嗽，梅珊对方樱子说，这就是她的好事。

方樱子笑笑，立刻对面前奶油味飘香的罐焖牛肉没有了胃口，心想，好事就倒胃口，坏事要多坏，还不直接要了我的小命。

“学地质的和学考古的，一个在地上刨，一个在底下挖，工作上合作，生活里携手，不错不错。来！干一杯！”李银针欢快地举起了杯子。

“就喜欢听银针说话，那么舒服，总说到人心坎里，提纲挈领，切中肯綮。”梅珊使劲和李银针撞了一下杯子。

蘑菇毒侠客撇嘴点头，惨白的脸阴阴地笑了笑。

这男人哪里吸引了梅珊？方樱子研究着蘑菇毒侠客不得其解，完全想不明白。

“哪天给我讲讲恋爱故事。”方樱子没敢直接解剖似的问蘑菇毒侠客的职业、住房、收入等俗气问题。

“就是，现在讲。”

李银针给大家倒上金黄的格瓦斯。

“我们彼此遇上对的那个人了，所以，不用质疑，不用犹豫，直接跨上幸福的列车。”

梅珊的话简直就是废话，跟死党方樱子不用讲这些隔山隔水的花肠子。方樱子看了李银针一眼，李银针瞪着小眼睛，没有向方樱子发出和反馈任何信息和密码。

方樱子猛然一惊，一定是梅珊怀孕了，现在好多明星都这么干，叫奉子成婚。方樱子惊喜而幽怨地看了一眼梅珊的肚子，等着她说已经被自己猜出来的所谓坏消息——怀孕。

“我前年查体，乳腺有个小包块，是增生，没当回事，这两天疼得厉害，方樱子，带我去你们科看看。”梅珊看着方樱子说。

不是怀孕，方樱子如释重负。

“去年查体怎么说的？”

“没说！”

“这还不简单，让方樱子到卫生间给你摸摸不就完了。”李银针笑着说。

方樱子瞪了李银针一眼，问梅珊：“查体具体怎么说的，让你到医院复查了吗？”

“忘了！”梅珊说。

“我还是经验不足，钱木去深圳开会了，她特别权威，一摸就知道大概，明天让康健给你看看，他也很有经验。”方樱子对梅珊说。

“要不旅游回来再去看？”蘑菇毒侠客说话了。

“疼！”梅珊半撒娇地对蘑菇毒侠客说。

方樱子和李银针同时一扬眉毛，表示了对蘑菇毒侠客的极其不感冒。

送走了梅珊和蘑菇毒侠客，李银针挽着方樱子的胳膊送她回家。路上，方樱子问李银针对蘑菇毒侠客印象如何。

李银针说：“这是你们姐妹的事，我怎么发表意见。”

“哎呀，说说感觉能闪了你舌头呀？”方樱子就想听听李银针跟自己的感觉一样不一样。

“相书上说，两腮无肉，必定歹毒，一双睡眼，昏昏欲睡，鼻尖如刀，自私尖刻。”

“你背相书干什么？”方樱子皱了一下眉。

“千万别跟梅珊说，我的傻樱子。”

一听李银针叫自己傻樱子，方樱子气得真想抬手拧李银针的耳朵，可是今天不能再拧了，已经拧两回了，再上手银针少爷肯定急了。

现在，方樱子急切地想回家睡觉，这几天班上的，人快被累残了，尤其今天晚上，梅珊带来的这位蘑菇毒侠客让方樱子心思混乱，她要好好睡一觉，然后，好好消化下梅珊的好事和坏事。当然了，再厘清下自己工作上的事。

因为病人伤口愈合不好，杜仲要给病人胸部乳腺植皮。植皮需从病人的肚皮或者屁股上切下一块皮然后移植到乳腺伤口上。

杜仲想找人打下手，他想到了新分来的方樱子医生。

“方医生，我有个病人做植皮手术，你要不要过来看看。”杜仲不会说让方樱子帮忙打下手，说话要讲究方式方法，要有水平，含蓄。

调虎离山、欲擒故纵、釜底抽薪，什么计谋都要与现实生活相结合。见什么人说什么话，遇什么事使什么招。

“好啊！我还没看过植皮呢，你教教我，我给你打下手。”方樱子脆生生地答应。

进了换药室，方樱子戴好蓝色手术帽、蓝色口罩和无菌橡胶手套，全副武装后，她高高举起怕被污染的双手，站在治疗床旁边。不知为什么，看到杜博士，他杀兔子的情景极其清晰地进入方樱子的脑海，方樱子心里一阵凉飕飕的小阴风吹了起来。

病人看看方樱子的架势，颤颤巍巍地对杜仲医生说：“杜博士，你千万别让这个实习医生给我植皮呀，她们手生，做不好，植的皮会死的。”

“放心，我给你做，保证皮活伤口好，植皮我最拿手。方医生不是实习生，是分来的医生，一起帮我给你植皮，好不好？”杜仲医生声音清脆、和蔼可亲，三言两语把病人和方樱子说得心里很喜悦。方樱子脸上挂着微笑，屁颠屁颠给杜仲医生打下手，病人一肚子感激，那表情，就是植皮不活也不怨恨杜博士，而是怨自己的皮长得不好。

“方樱子，让你给病人植皮敢不敢？”杜仲博士问。

“不敢不敢。”方樱子头摇得拨浪鼓似的。

“谦虚什么呀。告诉你，这次跟我一起植皮，保证你以后植皮特别漂亮，植的皮看不出来是后补的。”

方樱子听后欢欣鼓舞。杜仲博士杀兔子的情景跑得干干净净。

杜仲打麻药，剔除伤口上的旧皮，“咔哧咔哧”，剪刀在病人死皮上游走，方樱子听到剪刀剪肉皮的声音心里发麻。杜仲医生剪完了死皮开始在病人的肚皮上打麻药取新皮，杜仲医生让方樱子举着肚皮上取好的皮按在胸部的伤口上，方樱子明显感觉皮取小了，盖不住胸部的伤口，怎么办？方樱子险些喊出来，想问杜博士是不是再取一块，方樱子心里一阵发急，她比杜博士还着急呢。伸着食指示意杜博士怎么办。杜博士视而不见，朗声问病人："大娘，感觉怎么样？疼不疼。"

病人爽声说："杜博士，感觉非常好，一点疼痛感都没有，手术水平太高了，说你植皮最拿手一点也不假。"

听了病人的话，方樱子一阵轻松，刚才太紧张了。

方樱子看见杜博士开始缝皮，缝完后，伤口下边露出一块没有盖住的伤口，杜博士摇摇头，准备把缝好的皮拆下来。此时，病人开始哼哼。"哎哟，肚皮上丝丝拉拉疼啊。"

"大娘，马上就好，你忍耐一会儿，打多了麻药伤口不好愈合。"杜仲博士趴在病人面前和蔼地说。

"好！我听你的，我能忍。"方樱子看见大娘额头上的汗往下淌。

"不行了，真疼。"大娘说出了实话。

"再忍耐一会儿，大娘。"

杜博士开始从底下向上缝，植的皮被左右扯得变了形，还没有缝完，病人疼得无法忍受，直喊。

"方樱子赶紧抽支麻药给她打上。"

方樱子去打麻药，杜仲博士继续缝皮，方樱子看到粗糙的大针线裸露着线头，伤口仍然没有完全盖住，肚皮上取皮的新伤口渗着血和黏液。

"大娘，还疼不疼了？"

病人摇摇头，好像说话的力气都没有了。方樱子跟杜博士一起把新鲜伤口和植皮伤口盖上了无菌纱布，然后，一层层给病人打上了白色胸带。

"方樱子搀扶病人起来。"

杜仲博士把无菌手术包放在台子上。

病人扭着身子下了床，方樱子扶着她的胳膊还没有站稳，病人身体一歪，闭着眼睛啥也不知道了。

"杜博士，杜博士。怎么回事呀，你看看病人。"方樱子急忙喊准备走出去的杜博士。

病人大汗，脸色惨白，方樱子摸了摸脉搏，又细又弱。

“晕了？”方樱子问杜仲。

杜仲打开门叫护士量血压，推葡萄糖。方樱子惊得一身冷汗，以为病人植个皮就壮烈了，原来是晕厥了。唉！虚惊一场。

看完了杜仲博士植皮，方樱子没有掌握植皮的绝技和方法。当然，她需要从书本中巩固理论知识，现实中多实际操练，理论联系实际，一直是一把开启成功之门的金钥匙。但是，方樱子似乎也在杜仲博士身上学到了什么，她吧嗒吧嗒嘴，感慨自己以前说了多少傻话，说话是一门技巧和学问，跟病人讲话更是一门她急需提高的技巧，方樱子领悟到了这个道理。

梅珊来找方樱子看乳腺的时候非常不巧，陈浅学主任、钱木主任都不在，康健也下夜班了。至于甘草和杜仲，方樱子觉得这两个人的水平都不值得信赖。方樱子决定找钟思书帮梅珊看病。

方樱子领着梅珊走进休息室等钟思书。两个人坐在椅子上彼此笑笑。方樱子不自觉打开了梅珊不愿说的话题。

“你妈同意你结婚吗？”

“不同意！”梅珊不以为然，“你那么严肃干吗，我结个婚像犯了罪似的。”

“不提前告诉我，不让我看看把关，太没有亲情了。”方樱子伤心地埋怨梅珊，好像她嫁了这样的丈夫是自己失职似的。

“感情来了，抵挡不住。”

“抽风啊你。什么婚姻态度，抵挡不住也不能以身试婚啊。”方樱子从更衣柜里拿出一个大大的红包递给梅珊。

“这么厚，那我不客气了，等你结婚的时候我发你一个超大红包。旅游回来我请你和银针吃饭。跟你说实话，我跟我妈吵翻了，我妈坚决不同意我跟夏杰结婚，我问为什么，她说不出理由，最后说了一个乱七八糟的理由搪塞我，有这样的母亲吗？我妈总跟我作对，我干什么她都不同意，我结婚嫁个喜欢的男人她也说出一大堆理由反对，还拿封建迷信当挡箭牌，真是可笑，我们母女天生是冤家，就是唱反调的。”

“什么理由？”方樱子问。

“以后告诉你。”梅珊笑了笑。

方樱子叹了口气，不知道该怎么劝解梅珊和她妈妈的关系。不过，梅珊妈妈的话跟李银针说的似乎有一点点相像，虽然李银针没说蘑菇毒侠客夏杰有什么不好。但是，李银针和梅珊妈妈的意思都是这个男人不够优秀。婚姻好不好梅珊自知，鞋子套在她的脚上，婚姻的路是她穿上婚鞋自己走。

“你妈肯定都是为你好。”方樱子劝慰说。

“为我好？行了行了。”梅珊挥了挥手，想把这个话题挥走。

这时，钟思书医生来了，方樱子和梅珊站起身。

钟思书让梅珊坐到椅子上，他的手从上到下、从左到右，手指一点一点在梅珊的乳房上滑动，摸了一遍，又摸一遍，他让梅珊抬起双臂，钟思书在梅珊的腋窝按来按去。

“预约拍个乳腺钼靶，做个乳腺超声。”钟思书医生放下双手。

“大夫，有问题吗？现在就是疼，先解决这个问题，我明天就去国外旅游了，没时间检查。”梅珊挥了一下手说。

钟思书看了看梅珊和方樱子，拧了一下眉。

“有没有问题现在说不好，不做检查，谁也不敢判断。方樱子你来摸摸，重点摸摸包块的弹性和腋下淋巴结。改天咱们好好切磋，我一会儿有手术。”

“旅游算个什么事，看病比旅游重要。”钟思书和蔼地笑了笑，对梅珊和方樱子说。

“结婚旅游。”梅珊重点强调。

“还是抓紧做检查吧，什么事也比不得身体重要。”钟思书说完走了出去。

梅珊整理好衣服，问方樱子摸完什么感觉。方樱子检查乳房经验有限，一共也没摸过几个病人，梅珊的包块像个硬枣，腋窝淋巴结上的淋巴咕噜咕噜在里面滚，像枣核。

“像摸枣。”方樱子脑子里是一枚发硬的冬枣。

“你这是什么感觉，我的方樱子医生，你没说像摸个馒头。”梅珊笑着说。

“旅游结婚回来找我做钼靶检查吧。”临走，方樱子叮咛梅珊。

周五下班，方樱子还没走出医生办公室就听到走廊里有人喊：“方樱子，有人找。”

“来了！”方樱子急忙走出办公室。

李悬壶一脸笑容地捧着一大束紫色薰衣草。

“我来看看你的伤口好了没有。这个给你，你是不是喜欢这个颜色？”李悬壶指了指方樱子头上的紫色卡子。

“是的是的。”方樱子接过薰衣草，心里暖暖的。

“你手机带来了吗？我去给你修。”方樱子想起了李悬壶那个粉碎性骨折的手机。

“早修好了，你看，跟新的一样。”李悬壶从衣兜掏出修好的手机。

“真不好意思。”方樱子觉得自己没有花钱修手机，有点对不住这位国际友人。李悬壶觉得把美女医生的腿摔伤了，有点对不起美女。

“你来了！有时间跟你练练口语，我这次托福成绩不理想。”艾叶走过来对李悬壶说。

“好的好的！”李悬壶看着艾叶点头。

“我周末骑电摩托带你去兜风看风景，特别好玩！比开汽车好玩，像飞一样。”李悬壶对方樱子说。

“电摩托？”方樱子张着嘴想起李银针说李悬壶就喜欢带美女满街招摇，银针说得对呀。知人知面不知心，画虎画皮难画骨，方樱子看李悬壶微笑的蓝眼睛都是淫邪，脸上的笑容都是邪恶。

“我这周有事，改日吧。”方樱子脸上的笑又僵又硬，像打多了玻尿酸。

“方樱子没时间，你带我去吧，我就喜欢那种感觉，是不是像开飞机？”艾叶立即兴奋地对李悬壶说。

“好啊好啊！你去也可以。”李悬壶看着艾叶说。

方樱子看着李悬壶，嘴张着都不知道闭上了。李银针说他喜欢带美女满街招摇一点不假呀。

“艾叶，护士长叫你有急事，好像让你明天加班！”张五经一本正经地对艾叶说。

“是吗？那不能跟你去了，刚才怎么没告诉我。”艾叶遗憾地捂着帽子上病房找护士长。方樱子也走了，李悬壶跟在后面，对她说：“艾叶去不了，你去不去？”

“你去找别的女孩子吧。”方樱子和蔼地对李悬壶说。

“你真会开玩笑，我等你电话啊。”李悬壶看着方樱子的背影，以为刚才说带艾叶，方樱子不高兴了。

“吃醋！”李悬壶看着方樱子远去的背影说。

钟思书带着方樱子在动物实验室做了一次猎杀小白鼠行动，本来钟思书让方樱子自己动手。可是，方樱子看到小白鼠闪亮的眼睛后胆怯了。钟思书说，作为外科医生，不敢下手绝对是大忌，必须胆大心细。他掐住小白鼠的头，向下一拉小白鼠的尾巴，小白鼠就一动不动了，他让方樱子给小白鼠做解剖，方樱子拿刀的时候忍不住手抖。钟思书叹气道，就当它给医学做贡献了，不然这只鼠就白白牺牲了。方樱子指指旁边瞪着眼睛看他们行凶的兔子和狗摇头说，众目睽睽。钟思书激励了方樱子半天，总算成功完成。后来，钟思书把那只小白鼠埋在了草丛里。他叮咛方樱子，一定要冲过这一关。方樱子点头。

外科医生的职业是自己选择的，当初在医学院解剖尸体已经做过了，临床实习上手术台也经历了，真正等到自己上台可以大显身手的紧要关头，却不争气地撂挑子，方樱子对自己的表现和懦弱很不满意。冲破这道关口迫在眉睫，钱木已经告诉方樱子，下周大手术她要作为手术助理一起上台，言外之意，让她做好准备，什么筛糠、晕倒、手颤、腿抖，统统不要让钱木看到。否则，后果自负！

思忖了两天之后。周六，方樱子给自己安排了特别重要的事情。回到家，她就紧张激动地给李银针打电话。

“银针。”方樱子有求于李银针的时候喜欢这样亲昵地喊他。

“银针在。”李银针在电话里跟方樱子臭贫。

“我周末想去农贸市场买活鸡，你跟我去，听说卖活鸡的农贸市场都搬到城外了，特别远，不是南城的新发地就是北城的沙河。新发地门朝哪儿开我都不知道。”方樱子噘着嘴说。

“新发地没有门，你不用知道朝哪儿开。你买活鸡干吗，超市里的冰冻北京油鸡，大公鸡、大母鸡都有，多棒啊，我妈经常买来给我炖汤喝。”

“不买死的，我要杀鸡，杀鸡懂不懂？”方樱子高声说。

“懂懂懂，樱子的心思我都懂，不就是杀鸡练胆练手艺吗，我觉得你得重看《新龙门客栈》，那剥人皮的手艺绝了。你向他们学才是正道。”

“你有点正邪不分，三观颠覆。明天陪我啊。”方樱子脑海里都是咯咯叫的活鸡，比养鸡场还热闹。

“后天。”李银针简短地对方樱子说。

“后天不行，我没时间练，周六买了，周日刚好忙一天。”方樱子脑海里已经把活鸡变换成瞪眼伸腿的死鸡了。

“明天我有事。”李银针半认真地说。

“有事？什么事比我的事还重要？”方樱子扬着眉毛，鼻孔都张大了，顺着电话都闻出怪味了，她比警犬还厉害呢。

“嗯，我爷爷过生日。”李银针说话哼哼唧唧的，像含着巧克力豆。

“你再说一遍。”方樱子拉着脸。一听李银针说“嗯”，方樱子就知道不是实话，又听说是他爷爷的生日，方樱子更确定了自己的判断，她清楚记得李银针说他爷爷的生日是一月二号，新年第二天，还差半年呢，就是阴历也差远了。

“你爷爷哪天生日，要不我明天也给爷爷庆祝生日。”方樱子不紧不慢地说。

“哎哟，一着急说错了辈分，是我爸过生日。”

“李——银——针！”方樱子鼻子里喷出冷气，声音也像白雪公主里的老妖婆。

“方樱子你别震慑我，我腿都抖了。告诉你你别吃醋，别生气行吗？”

方樱子沉住气等着李银针继续往下编。

“都怨我妈，闲得跟我大姑说我没有女朋友，我大姑立刻翻祖宗倒八辈，从哪拎出来我们家一个挚友，说小时候差点定了娃娃亲，光屁股的时候就在一起爬，几年没见，女孩长成水灵灵的大姑娘了。日本留过学的，会钢琴，会舞蹈，会插花，会卷正宗日本寿司，既有日本女人的贤惠，又有中华民族妇女温柔善良的传统美德。我妈对我说不去不行，我大姑说不去把我绑去。樱子，我实在没有办法被逼无奈呀，你要理解我。我就见个面看看她到底有多水灵。”

方樱子喘着粗气都快哭了。

“樱子，我保证不会认真的，就是敷衍敷衍我妈和我大姑，你想啊！要是天仙似的姑娘早被别人拉去当媳妇了，这么多年，还等着我？”李银针吧嗒吧嗒地说，方樱子已气愤地挂断了电话。

李银针一看方樱子生气了，赶紧又给她打电话过去，方樱子根本不接。李银针揉揉两只扇风耳，知道它们又快被上酷刑了。

方樱子气愤地拿起手机给李悬壶打电话，心想，你去相亲，看有没有人陪我买鸡。

“悬壶，明天我带你去北山旅游，兼帮我去自由市场带几只鸡回来。”

李悬壶当然满口答应，晚上就开始查看地图了。

一早，李悬壶骑着电摩托带着方樱子直奔德胜门外八达岭高速，戴着头盔的方樱子坐在后座上，感觉比骑独轮滑行车还爽，腾云驾雾似的，路边的树唰唰地向后退。方樱子腿上的伤还没好，狗吃屎趴地的感觉还在。坐在电摩托上的方樱子隐隐感觉有些害怕，万一此时冲出个愣小子，就不是狗吃屎趴地上的事，直接是索命小鬼呀。方樱子趴在李悬壶的耳边大声喊：“慢一点，风飕飕的。”李悬壶一指便道上的自行车说：“自行车都比咱们快。”方樱子这才睁开眼睛，坐直了身体。原来自从上了车，她还没敢睁眼睛呢。

李悬壶对中医的兴趣源于喜欢吃中国饺子。他从一本介绍中国文化的书中了解了饺子的起源。饺子是一代名医张仲景为上门求医的人研制的御寒食品，后逐渐演变成日常食品。李悬壶对张仲景的故事产生了兴趣，渐渐认识了中医，并被中医的养生和神奇所吸引。后来李悬壶到中医药大学学习，经人介绍认识了李银针的爷爷——名医李果之。他执意要拜李果之为师。李果之当然不肯收洋徒弟了，他不愿意把国粹传给外国人。但是，李悬壶向李果之讲了自己对中医的浓厚兴趣以及将来打算在世界上发扬光大中医的想法，还向他展示了自己扎实的中医理论基础。李果之一看，这洋小子比自己的孙子学习中医的兴趣还浓，理论基础也扎实，心里很是叹服和喜悦。但是，他依然犹豫，骨子里他还是有所保留的。李悬壶对李果之说，他的中国名字叫李悬壶，他不仅仅要学习中国的医术，更要发扬中医悬壶济世的精神。他早已研读了四大经典《黄帝内经》《伤寒论》《金匮要略》《温病条辨》。

悬壶济世精神！李果之被震惊了。他内心热血澎湃，激动不已，欣然收下了这个弟子。

走在路上，李悬壶对方樱子说："已经到了沙河，我们先一路向北看看十三陵和号称燕京八景的'居庸叠翠'"。

方樱子听说要去皇帝的安息之地十三陵，立即感到定陵地宫里的阴风飕飕地吹后背，方樱子陪着梅珊早把十三陵逛得恶心了，她早已恨恨地发誓，今生再不到这个大坟场来了。

"那是墓地，晚上做噩梦，不能去。"方樱子向李悬壶摇头。

李悬壶听了方樱子的话不解地摇摇头，觉得中国人过于迷信。

"我带你去十三陵水库，有山有水，比桂林山水还美呢。然后去吃农家饭，怎么样？"方樱子说。

李悬壶摇摇头说："你们都喜欢骗我，水库肯定就是一个大的人工湖，没有意思，我不去。"

"你们外国人喜欢去西安，看兵马俑，看秦始皇气派的墓地和杨贵妃的大澡盆。可惜，西安我去过。"

"去过也可以再去，我也去过。"李悬壶说。

"你若喜欢中国文化，我给你介绍一个美女，专门喜欢钻古墓，能在地下宫殿里钻一天。"

"这位美女是不是有盗墓情结？"李悬壶开玩笑说。

"她上辈子说不准是盗墓的，我深度怀疑。"

"你一定要把这个美女介绍给我。"李悬壶对方樱子说。

"没问题，那是咱家里人。"方樱子说的家里人，当然是指梅珊了。

李悬壶不肯去十三陵水库，方樱子带他去昌平草莓园摘了草莓，两个人又去农家院吃了炖豆腐、烤虹鳟鱼、凉拌黄瓜和饺子，走的时候，李悬壶还摘了农家院里一个碧绿的小葫芦。

"挂房间里悬壶济世。"李悬壶心满意足地说。

"为了让你陪我买鸡，又请你吃饭又请你采摘，够幸福吧？"方樱子问李悬壶。

"一般般吧。我也努力让你成为幸福的人。"李悬壶笑呵呵地说。

两个人走进集市，方樱子站在两筐鸡前面停住了脚步。

她讨价还价挑了五只红脸芦花鸡，卖鸡的北山老农咬着大油饼边吧唧边擦嘴角的油。

“妹子，这芦花鸡你就吃去吧，保证你吃完还来，保证特别下奶，鸡是吃北山皇帝陵脚下的蚂蚱、蝈蝈、油葫芦长大的，喝的是十三陵水库的水，保证无污染，肉又香又甜。哎！洋兄弟，尝尝中国特产皇帝鸡。”

李悬壶看着卖鸡的小贩笑了，知道他在信口开河。

“你家养了多少只鸡？”方樱子问。

“哎哟！漫山遍野呀。”北山老农一抹油嘴，用手向空中一划，好像方圆一片都是他家养鸡场似的。

“漫山遍野？那不是活蹦乱跳的鸡，是碧绿的草。”方樱子调侃。

“妹子你真幽默，宋丹丹似的。”

买完了鸡准备回城，方樱子提着两只鸡，李悬壶车把上挂着三只鸡，任凭鸡叫毛飞，两个人完全像倒腾鸡的商贩。李悬壶问方樱子为什么买这么多鸡，方樱子回答说我家有人生二胎。

一路上，鸡被电摩托颠得完全失去了控制力，鸡的优雅和自尊也丧失殆尽，一个个像得了痢疾似的猛拉臭屎，方樱子的身上沾了鸡屎，李悬壶的裤管上也飞溅了鸡屎，不知北山老农给鸡喂了什么，完全不像吃蚂蚱、油葫芦等高蛋白食品长成的。两个人一路臭烘烘进了德胜门。路上拥堵，李悬壶的电摩托就是见缝插针也飞不起来了，方樱子提着鸡的胳膊酸得直哆嗦，恨不得直接把鸡扔地上算了。

“咯咯。”鸡被头朝下吊着实在忍不住要反抗。

旁边一辆奔驰摇下玻璃窗，伸出一个戴着大墨镜的脑袋，一张大油脸上溢出的都是自以为是，好像他能买下一座城池。

“嘿，卖鸡的，多少钱一只？来两只。”

方樱子看见奔驰司机这副德性都快气疯了，真想抬手拿屁股上都是鸡屎的臭鸡砸他的脑袋。

“你好，话还没学会说呢？先回幼儿园小班回炉吧！”

周日，方樱子还没睡醒，就被阳台上“咯咯”的鸡叫声吵醒了。方樱子伸伸酸疼的胳膊，昨天提鸡累惨了，休息了一夜，胳膊还是不舒服。李悬壶也累得说今天要洗车、看书、休息了。

方樱子懒洋洋爬起床。臭鸡屎味从阳台飘进了卧室。方樱子吸吸鼻子，皱皱眉。

今天方樱子自己在家折腾，她把父母打发到姥姥家让他们晚上再回来，她怕他们指手画脚捣乱。妈妈走的时候对赖在床上的方樱子说要拿走一只鸡，方樱子闭着眼睛说："坚决不行，等收拾干净了都拿走也可以。"方樱子妈妈笑着说："还有愿意收拾鸡的人。"

方樱子起床后走到阳台，她开始对瞪着眼睛踱步的红脸芦花鸡发愁，怎么下手呢？方樱子脑海里，是康健医生在手术台上拿起手术刀对病人腹部一个熟练的直切，是陈浅学主任准确割下的病肺叶，是钱木主任干净利索的腋窝淋巴结清扫。当然，还有杜仲博士让病人晕厥的植皮。

"必须从勇敢地杀鸡、熟练地解剖鸡开始。"方樱子束紧头发，挽上衣袖，准备大干一场。

方樱子的手机响了，是李银针打来的，方樱子翻了一下眼睛。

"干什么你？昨天相亲，今天不约水灵姑娘，找我干什么？"方樱子打算自力更生，谁也不求。

"陪你买鸡呀，连懒觉都没敢睡。"李银针嘻嘻哈哈地对方樱子说。

"你还要脚踩两只船是不是，昨天晚上干吗去了？"方樱子进厨房找出绣花围裙戴上，开始惊堂木一拍，审案子。

"我大姑跟人家叙旧，下午喝茶，晚上吃饭，吃完饭聊天，从我爷爷那一代说到我这一代，你想想一代怎么也得说几个小时呀。我在你家楼下呢，快出来，别耽误时间，买鸡不是去二环，要去六环、七环。"

"你上来。"方樱子举着电话把脑袋伸出了窗外向李银针招手，也不知李银针的两只虾米眼能不能看到。

李银针上楼，走进方樱子的家门就缩着脖子捂耳朵，他怕方樱子下狠手揪耳朵。方樱子看李银针的表情故意吓唬他说："银针放心，今天的刀特别快呀。"

李银针求饶说："樱子樱子，手下留情，动手别动刀。"

"你家怎么有股臭鸡屎味，是不是几天没倒垃圾？"李银针吸着鼻子转着脑袋，眼睛四处搜寻。

“你先别说臭不臭的事，先说说水灵姑娘的事。”方樱子看着李银针说。

“樱子，你围上小花围裙真像日本服务生，看起来既清爽又干净。”

方樱子没理李银针，抱着双臂看着他。李银针一看，方樱子等着自己做交代呢，想打马虎眼蒙混过关肯定不行了。

“哎呀，我大姑我妈真是老了，见了年轻姑娘就说水灵。都什么眼神呀，严重跑偏。姑娘箍一嘴金属大牙套，戴个黑框大眼镜，个子这么高。”李银针夸张地在脸前比画着。

“我要知道是这么水灵的土豆，就是绑着我我也不去。”

“那你还待到晚上，跟人家又喝茶又吃饭又谈心，还把人家送回家。我知道，就是水灵苹果你也会告诉我是水灵土豆，你肯定又在我这耍花招呢。”

方樱子实在没法相信李银针的话，花花肠子太多，满嘴跑火车。这么多年，方樱子被李银针绕得真假不辨，成天雾里看花、水中望月、雾霾笼罩。

“樱子，你不是发了誓说你以后相信我吗？”

“我的誓言不是你的挡箭牌和遮羞布，也不是我的绊脚石和枷锁。”方樱子像背台词。

“樱子饶了我吧，你最近脑洞大开，总用真理哲言什么的砸我，让我支离破碎。”李银针开始求饶。

“等会儿等会儿，怎么有鸡叫啊！”李银针向方樱子摆摆手，走向阳台。

“这么多鸡？你买的？怎么买的？哪买的？跟谁买的？”李银针瞪着小眼睛看着方樱子。

“谁买的，在哪买的，谁跟我买的，不用你管，一会儿你负责当好助理就行了。”在李银针面前方樱子也学会了长点小心眼，近朱者赤近墨者黑嘛。瞒天过海、暗度陈仓之类的计谋也学了些。方樱子想，若跟李银针说实话是李悬壶骑电摩托带自己买的，他肯定转身就走。怎么着骑电摩托的时候也搂着李悬壶的腰呢，亲密接触了，女朋友搂别人的腰，李银针心里能舒服吗。哎哟，妈呀，李悬壶不会认真了吧。方樱子一想，还真觉得自己做事有些草率。

“不告诉我？我早知道了。”李银针开始使用奸计诈方樱子。

方樱子咬紧牙不松嘴。

“赶紧帮我收拾，这么多鸡不抓紧一天弄不完。”方樱子开始烧水不跟李银针斗嘴了。

“樱子我晕血，是真的。”李银针认真地对方樱子说。

“晕血你当什么医生啊，晕也得变得不晕。”方樱子一脸严肃，心想，他晕血自己怎么办，杀了几只鸡一会儿两个人都躺地上怎么整啊。

“樱子我杀不了生，真下不了手。”李银针软弱无力地说。

“你有完没完呀，那天在科里吃烧鸡的时候你勇猛着呢。当医生就得下得去手，尤其外科医生，不然怎么给病人做手术。”方樱子说得一套一套的，神情慷慨激昂，活脱脱一个女汉子的形象。

李银针一笑，心想，樱子上套了，强心剂注射成功，激将法完全好使。方樱子大步走到阳台上，提着一只咯咯叫的鸡走进厨房。站到水池边就找刀。杀鸡抹脖开始。

“樱子樱子，你太猛了，等会儿。”李银针从橱柜拽出两个大盆，拿出菜板，地上铺好保鲜膜，又弯腰拿出一只小花碗倒上凉白开放了一勺盐。

“干吗这是？”方樱子盯着花碗问李银针。

“接血呀，香芹鸡血汤特别美味。樱子你知道吗，我昨天特意问我妈怎么杀鸡、怎么收拾，我妈给我讲了整个流程和注意事项，接鸡血也是她告诉我的。他们那个年龄都知道。”

“表现真不错。”方樱子冲李银针妩媚地笑了笑。

“樱子，就喜欢你这样笑，真甜，美得像花似的。”

“我就喜欢你这样乖，以后就这样表现啊。”方樱子也夸了李银针一句。

方樱子把鸡提到保鲜膜旁边的碗前面。芦花红脸鸡好像明白要赴刑场，急赤白脸地叫唤，两条腿也乱蹬，方樱子都快抓不住了。

“谢谢你们为了医学奉献生命。”

方樱子闭上眼睛，对着鸡巫婆下咒似的祷告。李银针哈哈笑了起来。

“都说牛劲大，鸡也这么大劲儿，还是我们北山鸡有野性。”方樱子用胳膊夹着鸡。

“鸡也进化了。”李银针拽着两只蹬踏的鸡脚。

“它是不是认识刀啊，怎么直缩脑袋。好像身体也哆嗦了。”方樱子掐着鸡脖子说。

“找准血管，一刀割开，稳准狠。”李银针像背口诀。

“嗯，找到了，还跳呢。热乎乎的小胸脯。”方樱子兴奋地说。

鸡被掐着脖子还在咯咯叫。

“真割了。”可方樱子就是下不去手。

鸡用尽平生之力扭动着身体，李银针的手快被鸡爪抓破了。

“樱子你要手起刀落，别手软。”

李银针的额头冒汗了。方樱子也鼻尖冒汗，她闭着眼睛拿刀就向鸡脖子捅了一刀，血滋滋溅了出来，形成一股小溪转眼就流了小半碗。方樱子见了鸡血大喊：“成功！”

“樱子你真棒！”

李银针的一句“真棒”让方樱子扔了刀放了手。她一放手，鸡张开双翅就要腾飞，带起了一大股旋风，方樱子和李银针在旋风中急忙闭上眼睛，李银针攥着的鸡脚转眼就成了空拳头。鸡咯咯叫着飞上了橱柜，地上的花碗倒了，鸡血洒一地，鸡毛在空中小船似的忽悠悠荡着。李银针和方樱子对望着傻了。它不是流了那么多血吗？它的气管、血管不是被割断了吗？断了血管、气管的鸡还能飞那么高？

神鸡！方樱子脑子里冒出两个字。

李银针和方樱子站起身就向橱柜上的鸡扑去，人鸡大战开始。这时候的鸡都是垂死挣扎，厉害得不亚于雄鹰，那嘴、那爪子、那翅膀都是武器，方樱子虚张声势哪敢真抓呀，完全是大呼小叫地缩脖子捂脸。鸡踩着他们的脑袋扇着翅膀飞进了客厅。方樱子一看立刻急了，餐桌旁的红木多宝槅里都是老爸的青瓷古碗、玉石印章，摔坏了哪一件老爸都要跟她拼命。方樱子冲出厨房伸着胳膊站到多宝槅前面形成了保护的人墙。阳台上的鸡也开始叫，五只鸡嘴一起合奏，好不热闹。鸡连跑带颠，留下一行血淋淋的印迹冲进方樱子的卧室。李银针像离弦的箭般紧随在鸡身后。方樱子高声喊：“关上卧室的门。”

这场景太像冲锋陷阵的战场了。方樱子也紧跟其后推开了卧室的门，看到李银针正撅着屁股趴在床底下掏鸡呢，总算抓到了。

有了经验教训，方樱子后面的鸡杀得很顺利，干净利索，转眼五只鸡齐刷刷躺在地上，一个个垂头丧气再无张牙舞爪的彪悍。

“要了五只鸡的小命，我也够残忍的，今晚鸡婆婆别找我算账。”方樱子擦着刀上的血，脸上露出凯旋的微笑。

“感觉怎么样？是不是再让你杀什么都敢了。”李银针问方樱子。

“除了杀鸡别的还是不敢，比如狮子、老虎什么的。”方樱子咧嘴露出小白牙。

“方樱子，别妄想啊，那两样都不是你能杀的。”李银针开玩笑地说。

“手感和胆量都有了。一会儿我给它们开膛破肚，挖心切肺，做全腹切开术。你看，手术刀、剪刀、止血钳，全套工具。”方樱子把手术器械整齐地码在台子上。

“到中午了，你去打电话叫外卖。”方樱子低头拿着手术刀对李银针说，“不拔毛了，直接开膛破肚。”

“行，方樱子做啥都是英明的。”李银针叫外卖去了。

方樱子拿起明晃晃的手术刀，在鸡的鼓肚子上做了一个长而直的直腹切开，然后拿四把止血钳在鸡腹的四个方向抻拉开，一层层打开。皮层、肌层、筋膜，打开这些包裹的组织露出了内脏，就是张五经说的手术拉钩。

突然，方樱子惊呼着叫李银针。

“李银针你快来，哎呀，罪孽了，罪孽了。”

“又怎么了，一惊一乍的，死鸡复活了？”李银针跑了进来。

“你看看，一肚子鸡蛋，杀死多少只鸡呀，这是勤劳的母鸡妈妈。”

“方樱子你今天多做了一个剖腹产手术。”李银针笑着说。

“这个蛋女孩不能吃，我好像听我妈说过。”李银针盯着鸡肚子说。

“为什么，这种鸡蛋都是蛋黄，我就喜欢吃蛋黄。”方樱子抬眼说。

“这是憋在鸡肚子里的蛋，吃了不会生孩子。”

“又胡说。”方樱子白了李银针一眼。

“骗你是狗。”李银针转身走出厨房。

方樱子开始掏鸡的心脏，手起刀落，心脏被完整切割下来，接着，肝、肺、鸡胗、鸡肠，全部被完整掏了出来。此时，门铃响了，送外卖的来了，方樱子对李银针喊：“李银针接外卖。”

“厕所拉屎呢，自己接。”李银针蹲厕所去了。

方樱子只得自己接外卖。送外卖的提着餐盒，一脸惊愕地看着方樱子，方樱子举着手术刀，脸蛋上蹭了一片鸡血，屋里，一股血腥味扑鼻。送餐小伙迅速把餐盒塞到方樱子手里，转身就逃进了电梯。

现在离奇案件太多，必须做好防御。外卖小伙想得很多，想得很离奇恐怖。看到慌乱跑走的外卖小伙，方樱子哈哈笑了起来。

收拾完，方樱子对准备走的李银针说："提两只鸡回家。"

李银针头摇得拨浪鼓似的说："半年我也吃不下鸡肉了。樱子，你好好洗洗澡啊，明天别带一身臭鸡味上班。"

傍晚，方樱子的爸爸妈妈回来了。

"怎么这么早就回来了？没等到晚上啊？"方樱子问。

"妮儿，我就知道你弄不完。看，鸡毛都没拔。"方樱子爸爸直接进厨房拔鸡毛。

方樱子笑着说："直接剥皮，别费事了，拔什么毛啊。"她准备洗澡上床躺着，等老爸老妈做饭。

方樱子对妈妈说："北山鸡农说十三陵皇帝鸡炖鸡汤最好，补气提精神。"

方樱子妈妈说："好！喝鸡汤。"

方樱子的老爸老妈一头扎进厨房打扫战场，一直忙到半夜，方樱子钻在舒服的被窝里，迷迷糊糊地想，还是亲爸亲妈好呀。

喝了三天鸡汤，方樱子全家都举不起汤碗了。第一天鸡汤是甜的，第二天鸡汤是香的，第三天炖出了淡淡的鸡屎味，全家人对鸡汤倒了胃口。剩下的两只裸鸡被冻到了冰柜里。

方樱子对李银针说："银针，杀了五只鸡，我信心百倍，上手术拉钩都利索了，见了血也不恐惧了，摸着热乎乎的肺和气管，手也不抖了，托着剥了皮的乳房也无所畏惧了。"

"五只鸡这么管用？比上那么多节尸体解剖课还管用？那以后我建议教委在医学院增加杀鸡实验课。"

"嗯，可以，完全赞同。"方樱子笑着点点头，"我觉得再练练效果会更好，农贸市场还有卖鸭的呢，要不……"

方樱子还没有说完，李银针直接切断了她后面的话。

“樱子，打住打住，我知道你后边要说什么。要不这样，我介绍你到饭店后厨做义工怎么样，杀王八、杀蛇、杀盘子大的牛蛙，还有活蝎子。”李银针用手比画盘子大的牛蛙。

方樱子吓得捂紧了耳朵，使劲摇头，头发都摇散了。

“不杀了，不杀了，什么也不杀了。”方樱子举起双手摇摆着，像投降一样。

方樱子再上台的时候，完全合乎了钱木主任的要求。难道真的是五只鸡起了作用，怎么可能？即便起了作用也是微乎其微。方樱子最近恶补胸外科知识，把图书馆和网上搜罗到的，以及自己手里所有的胸外科书细细啃了一遍，理论知识得到了飞跃。这才是手术中从容镇定的真正法宝。

今天，钱木主任拿着方樱子写的病历去找陈浅学主任，因为方樱子的病历书写凌乱潦草，病情叙述烦琐，医务处来科里检查，点名批评了这份病历。

陈浅学打开病历，皱着眉头翻了翻。

看着方樱子写的病历，陈浅学稍感意外，虽然电脑普及以后，很多人写字的水准下降，不仅提笔忘字，字体更是歪斜凌乱拿不出手，恨不得自己的签名自己都不好意思看。但是，他完全没有想到方樱子的字写得这么烂，字字如甲骨文般扭曲，整篇病历让人看后心烦意乱，很多字根本辨别不清，字与人的形象相差甚远。字是一个人的脸面，这，简直……陈浅学无语，无奈地叹口气，合上了病历。

“这点小事你直接找她，让她改正，该批评批评，该教导教导。虽然将要实行电子病历了。”陈主任笑了笑，意思是这点小事，主任也要管吗？

钱木来找陈浅学当然不止这点事，今天方樱子与植皮的大娘吵了起来，病人直接上医务处告状，状告方樱子态度恶劣，医术差。

其实，方樱子没有想到会和病人吵起来。病人来找杜仲，说她的植皮部位又痒又疼，杜仲刚好没在，方樱子站起身带她到换药室换药，打开伤口一看，植皮部位溃烂黑紫，根本没有植活，她急忙找来张五经帮忙看一看。张五经看后说，植的皮没有活，要赶快把这块坏皮剪掉，再问问杜仲什么时候重新植皮。

方樱子只得为大娘剪掉旧皮。大娘一听皮死了，就开始心怀不满地絮叨。

“这是怎么回事啊，杜仲医生说保证活的，这时候他不见了，让你来管。你的水平能行吗，他的博士水平都没植活，你的实习生水平我能相信吗？真是倒霉。”

病人说自己是实习生水平，方樱子一听心里就别扭，自己给人打扫战场干擦屁股的活，不被人相信还被人轻看。

“如果你觉得我水平差，你就等杜仲医生给你弄。”方樱子没好气地说。

“我什么时候说你水平差了，这个孩子怎么这么说话呢。”

“我真是佩服你，刚说我是实习生水平，说完就不承认。”

“我可没说你水平差。”大娘说过什么自己完全不知道。

“说错了话还不承认。”

“我错了？我什么时候错了？你医术差，植皮把我整晕，皮还坏死了，你不承认，还说我错了，什么医生啊。”

两个人越说声音越大，渐渐争吵起来。

方樱子停止了剪皮，她觉得应该等杜仲医生自己来处理。病人呢，站起身，直接去了医务处。就这样，方樱子的大名又挂在医务处。医务处只得找胸外科负责人，陈浅学主任刚好没在，就把钱木叫了去。

听完钱木的话，陈浅学明白了，可以说目前方樱子在医务处挂名了。才来几天就跟病人吵架，她开创了年轻医生的先例，虽说甘草对病人态度不好，也没在工作这么短时间里就跟病人吵架啊。

“怎么办？你好好帮助她啊。”陈浅学向钱木笑了笑。

钱木摇摇头说：“你去找主管人事的赵院长，把方樱子调到内科吧，要个像康健、张五经这样的小伙子比较好，女孩子干外科不适合，骨外科就没有一个女医生，锯腿、上钢板都是体力活，女孩子根本不行。”

虽然钱木自己身为女性，但是，她依然排斥外科女医生，坚持认为女医生适合内科、妇科等科室，就是不适合外科。她认为外科女医生，不是人精就是学霸，方樱子哪条也沾不上。

陈浅学走到医生办公室，康健、张五经和方樱子正一起说话，看到陈浅学走进来，几个人同时站起了身。

“你到我办公室来一趟。”陈浅学对方樱子说。

陈浅学决定跟方樱子谈一谈，在找她谈话之前，他已经决定找主管人事的赵院长了。但是，在找赵院长之前，他必须跟方樱子谈一谈，让她知道自己的问题出在哪里，让她离开胸外科去其他科室，完全是事出有因。当然，准备把方樱子调往其他科室的事，只有陈浅学和钱木两个人知道。

听见陈主任叫自己，方樱子惊恐地看着康健的眼睛，又看了身边的张五经一眼。悄声问："怎么了？"张五经一摆手，痛苦地撇着嘴，意思是他也如坠云雾、无能为力，其实他猜到了，可能是方樱子跟病人吵架的事。

方樱子跟在陈浅学主任身后，被主任叫走单独谈话，方樱子心里多少有些紧张不安。她努力在脑子里搜寻着什么，忖度陈主任会跟她说些什么，她怎么得体地回答。

走进办公室，陈浅学坐下，看了看面前的方樱子。第一天上班，这个女孩子的形象就大打折扣，险些把她和另外两个护士一起退回去。分在科里的时候，院长一直说这个女孩子成绩不错，也很喜欢干外科，陈浅学没有细问纷繁复杂的人事关系。以自己的冷眼观察，未必怎样优秀，这几年科里的年轻医生似乎一届不如一届，真的像鲁迅小说里九斤老太的话，一代不如一代。

陈浅学直接切入谈话正题。

"医务处抽查病历，你写的病历书写凌乱，记录不清晰，医务处主任点了你的名。我看了你写的病历，书写确实有些乱，字也不够清楚。"陈浅学批评得很含蓄。

"病历的书写很重要，一份病历会在医院保存很久，特殊的要保存三十年、五十年。一个女孩子，字就要漂漂亮亮；一个女医生，病历就要写得干干净净、整整齐齐；一个外科医生，手术就要做得利利索索。虽然现在有电脑了，可是医生很多时候还不能丢下手中的笔。"

方樱子听了主任的话，恨不得钻进地缝。她知道自己蜘蛛爬的字完全拿不出手，小时候挨过妈妈和爸爸多少训，自己都记不清了，妈妈的五指山抬起来又放下，可自己就是不好好写，现在终于尝到了苦果。

"病历书写、病情叙述问题，我也要找钱木算账，这个老师没有带好你。"

方樱子一听，连累了钱木，心里更羞愧难当。其实，这完全是陈浅学的攻心计。

"病历书写，你可以向康健学习，他的病历书写很清楚，叙述简单扼要、重点突出。”陈浅学主任笑了笑。

“还有一件事。”陈浅学不紧不慢地看着方樱子。

还有事？方樱子心跳加速了，她隐约知道了陈主任说的这件事是什么。

陈主任一件又一件，像两个拳头打在方樱子脑袋上，她的脑海里一片空白。方樱子完全成了白痴。

“你是不是跟杜仲医生给一个女病人胸部植过皮？到底怎么回事，病人伤口坏死，家属找医务处告状，告了你很多问题，说如果伤口再长不好，就去找院长。病人说杜仲医生体贴、态度好，反映你态度恶劣。”

“我那天就是协助杜医生，主要是他操作。”方樱子低头为自己辩解。此时，她辩解什么也没有用，因为病人告的是她不是杜医生。陈浅学主任认为这件事完全可以消化在科室内，致使病人大张旗鼓闹到医务处，完全是因为方樱子处理事件有问题，经验不足。

“我最不喜欢人推卸责任。当然，我也会找杜仲谈，批评他。但是，现在你的手术水平怎么样？你有没有想办法多多学习，提高自己的手术水平？医生的职业就是要不断学习，我们的一只脚是踏在法院门里的。这是艰辛的职业，一辈子都要谨言慎行。”

方樱子心里憋了一肚子委屈，为了锻炼下手开刀的胆量，杀了五只鸡。现在上手术台已经完全进入手术助理的角色，钱木主任已经认可，康健和张五经医生已经开玩笑表扬她进步了很多。

病人植皮自己是给杜仲打下手协助，怎么成了推卸责任？杜仲才是主要责任人。现在，自己却成了替罪羊，被主任批评，简直比窦娥还冤。

方樱子知道她不可能找杜仲理论，找病人澄清。

陈主任为什么这么糊涂，难道他不知道杜仲才是主要责任人？方樱子不想就此沉默，以她的脾气和秉性，不能这样被误解和诬陷。

“陈主任，我必须跟您澄清，是杜仲医生植皮，我打下手，植皮坏死，我不负主要责任。病人告我态度差，我根本不想跟她吵，是她说话不讲理。她凭什么说我技术水平差，皮不是我植的。”

陈浅学主任听完方樱子的话，尴尬地笑了笑。

“我批评过科里很多医生，包括科里有名的对病人态度差的甘草，没有批评完这样不服气的。好吧，你回去吧。把康健叫来。”

方樱子回去翻看自己写的病历。能重写重写，能改正改正，同类病情的特意翻看康健写的病历取经。唉，这个工作量相当大呀，赶快改成电子病历吧。方樱子唉声叹气。

康健从主任办公室回来就找艾叶：“艾叶，把换药室紫外线消毒半小时，准备手术包。”

“方樱子，准备跟我一起植皮。”康健戴上口罩和手术帽。

“我不去，我得了植皮恐惧症。”方樱子没好气地说。

“我植皮最拿手，学着点，没让你交学费呢。”康健笑着说。

“这句话特别耳熟，都说自己植皮最拿手，医生也爱吹牛。”方樱子撇着嘴，一肚子不开心。

“走吧，我多年的植皮经验毫无保留地传授给你。”康健又拉又拽，把噘着嘴一脸不高兴的方樱子带进了换药室。

“你看我的伤口，多少天了，换了几次药，就是不长新皮，急死我了。杜仲医生也跟我着急。”病人大娘开始絮叨。

方樱子不想搭理她，没说话。

“嗯，我看看伤口，这回咱们要保证长好。”康健打开病人的伤口。

“换了几次药，就是不长新皮，急死我了。”病人大娘成了祥林嫂。

康健麻利地打麻药，清伤口，取新皮，缝合，按压伤口后包扎。二十分钟完成，根本没让方樱子动手，病人大娘也没有喊疼。

“哎哟！完了！上了好几回药就是不长新皮，急死我了。”大娘又来了。

“大娘，我告诉你啊，回去让儿子给炖鸡汤，伤口长得快，每天喝！”

“行，别说喝鸡汤，就是喝王八汤也得买。”大娘走出换药室，捂着胸口，边走边说：“换了好几次药，就是不长新皮，急死我了。”

“方樱子，下回病人植皮就让你植了。”康健摘下手套收拾手术包。

“干吗让病人喝鸡汤呢？”方樱子不解地问康健。

“手术疗法配合饮食疗法，鸡汤不仅营养好还有消炎作用，中华食疗博大精深，你下次做美容手术，什么隆鼻子、削下巴骨，就喝鸡汤，伤口长得快，不留疤。”

“真的吗？网上查的资料吧，不一定可信。”方樱子摇摇头。

“告诉你，我准备写一篇伤口愈合与鸡汤疗法的论文，我已经统计了几十例病人，进行了对照，据我统计分析，绝对真实可信。”

“我上次看到一个微信朋友圈的信息，说一个香港外科医生，身患肠癌，用甩手疗法，每天甩手两千次，肠癌居然消失了。”方樱子认真地对康健说。

“你这才听着神奇不可信呢，依据呢，多少治愈的病例？个案就是传说。唉，要不你去肠外科给他们宣传宣传，让肠癌病人跟你一起甩手。”康健跟方樱子开玩笑说。

“我怕耽误了病人治疗，肠外科主任把我打跑。”

方樱子和康健一起笑了起来。

“陈主任还让我向你取经写病历呢。”方樱子说。

“简单，我告诉你秘诀，多给我熬几次鸡汤，不然不教。”

“好的，没问题。”

方樱子兴高采烈地和康健一起走出换药室，跟康健一起配合工作就是让人开心啊。

李银针失踪几天了。

方樱子发微信、打电话，他都没有按时回话，含含糊糊说自己正忙。方樱子想找李银针，向他诉诉苦，这几天自己的日子不好过，情绪完全受挫，关键时刻，这个死李银针却帮不上忙。

方樱子心里泛起了嘀咕，这小子是不是跟日本水灵土豆接头了？

其实，李银针装病休了几天病假，自己创业挣钱去了。他没敢告诉方樱子，方樱子的嘴没个把门的，万一传出去，病装不成，财也发不成。

有家广州科技公司，向李银针推荐了一款电动理疗仪，仪器可以做电针罐、电针灸、超声波疗、热疗、足疗等。李银针一看，心里骂了一句，哼，这不是抢我的饭碗吗，都用电针灸、电针罐，谁还去医院中医科。他试用了一周，发现这玩意适合社区家庭里的老太太、老头没事保健用，敲敲腿、揉揉腰，作用明显不明显，图个心理安慰，图个子女买回家给父母的孝心。很多有社会地位的人拔罐必须找爷爷这样的大师按穴位走罐，绝不是在身上随便找个地方就拔罐的，那不成了胡拔了吗？

厂家承诺，卖掉一台仪器提成五百，李银针一听笑了，说起码一千。广州兄弟也不是吃素的，卷着舌头、摇晃着脑袋说，兄弟，一千不行的啦，没有的啦，不赚钱的啦。李银针一挥手，别跟我这的啦、那的啦，敲钟似的，想不想打开北京市场？想，最少八百，我手里资源丰富，我是中医世家传人。广州兄弟笑了笑，没有答应，也许是默许，反正低于那个数，李银针少爷不伺候。

李银针打算到一家央企试试运气。他首先敲开了东直门某标志性建筑办公大楼的门。

你以为李银针是提着仪器自己上门自我介绍，红口白牙地吹嘘这个仪器怎么好用，怎么先进，怎么消百病，怎么强身健体？那你太低估李银针的智商了，用他的话说，那样能进门吗，就是能进也是贿赂了门卫，到了前台还得吃白眼，逃不脱被人鄙夷轰出去的命运，就像轰一只让人讨厌的苍蝇。

李银针搞到了爷爷认识的几个企业家的联系方式，给人家打电话说这款先进仪器是爷爷和他共同参与研制的，目前市场供不应求，他可以给企业员工免费诊疗，免费试用。

中医世家的传人免费诊疗，这是为职工做的一件大好事。李银针把这扇大门打开了。

一间会议室改为临时诊疗室，李银针坐在里面，先给企业办公室主任诊疗。李银针学爷爷的身手和做派，半眯起眼睛，右手搭脉，屏息静气后清清嗓子说："睡眠不太好吧？经常疲倦。"

李银针站起身，用手顺着办公室主任的肩膀、脊椎向下捏。

"是不是很痛？"李银针问。

主任咧着嘴，点头。

"经络完全堵塞不通畅，胃、胆、肝、肾经、三焦经、小肠经、心经全堵住了。经脉不通可以引起很多后遗症，皮肤暗色、长斑，血管堵塞、血液流动减慢，炎症不愈，身体内长囊肿。"

李银针的话，让主任脸色都变了，好像这一百多斤快交待了。

"叔你别急。"

李银针拿出了仪器，把领导腰部别上电针，小腿贴上电磁片，双脚穿上磁疗鞋，颈椎粘上电极片，全副武装进行经脉通络。

“是不是感觉小腿的经脉热热的向上走，腰部特别舒服，颈椎部也一跳一跳的，那是通经脉呢。”

“嗯，小腿热热的。”

“现在你小腿上的经络才通到腿肚子，什么时候通到膝盖以上才好，当然通到大腿根最好，你所有不舒服都没有了。”

“要通几次才能通到大腿。”

“最少十次，你下午再来，一天两次，我在你们这里可以待五天，五天后我要赶快去下一个单位，好多单位排队等着为职工送福利呢。”

“我没有时间啊。你这个仪器卖不卖？”

李银针一听，洗脑成功。李银针说，市场上根本找不到这款仪器，淘宝、京东买不到的，厂家不批量生产，只给医疗机构专门供应，我要问问人家有没有，可否转给你们几台。李银针马上拨电话询问。主任走出临时诊疗室后，广大职工积极响应，临时疗室立即排起了长队，询问仪器卖不卖的络绎不绝，李银针联系业务的电话都要打爆了。下一个单位也即刻对李银针伸出了橄榄枝，力邀他去免费义诊，当然是这家企业的领导极力向他们推荐的。

李银针的仪器卖出了一台又一台。在第一个单位待到第三天的时候，他觉得耗不起时间了，向李悬壶求救，让李悬壶替他坐诊，他辗转下一个单位。然后呢，在下一个单位待了两天，他又向方樱子求救，替他坐诊，由于方樱子不会中医，他要求方樱子只卖仪器，不必诊脉。后来，他每到一个新单位，只坐一天诊，因为必须缩短时间，病假休了半个月，不能再耗了，这终归不是正经职业，捞点外快还可以，真改推销仪器，非被爷爷骂死不可。

方樱子找到了李银针，把前几天科里发生的事向他叙述了一遍。李银针舒眉展眼地在心里点着钞票，没心思为方樱子操这份闲心。他给李悬壶和方樱子发了分成后说：“拿到钱是真理，你真想成为钱木那样的名医呀？那多累呀。混呗，干不了外科干内科，干不了内科干儿科，总有一科适合你。不用天天虐待自己，累死累活的。”

本来，方樱子想从李银针身上得到激励，没想到，更泄气了，负能量满满。

陈浅学主任找了主管人事的赵院长，建议把方樱子调往其他科室。这个建议并没有得到赵院长的同意。作为主管多年人事的院长，他知道，每个科室都有几个被主任嫌弃的人，都想踢出去，如果都找他提要求，局面就不好控制了。所以，一个主任可以在科里呼风唤雨，可以在学术界独当一面，但在人事安排上，他不会轻易答应任何人的要求。赵院长以没有特别充分的理由把人调离，否则影响不好为由，拒绝了陈浅学的要求。陈浅学无奈，只得跟钱木讲，他也没有办法，让钱木继续带这个新医生，带成什么样是什么样。钱木建议让康健或者钟思书带她，自己不想带新医生了，尽职尽责做做手术、出出门诊就是发挥老同志余热了。陈主任说，乳腺手术必须钱木带。

今天，方樱子跟钱木主任出门诊，方樱子双手插在白大褂兜里，紧跟在精神抖擞的钱木主任身后，活像一个一翘一翘的白色小尾巴。

“今天挂五十个号，不要再加号。”钱木对门诊台护士说。她像一阵风一样走进了诊室。

“好的，钱主任。”护士向方樱子吐着舌头，眏了一下眼睛，做了个鬼脸。

钱木走进诊室，把自带的坐垫放到椅子上，坐下后戴上口罩、帽子和橡胶手套，全副武装后开诊。方樱子坐在电脑旁边，熟练地敲击键盘开方子、开检验单。钱木看了方樱子一眼，严肃地说：“头发全部放在帽子里，不要额头上堆着乱发，戴上橡胶手套。”

方樱子听完钱木主任的话，赶快按要求做了，心想，这个钱木，管得太多了，脾气怪异的老恶魔。她在心里不满地说。

时间一分一秒过去，很快，已经看了二十几个病人。在方樱子熟练的敲击声中，一张张检验单雪片似的从打印机里飞了出来，钱木面前的病历记录本也堆积了一大摞。门外就诊椅上还坐着一排没有看病的患者。

“28号宋博宇。”方樱子按顺序叫病人。

“哪里不舒服？”钱木主任几乎没有抬头，她在病历本上记录病情。戴橡胶手套的手依然娴熟地勾勒出让人难懂的草书。都说医生的字不是一般的龙飞凤舞和天马行空。每天这么高强度地练习钢笔字，每个医生都可以练出一手随心所欲的行草。

“咳嗽，发低烧，在内科门诊看了，吃消炎药咳嗽就好一点，拍了片子，内科医生让我到你们这来。”一个二十几岁的清瘦高个子男孩，一脸阳光、一身青春，浓浓的剑眉下一双明亮黝黑的眼睛。他用手理了一下头发，抿抿嘴，向钱木和方樱子笑了笑。这么青春健康的男孩哪里有病，就是患了感冒，也应该是运动完不小心着凉造成的。方樱子看着他的脸笑了笑。男孩也向方樱子笑笑，好像不好意思得病似的。听到男孩说话的声音，钱木也停下笔抬起头看了年轻的宋博宇一眼。

“我看下胸片。”钱木伸手拿过宋博宇的胸片。

钱木抖了抖胸片，举在面前足足看了几分钟，从两肺纹理、两侧肺门、纵膈到膈肌。钱木审视着，眉头逐渐锁了起来。她看到了结节、铜钱样的病灶，钱木把光片贴到光滑的看片板上，打开日光灯，两个直立的肺叶清晰可见。她要重新审视胸片。

“咳嗽多久了？”钱木的眼睛盯着胸片问。

“咳嗽好久好久了，久得我都记不清了，也许一年，也许两年，也许五年。”宋博宇一脸轻松灿烂。好像不是在叙述病情，而是在讲一个事不关己的笑话。

“咳痰吗，有没有血？”钱木口罩后面的脸并不轻松。

“痰不多，里面有一点血丝。呵呵。”宋博宇露着白牙笑了笑。

“吃点消炎药就不发烧，久病成医，我都能给自己治病了。大夫，别吓唬我说是肿瘤，我的体质特别棒，踢半场足球，打四十分钟篮球没有问题。您看我像病人吗？”宋博宇向钱木和方樱子笑笑，声音里是满满的自信。

“既然坚信自己没有病，到医院来干吗？”钱木的问话很尖锐。

“是呀，我也不想来，最近不是发烧到医院来开消炎药吗，医生又让我拍片子又让我抽血。你们也太谨慎太负责了。”宋博宇的话透着无奈。

“对生命负责是你的幸事。还要做进一步检查，做好住院准备。”钱木在病历上龙飞凤舞地做着病情记录。

“住院的时候带家长来。”钱木说。

方樱子感觉宋博宇的病情很严重，胸片暴露的问题显而易见，他的病症与肺癌很相像。从钱木主任严肃的表情看，也许就是肿瘤。

“大夫阿姨，我这么大了，带什么家长啊，您告诉我什么时候住院，我就什么时候来，不过，我真的不想住院啊。我是不是得肺结核了？”

“谁喜欢住院呢，都是无奈。”钱木简短地回答。

钱木长出一口气说：“若是得了结核我就不给你治了。”

“大夫，您别不管我呀。”宋博宇笑着说。

方樱子听出了钱木的意思，肺结核属于传染病，胸外科医生当然不给他治疗了。

“有床位通知他住院。”钱木对方樱子说完，合上宋博宇的病历本准备看下一个病人。

“大夫您给我看完病了？消炎药还没开呢。”也许宋博宇觉得开消炎药比看病还重要。

“消炎药不是万能药。瞎吃不治病致命。叫下一个病人。”钱木对方樱子说。

“真要成为病人了。”宋博宇边走边说。

分诊台护士走进来找钱木主任。

“钱主任，有个病人好几天都没挂上号，您加不加？”

钱木看看表，又看看面前的一沓未看的病历说：“我不是已经跟你交代了吗？加了他后面都要加，又拖到十二点半，我下午有手术。”

“哦。”

看来加号的希望没有，分诊台护士转身走了，迎面正碰到要求加号的病人家属——一个操着浓浓西北口音的七十多岁的大爷。他走进办公室，焦急地说他不会电子挂号，已经住了好几天旅馆，到这个医院来看病，是听他们村当护工的小牛说的，小牛说这里的医生医术高，不乱开药。他老伴现在还憋着尿呢，他说小牛告诉他来看病要憋尿，不吃不喝等抽血，小牛已经在医院干五年了，特别有经验。

方樱子看了这个大爷一眼，一张被阳光晒得黝黑，被西北风吹皱的脸，憨厚、淳朴，眼神里是焦虑、不安和拘谨，花白的头发和胡须使他看起来特别苍老。

“病人怎么了？”

方樱子忍不住问。

“奶上长这么大一个包，流黄脓。”大爷的手在胸脯上比画着，脸上透着腼腆，他把乳房说成了奶，也许在年轻女孩子面前说这种话他已经下了很大决心。

“钱主任，您就给加个号吧。他们等了这么多天，您就给看一下吧，需要住院的话，我帮忙办理。”

钱木看了方樱子一眼，说：“让病人进来我看看，如果需要住院，你把化验单开了让她去做化验。”

“好的钱主任，这样可以少住一天院节省费用呢。”方樱子高兴地说。

钱木加快了看病的速度。方樱子能给西北老汉说情，证明她还是有爱心的，这一点很令钱木主任满意。

“谢谢大夫，你们真好，真好！”

西北大爷把西北大娘带进了诊室。方樱子看了看病人的乳房，从乳头处溢出脓液，乳房包块很大，乳房变形，乳房皮肤橘皮状改变，外表溃烂，这是典型的乳腺癌症状。钱木只看了一眼病人的乳房，就让方樱子开了血、尿、便等入院常规检查单，让病人先去做检查。这个病人肯定要住院治疗了。

方樱子想让病人把胸透一起做了。

“你还需要照张相。”方樱子对西北老汉说。

“着想（照相）？”老汉迟疑了一下，西北口音都出来了。

“有，有！”老汉欣喜地从衣兜里掏出一张照片。

“是黑白的，不是彩色的，这是俺那口子年轻时的，我一直装在身上。”

方樱子看到大爷手里拿着一张年轻女子梳辫子的黑白小照片。她险些忍不住笑了，大爷太可爱了，这就是他理解的照相，也许大爷从没进过医院，不了解医学术语，也许他一时被问蒙了。医学上常说的照相就是胸透，他误认为是生活中的照相。方樱子记得在内科实习的时候，带一个大爷去做核磁检查，核磁室发了一次性塑料鞋套，让进核磁室的人套鞋上。可是，大爷根本不懂，等方樱子和核磁室医生进去一看，发现大爷已经躺在检查床上，用来套脚的鞋套被他套在大腿根中间用来撒尿的器官上，方樱子和核磁室医生当场险些笑晕。

“不是这个照片，是照这里。”方樱子用手指指胸口。

西北大爷拿着方樱子开的检查单带着老伴去做检查，方樱子继续跟钱木主任一起看门诊病人。不一会儿，大爷回来了，手里拎着湿漉漉的化验单。

“大夫，尿留好了。”大爷摇着湿漉漉的化验单。方樱子都愣了。尿留好了？大爷把尿留在了哪里？难道这湿漉漉的化验单上就是留好的尿？难道他不知道去化验室取尿杯。方樱子看了一眼钱木主任，说：“钱主任，我带他们做检查吧。”钱主任点点头。方樱子知道，此时的西北大爷，已经完全被医院里穿梭的人流和楼上楼下的科室整晕了。

看着方樱子和西北老汉的背影，钱木很高兴，有爱心、善良、有责任感的医生才是她心目中合格的医生。钱木似乎改变了对方樱子最初的坏印象。

方樱子带西北大爷做完检查回到胸科门诊。钱木主任已经看完了其他病人，她开始给西北大娘仔细检查。

钱木把方樱子叫到身边。

“我做一个完整的乳房检查，你认真学，以后你就可以独立做乳房体检了。”

方樱子听钱木说要教自己做乳房检查，特别高兴。这可是做胸外科医生最基本的。钱木是这方面的专家，跟她学，起步就不一样。我方樱子也可以做医疗查体了，可以熟练地评判哪里有问题，哪个只是个小肿块，简直像个专业乳房检查官。方樱子高兴地想。

“你应该看几本胸外科方面的书籍，先把理论掌握清楚；科里天天有手术，实践不成问题。检查乳腺最好的时间段是月经后三到五天，这些理论你肯定知道。”钱木边说边检查。

“要先看再摸，先视诊再触诊。视诊看乳头、乳晕、表皮的颜色、形状、外观等；触诊当然就是摸了，但是怎么摸需要你好好用心掌握。”

钱木主任十指并拢用指腹由乳头开始顺时针一圈圈做环状检查，转了四圈后，她让病人抬起胳膊，在乳房外上四分之一及腋窝处触摸。

“你摸摸这里。”钱木对方樱子说。

“什么感觉？”钱木问方樱子。

“很硬。”

“无弹性，活动性差。现在这种典型病例已经不多了，乳腺X线拍片、B超等手段可以提早检查出病情。下次体检派你去，多做几次就有经验了。像我刚才一样给病人检查一下，找找感觉。”

“好！”方樱子学着钱木主任的样子在病人乳房上顺时针旋转了四圈。

“现在医疗手段先进了，是不是以后可以不用人的手来检查了？”方樱子问钱木。

“我不这样认为，发明了电脑也不能不学写字呀。体检一年或者半年才进行一次，而眼睛看、手摸可以随时随地进行检查，我觉得是预防乳腺疾病的第一步，女性掌握了这个方法可以自检自查，做好自我防护。”

看完所有病人已经快下午一点了，钱木主任和方樱子才回到办公室吃午饭。

康健、张五经刚刚吃过了午饭，看到方樱子跟钱木出门诊回来，打趣地说：“今天跟师父摸了多少？二姐今天买了一袋馒头，你可以摸摸找手感。”

“讨厌，说不出好话。”方樱子白了康健一眼。

“又乱开玩笑。帮我找到可靠的宠物店了吗？”钱木主任问康健。

“找到了，定好明天中午去。”康健对钱主任说。

“好的，我的狗明天交给你们了。”钱木说完回了自己的办公室。

“明天中午你们去干什么？”方樱子问。

“去宠物店给钱木主任的狗做绝育手术，钱主任说发情期闹得厉害。你去不去？”康健问方樱子。

“什么什么？去宠物店做手术？你们做不就行了吗？还用跑到宠物店做？天天给人做手术，一只狗还对付不了？咱们三个一起做。”方樱子对康健和张五经说。她想起杀鸡抹脖的动人场景。

“不行不行不行！”康健的头摇得拨浪鼓似的。

“大姐，你想把钱木主任的狗整死啊，那是妇科手术，我们不是妇科医生。”康健面有难色。

“狗的结构跟人不一样，钱主任视狗如命，做坏了找我们玩命。”张五经添油加醋地说。

“方樱子，你真生猛，除了二姐，我就佩服你。”康健对方樱子伸了伸拇指。

敢给狗做手术的女医生真的不多。

晚上下班，方樱子给李银针发了微信，让李银针陪她去换手机膜。等了半天，李银针也没有回信。

艾叶走过来，说她的口语水平在李悬壶的帮助下进步不少，并开玩笑说：“不用吃醋，我只跟他练口语，新东方的口语老师，一节课几百块，李悬壶的口语多正宗，起码十级水平。”

“什么吃醋！我的姐姐，没影子的事。”方樱子面带苦涩地摇摇头。

方樱子去中医科找李银针，一个短发瘦脸的女医生一扬下巴说：“刚走一分钟，说不定在电梯口，快跑能追到。”

方樱子抬腿就向电梯口跑，正看到李银针与一个长发、长脸、白皮肤的女孩迈步进电梯，方樱子眼疾手快，边喊边一把拽住了他。

方樱子质问李银针，眼睛却盯着长脸女孩。

“什么微信？我没看见呀。对了，方樱子医生，给你介绍一下这位韩国美女，呵呵，不说你也知道她是谁。”

不说也知道她是谁！李银针的话能把人气疯。

长脸女孩向方樱子点头微笑。

日本留学的水灵土豆怎么变成了韩国女孩？方樱子眼睛冒火。险些忍不住拧李银针的耳朵。

“你什么意思！”方樱子心里火火的，嘴上酸酸的。

“货真价实的韩国美女，韩国话你听见了吧。”李银针得意地摇晃着脑袋。

“听说洋人天天给你送紫色的薰衣草、紫丁香、鼠尾草、狗尾巴花什么的，还带你周游北部山区，偷了五只北山皇帝鸡。”

“呦，你了解得真清楚，还有你不知道的呢。”方樱子不甘示弱，决定直接把李银针气晕了算完。

“打住。”李银针扬起手，“你们那些秘密的事我就不想知道了，不过，我要告诉你我的好事要临近了。”

“什么什么？好事临近？”方樱子听了头晕眼花，险些直接倒地上。

“方医生，你放心，到时我一定第一时间通知你，送你个大红请柬，你慢走，拜拜！”

李银针拽着长脸韩国女孩钻进了电梯。方樱子呆站在那里，彻底傻了。

方樱子呆立了半天才缓过劲了。原来自己这么在乎李银针，他找了一个韩国女友？他知道我跟李悬壶去北山买鸡了？知道李悬壶给我送了几次花？方樱子努力厘清自己的思路。

他吃醋了！拿韩国女朋友吓我。方樱子用这个理由给自己吃了一剂安慰剂。可他还说好事要临近了，还挽着那个长脸女孩的胳膊。方樱子一跺脚，眼睛里迸出了泪水。我也搂了李悬壶的腰。方樱子难过地撇着嘴，痛苦的表情像吃了重庆朝天椒。

方樱子一个人向医院大门口走去，看见大门口喷泉下脏兮兮的美人鱼旁边，站着傻子似的李悬壶，手里捧着一把紫色的鼠尾草。方樱子装作没看见。眼睛里的眼泪还没干呢，哪有心情搭理他呢。

"方樱子！方樱子！"李悬壶的眼睛雷达似的，专门搜寻方樱子的身影。

方樱子抬起湿漉漉的眼睛看了李悬壶一眼。

"你怎么在这里？"方樱子眼泪没忍住，骨碌碌一边掉下一个银珠子。

"方樱子你怎么了？为什么难过？"李悬壶把手里的花递给方樱子。方樱子环顾一下四周，侦查侦查旁边有没有认识的人。

"艾叶天天找你。"方樱子把花放到鼻子下闻了闻，一股青涩的花蕊味。

"她找我？是不是练习英语？"

"这你要问她，也许不仅仅练习英语，还有别的什么。"方樱子说话一语双关，意思里面包含着意思，就像中国食品，汤圆、饺子、大馅饼，馅包在里面，咬一口，滋味丰富。身为李悬壶的外国人像比萨馅露在外边，没运用过三十六计，没受到过含蓄思想的熏陶，领悟不到曲径通幽的奇妙。

"别的什么，别的什么？"李悬壶想不出来。

"艾叶今晚夜班，你去不去？"方樱子问李悬壶。

"为什么要找她，我只找你。"李悬壶说。

方樱子不愿让人看到李悬壶，赶快拽着他走出医院。刚出了大门，一辆汽车晃着大灯从方樱子身边开过，车窗摇下来，李银针的脑袋伸了出来。

"方医生，李医生，你们好好浪漫哟，我也去浪漫了。"

方樱子听了李银针的话鼻子差点气歪，越怕让谁看到越让谁看到，这次跳进黄河也洗不清了。

刚才李银针看到李悬壶傻子似的捧着一束花站在大门口，猜想一定是在等方樱子，他没有走，故意把车停在一边，看方樱子到底是不是跟他一起走。结果，正被自己撞到。其实，方樱子给李银针发的微信他看到了，只是，他知道李悬壶陪方樱子去北山买鸡，给她送花，等她一起下班，心里特别不舒服。心想，两个人坐着电摩托有说有笑，方樱子搂着李悬壶的腰。想到这些画面，李银针心里酸溜溜的不是滋味。这个洋人李悬壶，偷我中华医学，还抢我女朋友，太欺负人了。我要报仇雪恨，偷他们国家的国粹，抢他的女朋友。至于加拿大的国粹是什么，李悬壶的女朋友在哪里，李银针当然不是很清楚了。

“你不要给我送花了。”方樱子对身边的李悬壶说。

“为什么？是不是李银针也喜欢你？没有关系，你可以选择。”

李银针喜欢不喜欢自己方樱子也不知道了。

“我没，我有……”方樱子不知道该怎么回答这个问题。

“呵呵！今天送你回家，周末一起出去玩。”李悬壶跟方樱子并肩走在路边的林荫道上。绿毯似的青草被修剪得整整齐齐，散发出清新的芳草气息，淡淡的草香冲淡了方樱子心里升起的忧伤。她的心还在李银针身上，爱情可以给人施魔法，让人身心分离。方樱子决定这几天再去找李银针，问他到底什么时间跟那个长脸韩国女孩勾搭上的，是不是早就脚踩两只船了。

第二天上班，方樱子的眼睛像两个大桃子似的，哭肿了。为了掩盖两只肿眼睛，她自欺欺人戴上了大口罩，似乎这样可以掩盖什么，至少把脸上写满的伤心和难过盖住。方樱子口罩后面的小嘴时时噘起来伤心。伤了心眼眶里就潮乎乎的。

一个年轻女病人来找康健，说她的嘴感觉不舒服。

“怎么不舒服？”康健看着她的嘴。

“起溃疡了，有点疼，可是，不影响吃饭，不影响睡觉，不影响正常生活。”

“你回去，我们一会儿开会。”康健直接拦住了女病人的话。

女病人的话音刚落，医生办公室里一片安宁，谁也没有说话。康健呢，他怎么也不调节下尴尬的气氛？方樱子心里一阵凌乱。

方樱子走出医生办公室，到病房看病人。

“方大夫啊，我最近有糖尿病了？”一位老太太坐在床边一脸忧愁对方樱子说。

“哪里不舒服了？你怎么知道自己得了糖尿病？”方樱子不解地问。是不是糖尿病需要做检查，不是自己判断出来的。方樱子想。

“我闻了自己的尿，发现味道甜甜的，我拿个小杯接了半杯，一尝，发现尿变甜了。”

方樱子张着嘴看着老太太，她被惊呆了。老太太尝了自己的尿。方樱子脑海里反复萦绕这句话。

老太太看见方樱子惊讶的表情，似乎很不以为然。

“我不嫌自己脏，我还用小孙子的童子尿煮鸡蛋吃呢。”

“哦！啊？”方樱子不知道该对神奇的老太太说些什么。

方樱子走出病房，走廊里，一个护士推着治疗车，满满一车点滴瓶，咕噜噜的车轮声很是声势浩大。病房里，一个正在输液的大爷高声喊：“服务员！换水！”

护士并不介意被大爷称为服务员，她清脆地答道：“来了！”然后麻利地提着一瓶液体去给大爷换水。见此情景，方樱子笑了。

她想把老太太尝尿的壮举跟大家分享，不是讲笑话，每个医生都有责任制止糊涂老太太的天真行为。希望类似尝尿的壮举千万不要再发生。

“尝尿还新鲜？”

康健说他大学实习的时候，与老师一起看门诊，老师开了两张化验单递给老汉说，去验个尿便。过了一会儿，老汉满脸痛苦地回来对他们说，大夫，尿凑合咽下去了，这便实在难以下咽。

“肯定是你编的，我不信。”方樱子笑着趴在桌子上。

“方樱子，你这是哭呢还是笑呢。”方樱子的肩头被康健拍了一下。她的肩抖动了半天才急刹车停止。方樱子抬起头，眨着肿眼泡咧着嘴，这副模样也真吓人。

“听完我的笑话高兴了吧。我骗你干吗，是真的，我们医务工作者任重道远。方樱子，还有件事告诉你，今天钱木主任的狗要打消炎针，你敢不敢打，本来让艾叶打，她说怕狗咬，还忙着给病人备皮，你不是有给狗做手术的胆量吗？”康健问方樱子。

“我也怕咬呀。”方樱子失恋心情不好，对狗兴趣不大，说话的语气哀怨而无精打采。但是，刚才被女病人扰乱了心境，被自己诊断糖尿病的老太太惊扰了思维，她目前情绪一团混乱，心境一团乱麻，阴晴交替，好坏兼有，像发了疟疾症。

“方樱子，你今天情绪不好，像受了啥刺激，是不是失恋了？谁没经历过几次失恋呢，明天哥给你介绍几个。你没看艾叶，被病人家属看上了，死活要把他侄子介绍给她，澳大利亚籍华人，马上飞往澳大利亚。”康健向门口努嘴，好像艾叶就站在门口似的。

“我今天是受了刺激，受了刺激。”方樱子拍拍脑袋，想让自己思维清晰一些。

“告诉你，受了什么刺激上班的时候也要提起精神，当医生的必须具备情绪调节能力。这是钱木主任的教导。”

“嗯。”方樱子点点头。

“啊？！澳大利亚籍华人的事我怎么不知道呢。”张五经像受了刺激嗖地站起身，通电似的。

“你急什么呀，一会儿你那个丈母娘就来骚扰你。”

“别提那个事了。”张五经沮丧地说。

“什么丈母娘？”方樱子好奇地问。

“你看看方樱子都感兴趣了，赶紧跟樱子汇报汇报，樱子就不难过了。”康健对张五经说。

“肯定不行的事，有遗传史，打死我也不会找有这种基因的人当老婆。”张五经摇摇头。

原来张五经被一个乳腺癌病人看上了，要把女儿介绍给他，病人的女儿也看上了张五经，医学博士，含金量高啊，这若在美国，早住富人区了。

“走，先到休息室打针，一会儿再说你们恋爱的事。我和张五经每人按住狗的两条腿，再给它戴一个大口罩，肯定不会咬到你。”康健说。

方樱子跟在康健和张五经身后走进休息室。方樱子顺利给狗打了针。

回到医生办公室，钟思书听说方樱子给狗打了针，夸奖她可以开个宠物店了，胆大心细，一定可以成为一名出色的外科医生。他正在给大家发糖。方樱子摘掉口罩剥了一块德芙巧克力塞到嘴里。香甜的丝滑感和大家的话题暂时冲淡了方樱子心里的阴郁。

康健嚼着巧克力问钟思书：“四叔，有什么喜事发糖？”

钟思书一脸春天的温风和暖阳。

“女儿结婚了。”

“呀，好事好事！我送妹妹一条澳大利亚羊毛被，明天给四叔带来。”康健笑着说。

钟思书的女儿患有轻微先天性痴呆，结婚也算了却钟思书的心病，以后女儿可以有依靠了。

“咱姑爷是干什么的？”康健问钟思书。

“退伍军人，转业到北京了。咱们各取所需，他找了我女儿可以落户北京。我给了他们一个两居室，有房子好好过日子吧。”钟思书脸上都是喜悦和满足。

“四叔你真豁达，这老丈人真棒。那你和你爱人住哪儿？”康健问，他知道钟思书家根本不富裕，不会有几套房。

“有一间平房就行了。我下个月去青海湟源县医院支边半年。方樱子帮我喂实验室的小动物行不行？我的动物们都有名字，那个耷拉耳朵的灰兔子叫草没，那条黄狗叫狗圣，你喂它们的时候叫名字，它们特别高兴。”

“好嘞！四叔放心，等你回来，保证草没和狗圣变成膘肥体壮的大傻兔子、大傻狗。”方樱子的心情好多了。

“四叔你又报名支边了，那地方是高原，你身体能行吗？”康健担心地问。

“没问题，为祖国人民做贡献，不然退休以后就没有机会了，医术也浪费了，站了一辈子手术台，经验多少有那么一点点。”钟思书淡淡地说。

“艾叶去哪里了？她今天上班了呀。”张五经走进医生办公室一脸沮丧。他听康健说有人给艾叶介绍澳大利亚籍华人，着急要去问她。

“说她调休去太平间外的小花园跟人见面去了。你看选的这地方，人鬼情未了的意境。”康健笑着说。

“什么？”张五经即刻从椅子上蹿了起来，本来他的屁股还没有坐稳呢。

“张医生，张医生，我们正找你呢。”张五经抬头一看，正是自己的病人带着她的女儿，母女两人一左一右把张五经夹在中间。张五经一脸无奈，完全成了夹心饼干。康健向方樱子眨眨眼睛，捂嘴笑了起来。方樱子遮着半张脸低声问康健：“是那个病人丈母娘吗？”

康健神秘地点点头。

这几天中午，胸外科总传来嘹亮的歌声。其他科室也传来断断续续的歌声和手风琴、二胡、新疆鼓等乐器的声音。音乐声在医院阳光明媚的上空轻柔地飘荡，像舒缓飘落的树叶。幸亏声音还算美妙，不吵人。否则，病人非找院领导提意见不可。

陈浅学主任到美国参加学术交流。钱木带领胸外科的医护人员每天中午排练他们的拿手节目——大合唱。胸外科的大合唱在医院很有名气，铿锵有力、洋洋盈耳，每年必斩获节目汇演第一名。康健任合唱指挥，他的指挥很有小泽征尔、卡拉扬等指挥大师的疯狂和风采。除了担任本科室的指挥，康健还被其他科室请去走场。钱木和钟思书担任男女领唱。钱木的声音清扬高亢，钟思书的声音浑厚阳刚，钱木笑着说，歌曲唱得充满激情全凭康健指挥得好，人家从小学到大学一直是校合唱团的指挥，指挥多少年了，早就磨炼成专业指挥的水平了。

方樱子听了钱木主任的话吓得吐了吐舌头，那感觉就是指挥大师近在眼前啊。张五经捂着嘴在方樱子耳边悄悄说："哪有那么神乎其神，我看他的指挥患有严重职业病。你看康健大师的指挥像什么？仔细领悟。"

方樱子摇头，不同意张五经的不屑。她感觉康健非常有激情，指挥非常富有感染力，看到他，歌唱者会不自觉地挺胸抬头目视前方，张大嘴巴，打开胸腔产生共鸣。方樱子的感受就是这样的。

康健的面部表情随着音乐的起伏一会儿深沉，一会儿激扬，一会儿沉醉，一会儿轻柔，他的眼神时而闪亮，放出激情的电波，时而轻快，像奔跑的小鹿。站在木椅子上的他太有魅力了。此刻，他完全不像一位拿手术刀的医生，完全进入指挥家模式。

方樱子对身边的张五经说："这指挥太棒了，我都折服了。"

"我也相当折服。"张五经鸡啄米似的点头。

"真没想到，康健医生还有指挥天赋。我都快被他迷住了。"方樱子开玩笑说，有意夸张地整整头发。

"别犯花痴啊！兔子不吃窝边草。"张五经向方樱子眨眨眼。

"知道啊！"方樱子不屑地撇着嘴。

"停。"康健指挥叫了暂停，是值班护士打来了电话。

张五经趁机咬着方樱子的耳朵说："我和艾叶给康健总结了，他的指挥手法和姿势完全是职业手法，双手在空中一捏，那是什么？”

方樱子一愣，摇摇头。

“樱子你真笨，做体检的时候抓乳腺呀，然后张开五指左边转三圈右边转三圈，并拢食指抖动，最后高扬右手掏腋窝，这几个动作反复重复就是一套完整的乳腺检查动作。我总结得特别形象，一会儿你仔细体会。照这个路子你也会指挥。”

方樱子听完抿嘴一笑说：“你们真能想象，一会儿我告诉康健，就说张五经说你的指挥就是一个乳腺检查过程。”

“樱子你敢，康健非跟我急了不可，他会说我这是对艺术的亵渎。”张五经向方樱子使劲摆手。

这次胸外科演唱的两支曲目是钱木主任精心挑选的，《我爱你中国》和《感恩的心》，用钱木主任的话说，既有爱国励志的革命歌曲，又有感人的正能量流行歌曲。她显然对自己挑选的歌曲很满意。

打完电话，康健站在椅子上继续指挥。

“开始！”声音嘹亮很有乐感！

康健两只有力的大手向空中用力一抓，方樱子的脑海完全被张五经的乳腺检查骚扰了，一套完整的乳腺检查开始了，抓、捏、左边排查转三圈，右侧排查转三圈，康健的右手高高扬起了，这是检查腋窝淋巴结。方樱子实在忍不住了，她弯腰捂着嘴笑了起来。方樱子感觉后背被人狠狠戳了一下，很显然是不让她笑场。可是，方樱子实在忍不住，她根本不敢抬头看康健那两只充满激情的手。方樱子的后背快被戳穿了，方樱子还在低头狂笑不止，她感觉自己快被背后那只手推出去了。她一笑，旁边的张五经也忍不住了，也笑了起来。艾叶也双肩抖动地筛起糠来，那是笑得不行了。他们两个一定跟方樱子一样，由指挥联想到了乳腺检查。这三个人一笑，其他人也笑了起来，笑是传染的，大家即刻东倒西歪笑成一片，指挥椅上的康健没法指挥了，他也笑了起来。

“哎哟，你们笑什么呢，一个个低着头浑身抽搐，咯咯咯。”康健笑着说。

“就是啊，你们笑什么，简直是莫名其妙。”钱木主任脸上的笑也刚刚收敛。

“尤其是方樱子，我的手指都戳疼了，还笑。”钱木指着方樱子说。

“钱主任，你快把我推到康健身边去了，现在后背还疼呢。”方樱子弯着腰喘着气说。

“这么用力你还笑呢。”钱木娇嗔地斜了方樱子一眼。

“钱主任，你不能怨方樱子笑，康健的指挥像做乳腺检查，我也努力不去想，可实在忍不住，太形象了。这可怎么办，我担心演出那天忍不住笑场。”艾叶对钱木主任说。

“也就你们联想丰富，我看都有严重的职业病。丑话说在前边，谁要敢比赛那天笑场，我就罚他请全科吃一礼拜午饭，工资一分也别剩下。”钱木说得斩钉截铁。

“艾叶，你说得我都不会指挥了，这么多年潜心修炼的童子功被你一句话武功尽废。”康健重新站到椅子上举起双手，在大家的欢笑中开始了练习。

周五，医院文艺演出在五楼报告大厅举行。胸外科男士身穿笔挺的西装，脖子上扎着小红领花，个个精神百倍，女士们化着浓浓的舞台妆，小心翼翼地提着优雅的宝蓝色落地长裙，个个貌美如花。服装是钱木主任通过私人关系在歌舞团租借的。

妇产科的肚皮舞引起了小小轰动，谁也没有想到，平时挥着注射器的白衣天使可以把腰肢扭得那么婀娜，把舞姿旋得那么曼妙，一个个衣袂飘飘，眉目传情。方樱子看见李银针张着嘴伸着脖子，气得险些走过去踢他两脚。方樱子这几天给李银针发微信不回，打电话不接，李银针像从人间蒸发了根本联系不上。是捉迷藏还是失踪？方樱子想，不管怎样也要找李银针算账，几年的恋情被长脸韩国女孩一条腿就插了进来。方樱子怎么也要解恨，猛踹这两个人，方樱子现在手里攥着李悬壶这个备胎呢，不怕李银针找韩国妞。方樱子眨着长睫毛，嘟着红嘴唇。她决定演出结束扒下长裙就去中医科找李银针算账。

李银针不知什么时候换上了黑色长马褂，正跟一个穿白马褂的大胖子站在台上说相声呢。方樱子脑子走神的工夫，李银针就不在台下张着嘴眼冒绿光看美妞们扭肚皮了。角色转换也太快了。李银针不是跟方樱子说过，他要表演那个三句半吗？

当了医生吃苦受累，
病房门诊终日疲惫，
一日三餐时间不对，
逢年过节值班应对，
一时一刻不敢离位，

抛家舍业愧对长辈，

囊中羞涩十分惭愧，

青春年华如此狼狈，

仰望青天欲哭无泪，

唉！当医生真累！

那天听完李银针的三句半，方樱子当场就给毙了，负能量满满。

台上，李银针手里拿一把黑折扇，啪地一抖扇了两下。

“我，名叫小黑。”李银针说。

“我，名叫小白。”胖子一抖白折扇。

“您看我们两个站在这里像什么？”李银针问大家。

“什么？像两颗棋子。”李银针一副夸张的表情。

“他像，又扁又胖，我不像。”李银针扬着脑袋完全进入了角色。

“我从小就有崇高的理想，我的理想就是像郭德纲一样站在台上说相声。”李银针撇着嘴扬扬自得。

“嘿，你小时候郭德纲还不知道在哪上小学写铅笔字呢。”

胖子说：“我也有崇高的理想。”

“说说看，你的理想有多崇高。”

“崇高得有点不好意思。”胖子用扇子捂着脸装害羞，“就是长大了去麦当劳打工，卖汉堡和薯条，天天可以闻到麦当劳的香味解馋。”

“啊，这就是你的崇高理想啊？”

……

没想到，李银针相声说得真不错，在台上大方自然，不怯场，把台下观众乐得前仰后合笑成一片。

马上轮到胸外科大合唱了，方樱子跟大家一起排好队准备上台。康健的头发喷了湿漉漉的发胶，直立得像一片青草。白衬衫硬挺挺地支着脖子，黑色燕尾服拖着两片小尾巴一飘一飘像空中的风筝尾巴。康健微笑着绅士十足地向钢琴边的美女伴奏微微点了点头。美女伴奏身穿典雅圣洁的象牙白镶钻晚礼服，露出性感的后背和半个前胸，完全不顾风化，尽情展露性感和妖艳。

“叮咚……”钢琴声雄壮激昂，指挥棒高高扬起。

太庄重了，千万不能笑场，不仅仅是损失一个月工资的事情。方樱子使劲咬了一下嘴唇，狠狠告诫自己。方樱子仰起头双眼目视音乐指挥康健，情绪饱满，一脸凝重，因为大家都绷着脸把心里的笑挤到了黑暗的角落。

一首气势磅礴的大合唱唱毕，掌声响起。康健的指挥棒再次高高扬起，第二首歌曲行云流水般的前奏响起。嘹亮激扬的歌声在报告大厅响起来。

“别唱了，别唱了！”报告厅密闭的黑色皮门敞开，一个长脸瘦腮的男人两只手使劲拍着巴掌，高声嚷着。

“唱什么呀，病人点滴都走空了，打了两次呼叫，都没有人给换，我妈若是有什么问题，看我不把你们医院砸了，看你们还在这儿唱歌。”

方樱子一看，叫嚷的男人正是她第一天上班做手术的病人家属。听到病人家属叫嚷，护士长提着裙子就跑了出去，边跑边说：“留了两个护士值班，下午的点滴不是很多呀。”艾叶也提着裙子紧跟在护士长身后。

报告厅一片哗然，大家七嘴八舌，演出的气氛完全被这个叫嚣的家属搅乱了。

演出结束，方樱子脱了长裙换上白衣，妆都顾不得卸直奔中医科。

“李银针！”方樱子在诊室外面喊。

诊室的门开了，出来的是李悬壶。

“你怎么在这儿？”方樱子的长睫毛忽闪忽闪地抖动着。

“我陪师父李果之出诊。”李悬壶轻声说。

“你找李银针？他去韩国了，说完相声就拖着行李去机场了。我下班去找你，先回去了，病人很多。”李悬壶转身进了诊室。

方樱子呆立在走廊里，李银针去韩国了，去结婚吗？！方樱子脑子里闪现了很多不好的想法，李银针狠狠给方樱子心里扎了一支毒针。方樱子脚步沉重，面目凝重，表情木然，她完全中了爱情的毒。

陈浅学主任回国，科里首先进行了手术大出血病人的术后病历讨论。陈主任和钱木主任对术后病人用药以及各项血液检查指标等都进行了分析，对于术后病人意识淡漠，呼吸不好很是忧虑和担心。陈主任提议下病危通知，并向家属交代病情。

“当初做这个手术的时候，我跟家属交代得非常清楚，建议保守治疗，手术存在危险，根本不建议他们做手术。”康健说。

“那为什么病人还要做呢？”陈浅学问。

“病人家属说病人憋气睡不了觉，整夜整夜坐着。问我手术成功率有多少。我说没有什么概率，也许百分之百成功，也许百分之百失败，什么手术都有风险的。”

“我们也希望病人术后痊愈，不管在手术前还是手术中、手术后，我们都竭尽全力，完全是踏踏实实一步步走过来的。所有手术都存在危险，否则就不签术前协议了。”钱木主任发表自己的观点。

“病人还在禁食禁水中，血氧饱和度很低。”康健对陈浅学说。

陈浅学主任点点头。

“让呼吸内科再来会诊。跟病人家属交代清楚，随时可能做气管切开。”陈主任对康健说。

做完了重点病人的病历讨论，陈主任带领大家进行一周一次的大查房。

西北大爷的老伴已经住院，陈主任看了病人的病情对钱木主任说：“尽快给病人安排手术，伤口已经溃烂流脓。”

“在门诊就做了入院常规检查，排上手术了。”钱木对陈主任说。

“感谢大夫尽快给我们安排手术哩，俺卖了一头牛来看病。唉！”大爷心疼牛，一声叹息。

“已经尽快给你们安排手术了。”钱木主任说。

西北大爷和头上围着头巾的西北大娘齐声对医生们微笑点头：“谢谢哩，谢谢哩！”

两个人正在吃方便面。

陈浅学主任看了一眼西北大爷碗里的方便面说：“大爷总吃这个不行，尤其是大娘，马上要做手术了，应该吃营养品。”

“住院要好多钱哩。”大爷露出焦黄的牙，一脸纹理清晰的皱纹散发着西北的骄阳气息。

“你来陪护呀？手术的时候把孩子叫来。”钱木主任说。

“孩子忙啊，忙啊。”大爷和大娘笑着说，头如同鸡啄米似的一点一点的。

年轻男孩宋博宇也来住院了。看到这么多医生进入病房，他咧嘴笑了，露出了好看的小虎牙。

“钱木主任，樱子姐姐，你们都来看我了，我什么时候能出院啊，我还跟人约了去月坛体育场踢球呢。”

陈浅学主任看了看这位年轻的病人，笑着说：“就是啊，病房怎么关得住你呀，一定让你尽快出去踢球，不在这里浪费大好光阴。感觉怎么样？”

“您看我像病人吗？我觉得我根本就不该来住院。就是发烧咳嗽，给我扎上静脉针、点上消炎药肯定好。”宋博宇伸着胳膊似乎想让医生赶快来给他扎针输液。

“消炎药可不是万能药。做完全部检查再确定治疗方案。”陈主任说。

“还要治疗方案？”宋博宇拧着眉一脸疑惑。

方樱子跟在大家身后走出病房，她回头对宋博宇说：“当然了，要不让你住院干吗。”

“方樱子，你负责找西北大娘李桂芝术前谈话，有问题吗？另外让宋博宇的家属来医院，他的 CT 结果出来了。这是钱木主任交代的，让我协助你。你看看，现在重点栽培你。当上小红花了，我给你当绿叶啊。”康健对方樱子说。

“行，话谁不会说呀。”方樱子一笑。

自从那次跟钱木主任出完门诊以后，钱主任似乎对方樱子的态度好转了。

“别把自己绕进去，谈着谈着让家属问住了。不过西北大爷也不会问什么。交代清楚病情、手术必要性，重点强调术中和术后并发症和意外。”

“好的，康健老师。”

“对了，这个病人的费用问题你交代清楚，我看他们可能没什么钱。术前谈话也要因人而异，根据病人的情况有所侧重。”康健摇晃着脑袋，一副发现真理的自得。

“嗯，康健老师说得对，经验丰富。”方樱子向康健跷了一下拇指。

“方樱子这两天情绪好多了。尤其在我的指挥下，参加了大合唱，顿时心情雨过天晴。我的指挥有治愈情绪的作用。”

“别提你的指挥了，我肋骨都快笑折了，钱木主任把我后背都戳透了。现在写病历后背还疼呢。”方樱子的脑子里又闪过了李银针的瘦脸，心里一阵酸涩，眼泪险些夺眶而出。

“除非他别来医院，在韩国倒插门，躲着我，否则……”方樱子心里恨恨地发毒誓。

“我找谁签字？”西北大爷挽着两个裤管和两只袖子走进医生办公室，那神态完全像刚从田里锄地回来。

方樱子站起身。

“大爷过来吧。”方樱子挥手叫着大爷，脑子里的李银针被大爷彻底赶跑了。

大爷一脸笑容，方樱子让他坐下。他坐了一个椅子边，有点拘束和紧张。

“方樱子，你带大爷去休息室谈话，这里人多，大爷不放松。”康健看西北大爷实在拘谨，看着他的表情都让人心累。

方樱子带大爷去了休息室，谈话很顺利。手术谈话结束，方樱子让大爷在手术单上签字。大爷的手有点抖，他放下笔，用手揉搓着脸。方樱子以为他紧张，就对他说：“要不让你孩子来，工作再忙，母亲手术也该过来陪。”

“唉！大夫，我心里苦焦啊！”

“家里有病人是心里难过，您也别着急，也别太伤心，做完手术病人就好了。”方樱子用有限的经验竭尽全力劝慰大爷。

大爷突然控制不住自己的情绪捂住了眼睛。

看到大爷流泪，方樱子有点手足无措了。要不把康健叫来？她在心里盘算着。

方樱子刚要起身，大爷放下了手抹了抹皱纹里的眼泪。

“不能提呀。孩子当兵，执行任务的时候牺牲了，我就这一个儿子，一直瞒着他妈，孩子妈总问我，山子怎么总不回来呢，想他啊。”

“我说，孩子执行秘密任务，不让轻易回家，他是国家的人，什么时候我去部队上问问，咱们去探亲。就这样一直敷衍着。现在得了这个病，唉！”

方樱子听完大爷的话心里一惊。大爷沧桑的脸让方樱子有些不忍心看。

“牛卖了多少钱？”

“一万多，政府发了抚恤金，那是孩子的命换的，不能动啊。”大爷控制不住自己的眼泪，方樱子站起身，她想把康健叫来。

“大夫，可千万不敢让病人知道病情。”

“我知道，你等等，我一会儿就回来。”

方樱子去办公室叫来康健，简单跟他说了西北大爷家的情况。

“大爷你放心，手术一定做好，钱我们能给你节省就给你节省，有什么事就找我和方医生，我们尽力帮你。”康健宽慰西北大爷说。

“你们真好，提起大夫我就想起华佗、李时珍和白求恩，你们真像他们。”

回到医生办公室，康健对方樱子说：“大爷这些看病的钱真不宽裕。你想啊，手术加上五期化疗，没有钱放疗了。”

“那怎么办？大爷说，抚恤金不能动。”方樱子无奈地看了看康健。

“方樱子，咱俩倡议倡议，呼吁科里同事捐钱。明天我让主任在晨会上说。另外让大爷找民政部门申请补贴。”康健兴奋地想到了好办法。

“好好，双手赞成。我明天给李桂芝大娘带一锅鸡汤，我家冰箱里还有三只鸡呢。”方樱子要表达自己满满的爱心。

“哎呀，樱子，提起鸡汤，我怎么那么想喝呀，明天多熬一碗，给我带来，我说的是真的，不是开玩笑。”康健对方樱子说。

“西北大娘的鸡汤你也抢。大爷天天吃方便面加大馒头，舍不得吃菜。明天我向大爷要个馒头给你。”

“馒头不行，喝了鸡汤我才有精力做手术。”

“行，给你两碗。”

胸外科给西北大娘李桂芝募捐的倡议得到大家积极响应。陈浅学主任和钱木主任、康健、护士长各捐了两千元，最年轻的护士也捐了一百块。甘草只捐了十块钱，她一脸不满地对记账的方樱子说：“谁挣钱也不容易，我还需要别人募捐呢。我也是穷人。”

方樱子听了甘草的话赶紧堆上笑脸，点头说谢谢，好像在给自己募捐。心想，这冷脸学姐，心也是冰冰凉的，北极来的。

当康健和方樱子把募捐来的两万多块钱交给西北大爷的时候，大爷惊呆了。

“哦呦！住院你们还给我钱？不能要不能要。”大爷不敢去接，双手摇摆，头也摇摆，像一个开足了风力的电风扇。

西北大娘也开始摇摆双手，摇摆头。

“大爷你卖的一头牛不够治疗的钱，我们不给你们筹款治病，你们不是白来北京了？有了这些钱病人才能做完整的治疗。收下吧。”康健把钱放在床头柜上。

“大夫，这，这……”大爷结结巴巴举着双手。

“小牛说这家医院的医生特别好，真是好啊，方大夫给我们送来一锅鸡汤，护士长给我送来一只烧鸡。”

“您别老叫我小名，叫我周建军。”一个穿着白衣，脸上的黑色没有褪尽的男人走了进来。

周建军不喜欢大爷叫他土气的小名，他不知道，司马相如的小名还叫犬子呢，比小牛还难听。

“哦，你看小牛，不，周建军来了。”

“大夫们多好啊。你还不给他们送锦旗。”周建军给西北大爷提议。

“对，送锦旗，送锦旗！”西北大爷灵光一闪终于找到感谢医生的办法。

“那都是形式，买锦旗还要钱呢，办公室墙上都挂不下了，你不如买肉吃。”康健挥挥手。

“大爷千万别买什么锦旗。我们不是要你的表扬，是想让病人好好治疗。”方樱子也叮咛西北大爷。

回到办公室，康健靠在椅子上闭着眼睛。

“做完了好事，我心里怎么这么舒服呢，真享受，怪不得有钱人要做善事，年轻人喜欢做义工。”

康健懒洋洋地说：“方樱子，我那碗鸡汤中午能喝上吗？”

“当然可以，保鲜盒里一大盒呢，中午在微波炉里热热。”方樱子打开柜子说。

“方樱子你说护士长怎么总有烧鸡呀，不会是她家卖烧鸡吧，去给我侦查侦查，哎呀，你不行，我得去找艾叶办这种潜伏的事。”康健居然不信护士长给病人推销烧鸡的事。

“干吗呢这是，葛优瘫呢？”

方樱子和康健一看是钱木主任进来了。康健仍然懒洋洋地坐着，他不怕钱木主任，这要是陈浅学主任进来，他立刻从椅子上蹿起来了，还敢屁股坐椅子上舒服？

“第十五届国际乳腺癌会议要开了，国际权威布鲁斯特要到我们科参观。你和甘草负责接待，甘草不是英文好吗？”钱木主任进来对康健说。她手里拿了一个印有粉红色玉兰花图标的信函。

“大家英语都不错。”康健坐直了身子。

“国内大佬都谁去参会呀？”康健问钱木。

“吴惊雷、徐冰和、邵离敏几大佬都跑不了。”

“还有您呗。钱主任，你有啥论文要在会上交流呀？透露透露。肯定语出惊人。”康健说。

“乳腺癌精准防护方向和实践。怎么样，精准防护才是预防乳腺癌的关键。精准医疗是一个新理念。”钱木对自己的观点很兴奋。

“我家钱丁病了，好像发烧啊。”钱木叹了口气，钱丁是她的狗宝宝。

“让方樱子给你家丁丁打点消炎药。”康健笑着说。

“带它去狗医院看病了。”钱木哀怨地说。

“还有件事，让宋博宇家属来医院，要安排手术了，也不能跟他自己谈病情和做术前谈话呀。”钱木对康健说。

“好的，这事交给我。”康健胸有成竹地说。

钱木主任走后，康健让方樱子把宋博宇叫到医生办公室。

走进医生办公室，宋博宇就对方樱子龇牙笑了笑。

“樱子姐、康健大夫好！”

“把你爸妈叫来呀，你要手术怎么也要他们签字，这步骤省略不了。”康健扯出凳子让宋博宇坐下。

“你们就实话跟我说吧，我是不是肺癌。我看你们这里住的都是这种病人。”宋博宇脸上挂着微笑，特别淡定。

方樱子紧张地看了康健一眼。

“谁说的？我们这里也住纤维瘤、软骨瘤病人。反正手术签字和术前谈话必须叫你家属来。”

“我妈早就不在了，我爸特别忙，我也不想让他知道我的病情。我自己能扛得住，您就直接跟我说吧。”

“你妈怎么不在了？”康健问。

方樱子悄悄翻看手边的病历，上面写着他父母健在啊。方樱子不解地看了宋博宇一眼。

“很小的时候，我不知道我妈妈患的什么病。我一直认为她在身边，从不承认她不在了，我不想让爸爸再受打击，更不想让他知道我的病情。所以不想让他来。”提到妈妈，宋博宇神情有些黯然。

“不是你想不想让他来，是必须来。请问你术中出现问题，诸如需要输血，需要气管切开，以及术中出血等非常严重的问题，你能签字吗，难道让我们把你拉起来签字，我们救你还是任凭出血？如果术中出现问题，我们担不起这个责任，说得坦白一点，得由你的家属来决定怎么办，我们也要保护自己呀。”康健说得很坦诚，态度很坚决。

“大夫，本来我心情还可以，说到让我爸爸来，我心情立即沉重了。”宋博宇收敛了笑容。

“沉重也没有办法，我们理解你，其实我们也沉重，都希望医院关门，世界人民无病，人人长生不老，活到一百二十岁。行了，小伙子，听我的吧。”康健拍了拍宋博宇的肩膀。

宋博宇走出医生办公室。康健对方樱子说：“他妈妈很可能是肺癌，也许他就是家族遗传病患者。不然他这么年轻怎么可能得肺癌呢。”康健神色凝重。

“可惜了，这么年轻。说不定是因为大气污染呢。现在雾霾这么严重，害得我总捂个口罩，口红都不能涂。我都担心我的肺已经黑了，跟雾霾天的颜色差不多。”方樱子捂着胸口，似乎很担心自己的肺。

“是呀，做手术戴一天口罩，下班还得捂口罩，樱子，我怎么突然心情郁闷了，哪天不会缺氧晕倒了吧。钱主任要戴两层口罩呢，更厉害，她的狗也戴着小口罩，穿着小皮鞋，这狗老受罪了。”康健叹了口气。

“遗传也很可怕。我们上学的时候，遗传学老师总是强调不能找有家族遗传病史的人结婚，特意提到癌症、精神病、白化病等几种，当初觉得老师就是职业病，根本不当回事，幸亏我运气好，没有碰到有家族遗传病史的人，否则多痛苦。”康健翻开宋博宇的病历说。

“我发现遗传老师都一样，我们上课的时候也这样叮咛，同学笑成一片，老师说必须认真对待遗传，关乎子孙后代和自己的幸福生活。”方樱子笑着说。

“方樱子去跟宋博宇要家属电话，病历上的电话是他自己的。这个孩子真能捣鬼。”康健拧着眉头。

方樱子走进病房，宋博宇没在病床上，只有一个中年男病人坐在那儿发呆，手里拿着一把锋利的瑞士水果刀。

“怎么不出去转转，宋博宇呢？”方樱子问病人。

病人没有说话。

“你怎么了，哪里不舒服？”方樱子关切地问。

“大夫，我的治疗方案有问题，我的病被耽误了。早晚有一天我要报仇。死了，我也得杀几个。跟你无关，我不会滥杀无辜。”病人阴冷地笑了笑。

“哼，饶不了他。”病人恶狠狠地说。

方樱子心里一惊，赶快劝道：“谁说治疗方案有问题呢，所有病人的治疗方案都是经过会上讨论的，医生们干了这么多年临床，绝对不会有问题的，你要相信我们。”

“这年头谁相信谁呀，就知道赚钱。那天杜仲医生值班我问了，他说我的病应该做个介入治疗，康健医生根本不给我做，我跟他说他还说我不懂，说我指挥他，不理我。”

“你别误解了康医生，他是我们科特别优秀的医生。千万别蛮干呀。”方樱子走出病房，看到窗户拐角处站着一个人，正是宋博宇。宋博宇看着窗外，抬手抹着眼泪。方樱子赶快转身走回医生办公室。宋博宇谈起自己的病情似乎满不在乎，其实他心里也有柔弱的一面，况且他这么年轻，怎么能甘心离开这个世界呢。

“宋博宇没在，一会儿再找他。”方樱子没有告诉康健宋博宇在窗口抹眼泪的事。康健的病人对他有意见，握着水果刀发狠准备报复的事告诉不告诉康健呢？方樱子拿不定主意。

“五床那个病人是你的吗？你若忙不过来，我帮你处理病人的事。”方樱子含含糊糊没敢把话传给康健。

“那个病人特别浑蛋，他老婆给他送饭，他说不好吃，像猪食，直接把一盒饭摔他老婆身上，我看见训了他一顿。这么难缠的病人，你对付不了，还是我管他吧。”

“哦，是不是人有病了，性格都变了。怎么那么暴虐，好像全世界人都欠他什么。不过你最好离他远点。”方樱子担忧地说。

“病人怎么离他远，难道他还能把我怎么样？”康健笑着说。

“万一拿起刀呢。”方樱子开玩笑地说。

“虽然天天站手术台，饮食没有规律，可是我的身体还可以，一个病人还能吓倒我？五床病人天天说要杀人，那天还说要杀我呢，我哪天要找精神科给他会诊，吃点百忧解什么的。”康健不以为然地说，原来康健知道病人嚷着要杀他的事。

“康医生，百忧解是更年期妇女吃的，开什么玩笑。”

“哎呀，乐和乐和嘛。”

“艾叶二姐，快来！”康健站在门口喊艾叶。

“干吗呀，我这里忙得要死，你们开了几十台点滴，又是术前准备又是特级护理，还有抽血气。我都快累晕了。”艾叶风风火火地走进来。

“你这么一说我都不好意思开口了。”康健看着艾叶犹豫了一下。

“快点说你的口头遗嘱。”艾叶摘下口罩。

“缓缓气。”艾叶在水池边洗着手。

“听说新来了一个男护士，病人都不敢让他扎点滴，说像缝被子。”康健问艾叶。

“是啊，陈主任不是退回两个护士吗，护理部说，咱们科总挑长相，给个男的就不挑了，人家本来要给手术室的。男护士多金贵呀，我带他呢，叫何嘉，人挺好的，家住通县。国外和香港男护士多着呢，我们上次开护理学术交流会，讲课的就是香港玛丽医院的高级男护士。”艾叶甩着湿手，在洗手池边的镜子里左照右照。

“哎哟，二姐你别美了，那什么，我也不耽误你时间，听说护士长库房还有烧鸡，我上次没吃够，晚上要值夜班。你不是有库房钥匙吗？”

“又让我干这事，护士长怀疑我成科里的贼了。我先侦查侦查吧，有了再给你顺来。”

“艾叶老师，快来！”何嘉护士叫艾叶。

“来了来了！”艾叶捂着燕尾帽跑出了医生办公室。

今早上班，康健身穿西服，头发抹了一层油亮亮的发蜡。艾叶早交班时问康健：“你今天把自己打扮得这样齐整，是不是上台指挥谁唱歌呀？”

大家听了艾叶的话忍不住笑了。

交完班康健把艾叶和方樱子拉到休息室神秘地说："艾叶、樱子，为了感谢你们的烧鸡和鸡汤，你们安顿好病人马上跟我去电视台录节目。"

"录什么节目？"方樱子问。

"不得癌症的秘密——做好自己的大医师。"康健一本正经地说。

"强烈建议全球播放，从此地球消灭癌症。"艾叶调侃。

"这题目听起来像是夸大其词，其实，有些癌症就是可以预防的，我得帮你们消除偏见，医学工作者必须坚信这个真理。"康健对方樱子和艾叶说。

"告诉你们抗癌效果第一的食品是什么，抗癌全能王是什么。"

"告诉我我也多吃点，向病人宣传宣传。"艾叶来了精神。

"以后每天吃一头蒜、两块大白薯，保证不得癌症。"康健哈哈笑了。

"踢你。"艾叶抬起右腿，照着康健的屁股踹了一下。

"那就不用麻药了，直接把病人熏晕在手术台上。"艾叶笑着说。

"我们可不敢在镜头前说话，心慌气短腿哆嗦。"艾叶白了康健一眼，对于他说的上电视节目似乎根本不屑一顾，也丝毫不领情。

"二姐，你和方樱子就坐我身边，有时需要点点头，有时需要微笑。还有就是我有两个白板，你们上去念一下就行，简单。"

"你说得简单，你自己穿得这样帅气，我们灰头土脸的，也不早告诉我们。"艾叶不满地说。

"这不临时决定的吗，你们就是穿白大褂也比主持人好看，我让电视台给你们化妆，他们那里也有衣服，可以借穿。"

"我现在就腿抖。"方樱子对康健说。

"至于吗，我刚开始也紧张，每次录像下来后背都是湿的，现在比主持人还自如呢，锻炼锻炼就好了。赶快收拾收拾，下午就回来了。让你家人在电视上看看你。"康健催促艾叶和方樱子，根本不管她们同意不同意，想不想去。

"不过，你们可能要在节目里吃大蒜。"康健说。

"啊！"方樱子和艾叶同时惊异地嚷嚷。

"看看，花容失色了，吓唬你们呢，要吃也是我吃。准备准备一会儿走。"康健急匆匆找陈浅学主任去了。

过了中午，节目才录完。回来的路上，康健兴奋异常。

“今天这个女主持人看到你们两个都惊了，你看她那表情，笑得也不自然、不自信了。后来就不让摄影师给你们两人镜头。我就是要刺激刺激她，别成天觉得自己是美女。”康健开着车一脸得意。

“你看她的鼻子和脸，一看就是打过玻尿酸的，做过微整容。”艾叶说。

“二姐你眼睛好厉害。”康健扭了一下头说。

“当然了，这还能骗得过我？我朋友有开美容院的，专门做微整容。”艾叶有点小兴奋，当了一次业余主持人，好像有了镜头感，笑起来都甜了。

“我一会儿就把你们上电视的消息发到我的微信朋友圈，那里声势浩大，大佬云集，小心两位美女被人看上哦。”康健抛出得意的小媚眼。

“那也行啊，要未婚的。我就不用天天抱着英文字典费劲儿啃单词了，直接跨入豪门学开飞机。”艾叶笑着说。

“你别让张五经博士希望落空呀。那不找我拼命了。方樱子你说对不对？”康健问方樱子。

“在一个科没感觉呀。”艾叶无奈地说。

“你没有感觉，他有感觉呀。”方樱子说。

“这可苦了我们张五经兄弟，感情可以慢慢培养。”康健对艾叶说。

三个人一起吃了饭，刚回到科里，不一会儿，陈浅学主任走进了办公室。

“方樱子上午去哪里了？”陈浅学主任问。

“哦！去……”

康健哦了半天脑子里迅速盘算怎么说，看陈主任的表情有些严肃。

方樱子也紧张地站了起来，她看了康健一眼，刚要张嘴，康健替她回答了。

“我本来要找你给她请假，看你挺忙的，后来我们安顿好病人就着急赶到电视台录《大医堂》节目，节目组要找一个女医生，特别急。”康健毕恭毕敬地对陈浅学主任说。

“你们这是走秀去了？不踏踏实实做临床，提高医术！”陈浅学阴沉着脸。他觉得方樱子没来几天就开始不安心、不踏实工作了。

主任大人这是怎么了，康健心里有点打鼓。他知道自己在电视台主持这个节目，一直也是很支持的，今天哪里风向不对了，难道还是因为方樱子被医务处点名的事引起的后遗症？康健环视了一下医生办公室，大家低头各忙各的，都是一脸严肃紧张。

“主任您不是一直支持我参与这个节目吗？这是健康宣教，预防医学里最重要的。”

康健和方樱子对看了一眼，不知主任今天受了什么刺激。方樱子向康健咧嘴笑了笑。

陈浅学主任看了方樱子一眼说：“我今天看了你写的病历，好好练练你的字，组织组织叙述语言。当然，你也可以不练，现在需要医生写字的地方愈来愈少。”陈主任抬起身走了，看了正在电脑前工作的医生一眼——电子病历正在逐步实施。

突然，办公室的门猛地被推开，何嘉一头撞了进来，一脸惊慌地躲到柜子后面。

“怎么了？”康健和方樱子齐声问。

话音刚落，办公室的门又被撞开了，五号男病人气势汹汹撞了进来。

“躲哪儿去，非打你不可，扎针像缝被子，贼疼，扎了两针都没扎上。”男病人冲着何嘉就要挥拳。护士长和艾叶相继跑了进来。

“你怎么能这样呀，我们工作还怎么做？”艾叶拽着病人的胳膊。

“你干吗呢，这是医院，不是你家，你扰乱医院秩序了。有什么事不会心平气和地说？”康健不客气地对病人说。

“我也可能扎两针，化疗后的病人血管不好，多包容新同志，再怎样也不能动手啊。你这样以后谁敢给你治疗？”吴嘉佑护士长拽着病人向外走。

“你看这个病人成什么样子，小伙子别难过啊。”康健安慰了何嘉一句。

“我真不想干了。”何嘉痛苦地看着艾叶。

“这算什么呀，这个病人算特例，大多数都是通情达理的。我刚上班的时候，给病人扎过四针呢，没事没事。”艾叶一挥手，觉得这根本就不算个事。

下了班，方樱子看到李悬壶在院门口等自己。不知该喜悦还是忧郁，方樱子满心不安地走了过去。

“我想去书店买字帖。”方樱子歪着头对李悬壶说。

“还用去书店买？网上也可以买呀。”李悬壶看着方樱子，好像她去书店购物是件很另类的事。

“今晚急用。”

方樱子今晚想迫不及待开始练字，虽然方樱子写的病历不再被医务处点名批评，虽然马上要实施电子病历。但是，陈浅学主任和钱木主任这一关还是经常过不去。今天，陈浅学主任批评了自己，钱木也温柔和蔼地指出她的字比以前清楚了，但是实在难看，问她能不能写得好看一点，让病历看起来舒服一些。钱木放下冷言冷语改变风格，更让方樱子羞愧不安、心神不宁。有时候，温柔比强硬更好使。

练好字，不管以后需要不需要写字。方樱子痛下决心。

听了钱木的话，方樱子仔细端详自己书写的病历，一个个字完全像一堆苍蝇趴在纸上，看了让人心里极其不舒服。她又打开康健医生的病历进行比较，见字如见人，帅帅的字刚劲有力，如行云流水，自然舒畅。钱木主任的字更棒，简直就像一篇篇硬笔书法，字体向左微斜，飘逸清秀。看完了他们写的病历，方樱子羞愧难当，自己写的也叫字？完全像一只只拍烂了的苍蝇，恶心得要命。这是小时候妈妈对她写的字的形象比喻。妈妈看完她的作业本气愤地举着五指山，要揍她小屁股的画面历历在目。

“我师父以前都用毛笔写处方，一张张小楷，特棒，有的病人都舍不得拿到药房取药。现在用电脑打印了，师父的毛笔字写得少了。”李悬壶遗憾地撇撇嘴，表示很怀念手写处方的时光。他真是不怕师父受累，一天若看几十个病人，师父写字的手腕就累残了。

“周末去看电影吧？”李悬壶问方樱子。

方樱子嗯了一声，心里想到的是李银针。

这死鬼也不知从韩国回来没有，跟那个长脸韩国女孩到底怎么样了。韩国女人有几个不整容的？长脸女孩整完还那么寒碜，不整的时候还能看吗？方樱子想到这里，竟有小小的愉悦。我发现自己挺恶毒的。方樱子心想。

“我看你最近好像不是很开心。”李悬壶看着方樱子关切地说。

方樱子心想，男朋友都跑了，我心里能高兴吗？但是，面对李悬壶怎么能说这些呢。

“自从上班以后我的运气一直很差。”方樱子想到第一天上班就被面前这个人撞倒的情景。

“说说看，怎么运气差了。”李悬壶和蔼地说。

方樱子把上班以后遇到的手术台上挨训，康健偷偷跟她说险些把她调往内科，以及植皮坏死，跟主任据理力争，被医务处点名批评，今天被主任指出病历书写等问题，倒苦水似的向李悬壶说了一遍。

“确实问题不少，是你的问题一定要改正。但是，我觉得植皮的事你找主任说明做得很对呀。很简单，谁的责任谁负，你不应该替别人承担责任。”李悬壶轻松地说。

“其实，我把责任推得一干二净，把主任和那个医生都得罪了。”方樱子无奈地说。

“陈主任不是傻子，他应该知道怎么回事。那个医生也不是傻子，他更知道怎么推卸责任。中国的事、中国的人际关系就是这样复杂。我参与了这件事就要分摊责任。”方樱子无奈地说。

“搞不懂。”李悬壶耸耸肩摇摇头。

方樱子想，也许有些事情，李悬壶永远搞不懂。他终归不是在中国长大的，理解不了中国的人情世故。

“要揣着明白装糊涂。”方樱子对李悬壶说。

“为什么这么虚假？”

“哈哈！”方樱子笑了。两个人向书店走去。

买完书，喝了咖啡，吃了简单的快餐，方樱子回到家。

方樱子看到爸爸正站在大案子前笔走龙蛇地写毛笔字，“素心若雪”，四个字笔墨酣畅。

“爸，渐入佳境了啊。”方樱子夹着司马彦的钢笔字帖。

“当然，这四个字给你怎么样？”

“好啊，明天我就裱了挂上。”

“我们樱子配得上这四个字。”

方樱子拿起毛笔“唰唰唰”，也写了四个字“甘苦自知”。方樱子看了四个东倒西歪、惨不忍睹的字，气得把笔扔在案子上走了。这四个字恰巧表达了方樱子此时的心境，爱情的甘苦、工作中的甘苦只有自己知道。

方樱子的老爸看了这四个字，心想，准是受到什么挫折了，言为心声，回家就倒苦水，得让孩子妈去房间窥探窥探，明察秋毫。

方樱子老爸瞥了一眼白纸上的四只黑苍蝇，撇了一下嘴，向方樱子的背影喊："每天跟我一起练字，一年后你的字就不张牙舞爪了。"

方樱子回头问："不张牙舞爪会怎样？"

"龙飞凤舞。"方樱子的爸爸信心满满地说。

"那是梦想。"方樱子沮丧地撇着嘴说。

练毛笔字是老年人的修身养性之法，年轻人谁有那个耐心和工夫？他们忙着睡觉、上网、打游戏、挥霍青春，等他们厌倦了这种快餐式生活，一把年纪一把沧桑岁月的时候，再提笔涂鸦也为时不晚。也许，这正是年轻方樱子们的想法。

周末，李悬壶提议方樱子到他的住处看他从外地带回来的宝贝。方樱子有些疑虑，有限的男女经验告诉她，千万不要轻易去陌生男人的住处，一些奸杀案、凶杀案、劫财劫色案，就是从轻易走进异性的住处开始的。昨天新闻还报道，有个女孩去见网友被杀害。想起这些，方樱子心慌气短想摇头拒绝。

方樱子打算把自己裹上厚厚的盔甲，去抵挡李悬壶这个外来者。

方樱子感觉自己内心有些龌龊和阴暗。为什么把人想得那么恶心和卑鄙呢。李悬壶是一个热爱中国文化的优秀国际青年，一直身披灿烂阳光，绝不能与小流氓、小混混们相提并论、等量齐观。

看到方樱子面有难色，李悬壶猜到了方樱子的心思。信任被许多人彻底丢弃。人与人之间的关系轻薄如纸，不堪一击。他又如何能扭转滔滔大势。何况他是一个外国人，让一个女孩子信任恐怕更难。

"今天天气不好，不能到外边去玩，其实我很想去北京的香山看曹雪芹故居，《红楼梦》很棒，里面有很多中药方剂，林黛玉吃的人参养荣丸，薛宝钗吃的冷香丸我也试着配了，只是冷香丸没有雨水节气的雨、白露节气的露、霜降节气的霜、小雪节气的雪。"

"那你的就不叫冷香丸。"方樱子笑笑说。

李悬壶很想让方樱子了解他的生活，哪怕尝尝他配制的冷香丸也会让他很兴奋。

听到李悬壶配了《红楼梦》里的药丸，方樱子惊异地看了他一眼，没有想到，这个老外连《红楼梦》里的中药方剂都没有放过，搜罗中华中医文化一手从唐宋元明清抓到现在，不能不让人叹服。他比自吹中医世家传人的李银针还肯钻研，不成器的李银针成天就知道嘴上瞎贫，小眼睛满世界搜罗美女，耳朵竖起来听哪儿有好吃的馆子，靠着金山，站在半山腰也不知道向山峰爬，爷爷踹一脚向上爬两步，怪不得他爷爷气得不想把财产给他，实在是个不成器闲手闲脚的公子哥。

李银针不是去韩国了吗？他在那里怎么样呢？

不管干什么，李银针狂吃海喝喜爱享受的毛病不能丢，吃了烤肉吃人参炖鸡，吃了牛头汤泡饭吃鲜蛤鸡，逛了梨泰院逛百货公司，腿也乏了，人也累了，吃够了玩够了，最后他一抹嘴，一咂牙，总结游荡韩国感言：其实，韩国也没啥好吃的，就一盘泡菜打天下，哪有我中华饮食文化博大精深，川菜、卤菜、粤菜、湘菜、淮扬菜，外加烤鸭、饺子、涮羊肉；也没啥好玩的，首尔、釜山、济州岛，向北一望朝鲜，向南一望大海，中国的渔船都看见了。哪里像我九百六十万平方公里的祖国：北望，黑龙江肥沃的大土地和茫茫的大草原；西望，绵延的黄土高坡；东望，无垠的海浪翻滚；南望，更了不得，除了海南，东南还有台湾宝岛……李银针掰着手指头满嘴唾沫星子乱溅，活脱脱一个报菜名说相声的，满嘴跑火车不着调的白话蛋子。李银针一闭眼，想家了，尤其担心方樱子被李悬壶骗走。尽管他跟方樱子说自己到韩国结婚了。但是，即使真结婚也不妨碍想别的女人呀。

方樱子既想去看冷香丸，又想看看李悬壶到底从民间搜罗了什么失落的宝贝。她抬腿跨上李悬壶的电摩托来到了他的住处。

李悬壶租住了一间公寓，地处东直门繁华街区，距离使馆区、俄罗斯大使馆还有红灯笼铺天盖地的簋街不远，商住两用的公寓大楼，环境干净，生活便捷，很适合单身汉居住。

走进有落地玻璃窗的高层公寓，方樱子被房间里充满中国文化元素的气息感动了。这个老外简直比自己还热爱中国文化。藤条竹椅、水墨画、瓷器插瓶和苏绣，丰富得让方樱子心里感慨和内疚。

一幅苍劲的毛笔墨宝镶在镜框里挂在墙壁中间，“心净无尘”四个字，字体圆柔含蓄，有内敛的雄健和浑厚。

李果之。方樱子看到字的落款是李银针的爷爷。怪不得字要挂在显著位置，师父的训导就是人生的指明灯呀。“心净无尘”既是一种境界也是一种超脱，能够到达这一步，不是心中种满了竹子，具有胸有成竹的自信，就是像老大爷一样对一切淡然不敏感。

方樱子在门口甩掉了鞋，穿着小粉袜子，踏在本色木地板上。一股药香直扑鼻腔。方樱子扶着贴了淡粉墙纸的墙定了定神，免得被药香呛倒了。

方樱子继续环顾李悬壶的房间。左面靠近窗户的墙上，挂着一幅针灸穴位全真人体解剖图，图片是个张着嘴、瞪着大眼睛、伸着手掌，身上标注无数穴位和经脉的标准美男。褐色书桌上，放着一个针灸穴位模型，模型为黑眉垂耳、梳着发髻憨笑的古代小人，小人的身上一个黑点标注一个穴位，无数黑点，像长了一身黑雀斑。简易书架上，除了经典中医书籍《本草纲目》《黄帝内经素问》《伤寒论》《金匮要略》等，还包括方樱子从没听说过的《穴道秘书》《清代名医验案精华》等。方樱子看到这些书立即热血沸腾，心底飘摇摇燃起了两个大字：佩服！同时，也并驾齐驱燃起了另外两个字：鄙视！这两个字当然是砸给李银针的。李银针的房间里是什么呀，书柜里摆的不是书，一堆张牙舞爪的变形组装机械人，擎天柱、大黄蜂、大力神、大无畏，为了一个限量版可以早起去排队，为了组装一个机器人可以憋在房间里四五个小时。除了这些还养了三个宠物。这是贪玩的小男孩还是中医世家传承人？中医的经典书籍扔在写字台底下，落了几年的尘土，中医的传承等待这个没心思、没时间、没兴趣的李银针去完成有点悬。不比不知道，一比才知道，原来李银针跟李悬壶相比，确实差了一大截。

李悬壶把李银针打败了。方樱子刹那间对眼前这个李悬壶有了好感。

“房间有一点乱，但是不脏。”李悬壶说话很温和自然。内心纯净无杂念的人，说话做事自然得体。

“比我的房间还整洁。”方樱子说了句实话。

“随便坐。”李悬壶这句话很有中国百姓味，接地气，亲切。

“我给你煮热热的咖啡，特别特别香。”李悬壶很享受地闭着眼睛嗅着，好像冒着热气的咖啡的香味已经扑鼻而来。

咖啡与茶是两种截然不同的文化，方樱子们已经完全可以接受和享受美味的咖啡。不然，满大街的星巴克、漫咖啡怎么总是人满为患呢。

李悬壶向方樱子笑笑指了指藤条竹椅，示意她坐下。他走进厨房给方樱子煮咖啡。方樱子看到蒸汽机似的黑色咖啡机旁边，堆放着几盒巴西深度烘焙咖啡豆。李悬壶低头研磨咖啡豆，深棕色的卷发垂在额前，高大的身躯遮住了厨房窗外的好风景。

不一会儿，李悬壶的咖啡蒸汽机开始“咕嘟咕嘟”冒蒸汽，方樱子赶快跑了过去，看看李悬壶的正宗巴西咖啡怎么样了。

“哎呀，咖啡味飘出来了，真香。”

方樱子站在咖啡机旁兴致勃勃地看着李悬壶。

李悬壶手拿笨重的敞口咖啡杯，在咖啡机出口处接流出来的咖啡，黑褐色的液体哗哗流进了杯子。

“来，给你。”

李悬壶把冒着袅袅热气的第一杯咖啡递给了方樱子。接完了两杯咖啡，李悬壶把咖啡渣倒在垃圾筐里，两个人坐在竹椅上对酌。方樱子加了牛奶和方糖，李悬壶则喝原汁原味的咖啡。李悬壶从来都喝原味咖啡，他认为这样才能喝出咖啡的纯正香味。

“你去山村淘到什么宝贝了？”方樱子放下咖啡杯问。她知道，现在去山村很难淘到古董宝贝，山民们就是有几件像样的东西也不会轻易出手了，不像早些年人们根本没有古董意识。现在，不造几件假古董骗你就算你幸运。

“一会儿给你看，先去我的阳台看看。”李悬壶放下咖啡杯拽着方樱子的手走到阳台。方樱子的手有点通电，心想，李银针都去韩国结婚了，我跟异性拉拉手有什么关系，方樱子释然地跟在李悬壶身后。

阳台上晒着木槿皮、五倍子、梅花瓣、菊花瓣等草药，还有一个纯铜药杵子。方樱子拿了拿药杵子，很重，很压手。

“这可是以前从潘家园淘来的，古董哦。”接着李悬壶抓了抓花瓣，捏了一片放进嘴里。

“请你吃冷香丸。”李悬壶憨笑着打开阳台上的褐色柜子，柜子里是一排排小抽屉，完全像中药铺里抓中药的药柜。

“吃药？！我没有薛宝钗的病啊。”方樱子惊异地张着嘴。

李悬壶大手掌里，有一粒像巧克力豆一样黑乎乎的药丸。

李悬壶把药丸丢进嘴里嚼了起来。

“不尝会后悔的，同仁堂都没有啊。”李悬壶笑着对方樱子说。

“其实就是白荷花、白牡丹花、白梅花、白芙蓉花的花蕊做的。我还放了蜂蜜和白糖。白牡丹和白梅花不好找，我春天把北京的公园跑遍了才凑了一点，白芙蓉花路边很多。”

方樱子禁不住白梅花、白牡丹的诱惑，也想体验一下宝钗千金吃冷香丸的雅致。她像李悬壶一样，拿起药丸大嚼起来，像吃巧克力一样。

“感觉香气从鼻腔直接穿下去了，不像药，像糖丸。”方樱子用手捂着胸口，好像这样可以摸到从食道滑下去的冷香丸。

“不错。”方樱子还想仔细品味花蕊的味道，她像个小女孩一样向李悬壶伸手要糖丸。

李悬壶到客厅拿了一把巧克力豆给方樱子，笑着说：“哪里还有，花蕊没有那么多，只做了两粒，你我吃了就没有了。”李悬壶指指自己，指指方樱子，意思是药丸已经被咱们吃光了。

“这么珍贵的东西你也给我吃？多不好意思。”方樱子笑着说，内心很感动李悬壶这样义气地对待自己。

“真诚是要有行动的。”李悬壶煞有介事地说。

“一个药丸就是真诚？太轻薄了。”方樱子笑了。李悬壶也呵呵笑了起来。

“对了，这里还有。”李悬壶跑到他的小药箱里掏出了另外几粒药丸。

“这是林黛玉的人参养荣丸，你可以拿回家吃。”

方樱子看到李悬壶的大手掌里躺着几粒小黑球。

“好啊，我拿走了，别告诉我只做了这几粒，都给我了。”方樱子抽出一张纸巾把药丸包了起来。

“只做了六粒哦，我吃了两粒，给你四粒，你分走了我一多半宝贝财产。”李悬壶指了指方樱子手里的药丸说。

“真是呢，我今天中午请你吃饭，那天辛苦跟我去北山买鸡也没有好好谢你。你说把你的电摩托都熏臭了，一股臭鸡屎味。哈哈。”方樱子想起那天买鸡的情景笑了起来。

“好吧，今天中午你请我吃饭，下午我请你吃饭看电影。这个公寓有家西餐厅的芝士牛排很不错。”李悬壶做了安排。看来这位洋小伙还是钟情于西餐。

“你淘来的宝贝呢？让我看看。”方樱子想起李悬壶说他远赴深山小山村访名医，得到了中医宝典。据说这位中医是宫廷御医的后代，跟李银针的祖宗如出一辙。只是政变后为免于杀害逃至深山。传说中充满了金庸大师的武侠味和现实版传奇，这些武侠和传奇在方樱子脑海里混合成一个乱疙瘩，时常纠结在一起，理不清，后来方樱子确信，什么事都可能是真实的。

“你等等。”李悬壶从抽屉里拿出一个土黄色布包，打开，露出一层绛红色布包，再打开，露出米白色糙纸。方樱子伸着脖子，眼睛都瞪累了，看着一层层裹得像粽子，笑着问：“是不是裹了七八层？”

“没有那么多。你别小看这纸、这布，都是古董哦。”

“小山村里的大爷把家里的老物件都送给你了？谁信呢，现在山沟里的农民意识比你超前，这古董八成是做旧骗人的。天桥上蹲点的大爷经常神秘地拿出这些东西。”方樱子一副不相信的神情，心想，这老外肯定被一些农民骗了，傻子太多，骗子不够使。

“这是我买的云龙纸，这是羊皮，这是鹿皮，你看看上面的字都是繁体的。”李悬壶抖搂着。

“老中医早去世了，他家里人说医书都卖了废品，两箱子，纸都黄了，还有线装本，老屋墙上只剩下这几张挂图没有摘下来。老屋里养着猪，这挂图已经快揭不下来了，我是脚踩猪屎把图揭下来的。”李悬壶笑着打开残破的挂图。

“唉！可惜那些被卖的医书啊。”李悬壶摇着头说。

“闭塞、愚钝，没有办法。”方樱子无奈地说。

方樱子明白，丢了几本医书算不了什么，中国历史几千年，行进的岁月中，丢掉的何止这些，知道的、不知道的，看见的、看不见的，可惜的、令人痛惜的太多太多。

“手太阴肺经之图、足少阴肾经。纸张臭味依旧啊。”方樱子从斑驳的字迹中认出了这几个字，吸吸鼻子说。

“这是十二经脉中的一部分。你看这些人的服饰，起码在清朝以前。”李悬壶说。

“厉害呀，山村没有白跑呀。”方樱子笑笑，心里很叹服李悬壶对中医的执着。

“其实现在十二经脉图不难找，但是，年代这么久的不一定多。最主要的是，纸并没有坏，不知是什么材料的。”李悬壶捏着挂图。

“反正你找到了一件有价值的东西。”方樱子把身体靠在椅背上。李悬壶已经拉了方樱子的手，送过无数次花，她若与他交朋友的话，李银针那里是不是就彻底结束了？这个问题方樱子不能回答自己。从没有听说李银针交往了韩国女友，可是他怎么说去韩国结婚了。骗自己？不一定。方樱子既有疑问又有质疑，她打算问问李悬壶，这就是间接审问李银针，以确信李银针的真实消息。

“我好久没看到李银针了，他说去韩国结婚了，是真的吗？”方樱子结束了和李悬壶的中医话题，开启了另一个话题。

李悬壶从十二经脉图上抬起眼睛。他知道，李银针和方樱子关系不错。但是，李银针对自己说，手里有一大把女孩子，你若喜欢哪个尽管拿走。所以，他才追求方樱子。

“说不清啊，他是不是有很多女朋友？这个韩国留学生跟他关系不错，他们还一起打过网球。女孩的妈妈好像不同意她找中国人。”李悬壶收起了挂图。

“李银针的爷爷作为学者去参观访问，但是，李银针是不是去结婚我真不知道的。当然，我指的结婚是指另外一种结婚，呵呵，同居。”李悬壶暧昧地笑了笑。

这个风流李银针，居然瞒着自己找了一大把女孩子，跟韩国长脸妹子打网球，方樱子心里打碎了醋瓶子。李银针信誓旦旦说只爱自己一个人，骗子加色鬼。方樱子给李银针贴上了新的标签。她真的希望此刻李银针就在旁边，她一定给他表演一个亲密恋人的画面。方樱子咬着牙，眼泪打着转，她猛喝了一口咖啡，呛得眼泪即刻流了下来。

李悬壶赶快给方樱子拍了拍后背。方樱子感觉李悬壶远比李银针可爱。方樱子心烦意乱，她感到了李悬壶的呼吸，李悬壶要吻她，接吻是危险的开始，她还没有跟李银针算账，跟李悬壶随便接了吻，就无颜见李银针了。方樱子此刻脑子极其清晰，她起身跑进了卫生间，边跑边说："我们去吃饭吧，饿死了。"

吃完饭，方樱子跟李悬壶到青年宫看电影《速度与激情》。电影还没有开始，两个人抱着香甜的爆米花刚刚坐下。方樱子才吃了几个爆米花，身后就伸过来一只长长的爪子直接把爆米花桶拿走了。谁呀，像峨眉山的馋猴子一样。方樱子和李悬壶同时回头。

"呦，怎么这么巧呀，我不是来当电灯泡的，也不是干扰你们的，我也是来看电影的。"

怎么是李银针？方樱子惊呆了，她回头仔细找韩国长脸妞，没有啊，李银针自己来的，绝对不可能。他怎么知道方樱子跟李悬壶来看电影了？这小子能掐会算呀？

原来，李银针从韩国回来就给李悬壶发微信，说给他带来了韩国泡菜，顺路送给他。李悬壶是汽车后轮不会拐弯，他告诉李银针自己正跟方樱子一起吃午饭，不方便取，下午还要与方樱子一起去青年宫看电影。李银针一听，心想，好啊，这小子要下手了。我就知道两个人周末肯定约会，全部都在意料和掌控中。李银针笑了笑。心想，你当我真给你送泡菜呢。

"别找了，脖子都伸长了，我自己来的，一会儿艾叶来，我让她来找李悬壶。"

方樱子不再伸长脖子找李银针的韩国媳妇了。一会儿，艾叶猫着腰进来了，来了就和李银针抱着爆米花桶傻吃，一点不客气，完全不理会方樱子和李悬壶，好像爆米花是她和李银针买的一样。方樱子在李银针前面如坐针毡，什么速度与激情，什么都没有了，只听到刺耳的刹车声，只看到车在飞快行驶。心想，身后安两个电灯泡，四只眼睛跟四个一百度探照灯似的，什么电影也看不下去呀。唉，怎么感觉进入现实版潜伏了，一个个都像地下工作者。好不容易熬到散场，几个人走了出去，在门口正看到侦探似的张五经，方樱子瞪着眼睛都傻了。心想，都是侦探卧底，潜伏出身，闻着味就来了。

"走吧，撮饭去。"李银针对大家说。

"今天应该谁请客呀？"李银针看着大家。

"当然不能让女人请了，咱们三个男人谁请都可以。"张五经笑着，眼睛看着艾叶。

"去吃海底捞，在韩国吃烤肉泡菜的时候我就馋火锅了。天天麻辣大白菜，倒胃口了。”李银针走在前面，一桶爆米花也没有填满他的胃。

火锅“咕嘟咕嘟”开启了热闹的吃饭模式。李银针的筷子忙嘴也忙，先“吧嗒吧嗒”干掉一盘羊肉，又来一口酸梅汤，过了馋瘾来了精神，他打开了话匣子。

“我发现了中医的最高境界。”

吃了羊肉的李银针上来就吹牛，去了趟韩国，好像长了第三只眼睛——开天眼了。

方樱子听完这句话，一撇嘴，就知道瞎吹，吃盘羊肉就吹牛皮，本事大了。

“服务员，来两盘肥牛。”这是方樱子对李银针默契的讥讽。方樱子打算把服务员端来的肥牛直接放在李银针面前，看他吃完肥牛还能吹成什么样。

“樱子不用给我点牛肉，我知道你在讥讽我，这点小心眼子我一眼就能看穿。”李银针皮笑肉不笑地看着方樱子。

方樱子心里已经跟李银针较上劲儿了，要复仇似的，完全拉开了掐架模式，开始主动攻击了。

“什么是中医的最高境界？”李悬壶问，他也竖起耳朵来了精神。

“最高境界就是药膳食疗啊。来根大人参炖鸡，多补呀，哪像咱们这个，放两个红枣、桂圆、大干姜，羞羞答答管什么用？完全是用药不够量，完全是白瞎的道理，没用。这根本不叫食疗。”李银针用勺子捞起火锅里的几个枸杞、大红枣让大家看。

“对，中药、西药一样的道理，药量没有达到治疗剂量完全没有效果和作用。我写过一篇论文，专门做过临床对比。吃补品食疗也是这个道理。”张五经赞同地说。

“还是医学博士眼界开阔，什么都明白。”李银针向张五经伸了一下大拇指。

“我打算开个食疗馆外加中医治疗馆，韩国中医传承比较好，首先药膳食疗比咱们生活化，中医馆也比咱们多。”李银针眨眨眼睛。

“餐厅关了多少？你还开药膳馆？！等着赔钱吧。除非你开到国外，还要保证那里的人认中医。”方樱子摇摇头，基本否定了这个主意。

李银针看了方樱子一眼，心中的热情没有被方樱子的一盆凉水浇灭。

“过去的皇帝，哪个不注重药膳食疗，成天鹿茸、鹿血、大人参的补着，有几个活到七老八十，不都是早早就呜呼了吗？”艾叶说。

“妃子太多。”李银针坏笑着夹了一口肉。心想，三宫六院，那是让皇上享福还是让他赶快升天呀，完全违背人伦、违背自然。

“我去了韩国的汉美医院，那叫一个精致，中草药都放在玻璃器皿里陈列着，十个手指头放在指纹扫描仪上，不用把脉，治疗结果就出来了。悬壶，你赶快去韩国学他们的东医吧。”

“东医是跟中医学的，是中医的弟子，我才不去。”李悬壶摇摇头。

“看来真骗不了你。”李银针笑笑说。

“我爷爷出了几天诊，每天只挂二十个号，多了不看。韩国好多著名演员都来了，有一个演员说拍戏伤了腰，被人搀扶着咧着嘴来了，说是过几天就要动手术了。我爷爷让他趴在床上，给他摸、接、端、提、拿、按、摩，就这么来了几个招数，你们猜怎么着？”

“怎么了？”众人齐问。

“当时那个演员就微笑着自己走了，我爷爷说，回来回来，还没给你开口服药呢，吃了这几服汤剂你就翻跟头去吧。”

“爷爷真神。”艾叶信服地点着头。

“师父真神。”李悬壶自豪地点着头。

“你说得真神。”张五经向李银针点头。

“银针你真神。”方樱子向李银针点点头。

“我爷爷就是神，中医就是神奇，没听说过死人诊活、悬丝诊脉吗，我祖祖爷爷李时珍，见一群人抬着棺材，棺材正滴滴答答向外滴血，祖祖爷爷一抬手，立目大喝一声：‘停！’他走上前去，打开棺木，手持银针，向棺木中的女人心窝扎了一针，只听得女人哼了一声。祖祖爷爷开始给她浑身按摩，后来你们猜怎么着？”

众人齐声问：“怎么着？”

“生了个大胖小子，难产的孕妇。这不就是死人诊活吗？艾叶，你是护士，问你一个问题，你知道导尿是谁发明的？”

“肯定是西方人呗，这种医术跟中国人一点关系也没有，再说古代诊脉都悬丝，还导尿呢。”艾叶撇撇嘴。

“错，是孙思邈发明的，他可不是我老祖宗，却是中医的老祖宗。告诉你艾叶，他可是美容药的发明者。偷偷告诉你们，我爷爷有美容秘方，有个著名演员叫什么来着。”李银针使劲儿砸着脑袋，想砸出这个女演员的名字。

“一时想不起来了，好像她就是用了我爷爷的美容秘方。”

“真的真的？”

李银针的话音刚落，艾叶和方樱子一起上前拽着李银针的胳膊问。

“哎哟，不是我，是我爷爷，拽我也没用。”李银针还没吃够涮羊肉，他狠狠夹了一筷子羊肉放在嘴里边嚼边说。

“我爷爷八十多岁了，身体特棒，头发也没有几根白的，爬香山鬼见愁，我在他身后喘，他每天早上六点钟起床，晚上十点钟睡觉，我发现他真有养生方法。“

“什么方法？”张五经挠着头上的几根白发问。

“不告诉你们，明儿我著书卖钱。”李银针卖关子。

“不就是吃红薯，吃大粒子粥吗。”方樱子看着李银针说。

“吃红薯是正确的，悬壶，你说我爷爷为什么身体棒？”

李悬壶放下手中的筷子，走到空地中间，两只手附身按地身躯前耸。”

“看！这是什么？”李银针自得地问。

“像六小龄童演的猴戏。”方樱子说。

“方樱子，我真想踢你。”李银针瞪了方樱子一眼。

“你们知不知道这是什么？”李银针问大家。

张五经和艾叶同时摇摇头。

“兄弟行了，我猜他们也不知道，你踹方樱子两脚，她刚才说你像耍猴。”李银针对李悬壶说。

李悬壶笑着去拧方樱子的耳朵。

“你别拧她耳朵，拧耳朵是她对我的专利。”李银针醋劲十足地说。心想，敢在我面前跟方樱子有肌肤之亲，我才走了没两天，你们想造反呀。

“这是我师大爷华佗发明的五禽戏，特别调理肠胃、健脾肾，锻炼腰背和关节。我爷爷每天做一套，所以身体特别棒。悬壶也做得特别棒。完了，我师大爷的五禽戏和我祖祖爷爷李时珍的《本草纲目》都被悬壶偷走了。”李银针摊着双手无奈地说。

李悬壶早就在书里知道华佗的五禽戏，五种动物五套动作，分别锻炼身体的四肢、腰、腹、头颈、肝肾脾以及内脏系统。可以说，五禽戏把内脏和四肢都进行了舒展和锻炼，也许是现代广播体操的前身。李悬壶看到师父李果之每天做一套五禽戏，八十多岁的身体健康硬朗，强健的四肢柔韧、灵活、轻盈，一身仙风道骨，很有武侠小说里武功高深的侠士风采。他极其佩服，也跟着师父一起操练，既用来锻炼身体，也用来享受中医带给他的愉悦。

“哈哈哈，好东西全世界共享。”

李悬壶在大家面前展示了他多年修炼的五禽戏很是兴奋，得意地大口吃肉。

吃完饭，李银针说要开车顺路带李悬壶和方樱子回家，其实他是想把方樱子单独劫走。必须要跟方樱子谈谈情说说爱了，不然就被李悬壶抢走了，这次玩笑开得有点过了。到了东直门，李银针赶快打发走了李悬壶。

“樱子，想我没有？”李银针皮笑肉不笑地看着方樱子。心想，真想跟这个老外风花雪月呀？我还没同意呢。

“你韩国老婆呢？”方樱子冷着脸，心想，这个李银针脚踩八只船，也不怕累死，我是想你，想踢你一脚。

“樱子，我发现你超级可爱，我平时说什么话你都不信，怎么唯独相信这件不靠谱的事，你傻不傻呀。可能吗？人家是来留学的，我是陪我爷爷去做医学交流的。”李银针惊异地看着方樱子，心想，她是真相信了，还是喜欢上了李悬壶，有意给我扣屎盆子。不过，李银针相信，方樱子没那么多心机，在他面前耍心眼儿方樱子完全是小儿科，根本不是他的对手。

“你不是女朋友一大把，李悬壶可以随便把她们领走吗？”方樱子没好气地说。

“那是我跟李悬壶吹牛呢，就是真有一大把，也不可能让他把你带走呀。我考验你呢，傻子。当亿万富豪家的儿媳妇，不经过千锤百炼行吗？”李银针皮笑肉不笑地说。

原来是这个样子。方樱子抬起两只手就抓住了李银针的两只扇风耳。李银针大叫一声：“樱子！开车呢。”

“樱子，轻点，你就是拧掉了我耳朵我也高兴，打是亲，这是我们樱子不生气了。”李银针揉着耳朵，咧着嘴说。心想，方樱子拧耳朵就是不生气了，这是好事。

“你去过李悬壶的家吗？你看看人家的住处，除了书香就是药香，你再看看你的房间，人家还去山村淘来一件十二经脉挂图，比你这个正宗传人都敬业。你再这么混呀，我就真把你蹬了。”方樱子真是恨铁不成钢，以前没有太多感觉，不比不知道，比较了才发现，李银针就是混日子。

“樱子你放心，我今晚就用功，以我的聪明，赶超他小菜一碟。什么十二经脉挂图！我爷爷那里好东西多着呢，你就别迷信那张农村淘来的土货了。什么时候你偏向李悬壶说话了？我才走了几天，你就变心了？樱子可不能这样水性。你在我心里一直是神圣的女神。”

李银针含情脉脉地看着方樱子，突然想起什么似的，一脸着急。

“你到李悬壶家里去了？你们两个没有越轨吧？”李银针醋劲十足地问，心里一百个不放心。

“滚一边去，谁像你一样，我们探讨的是神圣的医学。”方樱子一脸委屈地说。

“佩服，你们真是意志坚强。”李银针伸出大拇指，一脸的虚情假意。

方樱子在办公室处理病历，杜仲凑上来，方樱子耷拉着眼睛，装作认真做事，假装看不见他庞大的身躯。

“方樱子！你最近注意我的门诊量了吗？”

“我天天在病房低头处理病历，抬头去手术台拉钩，要不就钻到换药室换药，忙死了。”方樱子的意思是谁有工夫关心你的事呀。自从陪他植皮后挨了主任的训，方樱子对杜仲总是敬而远之。

“我现在的号好难挂的，告诉你必须自我宣传，我就是在网上挂上自己发过多少篇论文，马上门诊量就哗啦哗啦地上来了。对了，方樱子，想在杂志上发论文找我，我发论文一绝。”

论文医生！方樱子险些脱口而出。转念一想，他能帮助发论文何乐不为呢？关系不用白不用，发了论文才是真的有用。

“好啊，帮我发一篇。我写哪方面的？”方樱子不客气地问。

“乳腺癌或者肺癌的前瞻、预测、估计、展望、分析，就围绕这几个方面，写哪个都行的。”

“好，我这两天就写。”方樱子心想，这个杜仲还算有良心，知道植皮的事自己替他背了黑锅，是不是心存不安，来弥补了？

方樱子的电话响了，她低头一看，是梅珊。方樱子险些扇自己一巴掌，怎么把梅珊看乳腺的事忘了，这么多天也没有催促她来医院检查。

“我失职了失职了。你赶快来。”方樱子对电话里的梅珊歉疚地说。

“我必须到医院找你，不找不行了。”梅珊咯咯地笑着说。

“病情严重了？”方樱子担心地问。

“不是，见面再说。我一会儿就到。”梅珊说完挂断电话。

方樱子打算带梅珊去做乳腺B超，钱木主任早已回来，方樱子准备让钱木给梅珊看看。

方樱子一个病历还没有写完，梅珊就到了。

“走，我带你让钱木主任看看。你怎么自己来了？”方樱子拽着梅珊的胳膊问。

“你老公呢？”方樱子脑海里出现了那个戴帽子的白蘑菇男人。

“谁要他陪呀，碍手碍脚的。你陪我去妇产科。”

“去妇产科？看乳腺不用去妇产科。”方樱子一本正经地对梅珊说。

“我去看看是不是怀小崽子了。我还没有告诉我老公。”梅珊扬着眉毛一副自得的样子。

“啊？！”方樱子张着嘴，惊呆地看着梅珊。

“说不定上次这里疼就是怀孕了。”梅珊指着自己的胸部。

“真的吗？如果是怀孕引起的乳房疼就太好了。”方樱子替梅珊高兴，这才是最好的结果，怀孕引起的乳腺疼痛。

两个人一起去妇科门诊做早孕检查。

“这周我要请你和银针吃饭。”梅珊嘟着胖嘴唇说。

“李银针有事去不了，过一阵儿再说。”方樱子想拖一拖。实在不行准备把李悬壶带上充数。李银针快从方樱子的生活里消失了，不知为什么，从上次吃完饭以后，这段时间李银针根本没见方樱子。

不一会儿，化验员举着戴手套的手向方樱子挥手。

“好事，两条粉线，阳性啊，怀孕了。”

“真怀了，看来我感觉很对。”梅珊笑着对方樱子说。两个人离开化验室。

“一会儿我就回去了。”梅珊对方樱子说。

“我还是带你去找钱木主任看看乳腺，上次钟思书特意叮咛让你旅游回来做乳腺B超。”方樱子想起了钟思书的话。

“哎呀，肯定没事，不用看了。”梅珊摆摆手。

“既然来了就看看，钱木若说没事你就走。”方樱子拽着梅珊的胳膊回到胸外科找钱木。

“什么症状啊？”钱木边问边检查，两只手在梅珊的乳房上摩挲。

“就是疼呗。”

钱木主任停止了摩挲，让梅珊抬起腋窝，她在梅珊的腋下狠狠掏了掏。

“做乳腺B超，做病理检查。现在就去查乳腺B超，很快就出结果。”钱木干净利索地对方樱子和梅珊说，脸上的表情很严肃。

“哎呀，不用做吧。”梅珊还在推诿。

方樱子拽着梅珊就走，她从钱木的脸上看出了阴郁。

边界不清，回声不均匀，形态不规则。方樱子拿着化验单去找钱木，钱木让方樱子给梅珊办理住院手续。

“住什么院呀，我怀孕了。”梅珊对钱木说。

“怀孕？那要终止妊娠。”钱木说得很坚决。

“为什么？”梅珊一副不服气的神情。

“住院，让你家属来。”

“没有家属，你就跟我说吧。”梅珊一副满不在乎的神情。

“没家属？孙悟空呀。我不跟你说，别跟我这儿磨牙。”

钱木指着方樱子：“是不是你带来的？这么不听话，办住院手续，做病理检查，终止妊娠。”

“我不！”梅珊开始任性、固执。

“不什么你！万一病理检查是恶性的呢，腋窝淋巴已经粘连成一片，不终止妊娠会加重病情。”钱木的话清晰地在房间回荡。方樱子心里一惊，脑子里一片空白，钱木的话就是权威，她有了99%的把握才这样说，做病理检查无非就是找个诊断依据。其实钱木等于宣布梅珊得了乳腺癌。

“不管怎么样，我都不会终止妊娠。”梅珊像是跟谁赌气似的。

方樱子有点傻了，她跟着梅珊，好像梅珊陪她看病似的，她心慌紧张、手足无措。

“怎么办？”她问梅珊。

“什么怎么办？我已经说了我的决定。”梅珊看着方樱子，语气沉稳，神情坚定。

“你别这么任性了，我脑子都乱了，回家赶快跟你先生商量商量办住院手续。明天就来找我，床位也很紧张呢。”方樱子送梅珊到大门口。

送走了梅珊，方樱子转身从住院部回病房，正看到李银针端着肩双手插在白大褂兜里。方樱子瞪了他一眼，不想理他，假装没看见，低着脑袋走。

“樱子，地上没钱包，有钱包也轮不到你捡，我早蹚过去了。”

“呦！银针大夫从韩国度蜜月回来后明显变了。发两块喜糖吧。”方樱子有意阴阳怪气地说。

“刚跟我吃完海底捞怎么还跟刚见面似的？我问你，跟李悬壶谈‘乱爱’到什么程度了？”

“你管得着吗？上床了。”方樱子没好气地说。

“哎哟喂，樱子，几天不见就学坏了，跟我交往了那么多年纯洁得像冰似的，接个吻都扭扭捏捏的，跟打摆子似的，跟洋人你就放开了。”

“必须与时俱进，不然被社会抛弃。”方樱子扬扬得意地扭着脑袋。

“别跟我这儿装了，我早审问过李悬壶了，他说你们两个就看了一场电影，还被我跟踪破坏了情调，本来看电影的时候他想吻你，结果手都没敢摸。樱子你在骗我。他还说带你去了夜店，去了钟点房，去了他的公寓，是真的吗？”李银针瞪着小眼睛犀利地问。

怪不得吃完海底捞没多久李银针就失踪了。他这么不相信人，留着卑鄙的心思去问李悬壶。方樱子恨恨地想。

“我就是骗你了，夜店、钟点房这些地方都去了。”方樱子咬牙切齿地对李银针说。她决定找诬陷她的李悬壶算账，太可恶了。

其实，李银针确实不放心地审了李悬壶，李悬壶确实也是这样说的，听到方樱子跟李悬壶进展到这种程度，李银针快急哭了，拽着李悬壶的衣领子完全失去了理智。后来，李悬壶哈哈笑着说是开玩笑，故意吓李银针，接吻也没有做过。不过，他会继续追求方樱子，喜欢一个人是他的权利，这个李银针不能剥夺。

李银针受到惊吓，开始对方樱子不满，觉得她就应该直接拒绝李悬壶。李银针没有反省自己的言行。什么见日本水灵土豆，吓唬方樱子娶韩国长脸妹，这些在李银针心里都相当合理。所以，他决定冷落方樱子一段时间。爱情是要经过考验的。

方樱子扭头就走。李银针一把拽住方樱子的胳膊。

“我知道你不会去的，你不会这么短的时间把我忘了，我了解你。”

“放开。”方樱子怒目而视地对李银针说。

“我发誓，去韩国是陪我爷爷，结婚什么的是骗你玩的。见日本水灵土豆也是完全被逼无奈。”李银针嬉皮笑脸地说。

“陪你爷爷？我去门诊找你那天，你爷爷还在出门诊。”

“我先去的，我爷爷跟中医药大学的钱金墨教授一起去的，骗你是孙子。你若连这种考验都经受不住怎么当亿元儿媳，你这么快就移情别恋轻易放弃我，我很伤心难过。若不是我超级喜欢你，咱俩就真的拜拜了。”

“什么叫移情别恋，你都去结婚了，还不允许别人谈恋爱？我就跟李悬壶谈朋友了。”方樱子赌气地说。

“谈个屁，我让李悬壶去找艾叶谈，她不是总追着李悬壶，一心想出国吗？”

“你别乱点鸳鸯谱，张五经追艾叶呢。”

“管他们呢，瞎追瞎谈呗。”

“樱子下班等我。”李银针拉了方樱子的手，像是约定。

方樱子突然哭了，她抹着眼泪，很伤心的样子。

“我说不是去韩国结婚，我说跟樱子重归于好，樱子就激动喜悦地哭了。不经历风雨怎么见彩虹？”李银针嬉皮笑脸地给方樱子抹眼泪。

“不是因为你，别自作多情。”方樱子抽抽鼻子。

“梅珊可能得乳腺癌了，钱木的诊断不会错，就差病理核实了。”

“哦？！”李银针张着嘴，一脸惊讶。

“关键是她还怀孕了。”

“啊？！”李银针张大了嘴，完全惊呆了。

“关键是她不愿终止妊娠。”

李银针张着嘴傻了。

“她有病啊？我看她是三分面加七分水——十分的糊涂。”李银针闭上了嘴巴。

“她就是有病。”方樱子认真地说。

“你让她赶紧住院治疗吧，回头再说，我着急去干部病房，一个糊涂大爷，险些把灌肠的中药喝了，我得去看看。那什么，下班我等你。”

“谁用你等。”方樱子赌气地别着脑袋梗着脖子。

“不用担心李悬壶，我早跟他说了，再骚扰你直接让我爷爷休了这个徒弟。”

“切，吹什么牛啊。”方樱子不屑地翻了翻眼睛。

那个扬言杀医生、追打男护士何嘉的五床病人，在康健和方樱子去查房的时候，突然从床上一跃而起，手伸到床垫底下，掏出一把刀来。方樱子惊叫一声，康健把方樱子挡在身后。病人瞪着眼睛准备向康健扑来，突然脚下一软，瘫软在地。同屋的六床病人不满地说，天天嚷着要杀医生，床底下藏着刀，我都怕他。

康健走过去，把病人抱到床上，叫护士推急救车抢救。康健给病人做胸外心脏按压和人工呼吸。病人的眼睛已经闭不上了，四肢还在蹬踹，就像提线的木偶，一提一拽使不上力气。他就是再用力挣扎也不可能站起来了。

“康健医生，你还救他？他举着刀要砍你呀。”六床病人对抢救的康健说。

“他是病人呀。”康健简短地说。

“你看看昏迷了还一百个不服气呢，要能起身就得跟你干架。”六床看着四肢扭动的病人说。

“唉，不愿意离开这个世界。可惜我们也拉不回他了。即使他拿刀对着我我也要尽力救他的命。”康健看着床上瞪着眼睛伸胳膊蹬腿的病人说。

回到办公室，方樱子对康健说：“幸亏他晕厥了，不然瑞士小军刀上就滴血了。”

“哎呀，没那么可怕。”康健不以为然地说。

虽然听康健说起来若无其事。但是，方樱子想起来还是觉得后怕，当初病人行凶的想法她是知道的，如果康健真的被病人刺伤，自己有不可推卸的责任。方樱子自责没有把这件事处理好，应该再提醒康健，今天险些酿成大祸。

今晚方樱子值夜班，她给一个乳腺癌病人做了一次大换药，又给康健植皮的病人换了药，病人伤口新鲜，植皮区域长得非常好。看来康健的植皮水平确实很棒，也许他指导病人的鸡汤疗法也起了作用，既消炎又长伤口。看来中国传统的生孩子喝鸡汤是有道理的，并不是单纯地补养，还有消炎长伤口的作用。方樱子边想边给病人的伤口消毒，消毒完直接包扎，突然发现，没给病人放上消炎的呋喃西林黄药条。方樱子险些拧自己，这么粗心大意，怪不得妈妈和爸爸成天担心她把手术刀忘在病人肚子里。他们是最了解她的。

回到医生办公室，方樱子正看到病人宋博宇的父亲宋神农跟钱木主任说话，两个人面对面坐着，脸上的表情很难过。

宋神农儒雅的国字脸上都是悲切。钱木主任往常也不太可能跟病人家属直接谈话，都交给康健医生处理。因为宋博宇是个年轻的病人，所以钱木亲自出马？不太可能，这跟病人的年龄有何关系呢。方樱子看看钱木。钱木用手整了整头发，眼睛看着宋博宇的父亲，眼神里不仅有对病人的同情和对疾病的无奈，还有一丝暖暖的柔情和温存。这是什么情况？方樱子看了宋博宇的父亲一眼，悲情里有淡淡温暖。

这两人眼神不对呀！眼神里有鬼火。表情也复杂呀，春天的风骚、夏天的撩热、秋天的凄惨、冬天的裸露，神情里有四季。方樱子不敢落座了。是不是要假装出去忙乎点什么？方樱子把撅着准备坐下的屁股抬直了，扭着身子出去了。

原来，钱木与眼前这个男人是年轻时的恋人，后来这个男人为了事业和前途找了一个干部子女，把钱木甩了，受了爱情伤害的钱木从此没有结婚，一直独身至今。这位宋博宇的父亲宋神农知道钱木单身至今，心里充满愧疚。几十年光阴荏苒，谁知道还有这里的邂逅。钱木的心情是复杂的，既有少女的哀怨，又有今生的哀愁，还有对这个年轻病人的父亲恨不起来的同情和可怜。

方樱子出去以后，钱木即刻清醒了，心里温情的仇恨化为冷静的平和。她收敛了耍性子的复仇意识。

其实，这个宋神农的婚姻也是蛮坎坷的，妻子很多年前去世，是家族遗传性癌症，后来他又娶了一个妻子，宋博宇与后母关系极其僵持，最后宋神农与第二任妻子离婚，现在单身的他面临的是年轻儿子患绝症的打击。钱木决定与陈浅学主任研究最佳治疗方案。但是，据她几十年的临床经验，病人已经有淋巴转移，况且太年轻，这就意味着，癌细胞也许转移得更快。恐怕她也没有妙手回春的本领。等待这位老父亲的也许是老年丧子的悲凉。一声叹息几十年，从青春初恋的虚无缥缈一步迈到现实医生与家属的位置，钱木的心灵之旅和情感之旅都经历了过山车般的起伏和刺激。谈完了治疗方案，钱木的话语淡淡的没有了味道和激情。浓烈的咖啡变成了一杯三遍水后的寡味绿茶。宋神农起身离开办公室的背影在钱木的眼中变成了虚无缥缈的一团暗影。她的心里仍然是那个年轻的身影，那个镌刻的立体雕塑永远抹不掉。

“方樱子！”钱木叫方樱子。方樱子正跟值班的艾叶和何嘉说话。艾叶和何嘉每人手里各拿着一本英文字典，漫漫的值班长夜，背几个单词集腋成裘，说不定哪天就能派上大用场。徒弟受师父影响，准备拿个托福100分或者雅思6分的成绩，哪怕去国外当护工也好。这是何嘉近期的语录。艾叶的语录是到国外开飞机，不可能当护工呀，本科美女当护工，怎么都觉得残忍，让人不忍心往那方面想。

听到钱木主任叫自己，方樱子即刻应了一句：“钱木主任，我来了。”方樱子像一道白光，从护士值班室飞跑到医生办公室，白大褂的两个衣角向外飞卷起来，像蝴蝶的两个白色小翅膀。

“我看你最近病历写得有进步，陈主任让我多检查你的病历书写，我看还不错，就是字写得很童真，倒是蛮清楚，比以前进步不少。我知道你们不可能像我们那代人一样，写得一手硬笔书法。我理解的，电脑时代谁还写字呀，我弟弟家的女儿，长得特别漂亮，亭亭玉立的姑娘，别让她写字，一手小蚂蚁字，看完字，人的形象大打折扣。”钱木翻着手中的病历对方樱子说。看来她今天的心绪还可以，没有受宋博宇事件影响，话说得不少。

方樱子听完钱木的话，不好意思地笑笑说：“正练字呢，以后会越写越好。多谢钱木主任的正确引领。”

钱木笑笑说：“能改就好，就怕说了也不改，那才可怕呢。你那个师姐，不是我背后说她坏话，软硬不吃。”

钱木没有点那位师姐的名，钱木和方樱子心照不宣，师姐当然是指甘草了。

“康健说这次你们植皮也特别成功，我要找陈浅学主任说说，别总看我们的不足，优点一大堆呢。过两天准备让你单独做个乳腺肿块切除小手术。好好做准备，不要怕我严格要求你。我赶快回家看我的丁丁，近些日子吃东西不太好，不知怎么了。”

说起丁丁，钱木加快了脚步，急匆匆走出医生办公室。

不知为什么，钱木说起丁丁的时候，方樱子脑海里突然想起了梅珊，她又好几天没有消息了，真急人。方樱子拨通了梅珊的电话。

“你怎么还不来住院，再不来床位都没有了。我都替你着急。赶快做病理检查，联系妇产科会诊。”

“我最大的特点就是从不听别人的，只听自己的。都听你们医生的，人就别活了。我这几天正忙着上网查资料呢，我连国外的医学网站都看了。即使我病理诊断真的是乳腺癌，我也是可以怀孕生孩子的，我子宫没有问题呀。”电话里传来梅珊欢快的笑声。方樱子简直佩服梅珊的没心没肺。

“现在不是谈论你生不生孩子的问题，是谈论你住院明确诊断设定治疗方案。”方樱子说得认真而严肃。在她心里已经完全把梅珊当作乳腺癌患者了。

“行，过两天去找你，这两天呢我先吃几顿大餐，睡几天懒觉，过几天神仙般的生活。”

挂断梅珊的电话，方樱子的心情似乎轻松了些，因为梅珊太轻松了，愉快的心境影响了方樱子，即使得了病也不能像背一座大山似的。想到这里，方樱子的身体都轻快了。她准备做晚查房。她刚要走出办公室的门，却看到已经手术出院的西北大爷来了，他肩上背着一个大麻袋。

“大爷，大娘不是手术完出院了吗？你怎么来了？”方樱子惊异地看着西北大爷沧桑的脸和他身上的大麻袋。

“就是哩，手术做完了，你大娘那个奶好了，不流脓水了，康大夫让来照射嘞。”

“照射？”樱子疑惑地盯着西北大爷问。

“是不是来放疗？”

“唉，对嘞！康医生不让我们住院，说住院花费高，让我们住旅馆，按时去门诊查血象，说这样可以省钱嘞。康医生真是这个，你们真是这个。”西北大爷举起了大拇指。被夸奖，方樱子的嘴也咧开了，露出了小白牙。

“这不，我背了一口袋大白薯，俺们那是沙地，白薯甜。”西北大爷终于把背在肩上的大口袋放在地上。大爷跟方樱子说话的时候，一直背着大口袋呢。

“大爷你这是干啥呀？”方樱子一着急，北京口音瞬间变成了东北口音。

“不值钱嘞，给你们吃。”西北大爷拍拍麻袋。

“这不能，这不能。”方樱子怕落下收受贿赂的罪名。为了一麻袋白薯不值得。

“不要咋整？”西北大爷着急地喘着粗气，一麻袋白薯从西北背到北京也亏得大爷有把子力气。

“你怎么背来的？多沉呢。”方樱子感动地拍拍麻袋。

“我驮在肩上背来的，心里想着你们的好处，不觉沉。”大爷憨憨地笑着说。

“艾叶，何嘉。”

收不收一麻袋白薯，方樱子犯了难，她急忙把一起值班的护士叫来，即使收了白薯责任也不都在她身上。

艾叶提着一大堆肯德基走过来递给方樱子，说是手术后一直昏迷的老太太的儿子买的，刚才看方樱子那里有家属，都放艾叶那里了，并说家属一会儿来找方樱子。

“这白薯怎么办？”方樱子问艾叶。

“那还怎么办，这也不值钱，你不能让大爷背着一袋子白薯再回去呀，多沉呢。肯德基你也不能退给病人家属呀，那么多他自己也吃不了，扔了也浪费。”

听完艾叶的话，方樱子点点头，艾叶说得有道理。这算什么事呀，不要太死板吧，收下的是大爷的心意。

“大爷，谢谢你的大白薯，我明天给康健医生和钱木主任分了，或者在科里蒸熟了吃。”方樱子对西北大爷说。

“好嘞好嘞！我怕你们看不上这东西嘞。”

“绿色食品多好啊。”方樱子说完，把一袋子肯德基塞在西北大爷手里。

“给你拿走吃吧，我吃不完，怕浪费。”

方樱子吃不下肯德基，她的脑海里出现了一只只开膛破肚的北山芦花鸡，臭鸡屎味、腥内脏味即刻鲜活地蹿到鼻子里，香香的肯德基挤不走心里的阴影。看来方樱子暂时不能吃鸡肉了。

“哎哟，哎哟！”大爷不好意思地一脸窘态，不会说话了，只会哎哟。

望着西北大爷的背影，艾叶对方樱子说：“明天若主任训我们，就让康健给西北大爷二百块钱，让他花钱买。哈哈哈。”艾叶得意地笑了起来，好像对自己这个想法很满意。

“你别太认真。妇产科还天天吃喜糖呢，谁生了大胖儿子不美呀。我挑两个大的，白薯减肥。”艾叶打开麻袋，抓了两个大胖白薯走了。

方樱子准备查房。走进女病房，正看到一个女病人抱着一个五六岁的小男孩，小男孩咧着嘴向方樱子笑，甜甜地叫了声阿姨。

“好乖呀。”方樱子捏捏孩子的胖脸蛋。

“明天要手术了，今晚休息好！”方樱子叮咛病人。

“嗯，今晚特意把孩子接来，不然手术后几天看不到他。”女病人黯然地看着孩子。病人术前做了化疗，头发脱了不少，她索性剃了光头。

“如果睡不着就吃两片安定。”方樱子说完走出病房。女病人送方樱子出来，叹了口气说：“已经淋巴转移了，也不知还能活多久，最放不下的就是孩子。哪怕变成一个乞丐，只要让我活着，只要能天天看到孩子也是幸福的。”女病人说完流下了眼泪。抱在怀里的孩子扬起小手给妈妈擦眼泪，边擦边说：“妈妈不哭！”

方樱子看完鼻子酸酸的，宽慰地说：“别那么悲观，会慢慢好起来的。”

方樱子走进宋博宇的病房。宋博宇正躺在床上看书，看到方樱子即刻坐了起来。

“樱子姐姐。”宋博宇向方樱子笑了笑，露出尖尖的小虎牙。

“你爸走了？”方樱子问。

“嗯，刚走，我发现一个秘密，恳求我爸半天，他才对我说。”

“秘密？”方樱子的脑海出现两个年轻男女的身影，还有钱木主任和宋博宇爸爸在医生办公室的画面。

“哎呀，有些秘密还是不知道好。”方樱子笑着说。

“必须要知道，樱子姐姐，我听说钱木主任是个单身贵族。”

“谁说的，我不知道啊。”方樱子有意装作不知道。这是钱木的私生活，怎么好议论。与病人该说的就是病情。方樱子这点很明白。

“我爸爸也是单身，万一我哪天不在了，他自己多孤单，他们年轻时认识，多巧啊。”

“年轻时认识？那太好了，她可以关照你啊。不要成天瞎想，最近还发烧吗？”方樱子避开钱木的话题直接询问病情。

“烧啊，今天还发低烧呢。空气这么差，我都不敢出去了，雾霾太严重了，你说我是不是该去海南椰风里洗洗肺，然后我的病就好了。”

“对，椰风海浪一直是我喜爱的一道菜。手术完去海南住几天也不错。”方樱子笑着说。

“你体温多少？”方樱子问。

“三十八度多，没事，我都习惯了。”宋博宇不以为然地打着哈欠。好像这个三十八度不是体温，而是白酒的度数。

“夜里若发烧随时找值班护士。”

“嗯，没事，我扛得住。”宋博宇笑了笑。这张青春的脸上没有一丝一毫的悲伤和痛苦，他的淡定和从容让方樱子很震动。

“其实，我了解我的病情，夜里常常憋醒，经常坐着睡觉，只是我不想让爸爸知道，不想让别人知道我快垮掉了。”宋博宇黯然地垂着眼角。

“憋气的时候吸氧。”方樱子指着床头的氧气管道。

“屁都不管。”宋博宇骂了一句，似乎在骂可恶的疾病。

“做完手术就不憋气了。”方樱子宽慰地说。

“期望吧。这个病是我们家的家族魔咒，遗传是个很神秘的东西，这是身体的命。”宋博宇又笑笑，恢复了往日的欢快。

“是，攻克了遗传病，人类医学史会向前迈进一大步。”方樱子无奈地笑笑。

“我到南极把自己冻在大雪峰里，几百年后把我扒出来，遗传病解决了，我成了人类的老古董，成天被科学家研究。除了吃就是睡，什么也不会干，像猪一样幸福。”

“主意不错，可以一试。”方樱子开玩笑地说。

“我这是穿越剧看多了，自娱自乐一下。”宋博宇笑笑说。

方樱子走出宋博宇的病房，来看第一天上班手术中出血的病人。

病人嘴上盖着湿纱布，防止空气干燥，鼻子上插着氧气管，氧气瓶呼噜噜吹着水泡。心电监护仪闪烁着心率、血压和呼吸的频率。病人的锁骨下静脉吊着三升袋营养液，脚上的静脉点滴按时滴入抗菌素。病人像被五花大绑绑在床上。

“这是我的名片。”病人的儿子递给方樱子一张名片。方樱子扫了一眼，中加贸易公司总经理赵新宇。骗子加空壳公司的节奏。方樱子笑笑把名片放在白衣兜里。

“这么大檀香味？”

方樱子提提鼻子。看到窗台上供着一个香炉和一大块通透的玉石佛像。病房还供香火？方樱子眨了眨眼睛。不知该不该开口制止。

“保佑老太太的病。这么多天一口水没喝，老妈亏死了。若不是我妈的病，我还在加拿大做生意呢，澳大利亚我也投资了一大块地开了农场，现在也走不了，唉！”总经理赵新宇嘴里扯出一大块洋土地和中加贸易，完全一副跨国大亨的范儿。

在澳大利亚买农场不是什么值得骄傲的事。方樱子知道，自己的表姐和表姐夫也在澳大利亚买了农场，养了几百头牛。因为澳大利亚人工太贵舍不得雇人，只得自己干农活，日子过得很辛苦，关键是还挣不到钱，澳大利亚牛奶很便宜，比饮用水还便宜，几百头牛产的奶，挣不到什么钱。农场里一望无际的田野，几天碰不到一个人，一天也说不上几句话，寂寞得快疯了。什么田园牧歌似的诗情画意，完全是异国他乡的流放，自己把自己发配到异国做苦役，远离亲人，远离家乡，个中滋味自知。什么农场主、富豪，完全是说梦话。人家外国人说了，农场主只是一种生活方式而已。不要以为有了土地就是地主豪绅，根本跟豪绅不沾边的生活，与长工的生活相仿。

“小心不要失火。”方樱子看着燃烧的檀香说了句不轻不重的话。既不显示她的淡漠，又让家属明白病房里烧香根本是不允许的。

“生命体征还平稳。”方樱子看着心电监护仪对跨国大亨赵新宇说。

“唉，老这样也不是事呀。真希望我妈有一天嗖地坐起来下地，再吃一盘热腾腾的羊肉饺子。”

这位跨国大亨的思维有点像孙大圣的七十二变，节奏快、变化多端，一般人的脑子追不上。

方樱子笑笑说：“我们都期望她这样，出现奇迹。”

“大夫，您这话我爱听。”

方樱子看了看昏睡中的病人，掀起被子看了看脚的颜色，血运还好，颜色红润不青紫。

方樱子走出病房到护士办公室。

“一号单间烧香呢，走廊里都是香味。”方樱子对艾叶说。

“就是，也不敢管，万一病人家属急了，跟咱们吵架，现在病人都是上帝，惹不起，睁一只眼闭一只眼算了。我一会儿叮咛叮咛他，失火可麻烦了，谁也担不起这个责任。”

方樱子回到医生办公室做病历记录、粘化验单、开化验单……医生的一套工作程序方樱子基本熟络了。钱木主任让她单独做乳腺肿块手术，这两天去图书馆找几本相关的书学习学习。方樱子在心里过目手术程序，切口位置，下刀位置，清除包块，缝合皮肤，按压伤口。目前方樱子的胆量不是问题，就看如何发挥技术了。方樱子在办公室里，边飞快做病历记录边做手术安排。心想，这次手术是主角，不是助手，一定要做得漂亮啊。

“方医生，一直想跟你聊聊天。”方樱子抬头一看，跨国大亨赵新宇走进了办公室。

方樱子把笔放在病历纸上，心里一百个不乐意不欢喜，脸上是堆起来的假惺惺的微笑，也不知这位跨国大亨看得出来看不出来。对了，刚才的肯德基还是他送的，虽然自己没有吃，但是这份情还是要领。肯德基延伸了方樱子脸上的微笑。

“呦，这么多大白薯，刚才我给你送肯德基的时候，看到一个西北大爷背着大麻袋跟你说话，你看你，也不知道让大爷赶快把白薯放地上。我看累得大爷直喘气。赶明在我澳大利亚的农场也种点大白薯。”

听完跨国大亨自来熟的话，没心没肺的方樱子笑了。

“找我聊什么？”方樱子靠在椅背上，脑海里迅速检索了一遍病人的病历，准备随时回答他的诸多提问。这位赵新宇在方樱子查病房的时候，就看出了方医生是个新医生，没有对待病人的经验，人生经验更谈不上，跟自己走南闯北的国际经验比起来，更是小巫见大巫，不值一提。

“我们老太太怎么样，恢复有戏吗？”赵新宇向门口一努嘴。他知道若是碰到老油条大夫，人家根本不跟他谈，有事说事。

方樱子看这位跨国大亨表情不是很悲切，她很怕病人家属难过得哭天抹泪，那样的场面她不知道怎么劝解。

“恢复啊，嗯……”方樱子吸了一口气，心里盘算着怎么回答这个不好回答的问题。

“真不好说。”方樱子掂量了一句不咸不淡、家属能接受的话。如果直接说最后的结果就是推太平间，那也太不人道了，说过不了几天就可以下地走了，太不务实了，那是江湖骗子说的。

“那怎么办呀，有什么好办法，以您的经验，缓解缓解她的症状，我看她太受罪了。”

“确实，家属的心情都是这样。”方樱子也说了句冠冕堂皇的话。

“我看看她的治疗方案。”方樱子翻开病历仔细看了起来，又看了看病人近期的化验结果，血气分析、血生化等数值。跨国大亨这时候也凑过来看病历。

“看得懂吗？”方樱子没好意思说有些资料不允许病人家属看。

“当然看不懂了。你说我们用不用让其他医院的权威会会诊？你给我出出主意。”

“可以呀，这是病人的权利，医生不会干涉。”

“那就好。你看我们老太太的治疗方案怎么样？有什么需要完善的？用多贵的药都不是问题。”

“这药嘛，可以用更好的，这个不是最好的。”方樱子看着病历说。

“噢！是吗？您再说一遍我没听清。”

赵新宇偷偷打开了手机录音，方樱子的话录进了他的手机。

“我们老太太的手术您上了吗？是不是特别惊心动魄，您给我讲讲，怎么出的血，你们怎么止的血？”

“幸亏有陈浅学主任和钱木主任的强强配合呀，不过我也长了见识，增长了手术经验。”方樱子眉飞色舞地讲起了那天手术的经过。

“你们两个怎么说得这么热闹呀？”

方樱子抬头一看是张五经进来了。他看了方樱子和病人家属一眼。跨国大亨看张五经来了，即刻站起身说：“真长见识，谢谢方医生。”他转身走出了医生办公室。

“你来干吗？看病人？哦，想起来了。”方樱子突然想起今天是艾叶值班，再看看张五经食品袋里的酸奶、橘子、大苹果，肯定是给艾叶送的。

“你吃哪个？”张五经摊开食品袋问方樱子。

“不会夺人美食吧。我上次吃了一个日本富士苹果，特别好吃。”方樱子挑了一个大苹果说。

“中国富士也不差。”张五经笑着说。

“要不替我值夜班吧。”方樱子调侃张五经。

“那不行，值夜班哪能谈情说爱。”

“哎哟，一本正经的，工作中最能擦出爱情火花。”

“拉倒吧。”

“呦！你怎么来了！”

方樱子抬头，艾叶走了进来。

半夜，方樱子被艾叶叫醒，跨国大亨的妈妈，就是那个手术出血的病人突然呼吸衰竭。

方樱子急匆匆起床跑进病房。张五经刚好没有走，他也同方樱子一起急救。艾叶和何嘉在急救车前迅速抽取呼吸兴奋剂。四个人一起忙了起来。张五经严肃地对家属赵新宇说：“抢救病人的时候，家属不能在场。”

“为什么？我要看你们抢救。”

“这是规定，必须回避。”张五经再次严肃地强调。

“你先出去一会儿。”艾叶也劝慰病人家属。

“不出去。”赵新宇带着哭腔。

“我们理解你的心情，但是你在这里真的妨碍我们抢救，不用你监督我们，我们肯定会尽心尽力地抢救。”艾叶把病人家属推了出去。

“赶快让呼吸科、心内科会诊，麻醉科插管。”张五经对艾叶说。

艾叶和何嘉正给病人静脉注射急救药。方樱子说：“我去通知吧。”她疾步跑出病房。

心电监护仪频繁报警，这是呼吸频率过低等因素引起，病人的心率急速增快，变化的波形像陡峭的山峰又窄又陡，血压也随之下降。方樱子打完电话即刻跑回病房继续抢救。病人的各项生命指征迅速下降。一支支推入体内的抢救药也挽回不了渐行渐远的生命。此时，呼吸内科和心内科、麻醉科医生相继小跑而至，分别对呼吸和心脏进行了急救，气管插管通畅，气管没有堵塞。

脖子上挂着听诊器的心内科医生问："利多卡因、肾上腺素、阿托品、西地兰用过几次了，再来一组心三联。"

"加一组呼三联，病人改用氧气面罩。"呼吸科医生下口头医嘱。

几个医生围着病人急救，病人轻轻叹息一声后，监护仪上的心率缓缓成为一条直线，血压、呼吸、血氧饱和度均显示为零。病人已无生命体征。

张五经看了一眼报警声异常响亮的监护仪，对心内科、呼吸科和麻醉科的医生说："你们回去吧，辛苦了。"

"我还有一个急会诊，得赶紧过去。"心内科医生疾步而走。

"外科有个气管切开，正等家属签字，我也得赶紧回去。"麻醉科医生拿着麻醉包走了。

"我的病房也有一堆事情要处理。"呼吸科医生也随之急匆匆走出病房。

"为什么让他们走，不救了？"病人家属赵新宇一脸急切地进来问张五经。

"没有必要让他们在这里了。"张五经说。

"有的病人救两个小时还能救回来呢，你们这是不负责任。"

张五经和方樱子、艾叶都没有说话，他们知道家属此刻心情不好。

张五经继续给病人做胸外按压，急救药物继续向病人身体里滴入。艾叶对身旁的何嘉说："你去外边盯着病房，还有病人的静脉点滴没有输完。这里有我就行了。"

家属赵新宇突然拿起急救车上的氧气袋冲到病人面前嚷道："妈，您使劲吸氧呀，使劲吸呀！"

"管道面罩罩在脸上吸呢。"艾叶拽着赵新宇的胳膊。

"不够不够，妈你使劲儿吸。"

"你看监护仪的心电图已经是直线了，我们也竭尽全力了。"艾叶对赵新宇说。

"你们赶快给她用急救药啊。快点快点！"赵新宇带着哭音，他的双手紧紧攥着病床上妈妈的手，那只手垂落着，任凭赵新宇摇晃。

“妈，您使劲吸，使劲呀。妈您放心地走，您永远是我的好妈，是我的好妈。”赵新宇扑通跪在病床前。他知道妈妈根本无法听到他的声音。

听到赵新宇撕心裂肺的哭喊，方樱子的眼泪止不住落了下来。他看看艾叶和张五经，两个人并没有像她一样激动，其实并不是他们无情，而是更理智，终归他们比方樱子工作年限长、见识场面多。

张五经头上都是汗，胸外心脏按压持续快一个小时了。方樱子示意张五经停下来，她来按压。两个人轮番进行，其实他们知道，这种急救对于此刻的病人早已没有意义。病人静脉点滴的速度也越来越慢，几乎停止。此时天已经快亮了。

“通知你的家人吧。”张五经对跪在地上的赵新宇说。

“你们要救她，你们要救她。”

“已经尽力了！”张五经摇摇头示意方樱子停下来。他从监护仪上撕了一条成为直线的心电图，作为病人死亡的指征递给了方樱子。

“这个贴在病历上，艾叶把急救的药物按瓶核对好。”张五经解下病人身上的监测电极片。

“你们别走，救她。”赵新宇对走出病房的张五经和方樱子说。

“你也收拾收拾，跪在这哭也不行呀。”艾叶边说边利索地收拾病人身上的医疗器械。

一场持续半夜的抢救结束，窗外已是黎明。蓝紫色的朝霞挂上树梢，都市的嘈杂划破了黎明的沉寂，新的一天开始了。

张五经冲进浴室洗澡，洗完澡，他对方樱子说要去躺一会儿。方樱子感激地对张五经说：“谢谢，辛苦。多亏有你在。”

“赶上了就一起抢救吧，谁叫咱们是救死扶伤的职业呢。”张五经和方樱子都笑了。

“你把抢救医嘱整理好，与艾叶核对下急救用药，做好抢救记录，我睡觉去了。”张五经揉着腰，给病人做心外按压把他的腰累惨了。

“放心！”方樱子向张五经伸着胜利的小剪刀手。笑容在脸上还没有褪尽，她就赶快低头整理抢救病历了。

晨会早交班的时候，陈浅学主任和钱木主任听说手术出血的病人昨夜死亡了，脸上的表情都很凝重，钱木主任自言自语地说："手术一步步做下来，每一步都很严谨，没有什么疑虑。"她摇摇头，脑海里极力回忆手术过程的每一个步骤，每一个可能称为瑕疵的疑惑点。康健看着艾叶、方樱子、张五经的脸笑着说："看看你们三个人的脸色，灰中透绿。张五经，这就是爱的代价，没事不在家好好休息，跑到病房来，来了准有事，以后一定记住这个真理。"康健的这句玩笑算是调节了早会沉闷的气氛。

"就是啊，我今早忙得妆都没化，这脸色太难看了。"艾叶拍着脸说。

"哎呀，不化妆也是全院第一美女。"康健笑着说。

"昨晚不是你值班？赶上抢救了？"钱木问张五经。

"对呀！"张五经无奈地咧嘴皱眉一副苦瓜相。

"走，上手术了！"康健一声召唤，走出医生办公室。

"我喝杯咖啡再去。"张五经正在洗手池前洗凉水脸。

"方樱子你别上手术了，处理好你的抢救病历吧。"康健对方樱子喊。

"好的好的。"方樱子看着摊在面前的一堆病历嘟了一下嘴，心想，中午也弄不完呀，真没有时间上手术了。

陈浅学主任对张五经说："我有一盒外国巧克力，你吃两块再上手术。"

"主任，您真心疼我。"张五经咧嘴笑着说。

"给你实惠的物质奖励。"陈主任对张五经主动参加抢救的行为很满意。

钱木与陈主任一起走出了办公室。

"年轻医生经过这样的磨炼，医术就慢慢提高了。"陈浅学主任对身边的钱木说。

"这个病人还是死了，唉！太遗憾了，我们费了那么多心血。"

陈浅学主任和钱木主任双双叹息。他们为自己主刀的病人没有康复出院感到难过和遗憾。

今天的早交班气氛很紧张，不知为什么，陈浅学主任和钱木主任同时拉着脸，一脸阴云密布。方樱子心里紧张，检索自己的工作，手术、病历书写，想不清是哪里出现了问题。她又看了一眼康健和张五经，想从他们脸上看出原因来。康健依旧一副欢欣鼓舞的样子，他是科里最阳光的医生，脸上每天都是阳光灿烂、笑容满面。

方樱子受了康健的传染，脸上也明亮了许多。

就是真有错误和问题，改正了就好，没有什么大不了的。哈哈！方樱子在心里鼓励自己。

“作为年轻医生，如果不想好好干临床，不想吃苦，只想投机取巧走弯路，我劝你还是不要搞什么临床，去医药公司卖药也不错。为什么分到我们科室里的医生我都要把关呢，外边还谣传我们科只注重外表。其实我更注重一个医生的品德。走了的，我管不了，在这里工作的每一个人都要踏踏实实，不要投机取巧走什么歪门邪道、旁门左道。当然，个人有个人的生活观念和道路，脚长在你身上，想怎么走就怎么走。也许我们的观点落伍了。但是，你别忘了，你代表的是我们整个科室，人家会说，你是胸外科陈浅学主任科里的人，我丢不起那份脸，请你们在做事情的时候，给我这张老脸留点尊严。”

怎么扯到脸皮上了？陈主任说的这一大套话含沙射影，完全像打哑谜，方樱子根本听不懂。

方樱子看着陈主任铁青的脸，完全是雪上加霜，雾霾天加灰色的雨云，一片铅色。

方樱子思维的小爪子在脑子里刨了几遍，努力从陈主任的话外音、话内音找出他发火的原因，可是一无所获。散了会，方樱子悄悄走到康健身边一扬眉毛问：“咋回事嘞？”

“不关你的事也关心？完全要进入老婆婆的状态。”康健开玩笑，那表情和语调完全是什么都明白的意思。

“知道就告诉我们嘛，免得犯同样的错误。”方樱子一副渴望知道的表情。

“樱子，可不能把她当成你的榜样。”

“哎哟喂，今天一早晨都云山雾罩，我什么都看不清快撞墙了，痛痛快快说了能咋样啊。”

“不是不好说吗？不是光明正大的事。”康健暧昧地笑着，他这种支支吾吾的样子更激起了方樱子的好奇心，好像非知道不可了。

“首先声明，我不是背后说人家坏话，好歹咱们也是同事一场。你是不是好久没看到甘草了？”

“对呀。”方樱子惊讶地发现，甘草好久没上班了。

“她休假了吧？”方樱子问康健。

康健摇摇头。

“你还记得有一个国际乳腺癌会议吗？甘草负责接待国际知名大学者。”

“哦，想起来了，对呀，从那次会议后我怎么没记得她上班呀。”方樱子像失忆病人猛然记起了事一样，脑子里都是甘草师姐冷漠的冰美人脸。

“她上哪去了？”方樱子问康健。

“出国了。”

“啊！出国了？嫁人？”方樱子问。

“人家才是不声不响办大事的人，谁像艾叶似的没心没肺，成天嚷着出国，弄得满城风雨，护士长也提不上，到现在也没出去。”康健对方樱子说。

“可是，甘草出国也不是什么光彩的事。”

“不光彩？想出国的人肯定羡慕她。”方樱子说。

“甘草也真行，她用自己把大学者贿赂了，然后获得了科研项目，直接出国当研究人员。”康健笑着说。

“各人有各人的活法，我真佩服这个甘草。问题是开会期间她跟人乱来闹得沸沸扬扬，别人能不知道吗？专家们都说，那个勇敢的女孩是从陈浅学和钱木那里培养出来的。哈哈，陈主任能不发火吗？”康健摇摇头，无奈地笑笑，脑海里是甘草那张永远冷漠的脸。

“大早晨都是雷人的消息，你应该跟艾叶说说，她肯定会受到强烈刺激。”方樱子说。

“我们艾叶可是心直口快的好姑娘，绝对不会做这种事，走这条路。”康健看了一眼门口，好像怕谁进来似的。

“方樱子！有病人找。”

方樱子听见吴嘉佑护士长在走廊里喊自己，赶快答应着跑了出去。

那天，方樱子值夜班大换药的病人一脸严肃地找方樱子。方樱子心想，今天这是怎么了，人人都沉着脸，好像谁欠他们钱似的。

“怎么了？”方樱子问病人。

“你找个地方，我跟你说点事。”

嗨，这病人还命令起我了，还要找个地方，条件还挺多。方樱子不满地带病人走进换药室。

“你说怎么办吧？我这总是疼，伤口也不好，康健大夫让我拍了一个片子，结果拍片子的说我伤口里埋着一个管子，康健医生早就说我那个引流管该撤掉了，不然容易感染，影响伤口愈合，上次你换药的时候明明说给我撤掉了，其实根本没撤，拖了这么长时间，你这是医疗事故。”

听完病人的话，方樱子脑袋嗡的一声。哎呀，病人的引流管怎么忘了撤掉，在伤口里已经埋了很长时间。方樱子险些扇自己嘴巴，当初钟思书第一次教自己大换药的时候叮咛过，让她务必记得把这根手指粗的引流管撤掉。康健医生也嘱咐过自己，那天给这个女病人换药的时候，换药前明明想着撤掉引流管，居然还是忘了，大大咧咧的个性什么时候才能改掉呢。方樱子在心里做了一大串检讨。

“对不起，对不起，我马上给你取出来。”方樱子赶快殷勤地扶病人躺在换药床上，开始小心翼翼给病人换药，取引流管。边取管边聊天拉近与病人的感情。

“我看伤口长得不错呀，一点也不红，都是新鲜的肉芽。”方樱子笑着对拉着脸的女病人说。

“痒得不行。你别骗我了。”病人冷冷地说。

换完药，病人起身拿起取出的引流管对方樱子说：“你说我是找你们主任还是找你们院长？”

方樱子听完病人的话吓得脸色都变了。她以为事情已经过去了，病人怎么来这一手，翻脸比翻书还快。

“你等下。”方樱子迅速转身去找康健，让康健来帮她处理。方樱子总算办了一件聪明事。

康健听完方樱子的叙述，对她说：“你别过去了，在这儿等，我问问她什么意思。”

方樱子双手抱拳，一脸沮丧的表情，完全溃败下来，脸色比那天抢救病人忙了一夜还难看。方樱子忐忑不安地等待康健的消息，坐也不是，站也不是，总是伸长脖子看着门口。不一会儿，康健叫方樱子去换药室。

“病人呢？”方樱子看着空空的换药室。

“没什么大不了的，说大也是个事，说小也不算事，我劝她不要抓个事就找医务处，说你工作上一直很踏实、很努力，反正说你一大通好。”

“病人不告了？”方樱子疑惑地问康健。

“不能让她告呀，告了你以后还怎么工作，刚分来没几天总在医务处报到，主任脸上也挂不住呀。”

“唉！”康健叹了口气，好像很难办似的。

“没事了？”方樱子惊奇地问。

“哪有那么简单的事，病人说不告状也可以，可以私了。”

“私了？怎么私了？”方樱子眨着眼睛。

“嗨，就是要钱呗，病人说让你赔偿一万块钱就不告了，我说不行，哪有张嘴要这么多的。”

“给她一万算了，不告状就行。”方樱子只想尽快平息这件事。

“五千，我跟她说定了，不是什么大的责任事故，医生有责任，但不能这么黑钱呀。”康健笑着说。

“万一病人拿了钱还去告状呢，她要一万就给一万吧。”方樱子急切地说。

“凭什么呀？你有钱呀？她若不同意，就让她去告，医务处来查的时候有我呢，引流液多，晚拔管怎么了。就给她五千，爱同意不同意，本来我想赔她两千块钱算了，后来看那个女病人家里经济条件不太好，算了，你就认倒霉吧，以后也是个经验教训，估计永远也不会忘拔引流管了。哈哈！”康健笑了起来。

“太感谢了，太感谢了！”方樱子觉得康健简直就是科里的神人，什么事离了他都不行。

“怎么感谢我？请吃一顿快餐什么的可打发不了我。”康健笑着对方樱子说。

“行，北京城的餐厅你点，只要能想到的。”方樱子豪爽地说。

“希尔顿西餐啊，昆泰也行。”康健开玩笑地说。

“太便宜了，去万豪吧。”方樱子豪气地说。

“哪能这么宰樱子，说说而已，有钱也不能造啊。”

“我们大师哥就是品德高尚。”方樱子向康健竖起了拇指。这是方樱子从心里对康健的评价和认可。

今天早晨，方樱子刚到病房就看到一片嘈杂的场面。

走廊里白花花立了一堆花圈，十几个身穿白衣、头戴白帽的人抬着一个花圈放到医生办公室门口，为首的正是方樱子值班急救过的病人的家属赵新宇。

这是怎么了，他怎么跑医院闹事来了？方樱子身上即刻起了鸡皮疙瘩，头发都快立起来了。自己不会又摊上事了吧。方樱子快急哭了。

“你们这是干什么？把花圈抬走，扰乱我们工作就报警。”张五经叱喝赵新宇。

“治死了人，还不让人喊冤叫屈。”

“这是病房不是自由市场，有问题你去医务处反映，不能在病房闹。”张五经严厉地说。

“闹了你怎么着，你以为没理我就来了？这种医疗水平还救死扶伤呢，赶紧关门吧。”赵新宇满满的不忿。

“再不走我报警了。”张五经掏出电话。

“你敢报！”

赵新宇带着四五个人冲过来就把张五经围住了，几个人动起了手，矿泉水瓶子直接砸在张五经头上，张五经的手机也被扔在地上，屏幕摔碎了。康健刚好赶过来准备把张五经拽出来，何嘉也跃跃欲试，当然他们绝对不是准备打架，只是想把张五经解救出来。再怎么样也不能看着自己的同事挨打呀，杜仲一看这场面一闪身赶快躲走了。陈浅学主任来了，他大喊一声：“干什么，不准动手。”这声吼，算是挡住了一场要打起来的群架。此时，医院几个协警走了过来，把赵新宇等人拉走了。走的时候，赵新宇扬言要去卫生局告状。

“简直是胡闹，典型的医闹。病人只要死了就不依不饶。好像都是我们的责任。现代医学只是治病不是救命，患者都误解了医学的作用。”陈浅学主任怒气冲冲地说。

“要是能救命地球也人满为患了。”康健什么时候都不忘调节气氛。

“张五经没有被打坏吧，你去做个检查，留下证据，免得他们上告，摔坏的手机也要拍照当证据。另外，把这个病人的病历从病案室调来，我和钱木主任仔细看看。以后碰到这种事，不要理他们，这种人讲不通道理的，一句话都不要说，直接报警让警察把他们带走。”陈浅学主任对大家说。

张五经还没有做完身体检查就被医务处叫走了，一个多小时后，张五经气冲冲地回来了。

“这工作没法干了，医务处跟审犯人似的，非说我把家属打了，让我给他们赔礼道歉，写事情经过。还有天理吗？我让他们看我摔碎的手机，还有那么多人看到他们拿矿泉水瓶子砸我脑袋，你们猜医务处的人怎么说，愣说那不能说明问题。我都被打了还不能说明问题？他们说病人家属的手被我抓伤了，血印子清晰可见，那就是证据。”张五经气哼哼地坐在那里喘粗气。

大家听完张五经的话都特别气愤不过。

“医务处有的人特别不是东西，颠倒黑白的主。”康健也开始骂娘。

“人家张五经帮助抢救病人，忙了一晚上，病人生命体征都消失了，为了照顾病人家属的情绪，还胸外按压了一个多小时。家属一句感谢的话没有，反而来这一手。这些医务处都调查了吗？”率性的艾叶气愤不已，声调都变了，提高了一个八度。

“主任，我不会给他们道歉，因为我没有错，事情经过我也不会写，没有什么好写的。”张五经严肃地对陈浅学主任讲。看来他对医务处的人意见很大。

“好好好，我都看到了，你放心，我去找医务处。理总要讲的。”陈主任拧着眉头去了医务处。

“哎呀，你别生气，跟这种人犯不上。”艾叶拍了一下张五经的肩。

“艾叶多关心关心张五经。”康健看着一脸凝重的张五经说。

过了半个多小时，陈浅学主任回来了。康健即刻围上去问怎么样。

陈主任也很无奈，医务处坚持让张五经道歉，说一方面家属手臂上确实有伤痕，另一方面安慰家属，免得他们上卫生局告状。陈主任也是尽力了，他做不了医务处的主呀。

“我一个道歉就能让病人不去上告？他们若想上告，道歉管什么用，说不定还是人家的把柄呢。”张五经不服气地说。

“我发现医务处有的人做事不动脑子。”康健苦笑着说。

第二天上班，张五经又被叫到医务处，从医务处回来张五经就找主任请假，他说总被医务处提审他受不了，想休年假。陈主任知道科室里人员紧张，但是为了安慰张五经的情绪只得同意他休几天。

艾叶这几天也情绪不好，不是因为张五经的事，追艾叶是张五经的一厢情愿，艾叶对张五经没有爱意，只是不讨厌而已。艾叶这次的雅思成绩出来了，好不容易熬到雅思成绩勉强6.5分，刚够美国护士的英语条件，可是单项口语不够，人家要求7分，她得了6分。

“口语，口语，我要练口语。”艾叶烦躁地嚷着，她的脑海里出现的是李悬壶的身影。看来艾叶准备找李悬壶突击口语了。

方樱子去查房的时候看到宋博宇已经做完了手术。看到方樱子进来，宋博宇笑着叫了一声樱子姐姐。

“怎么样啊，看你情绪、精神都不错。”方樱子对宋博宇说。

“夜里不憋气了，做一期化疗我就可以暂时出院去月坛看别人踢足球了。”

“多好啊！”方樱子也替宋博宇高兴，终归他太年轻了。飞扬的青春不应该在病床上，应该在阳光下，在球场上。

“从我恢复的状态看，我们家族可以摆脱那个可怕的魔咒了，我也不用跑到北极钻到雪峰里等几百年让人挖我了。哈哈哈！”宋博宇开心地笑了。

“轻点笑！”方樱子看到宋博宇用手捂住胸口赶快叮嘱他。

“没事没事。”宋博宇向方樱子摆摆手。

“你说话真幽默。多几个你这样的病人，病房里都是欢乐。”方樱子笑着说。

“樱子姐，我也特别喜欢你这样的大夫，亲切、和蔼，没有隔阂。看见你病好了一半。”

“真的？看来以后我每天在你面前溜达一圈，过两天你就可以出院了。”方樱子开玩笑地说。

“就是嘛，我看可以。”宋博宇点头说。

走出病房，方樱子到办公室等梅珊，梅珊说今天来住院。

住个院也跟生孩子似的这么费劲。方樱子想起梅珊心里就是怨气。自己得了病，一点不着急，让人催着住院，好像得病的根本不是她。

唉！这是怎么回事呀。方樱子忍不住叹了口气。是不是自己没有跟她交代清楚病情呢。方樱子首先自责检讨。

其实梅珊不是不着急，只是这几天她在找一个最好的办法，她不仅翻了几本医学书，还天天在网站上查资料，衡量乳腺癌与肚子里的宝宝之间的利弊。最后也没有查出个所以然。

这是显而易见的，哪本资料、哪个网站会鼓励乳腺癌患者生小孩？没有人敢断然肯定。但是，不管梅珊查阅的资料对她有什么帮助和影响，她的决心已经下了，孩子是生命的延续，是上天赐给的宝贝，既然已经得了乳腺癌，生命无常，必须把延续的生命留下，这辈子也算没有白白来到这个世界。

看到梅珊一个人走进病房，方樱子不解地问："你家先生怎么不陪你来？"

"让他陪干什么？碍手碍脚的。我也没告诉他我得了什么病，现在病理检查结果还没有出来，我就咋咋呼呼告诉他是乳腺癌，万一不是呢。"梅珊觉得自己的话很有道理，扬着下巴对方樱子说。

"就算不是乳腺癌，也很正常，都要经过病理筛查定性。但是，他也应该陪你来住院呀，你是怀孕的人。这么不称职，休了！"方樱子气恼地说。她对梅珊稀罕的丈夫"白蘑菇"充满厌恶。

"他一直在云南东川红土地出差，怀孕的事还没来得及告诉他，乳腺的事如果没有十足恶性把握我也不敢告诉他，怕他担惊受怕。"

"你可真为他着想，太体贴了。"方樱子咬了一下嘴唇，无奈地看了梅珊一眼。为了爱的人，可以无底线地善良吗？方樱子问自己。

"钱木主任让你今天做病理检查，我们医院和人民医院各送一个病理切片，做两个病理检查更稳妥。然后让你把所有住院检查做了，只等病理检查结果出来后考虑手术。"方樱子认为这是最好的安排。

没想到梅珊有自己的安排。什么医院的安排，她完全不理会。方樱子认为，不按套路出牌的人最难打交道。虽然梅珊是自己的闺密，但是，方樱子觉得她任性的路越走越远，自己想紧紧拽住她都难。

"带我到妇产科检查一下。看看宝贝怎么样了。"梅珊夸张地拍拍还很瘪的肚子。

"如果乳腺病理检查是恶性的，就不能做全麻手术，那样对胎儿有影响，我只做局麻保乳术，就是伤害最小的手术。我上网查了很多资料，患乳腺癌怀孕生孩子的女人也是有的。"梅珊说得很淡定，好像阅读了网上诸多医学资料，她就成了半个医生似的。方樱子也遇到过这样的病人，在网上查了一堆资料，上来就以为自己是半个医学专家，还想指挥医生如何对自己进行治疗，自以为是的神态简直是气死医生不偿命的节奏。若是查点资料就能当医生，还设置五年、七年的医学院干什么！

方樱子的愤懑转化为对梅珊的气愤。

“你疯了呀，把你老公叫来，把你妈叫来，他们若同意你这样做手术也可以。”方樱子的声调由柔弱的低音提高到强硬的中高音，离泼妇的叫喊不远了。说完这话，方樱子有些后悔，梅珊得了病，已经很痛苦了，自己不应以这样的态度对待她。善良的心不能让冲动的气愤取代，要冷静再冷静。方樱子压抑自己的恼怒。

“他们代表不了我。”梅珊笑得很开心，像谈论别人的病情。这种淡定和理智让方樱子心里很不是滋味，如果梅珊像小女子似的哭哭啼啼，也许方樱子脆弱的心会好受些。

方樱子早已料到梅珊的病理结果肯定是恶性无疑，但没有料到恶性程度这样高。被送检的两家医院病理诊断完全相同，没有可以异议、怀疑的，是恶性程度很高的乳腺髓样癌，早期即有转移。

钱木主任看着病理报告叹了口气，她看过太多恶性病理报告，虽然有视觉上的麻木和心理上的不以为然，但是这声叹息还是对梅珊太过年轻的生命给予了无奈的惋惜。

钱木给梅珊制定了整套治疗方案，先进行一期药物化疗，然后是乳腺全切加腋窝淋巴结清扫手术，术后再进行四期药物化疗和十次放射治疗，另外加中药固本扶正和免疫治疗，中西医协同，手术和放化疗结合，这是最全套的治疗方案。康健医生还说可以提供全套饮食辅助治疗，这是他多年总结出来的，拥有绝对版权，非常棒的方案。可梅珊根本不听什么治疗方案，固执地只按自己的想法去做，她赶来的丈夫也是傲然地漠视一切，紧闭的嘴巴似乎不会发声，连一条皱纹都没有的冰冷表情让方樱子不知道他心里在想什么。

当钱木主任听说梅珊已经怀孕而且坚持留下孩子的时候，气愤地对方樱子叫嚷，说梅珊是对生命的不负责任。而梅珊认为这是她对生命最大的尊重和负责。在钱木主任权威医学、康健的社会经验、李银针三寸不烂之舌等众多类型的人劝说无果的情况下，方樱子把梅珊的妈妈叫来，没想到，没说三句话，母女两人就吵了起来，梅珊把身体一转看都不看妈妈，妈妈也硬气地转身走了，对方樱子和梅珊甩下硬硬的话。

“她现在已经嫁人，有事找她丈夫商量，不用找我。”

方樱子去送梅珊的妈妈，她让方樱子转交给梅珊五万块钱，并叮咛方樱子过几天再交给梅珊，免得她这几天犯脾气不要。望着梅珊妈妈远去的背影，方樱子心里很不是滋味。虽然梅珊的妈妈没有蹒跚的脚步和满头华发，但是一个母亲知道自己唯一的女儿得了绝症，又不能好好关照她，内心的悲苦只有她自己知道。方樱子有时觉得梅珊太固执，任性得没有边际。

最后，钱木主任还是依照梅珊的意愿制定了治疗方案，仅进行了局部麻醉，手术范围也只局限在肿瘤部位，并实施了保乳手术。此时梅珊的淋巴结已经有转移，钱木主任给梅珊做的这个手术不能不说只是形式上的手术而已。

术后当天，梅珊的丈夫静静地坐在梅珊床头紧握梅珊的手，那情景让方樱子无限感动，对梅珊丈夫的偏见似乎改变了很多。第二天，梅珊的丈夫没有来，方樱子没有问，第三天还是没有来，第四天，方樱子忍不住问梅珊。

“他又出差了还是去忙天大的事了？”方樱子的话从嘴里出来就带着刺，扎人。

“其实，我们还没有领证，这次怀孕本来我要催他去领证，谁知道乳腺又出了问题。”

方樱子张大了嘴。

“那，那他还来不来了。”

“不会来了，永远不会来了。”梅珊擦了擦滴下来的泪水。

“他是人吗？”方樱子深深怀疑梅珊的伪丈夫根本就不是人。

“那你还生个屁呀。你还豁出命给这个无情的浑蛋生孩子？”方樱子气愤而不解地说。

“不是给他，是给我。”梅珊的话总是从思维怪异的脑子里冒出来。方樱子不知道怎么接梅珊的话，气鼓鼓地站在那里生闷气。生梅珊的气，生梅珊那个冷漠丈夫的气。

李银针听说梅珊的伪丈夫丢下患了癌症的梅珊跑了，气得咬牙切齿。

“这小子我还没看清他长什么模样就闪了，他也太狠心了，梅珊这就算离异妇女了？”李银针拧着大眉头，极其苦难地看着方樱子。

“瞎说什么呀你，梅珊没领证，满嘴脏话，刷牙去。”方樱子娇嗔地歪着头，其实心里非常想听李银针解恨地骂那个男人。

“刷了牙也照样骂这兔崽子，当面我也敢骂他。”李银针一身正气荡气回肠。方樱子瞬间觉得李银针高大威武了很多。

“你有本事打他一顿给梅珊解恨。”方樱子看着义愤填膺的李银针说。

“别让我碰到他，碰一次揍一次。”李银针使劲挥舞着拳头。

“你先把胳膊上的肌肉，身上的八块腹肌练起来再吹牛。”方樱子看着一身排骨的李银针说。

几天后，梅珊出院了，因为怀孕不能进行放化疗。出院，意味着梅珊身体里的癌细胞与腹中的胎儿将进行自然博弈，没有人知道会有怎样的结果。钱木主任说梅珊在拿自己做实验，孕激素的刺激、雌激素的增加一定会加速乳腺癌细胞的分裂，这是科学推论。但是，万物难预测，物竞天择，什么事情都有意外发生，期待她好运。行医多年的钱木主任也是第一次遇到梅珊这样奇葩的人。她无奈地对方樱子说，驾驭不了的事，解决不了的问题，就交给上天吧，不是迷信，是无奈。

今天，方樱子要单独主刀做乳腺包块切除手术。虽然这是最小的乳腺手术，但方樱子还是做足了功课。

为此，她在医院图书馆看了相关书籍，翻阅了科里的乳腺包块病历，抱着上学时的砖头书《胸外科》仔细啃了啃，把组织结构温故知新。还把病人的病历仔细看了看，深入了解病人的病情，包块大小、症状等，手术细节和手术经过像电影似的在心里预演了一遍。

方樱子上了这么多台手术，当了助理，拉钩、缝皮无数次，开始单独做一台手术了。这是一个值得高兴和纪念的日子。

检验她的时刻到了。

若是康健医生指点手术，方樱子会觉得异常轻松，既不用紧张也没有压力。问题是钱木主任要亲自督战。方樱子敢不认真准备吗？第一台主刀的手术做不好还怎么在胸外科混？想到这里，方樱子吓得吐了吐舌头。

上台之前，方樱子向康健痛苦地哭丧着脸。康健像知道方樱子要说什么似的，开玩笑地说："我不是你师父，不负责带你。别紧张，没问题，不用心慌气短腿哆嗦，不就是拉个小口子，挤出包块，缝合伤口，闭着眼睛都能做。钱主任那里若过了关，你以后在咱们科就平扫小乳腺了。然后你就向大乳腺、乳腺根治、腋下淋巴结清扫迈进，最后你就紧跟在钱木主任的身后。怎么样？我给你设计的胸外科辉煌之路。"

"到达你辉煌之路的彼岸，我已经是满头华发的中老年妇女了。"方樱子痛苦地遥想自己未来的中老年时代。

"中老年你若能混成钱木主任那把刀我还真佩服你。方樱子，努力吧，荆棘的山峰等着你去攀登，时不待我、只争朝夕。我们医生的宣言是：健康所系，性命相托！还有一句是我导师送给我的，叫精勤不倦，你若一辈子精勤不倦，超越钱木主任也不是问题呀！哈哈！"

听了康健的一番话，方樱子感觉轻松了很多。

"康健和方樱子怎么这么高兴呀，咧着大嘴笑！我在走廊里就听见了。"钱木双手插在白衣兜里走了进来。康健和方樱子吓得赶快闭了嘴。康健低头不敢说话，估计怕刚才的话被钱木听到。方樱子也闭紧了嘴，刚才自己的嘴实在咧得太大了，像在麦当劳店里咬大汉堡似的张着鳄鱼嘴。方樱子下意识地用手捏捏嘴，好像这样能弥补刚才嘴咧得过大似的。

"走！上手术！"钱木向方樱子扬扬头，转身走了。方樱子腋下夹着病历，紧紧跟在钱木主任身后，低头迈着小碎步，像个十足的小跟班。

换手术衣，刷手、泡手，一切准备就绪，身穿橄榄绿手术服的方樱子站在无影手术灯下，心怦怦直跳，此刻的心情可能跟躺在手术台上的病人一样一样的，小紧张、小兴奋、小激动。

站在身旁的钱木主任扭着身子跟器械护士说笑，她说每次来做手术都可以闻到器械护士身上青草般的香水味，说她幸亏是女的，若是男医生，还不蜜蜂似的追着她闻香味。器械护士说就喜欢香奈儿草香系列，喷上它感觉像走进早晨的树林里，特别清爽。钱木主任也许有意制造轻松气氛，她也是从刚毕业一步步走来的，深刻理解方樱子此时的心情。

此刻，方樱子脑海里完全被一片清晨的树林占据着。走神了。方樱子在心里对自己说。

铺上手术巾，铺上治疗巾，铺上洞巾，手术部位在无影灯下异常清晰，咔，止血钳夹起褐色碘伏棉球开始消毒，上至锁骨、腋窝，下至肚脐，消毒范围逐渐缩小，黄褐色的碘伏在病人皮肤上晕染。局部麻醉后，方樱子拿着止血钳在病人手术部位点了点，问："有感觉吗！"

"没有，嗯，有！"病人的回答让人无法判断麻药是否起了作用。

"大夫！"病人带着哭腔。

"怎么了？"钱木关切地问。

"我从进手术室腿就一直哆嗦，现在浑身哆嗦。"

"我说手术巾怎么一抖一抖的。我以为是我们手术医生消毒震动的。哎呀，别紧张，太小太小的手术。给她吸点氧气。"钱木主任攥住病人的手对护士说。

"哎呀！手冰凉冰凉的。你睡一会儿，醒来手术就结束了。"

钱木主任一直攥着病人的手，方樱子真的没有想到这么怪异、视一切为脏物的钱木主任会如此贴心地对待病人。看来，在病人面前，她完全成为一名令人敬佩的医生。

攥住病人的手，现在的方樱子还不能做到，她无法摆脱心里的隔阂和别扭。她的心还无法接受和包容那一双双并不洁净的手。

"用针尖扎一扎，看看她的反应。"钱木主任对方樱子说。

"嗯，没有反应。可以了。"方樱子拿起了手术刀。

手术刀切皮，方樱子的手轻微抖动，她的脑海里突然出现了第一次杀鸡开腹的情景，记忆犹新，印象太深刻了。方樱子赶走了脑海里的五只北山鸡，继续聚精会神地进行手术。

"至于吗？呵呵！"钱木主任是说方樱子紧张得手抖。但是没有点破，别人不知道她这句话的含义，方樱子当然明白。

自信，自信！方樱子在心里对自己说。

切皮后，血涌出，方樱子用纱布止血，清理伤口。下一步，用止血钳打开手术界面，夹起表皮、肌层、脂肪等组织，方樱子手中的止血钳咔咔地灵活翻转，手术步骤清晰地在方樱子脑子里排好了队。

"病人心率这么快，血压也低了。"巡回护士盯着监护屏幕说。

"哎呀，脉又弱又细。"钱木主任食指搭在病人的脉搏上说。

“你怎么样呀！”钱木主任看着病人的脸问。

病人紧闭着双眼，没有回答。

“有晕针的，这是晕手术的。”钱木主任似乎并不紧张。

“先等一等。”钱木主任对手术的方樱子说。

方樱子紧张地看了钱木主任一眼，又看了病人一眼。这台手术还能继续吗？方樱子看着裂开的伤口，已经打开的伤口渗着血，病人晕厥了，这可怎么办？哎，手术恐怕做不成了，方樱子有点沮丧。

“推点葡萄糖吧。”钱木主任对巡回护士说。

“好嘞！”护士清脆地回答。瞬间天使似的飘走了，转眼葡萄糖已经推进病人的体内。利索、精干的护士简直就是上帝派到人间的天使。

不一会儿，病人哼了哼，醒了。

钱木主任对病人说：“你看看，手术都做完了，快吧？”

“哎呀，是吗！真好真好！”病人激动地点着头。

“你休息一会儿咱们就回病房。”

方樱子看看钱木主任，看看裂开的伤口，惊讶地瞪着眼睛。钱木主任也会瞪着眼睛说瞎话呀。这样敞开伤口怎么回病房呢？方樱子实在不知道该怎么办。

“给她用点镇静剂睡一觉。”钱木主任冷静地对护士说。

镇静剂打下去，病人转眼响起了微微的鼾声，心率、血压一切平稳。方樱子不得不佩服钱木主任的经验和素养。看来一名出色的医生不仅需要高超的医术，他的情感、智慧、果敢等综合实力都要出色。

“要不您……”方樱子指着手术刀。病人突发状况，她有些胆怯，想让钱木主任替她迅速完成这台手术。

钱木主任摇摇头，指了指伤口，示意方樱子继续手术。方樱子像打了兴奋剂，即刻欢欣鼓舞，完全热血沸腾的感觉。

她继续进行未完的手术。钱木主任只是盯看方樱子的手术过程，并没有提出任何问题，表情上也没有任何不满。方樱子的心情渐渐放松，手术有条不紊地进行。切除肿块，剪掉多余的结缔组织，清除积血，一层层缝合，整理伤口，压迫包扎。

方樱子打好胸带的结，抬头看了看钱木主任。钱木主任笑笑扭头走了。方樱子知道，在钱木心里，这次考核应该过关了。

等病人醒来，方樱子带着病人美美地走回病房，再不是低着头迈着小碎步的小跟班了。

看到一脸阳光灿烂的方樱子，康健问："看来不错呀，从一进办公室门就看你咧着嘴，笑出声好几次。告诉你，不以物喜，不以己悲啊。别笑早了。"

"什么意思？"方樱子翻着眼睛调皮地问。

"经，验，之，谈！"康健的四个字说得铿锵有力。

"方樱子！到我办公室。"钱木主任的声音。

方樱子的脚踏着起伏的韵律，走到钱木办公室。

钱木主任一定表扬我手术做得干净利索。方樱子美滋滋的，心里向外翻腾着喜悦的小浪花。

"钱主任！"方樱子脆脆地喊了一声。

从方樱子轻快的表情里，钱木看出了方樱子的自我陶醉，这个手术，方樱子会给自己打一百分，钱木这样判断。可是，钱木只给她六十分。如果钱木也给方樱子打满分的话，就是钱木对方樱子的不负责任，医学不是马马虎虎差不多就可以。严谨，是手术刀下的准则。

"感觉今天手术做得怎么样？"

怎么样？方樱子眨眨眼睛。钱木主任让自己判断？这多为难呀！怎么好意思表扬自己呢，方樱子上翘的嘴角动了动。

"还行吧。"方樱子假装谦虚地说，她已经等待后边钱木主任的表扬了。

"我不知道你说的还行指哪里行。当然，首先肯定你今天的手术还算成功。但是，我要给你指出手术中的不足，否则你会永远带着这些不足去做手术。当然了，你也可以慢慢摸索，自己总结，自己去悟，但是，那个过程太长，没有必要，我告诉你你再去悟，会走捷径。"

听完钱木主任这番话，方樱子心里充满敬意。碰到钱木主任这样的前辈，简直是自己的人生幸事。医学界有钱木这样的学术权威，也是医学界的骄傲。

方樱子即刻像泄了气的皮球，垂下头洗耳恭听！

"第一，手术前有问题，跟病人要有交流，拉近距离，这是医生要懂得的心理学，马斯洛心理学你是学过的。第二，手术切口过小，影响包块切除，牵拉伤口，影响手术速度和伤口愈合。第三，要学会应对手术中的意外事件，提高处理和判断能力；否则，小手术也可能致命。”

钱木停顿了一下。方樱子信服地嗯嗯点头，像鸡啄米。条条在理，句句是真，方樱子当然信服了。

“当然了，作为第一次单独手术，我还是要表扬你，手法熟练，不拖泥带水。但是以我的性格必须先批评再表扬。”

“好的好的，谢谢钱主任的指点。”方樱子心里庆幸，钱木主任在手术台上既没有批评她也没有指责她。有话回家说，这是对她最好的爱护和激励。

“当然，有的医生表面上信服，实际上听不得批评，一百个不服气。不管你爱听不爱听，我的性格就是这样。明天你再上一台乳腺肿块手术，康健代我督查，后天你自己单独上，近期科里的所有包块手术都由你来做。”

方樱子张着嘴，惊异地看着钱木。这种训练方法简直就是上等小灶呀。

走出钱木房间的时候，方樱子满心是钱木主任表扬自己的话：手法熟练，不拖泥带水。方樱子脑海里立即呈现宰杀北山土鸡的情景。

这几只鸡，简直是阴魂不散呀。方樱子笑了笑，满心喜悦走进医生办公室。

陈浅学主任又被医务处叫走了，每次医务处找他都没有什么好事。果然，这次又与方樱子有关，方樱子被病人告到了医务处。

原来，方樱子换药时忘了撤伤口引流管的病人，最终还是把她告到了医务处。状告方樱子不仅医术有问题，医德也有问题。犯了医疗错误，不仅不承认，还推卸责任。病人说现在伤口不愈合，患侧胳膊麻木。因为没有按时撤管，患了严重的后遗症，病人要求赔偿。

康健调停了半天，方樱子和他都以为这件事已经结束，完全处理稳妥。谁想到，节外生枝了，还被病人闹到了医务处。

从医务处回来，陈浅学就把钱木叫到办公室。把方樱子被告的过程跟钱木叙述了一遍。钱木正为方樱子顺利做了乳腺手术而高兴，没想到，好事还没有来得及向陈主任汇报，方樱子的大名又在医务处挂号了。

“当初我真该听你的建议，方樱子确实不适合做外科医生。这几天先不要让她上手术和工作了，带着思想负担上手术说不定又出什么乱子，你让她把事情经过写清楚，我还要找主管人事的副院长谈一谈。”

陈浅学的意思是让方樱子停职？这个决定钱木完全没有想到，当初方樱子刚刚到胸外科的时候，钱木对她有些看法，经过这段时间的接触以及她在临床上的磨砺，钱木认为方樱子状态不错，没有想到磕磕绊绊又折戟沉沙了。

当钱木把病人到医务处告状以及陈浅学主任让方樱子停职的意思告诉方樱子的时候，方樱子愣住了。

“把事情处理完再上班，这样对你也好，对病人也好。否则，她天天来找麻烦，你上班也不踏实。”钱木说得还算委婉。她知道，陈浅学这次是下决心想把方樱子弄出胸外科了。

从钱木主任办公室走出来，方樱子眼里含着泪花，满肚子委屈。停职？太丢人了，不能在这里干了。她即刻给爸爸妈妈打了电话，告诉他们不想在医院干了，让他们帮忙想办法调动工作。

“调动工作？是真的还是开玩笑？不要这么任性，外科医生不是你喜欢的职业吗？”

“累，不想干。”方樱子挂断妈妈的电话，眼泪不自觉地流了出来。她怕被同事看到，拿了包走出医院。走出医院大门的时候，方樱子特意回头看了一眼医科大学附属医院的牌子。第一天来的时候，自己是如此兴奋和喜悦。今天，是满心的沮丧和伤心。为什么会这样呢？方樱子想不明白。也许，自己就要离开这里，放下手术刀了。方樱子准备回家，抬眼正看到离医院不远的大街上，有一家猫屎咖啡店和一家哈根达斯冰激凌店，她没有犹豫，直接走进冰激凌店要了十盒冰激凌。一盒盒冰激凌高高码在方樱子面前，她要用冰激凌给自己烦躁不安的心降降温。

吃到最后一盒冰激凌的时候，方樱子的嘴都木了，眼泪也被冻出来了，吃完最后一口冰激凌，她抹着眼泪回到家，进了自己的房间，锁上房门，趴在床上。

该怎么办呢？为什么做事这么粗心大意！钱木主任说了，这是她第二次被告到医务处了，第一次不完全是自己的原因，这一次告状，完全是自己的问题。方樱子懊恼地反省。因为粗心大意放下手术刀，值得吗？今天陈主任的态度很明显，他已经完全对自己丧失了信心。怎么办呢？方樱子咬着手指。

手机响了好几次，是爸爸妈妈打来的，方樱子懒得接，明天就不去上班了，怎么跟父母交代呢，说主任让她在家里写材料吗？这个理由太没有面子了。方樱子很懊悔，医生是一个特殊的行业，做事不严谨是极大的弊端，不管自己还能不能成为一名外科医生，这个毛病一定要改。方樱子下了决心。她打开电脑，准备写事情经过。

此时，手机又响了，是妈妈打来的，本来心情就烦躁，方樱子没心情听妈妈的问询。

“你是不是把手术刀落在病人肚子里了？我心里一直忐忑不安。”方樱子妈妈担忧地问。

“妈妈你乱猜什么，没有的事，我跟病人吵架了。”

“吵架也不至于辞职不干呀。你脾气急，不会说话，又任性，根本不会跟病人打交道。”

“挂了，心情不好。”

方樱子挂断电话。妈妈似乎还想说什么。

晚上，方樱子把自己反锁在房间里，父母敲门也不开，晚饭也没有吃。混混沌沌地睡了，电脑也没有关。当然，事情经过也没有写完。

上午十点，方樱子被电话吵醒，是康健打来的。康健哈哈笑着，让方樱子来医院上班，说一切已经解决好了。方樱子不信，她把陈主任让她在家写经过的事情跟康健说了。康健却说，那是主任气头上说的话，他已经跟陈主任把事情说清楚了。医务处也找过了，病人也说通了。所以，康健让方樱子下午来上班。

昨天，康健听钱木主任说方樱子又被病人告到医务处，陈主任很气愤，让方樱子放下工作，专职写经过，而且想把方樱子调出胸外科。康健听说是拔引流管的事引起，就跟陈浅学主任和钱木主任把事情经过说了，把责任揽到自己身上，他说并不像病人说的那样严重，什么影响伤口愈合，得了后遗症，纯粹是病人想得到经济赔偿。病人身体很胖，引流液偏多，延迟拔管也算正常。

听到康健的解释，陈浅学主任迟疑了一下，他让康健调停好这件事，去医务处解释清楚，跟病人做好沟通解释。总之，这件事交给康健处理。康健半开玩笑地对陈浅学主任说，要允许年轻医生犯错误，他说最近方樱子进步迅速，有了这次教训，保证不会再出现类似事件。钱木也说方樱子手术水平有提高。听了康健和钱木的话，陈浅学主任似乎转变了些态度，让方樱子转科的事，自然就搁浅了。

对医务处自然能解释清楚，只是病人这方面还是费了些周折才解决。病人总固执地认为这是医疗事故，她是受害者，必须得到更多经济补偿。

康健找到病人，把她带到换药室检查伤口愈合情况以及术后患肢功能锻炼情况。他告诉病人一切都很正常，她去医务处告状根本就是不切实际。这不是对某个医生的不满，实际是对整个胸外科的不满，是对陈浅学主任的不满。告诉病人方医生对她的赔偿已经是对她的关照，如果她不满意可以去卫生局等任何地方告状。但是，以后不要再到胸外科来看病。北京的三甲医院很多，可以去医术更高的医院。康健说这绝不是威胁，你到哪家饭店吃饭，不给钱还砸锅，谁还敢让你来。即便真的是医生晚拔了几天引流管，给予她的赔偿足够了。病人听完康健的话觉得很有道理，去医务处告状影响了胸外科的荣誉，感到有些不安，她觉得陈浅学主任和钱木主任以及康健医生、护士长等人，包括方樱子本人对她都很好。她听康健说伤口愈合不错，也就不想再追究了。

就这样，方樱子经过这个小灾难后，又开始正常工作。

听说张五经递交了辞职申请，方樱子惊得下意识地托起了下巴。这消息确实足以让人意外。消息当然在胸外科乃至全院引起了震动。

“为什么？”方樱子看着康健和艾叶问。

两个人都摇摇头，摊摊手。

“康健，你是他师哥加哥们儿，怎么不知道他辞职的原因？”方樱子完全是有病乱投医地瞎问。

“这不明摆着嘛，凭什么让人家道歉，人家有男人的尊严和铁骨，还有男人的学识和本领，干吗非在你这儿受气。”康健的话语里都是愤愤不平。

“艾叶，你是他女友，辞职不经过你同意吗？”方樱子头脑发热地问艾叶。

“哎哟，没升级当女友呢。人家没有义务跟我请示呀。”艾叶惋惜地说。

“听说陈浅学主任和钱木主任根本不同意他辞职。”艾叶说。

“不同意，他若想走也没有办法呀。”康健摇着头。

“那当然了。”艾叶黯然地说。

“艾叶艾叶，我有个好办法，他肯定不走，我一会儿找钱木主任说。”康健急中生智想了个歪主意。

“什么什么？”方樱子睁大眼睛问。

“真的真的？”艾叶抑制不住喜悦地问。

方樱子和艾叶一起围住了康健，逼他说出这个好主意。

“艾叶，你就说同意跟他交往当女朋友，只要他回科里不辞职。张五经肯定听你的。”

“唉，这主意呀，馊的。他不会同意的。两码事，张五经还是一个很有思想和个性的人，不会因为情感问题做事无底线。”艾叶正色道。

“艾叶，我把你这话转达给我兄弟，这是对他的肯定呀，比说一百个我爱你还让人感动。我兄弟听了你的这番表扬一定会痛哭流涕非你不娶。”康健眉飞色舞地说。

张五经到底怎么了，好好的北京著名三甲医院、著名医科大学附属医院胸外科医生不干，是多大勇气、什么原因让他选择了辞职？

原来，张五经又被医务处找了两次，解决与病人家属冲突问题。医务处的意思是，只要病人不上告，医生受点委屈怎么都好说，不能让事情扩大化。张五经坚持认为：第一，自己没有错；第二，就是他放下身段赔礼道歉，病人家属若想上告还是会上告。医务处打着官腔坚持说：第一，有了冲突就要道歉；第二，只要道了歉，剩下的事情就不用张五经管，他们会做工作阻止病人家属上告。张五经认为这些人根本没法交谈。后来，微信朋友圈刚好有个博士同学声称寻求亲情救援，张五经以为是需要血源，自己刚好是O型万能血，电话打过去却完全不是什么血源的事。

“兄弟，你若来帮我，我简直美疯了，年薪三十万起，还有年终奖分红，绝对比你在医院收入高。”张五经的博士同学上来就是糖衣炮弹和金光大道，张五经以为那哥们儿说梦话呢。

“为嘛？你不是在朋友圈寻求救援要O型血吗，我就是。你说什么年终奖分红？跟广告公司销售似的。劈头就是豪礼加好利。听着有江湖骗子的味儿。”张五经开玩笑地说。

“哎哟喂，更得叫你亲兄弟了，这是血浓于水的情谊呀。不是献血的事。我不是一直在那家著名的产子医院和合一家当副院长吗，就是明星们都来生孩子的那家，现在生孩子的太多，董事会决定在上海、深圳建两家分院，我去筹备建院，董事长是个不懂医的老太太，根本不管医院的事。你来当个助理，帮我看着，我十万个放心，不是同学真不放心交给你。你放心，咱们有股份，说话有分量的。”张五经的同学哗啦啦吐出一大堆信息。张五经险些消化不了，脑袋瞬间被砸晕的感觉。好事来得太快，理想里、梦想里、冥想里都没有出现过的海市蜃楼，就是睡觉做梦也不曾有过的吉兆。

“为嘛？你今天确信睡醒了，不是夜里做梦发朋友圈的？我可是认真的，我最近失业了。”张五经开玩笑地说。

“别开玩笑了，医学博士失业？除非全国医院都关门了。”

张五经那时还没有打算辞职，听博士同学说得有鼻子有眼一片阳光灿烂，立即决定到他的医院看看。另外提出条件，入股上海和深圳两家分院，入股资金不多，只是他上班这些年攒的工资，外加天津农村老家有限的拆迁费，他可以拿一部分出来。两个人一拍即合，张五经转眼成为育婴医院的小股东。不是灰姑娘穿上水晶鞋的童话，是灰小伙驾起了金马车的威风。

人不知什么时候就走狗屎运，转身就有大变活人的神奇。张五经把头发理成背头，立刻脱掉了乡土气息。他来到科室上交辞职报告的时候，科里的人都震惊了，不亚于看到了外星人惊落地球。

“你是不是被魔术师大变活人了？”康健上下打量着张五经开玩笑地说。一起工作了这么多年，好像才认识，以前那个天津小博士转眼消失得无影无踪了。

“离开我们你真的舍得啊？”艾叶笑着问张五经。心想，他也可以变成这个帅样子？

“当然舍不得，尤其舍不得你。唉，我也没有办法呀。”张五经有意做出痛苦不堪的表情。

“装得真像，打感情牌。”艾叶白了张五经一眼。

“值班那天帮我抢救病人，终生难忘和感谢啊。”方樱子想起值班那天张五经帮忙抢救病人，累了整整一夜，心里一直过意不去。

“怎么跟临别赠言似的，我还没同意呢。到我办公室来一趟。”陈浅学主任站在那里不言自威。虽然张五经即将不再是陈浅学主任的手下，但他对这位医学前辈仍然十分敬重。

“呦，好久找不到你，你干吗去了，我女儿和我一起找你。”张五经一看，惊得险些撒丫子就跑，那个执意要让他当姑爷的病人幽灵似的现身了，似乎专门在这里等他呢。这个未来丈母娘像拿着小喇叭似的在胸外科广播、宣传，说婚房都准备好了，只等着博士姑爷进家门。

“这回我可知道张五经辞职的原因了。抢亲的来了。”康健对方樱子和艾叶低声说。

“大妈，我先去找陈主任，您先忙。”张五经赶紧溜走了。

看到张五经进来，陈浅学主任指了指办公桌前的椅子示意他坐下。

“没有想到你提出这个决定。我以为我们科里的每一个医生都会自始至终干一辈子，因为我一直认为医生不仅是一个混饭的职业，更是一个事业，既是自己的事业，也是医学的事业。看来我的观点要改变了。社会变了，谁还有事业，哪里还有事业，这是一个要被社会淘汰的词。”陈浅学主任苦笑了一下。

“主任您说得对，医生的工作就该是一生的事业。我一直赞同这个观点，把理想和事业奉为神圣的人生圭臬，一直不想打碎，小心翼翼保护着。”张五经低下了头，像犯了错误的孩子。也许，他是向自己内心深处的神圣低头和负疚。

陈浅学本来想把这次谈话说得轻松一些。但是，不知不觉就变味升级了。有些话题想轻松嘻哈也难，沉甸甸的让你轻松不起来。

“我和钱木主任都老了，我没有多长时间就退休了，可是，你看现在科里的状况，杜仲的情况你也知道，说句实在话，就是乳腺肿块切除术让他来做我也是不放心的，这样的‘人才’居然能被院长看重，说他的论文和英文水平在全院医生中名列前茅。”陈浅学主任无奈地苦笑了一下。

“我极力想把你和康健培养出来，把年轻医生培养出来，看来我的想法也难实现了。”陈浅学主任一脸悲凉。

张五经不知道该怎样安慰陈浅学主任。

“当然，辞职是每个人的自由。”陈浅学主任靠在椅背上，声音洪亮了不少，看来他已经从刚才的沉重话题中走了出来。

张五经没有想到陈主任会说这样一句话。

“主任，您理解我就好。我没有背景没有后台，您肯把我留在科里我就万分感谢。况且这么多年确实跟您、跟钱木主任、跟大师哥康健学了很多东西，让我终生受益。”张五经的态度很诚恳。

“你看这样行不行？”陈浅学主任笑了笑，我去找院长，把你这件事处理好，你先不要交辞职报告，给你一个月的假，如果你觉得还是我们这里好，你再回来，怎么样？”

陈浅学主任想尽一切办法挽留张五经。张五经也完全没有想到陈主任会这样对待他，让他除了感动之外，对这个医学前辈更多了一丝敬重。

宋博宇手术后来到医院进行化疗，这已经是他第三次化疗了，坚持做完五期化疗，才算初战告捷。好在目前复查的各项指标还正常，这让钱木主任和宋博宇的父亲很欣慰。

但是，宋博宇的心情并不好。

方樱子去查房，听到宋博宇轻轻喊了一声樱子姐姐，就再没有说话，往日的蓬勃朝气荡然无存，好看的小虎牙也藏了起来，脸上满是抑制不住的忧郁和烦恼。他的头发因为化疗掉光了，并不美观的光头显然与宋博宇青春的年龄极不和谐。一个充满青春梦想的年龄被宣告得了绝症，就是再好的心理素质也不可能淡定。

宋博宇刚刚研究生毕业，在一家事业单位信息中心上班。生活才起步就飞来横祸。宋博宇一直给人的感觉既不忧伤也不难过，似乎对疾病满不在乎。他的满不在乎是给父亲、给亲人、给朋友看的，无人的深夜，他心里的感叹、无奈和凄苦只有自己知道。

“今天怎么不爱说话呀？”方樱子看着宋博宇的脸说。她愿意看到宋博宇荡漾笑容的脸。

“唉！看到这个化疗红药水我心里特别难受，莫名其妙地烦躁难过。”

宋博宇说的化疗红药水就是临床上化疗常用的阿霉素，颜色宛如稀释的红葡萄酒，对血管的破坏性大，病人用后反应也大，脱发、恶心、烦躁，很多病人都怕它。

“多喝水，吃点西瓜排排毒。”

“吃不下喝不下。”宋博宇眼神暗淡地说。他刚刚轰走了女朋友，不是吵架，是永远让她离开自己。宋博宇不想拖累女友，狠下心跟她分手了。女友哭着走了，他的心里当然难过了。

“樱子姐，我感觉特别不好，那种憋气的感觉又来了，深夜睡不着，我想了很多。”宋博宇凄然地向方樱子笑了笑。不眠之夜，这个年轻人想到了死亡。

“不能乱想啊，现在检查各项指标正常，难受也是化疗反应，等做完这几期化疗身体状况就会更好。”方樱子只能劝慰这个年轻的病人。

“我有两块外国巧克力，一会儿给你拿来，特别好吃。吃了我的巧克力不要再忧郁啊！”方樱子笑笑，把检查血象的化验单递给宋博宇后，转身走出了病房。

回到办公室，康健正打开宋博宇的病历看。

“钱木主任指示给宋博宇做一个加强CT。”康健对方樱子说。方樱子听后即刻唰唰开了一张CT检查单。

“钱木主任心情不好。”康健对方樱子说。

“为什么？因为宋博宇的病？”方樱子找不到钱木主任心情不好的理由。

“哎哟，我的樱子，钱主任行医这么多年，若是病人也能影响她的心情，这几十年她只能天天悲痛了。”康健笑笑说。

其实，影响钱木心情的是她的爱犬，爱犬近日身体欠佳，发烧不断，到爱犬医院看病后用了抗菌素，稍好一些，但是这几天身形见瘦、不思饮食，再去爱犬医院，居然被诊断得了乳腺癌。狗也得乳腺癌？钱木主任盯着兽医的脸愣了十几秒，自己搞了一辈子乳腺癌，却忽略了狗宝贝丁丁，简直是天大的笑话，情何以堪呀。怎么办？兽医说手术、化疗，跟人一样的治疗方法。丁丁是钱木主任的半条命，相依为命几年了，得了绝症，钱木主任的心情可想而知。

“樱子，下班跟我去动物医院，给钱木主任的狗做手术，你有时间吗？就别让钱木主任去受刺激了，咱们两个人带狗去。我摸了，那狗的乳腺上包块很大，撑得皮都变色了，我看再不手术，就要溃烂了。”康健对方樱子说。

“我就喜欢小动物，咱们两个人外加杜仲医生一起给狗做手术就行吧，还用跑动物医院？”方樱子给康健出了个主意。方樱子认为杜仲解剖小动物最拿手，自己也有杀鸡的丰富经验。这次可以在狗身上试试身手。方樱子脑子里已经开始上演给狗做手术的画面了。一针麻药下去，狗一歪头睡死过去，方樱子和康健还有杜仲身穿手术服，举着手术刀，切皮、取肿瘤包块、缝皮，手术成功结束。钱木主任欢笑，抱起小睡狗入怀，大家欢欣鼓舞。

康健听完方樱子的话，笑了。他心想，这个方樱子就是社会经验不足，钱木的心肝宝贝，能放心让人来做手术吗？给人做过多少次手术也没有给狗做手术的经验，那不是明显拿钱木的狗做实验吗？再说，那个杜仲杀狗还行，给人做手术都不行，还敢让他给狗做手术？若是哪天狗死了，钱木得天天看见他们几个人睹人思狗、椎心泣血。

“不行不行，费力不讨好的事不能做。我们都没有给狗做手术的经验，钱木主任的狗在她心里跟人一样。草菅狗命的事不能做。”康健摇着头，断然否定了方樱子的馊主意。

“樱子记住，社会经验跟师哥学，绝对不带你走弯路。”康健又补了一句。

“好嘞。”方樱子爽快地答应，感觉自己说话确实有些冒失，这要当着钱木主任的面说，肯定会引起她不高兴。

李银针从韩国给方樱子带回来两盒红参，方樱子想把红参给梅珊送去，顺便看看她手术后怎么样了。

梅珊正在家里休息，准备下周上班。接到方樱子要来看她的电话，梅珊赶快从床上爬起来，把自己收拾整齐，把歪辫子重新梳了梳，嘴上涂了些口红，脸上扑了些粉底，简单把脸捯饬了一下，脸色看上去好了很多。

出院以后，梅珊回到自己的那间小屋，男友已经走了，拿走了他所有的东西。这是梅珊叮咛的，梅珊不想看到他的一切痕迹。第一天从医院回来的那晚，看到空荡荡的家，梅珊默默坐到床上，茫然不知道干什么，呆坐了很久。她伤心地抹了抹忍不住流下的泪水。为谁伤心呢，为他？为自己？有些东西不是自己可以选择和改变的，只能硬着头皮面对。梅珊的内心很坚强，跟很多女孩子截然不同，不同得有些另类。

方樱子不仅提着红参，还给梅珊买了大包小包吃的。李银针的车里坐着方樱子和李悬壶，方樱子特意兴师动众带上他们，就是怕梅珊寂寞，大家一起凑热闹给她的房间添些人气。

梅珊打开门看到这么多人，张大嘴巴又惊又喜。她张开双臂搂着方樱子，心里是满满的感动。

“还有我呢。梅珊，今天既精神又漂亮，我主动投怀送抱。”李银针向梅珊张开双臂也要梅珊搂他。

梅珊向方樱子笑着说："这是你家李银针要求的，你不准吃醋。"说完故作亲密地搂着李银针，搂完左边搂右边，还亲密地贴贴脸。搂完了李银针，当然对李悬壶也是这种待遇和礼节。

"吃什么醋呀，现在的李银针女友一大把，传说还娶了韩国美女当老婆。"方樱子夸张地对梅珊说，故意搂住了李悬壶的肩膀。

"樱子你不能这样恶心我，我在梅珊心目中一直是清纯钟情有责任感的善良美男。李悬壶你不要跟她拉拉扯扯。"李银针据理力争地为自己争辩，怕梅珊真的相信方樱子的话。

"我可以做证。他真的去了韩国。"李悬壶举起右手像宣誓一样。

"哎哟，别让我跳进黄河也洗不清啊。"

几个人热热闹闹欢笑着坐到沙发上。梅珊忙着泡茶拿矿泉水。方樱子让她坐下不要动，她给李银针和李悬壶一人拿了一瓶矿泉水，又把带来的新西兰车厘子、美国提子洗了，把新疆哈密瓜切了，还把榛子、松子、腰果等零食放在大家面前。

"车厘子味道真好！"梅珊咬着绛紫色的车厘子说。

"方樱子恨不得把超市给你搬到家来，还有牛肉、羊肉、大虾、北京油鸡。我和悬壶的两只胳膊都累酸了。不过，梅珊，我们就是累折了胳膊也没关系，只要你需要，只要方樱子高兴。"李银针看着站在冰箱边收拾东西的方樱子说。

"感动死了。"梅珊抬起手指，夸张地在没有眼泪的脸上擦眼泪。其实此刻她真的想流泪。但是，大家此刻欢欢喜喜，不能哭哭啼啼像委屈的林黛玉，人生永远不欠你的，也没有必要把自己的痛苦展现在别人面前。

方樱子收拾完东西，走过来跟大家一起吃零食。她对李悬壶说："上次去北山买鸡，你说想去十三陵，我说给你介绍一个最爱去陵墓的女孩，就是她。今天你们两个好好聊聊。"

听完方樱子的话，李银针故意夸张地缩着脖子、抖着肩、颤着音喊："妈呀！千万别讲什么《鬼吹灯》《聊斋》之类的，我胆小啊。"

他的话和表情逗得大家不由自主地笑了。方樱子心想，带着李银针确实能活跃气氛，逗梅珊开心。

梅珊听方樱子说起过来中国学中医的李悬壶，知道他痴迷中医，对中国的古物颇有兴致，这一点跟自己很像。

“等我病好了陪你去十三陵，你若不怕阴气重，我陪你在地宫里钻半天。”梅珊对李悬壶说。

“好啊！方樱子不肯陪我去，她只知道利用我，让我陪她到北山菜市场买鸡，然后搞得我电摩托上都是鸡屎，臭了好几天。”李悬壶假意不满地说。他这话其实也是说给李银针听的。

方樱子听后看了看李悬壶和李银针的表情。其实，刚开始跟李悬壶交往的时候，方樱子就是抱着试试看的观点交往的，她怎么舍得李银针那个海市蜃楼的一个亿家产呢。谁知后来李银针真的有移情别恋的倾向。交往中，又感觉李悬壶确实很优秀，在某些方面确实比李银针强很多。接触多了，交往多了，自然会有好感，自然会投入感情。这一点方樱子一点也不否认。

“梅珊，我劝你好好反省反省自己为啥生病。”李银针开玩笑地说。其实，大家都不想碰梅珊生病这个话题。但是，也许这是个绕不开的话题。

方樱子看了梅珊一眼，又看了李银针一眼，她是担心梅珊的心情，责怪李银针的冒失，让梅珊反省什么呢？

“反省什么？已经这样了。不过，深夜睡不着的时候，我真的想过这个问题，是不是我去那种地方太多了，沾染了阴气，气场改变了，所以才……”梅珊垂下了眼睛，淡淡的忧伤不经意间挂在脸上。

梅珊的话使房间里短暂沉默了几秒钟。也许大家都在思索梅珊这句话。深奥的宇宙，无限的未知，诡秘的疑问，人类有限的岁月长河和认知世界里还有太多不能解答的问题。量子世界的发现已经把人们的思维引入到无限的遐想世界，霍金的《时间简史》更展现了辽阔寰宇的无极。

“让悬壶自己去吧，没准被妃子看上留下了。”李银针的话把大家逗笑了。

“那我可不乐意，我还要回国呢。再说，我跟她们没有共同语言。她们也不会喜欢我这个老外。”

“哈哈，你明白就行。”李银针一语双关。

“看来这种地方我也要少去了。”李悬壶遗憾地说。

“那是当然的了，有什么可去的？我简直佩服你们的思维和想法。”李银针对那种地方丝毫不感兴趣，上大学的时候，解剖课险些折磨得他退学，要不是价值一个亿的家产诱惑他、约束他，这辈子都不一定能考上大学，更不要提上难啃的医科了。

“你们考古发现过古代医书吗？”李悬壶凑到梅珊面前问。李银针听到李悬壶的话就向方樱子夸张地撇嘴。方樱子白了李银针一眼，那意思是你有什么不屑的。

“马王堆出土过医书，但是并不纯粹，据说里面有巫术。古代的时候也许医巫不分。成都天回镇出土过医简，年代久远字迹不清，这个医简好像很厉害，专家断定是扁鹊的著作。”讲起考古梅珊说得头头是道。

李悬壶瞪着眼睛看着梅珊，惊异的神情好似发现了医学的新大陆。

“医简里有什么？你知道吗？”李悬壶问梅珊。

“我就记得五色脉诊，其他记不清了。”梅珊笑笑。心想，这个李悬壶太敬业了，李银针就对这些没有兴趣。梅珊看了李银针一眼，这位公子正张着大嘴专心啃哈密瓜呢。方樱子看他吃相贪婪，使劲儿踩了他一脚。李银针抬起挂着汁的脸说：“樱子别踩我，来，吃瓜，太甜了，一股新疆黑蜂蜜味。”

其实，李银针根本没有傻吃，他竖着耳朵听李悬壶和梅珊对话呢。他能猜到李悬壶马上要问梅珊什么问题。

“梅珊，你赶快告诉李悬壶可不可以借到这些医书看，否则李悬壶今晚必定辗转反侧、彻夜难眠，他会对那部医简朝思暮想。”李银针低头吃瓜，嘴里稀里哗啦嚼着说。

“这么珍贵的出土文物看原版你就别想了，翻拍的资料我不知道可不可以找到，上班后帮你问问。”梅珊轻声细语地说。

李悬壶听说梅珊可以帮他找资料，兴奋地对方樱子说：“谢谢方樱子，谢谢梅珊。”

听到李悬壶感谢两位美女，李银针翻着小眼睛说：“也要感谢我呀。要不一会儿你请客吃饭？”李银针认为自己的建议从来都特别正确。

看着梅珊略显得苍白的脸，方樱子很担心，她想问问李银针中医有什么好办法。

“李银针，你觉得像梅珊这种情况，可不可以吃点中药辅助治疗。要不有劳你爷爷诊治诊治？”

李银针从厨房洗了手，他甩着手上的水说：“方樱子你糊涂了，是药三分毒，梅珊怎么吃药？我看她只能饮食疗法，没别的办法。”

李银针摇摇头想起什么似的，说：“对了，梅珊，我推荐你一个方子，叫十全大补茶，有点像西北的八宝茶或者三炮台，你不一定非按八宝茶的东西放，枸杞、桂圆、红枣、核桃、葡萄干、黄芪、玫瑰、茯苓、墨菊，再放点绿茶，这个茶从唐朝就开始有了，美其名曰世界第一茶，没有副作用，还可以滋阴润肺。”李银针举着右手掰手指头数八宝茶里面的东西，像幼儿园小朋友学数数。

“悬壶，听说过世界第一茶吗？”李银针抬抬下巴问。

李悬壶摇摇头，撇撇嘴。他第一次听说这个八宝茶，感觉很新奇。

“我也打算尝尝这个八宝茶。”李悬壶期待地说。

“你看看，这是《本草纲目》里学不到的，是你师父也不教你的，是你看的中医药书里没有的，这是民间的。怎么样？中国养生文化博大精深吧。”说完这些话，李银针突然想，一直认为韩国养生比中国做得好，原来中国民间的养生茶自己倒忘了。想起这个八宝茶，李银针反而为中国养生产生了沾沾自喜的小自豪。

听到李银针说的这个滋补茶，方樱子和梅珊都很高兴。

“这个不错，可以拿来一试。要不你给梅珊号个脉，看看她最近身体怎么样。”方樱子对李银针说。

“让悬壶给她牵线切脉。”李银针笑着说。李银针是不想给梅珊诊脉，他知道诊了也没有意义，也不能用药调理，诊出问题反而是心理负担。想吃什么吃什么，什么营养吃什么。这是养病、养孕妇的准则。

“现在谁还会牵线切脉的独门绝技呀。失传了。”李悬壶说完站起身去洗手，洗完手庄重地坐到梅珊身边，让梅珊手掌向上把手平放在桌面上。李悬壶右手的食指、中指、无名指轻轻搭在梅珊的桡动脉上，李悬壶的手指由浅入深、由深入浅，脸上的表情空洞，仿佛进入了某种境界，也许进入到浮脉、沉脉、虚脉、洪脉等脉象中。此时房间里异常安静。

“左手侯阴血，右手侯阳气，左手心肝肾，右手肺脾肾。”李银针晃着脑袋念念有词，像个施魔法的巫师，就差手拿法器做法了。

方樱子和梅珊看到李银针的样子，忍不住笑了起来。

李悬壶闭了闭眼睛，给梅珊诊脉的他表情异常凝重。

“如盘走珠，应指圆滑。虚、涩，脉症相逆，有点复杂，我看要请师父来诊了，我有些把不好你的脉了。”李悬壶向梅珊歉意地笑笑摇摇头，好像自己的能力有限对不住梅珊似的。

“是喜脉吗？可是喜脉里很涩，好像身体里的阴气和阳气在打架。”李悬壶举起左右手形象地比画着。

“哈哈！悬壶你真棒！”李银针向李悬壶伸出大拇指。他知道，李悬壶根本不知道梅珊怀孕，也不清楚她得了乳腺肿瘤，能诊断出怀孕的喜脉和肿瘤的涩脉，还能切出梅珊身体里阴阳对抗，说明李悬壶的切脉水平很不错，至少比他强，这一点李银针很认可。

李悬壶摇摇头，似乎对自己的诊断并不满意。其实，是梅珊的脉象太复杂，搞得李悬壶对自己的切脉水平深度怀疑了。

“来点十三太保安胎吧。”李银针笑着说。他说的十三太保是中药保胎药。

“好了，我就喝八宝茶和十三太保补养了。我们去吃饭吧。”梅珊笑着建议说。

“梅珊你想吃什么我们就吃什么，都听你的。”李银针手里捏着一个车厘子。

“要不吃韩国烧烤？梅珊你想不想吃？”方樱子有意提醒，因为他听李银针说，这辈子他都不想吃韩餐了。

“好啊，我想吃韩国泡菜。”梅珊兴奋地说。

“方樱子你太坏了。”李银针指着方樱子说。他知道，这是方樱子有意惩罚他。

四个人吃过饭，一起送梅珊回家。

开着车的李银针对身边的方樱子说：“你今晚陪梅珊算了，跟你父母请假千万别说我把你带走了，我可不背这个黑锅。”

也许李银针认为，大家走后，梅珊一个人太孤单了，所以提议方樱子陪她。方樱子也想到了这一点。

梅珊慵懒地靠在座位上，点点头说：“好啊，方樱子今晚要跟我同床共枕，我一会儿给阿姨打电话，不会让你背黑锅。”梅珊对李银针说。梅珊说的阿姨当然是指方樱子的妈妈。

深夜，梅珊和方樱子躺在床上，两个人都没有睡意。房间里可以听到窗外过往的汽车声和路人说话的声音。

方樱子翻个身，对身边瞪着眼睛的梅珊说：“有人陪就兴奋得睡不着了？过两天叫你妈妈来照顾你。”方樱子觉得梅珊一个人太孤单了。失婚、失爱，遭遇绝症，她怎么可以接受这些，怎么能看似波澜不惊。

“我现在精神状态挺好的，伤口也不疼，不想让她陪。”梅珊的手捂着肚子。

“我一点也不觉得孤单啊，我天天跟他说话。”梅珊拽着方樱子的手放在自己的小腹上。

“胎教也太早了。”方樱子在梅珊的肚皮上轻轻滑动了一下。

“我简直佩服你，我若没有妈妈照顾，不敢想象，怎么活呀。”方樱子笑着说。

“我也想让她照顾，也想让她跟我一起生活，可是根本不可能。”

“不可能？”

方樱子重复了一句。她认为梅珊性格太另类，没想到梅珊跟方樱子讲起了跟妈妈隔阂的主要原因。原来梅珊的妈妈和一个男人生活在一起，没有结婚仅是同居，梅珊接受不了妈妈和那个男人。

“哎呀，妈妈不是你一个人的，她也该有自己的生活。你该为她找到幸福高兴呀。”方樱子不屑梅珊的这种态度。

“我总认为同居是年轻人的事，她那种年龄同居，怎么都让人无法接受。况且那个男人，我看着就不顺眼。”梅珊从鼻子里哼了一声。方樱子闻到了满满的鄙夷味。

“同居绝对不是年轻人的特权，老年人也很多。”方樱子对梅珊说。

“反正我不用她陪。”梅珊说得很坚决。

固执的梅珊如果等到胎儿在肚子里长大了怎么办，那时候必须有人照顾她。方樱子为她担忧。她想起了梅珊的那个男人，本来她不想碰梅珊的伤痛。但是，还是忍不住问了梅珊。

“那个男人一直没有消息？没有来看过你？”方樱子说的那个男人当然是梅珊

所爱的男人白蘑菇。

“他是不婚族，本来我想用怀孕逼迫他结婚，没想到我又得了这个病，我不想拖累他，他也不想为我所累，负什么责任呢？”梅珊说得很平淡，没有痛苦悲切的神情。这样坚强、淡定的态度让方樱子很叹服。

“但是你怀了他的孩子呀，这个责任他……”方樱子这一点很想不通，觉得这个男人的血根本就是冷的。即使梅珊真的怕拖累他，让他离开，如果他是一个顶天立地的血性汉子，也该留下来照顾梅珊。这位大神不会是北极冰山上下来的吧。方樱子胡思乱想，险些把这个怪异想法冲口而出告诉梅珊。

“对我都不想负责，怎么可能对我肚子里的孩子负责。我就是想证明我爱过，证明我曾经来过这个世界。乳腺癌不是有五年、八年、十年的生命周期吗？我有信心熬过五年、八年、十年，熬过一辈子。”梅珊的声音狠狠的，像是对疾病这个恶魔发起挑战。

方樱子知道，有些东西靠意志和决心是挺不过来的。就梅珊的病情和怀孕的身体，方樱子问过钱木、咨询过康健，她还特意查了不少资料，结果不容乐观。钱木说，她是高度恶性乳腺癌转移，怀孕使体内雌激素迅速增加，这是雪上加霜。康健说，我劝你闺密先看看心理医生，这样有利于治病。

方樱子张了张嘴，想把钱木主任和康健的意思婉转告诉梅珊。但是，方樱子感觉很艰难，有些说不出口，因为，钱木和康健曾帮方樱子劝过梅珊，根本没有作用。

方樱子不忍伤梅珊的心了。

一切没有了好的办法，只能交给上苍去安排。方樱子翻了个身，渴望睡眠的到来……

钱木握着宋博宇的CT诊断单，脸上的表情异常凝重，一般这种情况，就是表明病人的病情不太乐观。

“肺门淋巴结肿大，纵膈处结节，边缘欠规则。”诊断结果让钱木有些意外，她没有想到癌细胞这么活跃。手术清除，术中化疗药物冲洗，可以说癌细胞在手术中清除得非常干净，术后化疗也很及时，目前五期化疗还没有做完。钱木放下单子，叹了口气。叹气中不仅有对癌细胞的无奈，更有对宋博宇年轻生命的叹惜。当然，还有对宋博宇的父亲宋神农命运的感慨。钱木决定与宋神农商议宋博宇的治疗方案，化疗结束后进行放疗联合生物和靶向治疗，她只想最大限度挽救宋博宇的生命。加入生物治疗，费用可能会增加，虽然钱木认为自己跟宋神农比较熟悉，但是，增加治疗费用，必须跟宋神农交代清楚。

影响钱木心情的还有那只相依为命的小狗丁丁，丁丁在宠物医院进行了乳癌切除术和化学治疗。术后丁丁有一段时间精神状态很好，伸着小舌头舔着狗粮，在房间里颠来跑去，听到响声也会抬头侧耳倾听，偶尔汪汪两声。大概过了二十多天，丁丁渐渐变得很慵懒，常用忧郁的眼神看着钱木。钱木抚摸它的头，它呜呜地低吟两声。钱木抚摸它的四肢、腋下和颈下，淋巴结很大，乳腺伤口处可以看到鼓起的包块。钱木判断肿瘤复发淋巴结转移。丁丁像她一样，当了一辈子老姑娘，不仅没有结婚，发情期还被钱木切除了卵巢，出生的时候被切断了尾巴。不知为什么，在大街上，会看到很多没有尾巴的狗，这一点很让人困惑。被剥夺了爱情和尊严的丁丁又患了乳腺癌，她也是城市狗中苦命的狗小姐了。

看到没有精神的丁丁，钱木心疼地把它抱到怀里，像抱着自己疼爱的孩子。这只被宠爱着、被溺爱着、被疼爱着的城市狗小姐，在逐渐走向生命的尽头。

今天，方樱子、康健和杜仲一起上了一台乳腺癌手术，这台手术本来安排钱木、康健、方樱子一起上。后来杜仲对钱木说，他和康健、方樱子上就可以了。钱木刚好准备找宋博宇的父亲谈话，也就顺势取消了这台手术。方樱子叫了一个实习男医生跟他们一起上台当助理，至少可以帮忙术前消毒，术后缝皮、打胸带。康健看到杜仲跟他一起上台，脸上有些不悦，方樱子不知道怎么回事，隐约知道杜仲的手术水平不高，名义上是跟着上手术，实际做不了什么实质工作，累的还是康健一个人。没有想到，杜仲上台手术以后就摆姿势让巡回护士给他照相，他俨然成了手术的主刀。康健切皮、剥离，手术进入关键时刻，杜仲离开手术台，举着炮筒似的大佳能，对着手术伤口近拍、远拍、侧拍。他拍的是伤口，康健和方樱子当然不会进入他的镜头里。

康健捏着止血钳，咔嚓一下夹住了血管，对举着相机的杜仲说：“别拍了，再拍我都不会做手术了。”方樱子感觉，对于杜仲拍照，康健特别不愿意。其实，方樱子也觉得不大自然，关键是杜仲事先没有跟康健说拍照的事，直接要求上手术，上来就一阵猛拍，让人深度怀疑他拍照的目的和企图。名义上他上了这台手术，实际上他基本什么也没有做，很有欺世盗名的嫌疑。更让人大跌眼镜的是，拍照结束后，杜仲说他还有病人要处理，手术也进行得差不多了，他先下台了。

“你们辛苦！”杜仲笑着摘下橡胶手套。

康健头也没有抬，理都没理走下手术台的杜仲，似乎根本没有听到。方樱子惊诧地抬起头来，她惊讶杜仲能说出这样的话，拍完照甩手就下了手术台，好像他上台来仅是为了拍照而已。

下了手术台，康健就去找钱木，他当然不是告杜仲的状。一个顶天立地的大男人，谁会干这种背后告黑状的事？这不是康健的性格。他只是把杜仲在手术台上的表现向钱木说了，不做任何评论，也不说自己心中的愤懑和不平。

“我当时还奇怪他怎么这么积极主动上手术，平时都是躲着手术的，简直是开天辟地的事。我知道，他要上手术你肯定辛苦。其实这么多年在一起工作，谁的手术怎么样，谁的人品怎么样，我们心里都是有数的。包括陈主任，每次跟我谈起科里的几个医生都对杜仲摇头。你就多包容他吧，陈主任一直拿你当他的接班人培养。不管杜仲怎么造声势，陈主任也不买他的虚账。”钱木说完拍拍康健的肩，像是安慰这个优秀的年轻医生。

哪知，几天后的一次早交班会上，院长大人驾到。他往那里一站，不言自威，碾压了多少笑声、叫声，就连咳嗽和噪声都销声匿迹。谁敢使劲儿拉椅子，谁敢使劲儿摔又重又脏一摸一手黑的铝质病历夹？院长大人的白大褂白花花的，照得胸外科办公室立即有庙小寒酸的感觉。陈主任和钱木主任的脸上堆着笑，他们猜不出是哪路春风把院长大人给吹来了。方樱子的心跳咚咚加快了速度，康健也不张着嘴信口开河、胡说八道了，更不敢讲笑话逗小护士开心了。艾叶也不敢举着小镜子涂口红了。整个办公室散发一种紧张严肃欠活泼的气氛。

值班护士和值班医生做完了交班。陈主任对院长大人侧头微笑着说：“院长有什么指示？”

“呵呵。”院长大人先笑笑，陈主任和钱木主任也笑笑，大家一起笑，嘴角上翘，面部松弛，像给脸做一节广播操。

“嗯，嗯。”院长大人清清喉咙，看来早晨没有狠命吃咸菜和酱豆腐，没有被腌出复合物堆积在喉咙里，所以不用费劲清理。

"我来这里是表扬你们科的一位同志。"

表扬同志，康健在心里转了转，想想自己在电视台《大医堂》里给医院增了多少光，提高了医院的多少知名度，吸引了多少病人来看病，他就是医院竖在电视台不花钱的活广告呀。自己兼顾宣传和完成科里繁重的手术，简直是医生里的劳模了。要不表扬的是钟思书？四叔大半生扎根祖国边陲和支援非洲兄弟，也是老医生里的劳模了。康健心里的冥想被院长的话打断、打碎了。

"杜仲医生的论文获得了科技论文奖，这是我们医院的荣耀，你们青年医生要向他学习。他每年发表的论文有几十篇，还包括英文论文，这么多的数量，这么高的质量，不得不让人叹服。不仅在论文方面，杜仲医生的门诊量也很可观，到了一号难求的地步。我上了医院网站，看了杜仲医生的介绍，还配有手术图片，杜仲医生的手术也做得很不错嘛。我们医生都应该这样宣传自己，不要只知道闷头写病历、做手术，不宣传别人是不知道的。我们需要这样优秀的医生接班。"

院长的这席话像一枚石子投在水里，荡起了一片涟漪。陈浅学主任和钱木主任脸上的笑容即刻消失。康健的嘴角即刻下垂，他不期望谁的表扬，这年头谁在乎空口白牙的表扬呢。但是，至少院长大人表扬的人应该是个让人信服的人，是个让人心里舒服的人。这也太搓火了，何止搓火，简直是在本来不热的心里泼了一盆凉水，这心哇凉哇凉的。怪不得张五经走了，火热青春的心也是被凉水泼得打了颤，像发疟疾一样打了摆子。

今天，方樱子带着实习生做了两台乳腺包块手术。做完手术还要写手术病历，开医嘱，给其他病人换药。看到方樱子忙碌的身影，康健开玩笑说方樱子已经把全科的乳腺包块手术承包了，他说再过一段时间，方樱子就可以跟他一起做大手术了。

方樱子低着头，在电脑边啪啪打着字说："那我得忙死。终于不用手写病历了，真爽啊！"

康健说："你以为呢，就是要忙死的节奏，周日都不得清闲，过来看病人、写病历，平时上手术，晚上基本不能按点下班。几年下来，你就累成一个水灵灵的老太太了。"康健说完哈哈笑了起来。方樱子白了康健一眼，说："也没有看你累成一个水灵灵的老头呀。”

“哎呀，开玩笑呢，反正是很辛苦的。”

正说着，陈浅学主任走了进来，面目抑郁，极其严肃，方樱子看完陈主任的脸，立即想到了瓢泼大雨前兜不住雨的墨汁天，好吓人呐。

“康健，你到我办公室来。”

康健即刻站起身。看到主任的神情，康健也不再嘻嘻哈哈，心里揣摩着什么事让主任这么严肃。

陈浅学一早就被叫到院办。上次闹事打张五经的病人家属已经上告到卫生局，卫生局要求成立专门小组调查病人死亡原因。本来陈浅学主任在病人家属闹事之后已经仔细看了病历，以他的从医经验审视没有什么问题，更谈不上责任和事故。从病人手术、治疗到抢救都没有问题，死亡属于术后意外反应。所以当院办找他的时候，陈主任并没有当个事。心想，如果病人无畏纠缠非要上告，院里就不要阻拦了，让他们去告。什么人来查都可以，我们是经得起检查的。谁知，事情远没有陈主任想的那样简单。病人家属说，已经掌握了证据，录了音，病人在手术、治疗和抢救过程中都存在问题，是医生亲口承认的。

谁在造谣生事，谁在信口开河，谁在不负责任地随便乱讲。陈主任简直被气疯了，还被人录了音，这事还不算，更火上浇油的是，有人写控告信，说科里私设小金库，科技基金有问题。针对这两件事，院里成立了两个小组，一方面查账目，一方面查医疗。这是谁写的控告信，显然是内部人，不然谁会关心科里的账目，谁知道有什么科技基金？

“内鬼难防。”康健拧着眉头面目阴暗。本来嘛，每天的手术和工作已经够忙的，还要花精力应付这些乱七八糟的事，还让不让人好好工作，让不让人给患者好好治病？即便调查了半天没有问题，可这份精力、这份名誉也要付出。陈主任和康健都明白这一点。

“主任您放心，病人上告就上告，让他们查呗，您不用担心。账目问题，以前是我和钟思书管，现在是我管，每一笔开销咱们都有账可查，都有您的签字，有院里财务的签字，不签字也不能入账也不能报销呀。是谁有意捣乱，玩阴的。明里争，暗里斗！唉，我也是服了这些人了。”康健叹口气，似乎很无奈。

“账目的问题，你弄清楚，科里绝对不能账目混乱，不行的话让钟思书提前回来，他们恐怕也要找他调查。”陈浅学的眉头舒展了一些。

“君子爱财取之有道，咱们科里的科技基金才几万块钱，谁会对这点钱动心思，碰到这种乱上告的人也是没有办法。”康健无奈地说。

其实，康健心里早有数，盯着科技基金的人肯定是自己科里的人，这个人就是想诬陷他，完全是冲着他来的，他心里早已猜出了八九分。至于病人家属的录音，肯定是哪个工作人员经验不足被人无意套了话，即便是有录音也不能代表和掩盖事实。没有问题就是没有问题，即便录了音，病人也不一定能打赢这场官司。康健不愿意惹事，但绝不怕事，内心光明磊落，无惧阴郁和黑暗。

方樱子今天又主刀做了两台乳腺小手术，目前她已经完全承包了科里这类手术。想起自己杀鸡剖腹的拿刀经历，方樱子觉得那时的自己还是很可爱的。至少，态度是认真的。现在，她可以娴熟地掌控乳腺包块手术，从上台到病人下台，一个小时就完全搞定。钱木已经对方樱子提出了要求，让她记录下每台手术，从记录里总结出经验写论文，几十年后，这就是她医术高于别人的秘密武器。

这是不是钱木自己的从医经验，是不是她医术高明成为乳腺界一把刀的秘密呢。这当然有可能，但是，一个人的悟性、能力也很重要。方樱子已经记录了几十台大小手术，这笔财富对她很重要。

方樱子脱掉橄榄绿的手术衣，急匆匆赶到办公室准备写术后医嘱。现在方樱子走路总是急匆匆带着一阵风，头发向后飘起，白色的衣角向上飞卷，很有外科女医生的干净利索。脚步不快不行啊，一堆事排队等着她做呢。

回到办公室，方樱子屁股刚刚沾到椅子，电脑屏幕上的程序还没有点进去，护士长就跑过来对方樱子说，医务处叫她立即去一趟。

“现在？！”方樱子站起身问。

“对，立刻，来两次电话了。”

方樱子走出办公室，刚到走廊，艾叶在她身后喊：“方樱子，手术医嘱什么时间下，宋博宇找过你两趟了。”

方樱子边走边回头说：“回来后马上处理。”

方樱子来不及想医务处找自己的原因，已经走到了医务处门口。

方樱子看到四方大脸的医务处主任坐在办公桌后面。办公桌前面摆着一个凳子，方樱子走进医务处就被医务处主任扬着下巴颏子“按”到凳子上。方樱子哪里坐得住呢，屁股像长了尖，凳子上像排满了针刺，她歪着身子勉强坐了下来。

医务处主任面前摊着一个小本本，本本上面躺着一支签字笔。他准备记录。方樱子的心“怦怦怦”出现了病态奔马律，心一慌神情就乱，脑子就发热，说话就颠三倒四的不知所云，这是方樱子的毛病。

“主任您今天不忙？”方樱子说完这话，险些掐自己。前不着村后不着店，开口就是废话。

主任看到面目惊慌的方樱子医生，心里更加沉稳，面目更加冷静，俨然把自己当成了审理案件的大法官了。

“你说说这位病人的手术经过和抢救经过，你不是上了那台手术也参与了抢救吗？这个病人的情况我们要了解了解，每个上台的医生都要进行问询。”医务处主任递给方樱子一张病历纸，上面印有病人的名字。

医务处主任捏起了笔，清了清喉咙。

方樱子伸着脖子咽了一口唾沫，嘴里干干的，唾沫似乎粘到嗓子里根本没有滑下去。方樱子一早上了手术，到现在还没有喝水。现在，似乎每个细胞都在向她要水喝。

“我……”方樱子感觉自己像个犯人，对面的主任完全像审犯人的法官。这种感觉真不好，完全败下阵来了。没有错误都觉得自己有错误，没有问题都觉得自己一身问题。完全是检讨型精神病的思维了。

“我……”方樱子开始结巴。

“你不用紧张，是什么情况就说什么情况。”主任唰唰唰开始记录，他记录什么呢，方樱子刚说了两个“我”字啊。

方樱子也不知道自己该说什么，乱七八糟，毫无逻辑。主任不停地点着头，是满意呢，还是认可，方樱子也揣摩不准。

“你把抢救那晚的情况说一说。”

方樱子开始把自己调入回忆模式。这脑子要真的好使呀，不然谁记得清这些细节呢。

“病人家属说，他跟值班女医生的谈话已经录了音，病人就是凭借这个录音去上告的。”最后，主任这样对方樱子说。

天呐，方樱子心里即刻发生了原子弹大爆炸。科里有几个女医生？抢救前一夜谁值的班？谁跟病人家属聊的天？方樱子脑子里迅速检索这几个问题。最后圈定的人只有一个，就是自己。啊！自己那晚说了什么让病人录了音，刚才又说了什么？方樱子险些直接捂住自己的嘴巴，让一切回到从前吧。

惊炸了，完全惊炸了！

“你说得很详细，很好！你知道科里的科技基金怎么安排的吗？你有没有参与过科技项目？”

方樱子此时什么都不知道了，思维完全混乱了。走出医务处的时候，她不知道自己是怎么回的医生办公室，艾叶找到她她也不知道在电脑前敲了什么，反正艾叶过来两次，说方樱子的医嘱下错了。方樱子又听到艾叶叫康健，说医务处找他。

不行，下班要立即找李银针救急。方樱子此时急切盼望下班。她患了急症。

李银针和方樱子坐在咖啡店里吃了甜点。李银针听完方樱子的叙述，拿起纸巾一抹嘴，即刻拧眉咂嘴皱眉头，完全像不小心咬了一口臭榴莲或一个酸角，五官狰狞挪位，喝香浓咖啡、吃美味剧本蛋糕的好心情已经无影无踪了。

“樱子，不是我说你傻，你可别拧我。”李银针说完即刻捂住自己的耳朵，保护两个扇风耳是硬道理。此刻的方樱子哪有心思拧李银针的耳朵。李银针就是骂方樱子一万个傻，她也心甘情愿。方樱子自我诊断是真傻呀，说傻话、办傻事。

“那个时候能少说就少说，你还跟人长篇大论地讲故事。他们那帮人什么都知道，就是让你再说一遍，然后挑你说话的毛病，不小心你就掉进他们扒好的坑里被埋了。他们肯定知道被录音的人是你，其实几乎已经告诉你了。”

“那怎么办？”方樱子问，她已经没了主意。

“能怎么办？没办法，看事情发展吧，若是因为你的录音和你不假思索的信口开河，影响了你们科的声誉，再牵扯到主任什么的，你还怎么在科里混。我跟你交往这么多年了，我的机灵劲儿你怎么一点也没有学到呢。”

“你的意思是我在科里待不下去了？至于吗？”方樱子不服气地说，她觉得李银针就是小题大做，有拍桌子吓唬猫的嫌疑。

“你若是拉下脸来，蒙上眼睛，堵上耳朵，听不见、看不见就无所谓。”李银针捂着耳朵闭着眼睛说。

“蒙眼睛、捂耳朵混日子？这形象还是人吗？我就是无意说的，不是有意陷害谁，谁知道人心这么险恶，谁知道有人下黑手。”方樱子委屈地说。

“别人不知道你无意，别人就当你心里阴暗有意为之。你闯祸了，我告诉你，绝对的。”

闯祸就闯祸了，李银针还来一句绝对的，这不是给方樱子扣上紧箍咒了吗？看来一晚上都要听唐僧念经，饱受痛苦折磨了。本来找李银针是想寻找安慰，也让他帮自己解惑。现在倒好，没有安慰，反倒在心里压了一个铁秤砣。分手的时候，方樱子的手指不自觉地搓了两下，没有拧李银针的耳朵，她无处发泄痛苦和郁闷。

回到家，方樱子焦虑、恐惧、烦躁、忧郁的面部表情一点也没有减弱，更没有消失。

进了客厅，方樱子想笑也没有挤出笑容，脸僵僵的，像打了一脸硅胶填充物。爸爸妈妈唰地围上来，把她圈在里面。看到方樱子的脸色，樱子妈妈的心立即掉在冰窟窿里。孩子这是怎么了，自从方樱子进了胸外科，方樱子的妈妈总是担忧不断。上次方樱子说跟病人吵架不想干了，死活哭闹要调走，闹了一天，雨过天晴，第二天好了，调走的事也就搁置了。这回又是怎么了？

看到方樱子的表情，方樱子爸爸的心也即刻火热火热的，像燃烧的烈火：孩子遇到挫折了，是不是失恋了？对于生活中的方樱子，樱子爸爸总有各种担心。他准备写一幅字给方樱子，“心随天籁”，冰雪聪明的女儿一定会悟出他的心意，没有过不去的坎坷，一切都会烟消云散、云淡风轻，很快就会进入观海听涛的境界。

方樱子关门进入自己的房间，樱子爸爸和妈妈紧跟其后，险些被方樱子房间的门撞到鼻子尖。樱子爸爸向樱子妈妈摆摆手，两个人悄手悄脚走到客厅，研究方樱子到底遇到了什么问题。结果，方樱子妈妈认为是事业问题，方樱子爸爸认为是爱情问题，谁也说服不了谁。方樱子妈妈突然警醒地说若是医疗事故可了不得，医生的职业就是一只脚踏在法院的，她又向樱子爸爸举了骇人的实例，吓得樱子爸爸即刻紧张起来。马上，两个人进入神经焦灼期。好像方樱子的一只脚已经踏到深渊里了。

“大不了不干了。”方樱子爸爸这样说，这当然是最坏的打算。

“不干了？那她去干什么？”方樱子的妈妈没有了主意。

“简单，当初她分配的时候，某大学的校医院一直想要她，大不了去那里。我老同学还没退休呢，咱们不是走后门，是人家需要我们樱子这样的人才。上次不是说要调到那里吗？”

“哦，哦。”方樱子的妈妈眉头舒展，马上多云转晴，一脸春天般的阳光灿烂。樱子妈打算把方樱子揪出来，马上向她报告这个喜讯。以后自己就不用担心方樱子工作上出什么差错了。校医院终归比三甲医院清闲很多，风险也小很多。

方樱子被爸爸妈妈叫出了房间。听了爸爸妈妈的臆想，方樱子险些忍不住要笑。可怜天下父母心，可怜父母瞎操心。方樱子告诉父母什么事情也没有，只是上手术累了。她才不想让父母跟着自己瞎着急瞎操心呢。

这时，方樱子的爸爸向方樱子的妈妈点点头，意思是给方樱子做做思想工作。

“从大医院去小医院，肯定受欢迎。”方樱子的爸爸说。

“你考虑考虑，调过去吧。校医院的病人都是学生，比你那里的癌症病人简单多了。”方樱子的妈妈说。

方樱子已经放弃了调动工作的想法，今天突然又提这件事，她没有这个思想准备。如果想去当初早就去了，何必到三甲医院转一圈。不过，方樱子想，调往校医院也是自己走投无路的好办法。

当一名外科医生，拿起手术刀，是方樱子最着迷的，她不想离开心仪的手术台。

方樱子笑了笑，对父母说考虑考虑再说。她的脸色比刚才舒展了很多。刚才在自己的房间，方樱子刚刚给康健打完电话。康健说，什么录音也好，笔录也好，随他们便，你不可能把黑的说成白的，事实摆在那里，录了音也没有关系，病人是术后并发症的反应，事实改变不了。他叮咛方樱子一定要吃一堑长一智，以后说话万般注意；否则，还会遇到这种问题，吃亏是小，惹祸上身、小鬼缠身才麻烦。康健豁达地说，谁没犯过错误，谁没失过手？年轻，缺少经验，磕磕绊绊向前走吧。

听了康健一席话，方樱子心情好了很多。这个李银针，方樱子想起他的话就懊恼，本来去找他，想把他当成大树靠，结果没靠住，还险些闪了方樱子的腰。

第二天上班，方樱子去找陈浅学主任，把医务处主任找她谈话，以及他与病人家属的谈话可能被录音向他说了一遍。她特意跟主任声明，绝不是自己有意为之，确实是无意说多了话，没想到被病人录了音。

陈浅学主任听完方樱子的话，内心很无奈，批评吧，不是有意的，不批评吧，确实让他们很被动。

“你先回去吧，最近科里很忙。”陈主任对方樱子说。方樱子以为陈主任会说以后注意之类的话。他的口气里似乎根本没有原谅方樱子的意思。

方樱子走了以后，陈浅学叫钱木来他办公室。从上次与病人吵架事件、植皮事件、引流管事件，到这次的家属上告，陈主任几乎已经断定，方樱子根本不适合在外科干下去，他想让方樱子去其他科，从普外科调过来一个男医生。陈主任的想法被钱木主任否定了。钱主任否定的理由很充分。第一，如果把她调入其他科，名声就不好了，会对她以后的工作产生不好的影响；第二，错误谁都会犯，一个好医生的成长总要付出代价；第三，方樱子虽然有毛病，但是就目前的工作状态来看，还是有挖掘潜质的，乳腺包块手术已经非常娴熟，手术有悟性，目前科里缺少年轻女医生，她钱木需要一个接班人。钱木给方樱子说情，其实也是说明目前方樱子的表现总的来说让钱木比较满意。

钱木主任的一席话打消了陈浅学主任的想法。

“好，既然你这么看好她，我们就只能选择包容了。终归年轻，说话做事缺少经验，听你的意思，人还是不错。”陈浅学主任无奈地对钱木说。

刚才，方樱子从陈浅学主任的办公室出来以后，心里像压了一块石头，沉甸甸的。为什么会这样呢？方樱子看到主任冷漠的脸色和淡然的态度，说明主任根本就没有原谅她。唉，谁让自己又给科里惹了麻烦呢。方樱子想起昨晚父母对自己说的，是不是自己根本不适合干外科，不适合在这么复杂的人际关系中工作？唉！心有点乱。方樱子起身去了手术室，今天依然有乳腺包块手术。

进了六号小手术室，方樱子机械地刷手，穿手术衣。核对病人姓名，无影灯下，病人躺在手术台上。铺上邮筒绿色手术巾，方樱子从打开的手术包里拿起大号卵圆钳，咔地夹起碘伏棉球开始给手术区域消毒。从颈下到脐部，从腋侧到胸骨，褐色的碘伏膨胀起细小的泡沫。病人的皮肤从黄白色变成了浅褐色。方樱子提着卵圆钳机械地在病人的右侧乳腺区滑动。

“大夫，大夫，大夫。”病人叫了三声方樱子才醒悟过来。

“怎么了？”方樱子低头问。

“我是左侧乳腺包块，怎么给我右侧消毒啊，大夫？”

听了病人的话，方樱子惊讶地张大了嘴，后背即刻感到发凉、湿漉漉的，幸亏今天没有带实习生一起上手术。幸亏病人还算清醒，幸亏器械护士正转身忙别的，没有听到病人的话，更没有看到她的表情。

“消毒范围大，那一侧也要消毒的。”

没有病人这句话，自己会不会犯一个致命的错误，那样自己就非得离开外科这个工作了。这种错误绝对不可以犯。方樱子想起了康健跟自己说过的一句话：不管你遇到什么事，只要站到手术台上，天大的事都要放下，心里只能有病人。

中午吃饭的时候，方樱子特意在餐厅等李银针，有事跟他商议。

“什么？你妈让你去大学的校医院。好啊！有暑假吧，在这儿天天做手术，夜班那么忙。我觉得你不如挪个地方。”李银针的话让方樱子心里惴惴不安。

“你同意我调动？”方樱子心里丢不下那把手术刀，所以她不相信李银针的话。

“当然了，你傻呀，怎么舒服怎么来呗，什么理想、追求，你就别做梦了，现在谁还谈理想啊，可笑。有多少人玩手游、网游地享受生活，谁像你似的，拿着手术刀、抱着砖头书虐自己，以后等你去了校医院，天天有工夫跟我一起玩网游，那简直是神仙眷侣，过神仙一样的日子呀。樱子，等我娶了你，把咱家的四合院卖了，你就在家看儿子金宝和女儿银宝，还上什么班呀。”李银针呵呵笑着说。

“呸你个金宝和银宝。就知道玩，你爷爷最近没找你考试？”

“快别提我爷爷。”李银针正啃酱猪蹄呢，吃得正香，怎么能提爷爷让他考试的堵心事。

听到李银针的建议，方樱子的心乱了，真的不想轻易丢弃这把手术刀，可是，现在这种情况，让她如何坦然轻快地拿起这把刀呢。

方樱子突然想给张五经打个电话。下午趁不忙的时候，方樱子拨通了张五经的电话。

“怎么着，樱子，是不是想到我这里来呀，我们现在正缺人手呢，就缺你这样举着手术刀的医生。”此时的张五经正在上海出差，他虽然这样对方樱子说，其实他自己的手续还没有办利索，陈浅学主任没有同意他的辞职。不过，他说让方樱子来确实也是实话。眼下，他们正在建立分院，需要外科医生也是正常的。

“你怎么知道我最近失业了？”方樱子调侃地问。

“当然了，我知道那个病人家属现在开始折磨你了。呵呵。”张五经猜想那件医疗纠纷还没有完。

“离开医院你觉得怎么样，你那里比医院好吗？”

听完方樱子的话，张五经猜到方樱子一定遇到了烦恼，赌气不想干了，所以问他在外过得怎么样。

“还行吧，个人感觉不一样。三甲医院名气大，锻炼人呀，几年后你就是一个优秀的外科医生，就是磨也能把你磨出来。说得俗一点，人就是挣钱生活，怎么舒服怎么过吧，怎么选择还是看你自己的心。”

张五经的话让方樱子心里酸酸的不是滋味。挂断了张五经的电话没多久，医务处又来电话找方樱子谈话，一听又要去医务处，方樱子就头疼，总是调查核实，有完没完呢。

第二天一早，方樱子没有起床。樱子妈妈敲她房间的门，樱子懒洋洋地说病了，上不了班，已经请假了，并让爸爸联系去校医院的事。昨天方樱子从医务处出来，就决定走了，不想干了。家属上告的事一时半会儿解决不了。方樱子不想再跟他们扯手术过程、抢救过程、与家属谈了什么，今天医务处的人居然说他们受贿，收了病人的礼物。是那口袋白薯还是那份肯德基呀？方樱子简直像吃了苍蝇一样倒胃口。昨晚索性放纵一下，跟李银针一起组队玩网游，玩到凌晨四点才睡，自从到了医院，别说玩游戏，就是睡觉都没工夫，自己这是何苦呢。

玩完游戏，方樱子有点想明白了，堕落的生活从沉迷于网游开始。

方樱子今天有两台乳腺手术，但是，她一早就找钱木请了假。因为方樱子请假，钱木只能放下其他工作自己上手术了。

陈浅学主任知道科里人员紧张。几个年轻医生，恐怕天天扎在病房也忙不过来。他打算找主管业务的副院长协调协调，一方面从普外科借两个医生，另一方面，把钟思书调回来。他还打算找医务处协调和解决一下病人告状的事。他知道，这件事若解决不好，张五经很难回来。

上告已经进入法律程序，病历从病人上告起已经封存了。康健这段时间正认真准备出庭材料。康健知道，这种事，不能让陈主任和钱木主任出头，只能由他挑起重担。

康健不是夸自己，他认为这件事非他莫属，以他的经验、口才、人脉和业务水平，不去法庭展示可惜了。康健有信心打赢这场官司，他认为病人家属都是被专业律师三寸不烂之舌忽悠的。手术过程、手术准备、手术恢复，科室人员都尽心尽力了。医生们都希望病人活，这是医务工作者矢志不渝的追求。

方樱子已经在家自由了三天，她跟李银针、梅珊和银针的同学，四个人玩了两个晚上网游了。方樱子疲惫得除了吃饭就躺到床上睡觉。傍晚，如血的残阳把窗棂涂抹成绛紫色，小鸟啾啾地轻吟。方樱子突然从床上坐起来，急匆匆地穿衣服。她梦到自己迟到了，在大学的教室里，教授把她关在门外，她清晰地看到主讲外科学的教授手里举着一把闪闪发光的手术刀。那把熟悉的手术刀，点燃她青春热情的手术刀切入了她的梦，把她直接从舒适的梦境中叫醒。方樱子彻底清醒了。看看窗外逐渐暗下来的天色，她无精打采地靠在床头，内心空洞茫然。

方樱子爸爸郑重地对方樱子讲，如果决定去校医院，下个月就准备办手续。方樱子知道，校医院基本是社区医院水平，去那里，她手里的手术刀会逐渐生锈，最后丢掉。当然，校医院清闲、压力小是三甲医院无法比拟的。

想到这些，方樱子的心突然莫名其妙地空虚忧郁——在清闲中度过一生未必是好事。方樱子的脑海像电影屏幕一样，身穿手术服的画面在脑海里浮现，挥之不去。

方樱子拿起手机，打开微信，李悬壶发了朋友圈，他正在安里小区义诊，图片上，一帮大爷大妈喜笑颜开地围着他，诊脉、针灸、艾灸，李悬壶忙得不亦乐乎。方樱子点了桃心赞，伸了三个大拇指，又感慨留言：周末请李悬壶大夫吃北京卤煮、炒肝，喝正宗北京豆汁。方樱子故意挑三种发臭的小吃，她恶作剧地想这味道李悬壶决然难以下咽。

“改日请我，这三个香香的美味我都喜欢。我周末去大凉山义诊，你要不要同行？山区人民欢迎你。”

李悬壶的回信让方樱子意外，没有想到，这个老外要去山区做义诊。方樱子在心里不得不给李悬壶竖起了大拇指。

李悬壶说喜欢吃豆汁、卤煮和炒肝，方樱子知道，肯定是跟自己开玩笑，他怎么可能喜欢喝馊豆汁呢，方樱子都咽不下去。

方樱子看了看朋友圈，李银针发了《阴阳师》手游式神录的截图，配文说：哭晕在厕所，我也是个有小黑的人，到处跪求，终于给鸟姨找了个搭子。方樱子扑哧笑了。在微信里回复：在厕所哭晕急救法，把人中掐出血，速醒，不然臭气把你熏晕。

方樱子放下手机，心里空荡荡的，有时候人就有这种感觉，丢了魂似的空虚。

手机响了，方樱子拿起手机一看，是李银针。

"樱子，你睡好了没有，今晚接着上阵，你告诉梅珊。"方樱子一听李银针的话，心想，这家伙拉上自己一起堕落。在医院上班的时候，总感觉左边一步是地狱，这两天不上班，怎么有左边一步是深渊的感觉。

"还玩游戏？"方樱子问李银针也是在问自己。

"当然，业余时间不玩游戏干什么？我们的游戏人生正式开启。"李银针说得理直气壮，好像不玩游戏不是正常人似的。

"李悬壶去社区和山区义诊了，你知道吗？"方樱子想压压李银针带来的妖风邪气，也是让自己收敛收敛贪玩的势头。

"你若眼红他义诊，哪天我带你进山，这还不简单。"

"这有什么眼红的，我是觉得李悬壶这样做挺让人佩服的。"方樱子终于说出了一句让自己感动的话。

"正常，偷我们中华医学，还不该为我们的人民服务？你不用佩服他。"

这个李银针，脑子严重跑偏了。方樱子决定不跟着他跑，再跑就掉沟里了。

"今晚不玩了，梅珊也不能再熬夜了，她身体受不了。"方樱子找到了不玩的充足理由。这个理由也是说给自己的。

休了三天病假，方樱子不能再休下去了，虽然模模糊糊有了调走的想法，但是最后一班岗还要站好，还没有走人，挑子不能撂下。

方樱子一上班，陈浅学主任、钱木主任、康健医生、护士长、艾叶都问她身体怎么样了，搞得方樱子真像得了大病，他们哪里知道，这是方樱子装病呢。不管是不是装病，此时，被大家重视和关爱，方樱子的心暖暖的。

"再不来上班，我们就兴师动众上你家看你了。"康健对方樱子说。看来装病也不是那么容易的，容易露馅，幸亏方樱子只装了三天。

早交班结束，钱木主任带着康健上手术了。本来方樱子也准备上手术，钱木主任说她病刚好，今天的手术就不要上了，让她处理处理病房的病人。钱木主任的话让方樱子很惭愧。

有惭愧的感觉就好，证明方樱子的良知尚存。

方樱子准备下完医嘱后给需要换药的病人换药。

“樱子。”一个熟悉的声音。方樱子抬头一看，走进门来的是钟思书。

方樱子喜出望外。

“四叔，你怎么回来了？”

“科里的事，家里的事。我只能提前回来了。刚才我看了看瘸兔子、瞎狗，谢谢你帮我照顾它们。”

方樱子突然想起，这几天在家休病假，喂小动物的事交给了李悬壶，可是李悬壶不是去义诊了吗？难道他一早先去照顾小动物了？这个李悬壶办事真是靠谱呀，这件事要是交给李银针，可怜的动物就惨了，说不定会饿死。这一点方樱子很明白，没有办错事。

“樱子，听康健说你现在承包了科里的乳腺包块手术，很厉害呀。我走的时候你可是大换药还不熟练呢。我看好你啊。咱们科条件好，特别能锻炼人，只要你肯学，肯努力，不用多了，三年的时间你就可以熟练做乳腺大手术，十年、二十年，你想想，当不当得了钱木第二我不敢说，至少当一个经验丰富的女医生是没有问题的。也许，你还能超过钱木，这都不好说啊。”

方樱子张着嘴看着钟思书，这蓝图也太美妙了，这不是把自己崇高的理想完完全全变为现实了吗？当一个优秀的外科女医生，正是幼时的方樱子树立的理想，怎么中途要放弃呢？千辛万苦熬夜苦学，死了多少脑细胞，好不容易从学校毕业如愿以偿分到了钟情的外科，自己却要半途而逃，这是被灌了什么迷魂汤。老了的时候拿什么回忆如火如荼的青春年华。当然，这句正经八百的话是妈妈说的。方樱子突然觉得自己头脑发热想调动工作的决定是错误的。她切切实实感到了这个决定有点愚蠢。

“我先出去办点事，明天再来跟你们并肩战斗。”钟思书说着，向发呆的方樱子挥挥手，走了。

钟思书中止支援青海湟源县的工作回京，不仅仅因为科室人员紧张。患有痴呆症的女儿被那个退伍军人甩了，房子也被那个男人霸占了，钟思书回来抢房子、安慰家人，也许还要打官司。

他的女儿离婚以后病情更严重了，老伴也因此受了刺激，抑郁症比以前加重了。

那个退伍军人完全把他们一家人当成留在北京的跳板，不仅毁了他的女儿，也毁了这个家庭。

因为钟思书的女儿和老伴需要长期吃药，花销很大，钟思书感觉有点吃不消。今天他特意到工会申请困难补助。工会说今年的指标已经满了，只能等明年。要填表、审查，审批通过才可以得到补助。

钟思书听后笑了笑说，那就等吧。

因为钟思书管理过科里的财务，所以他也被院办请去审问财务问题。

调查人员让他解释清楚餐费、报销的加油票、出租车发票问题。钟思书说，餐费花销、加油票都是外请专家用的，用科里医生的汽车，不能让人家贴油费。

"油票有些说不清，没有让专家签字。另外，让专家吃饭应该去食堂。"调查人员眨着双眼似笑非笑地说。

"有时候赶不上饭点，食堂关门了。一二百块的加油费我让专家签字？你要觉得这笔钱不该出，我出。"钟思书犯起了倔脾气，他转身气愤地走了。

康健听到钟思书这样回复他们，安慰他说："四叔，凭什么你出，就是五十块钱，也坚决不能自己出。"

方樱子下完医嘱、换完药，已到中午。

下午一点左右，钱木主任下了手术台，康健还没有回来。直到下午四点，方樱子才看见康健的身影。在手术室"洗完澡"的康健头发湿漉漉的。

"这台手术怎么做了这么久？"方樱子问康健。

"今天还有两台小手术你忘了？不是心疼你有病刚上班吗，我就连续作战做完大的做小的。"

"太辛苦了，太辛苦了。是不是腰都累坏了？"方樱子心里满满的感动。没想到康健在手术台上站了一天居然还那么精神。

“我把我的青春和一腔热血都献给了祖国的胸外科事业。”康健边开玩笑边下手术医嘱。

“我是不是晚上请你吃饭呀？”方樱子笑笑对康健说。

“改日啊，今天饿过头了，吃饭的力气也没有了，只想回家卧床。”

“樱子，跟你说件正经事。”康健的手没有停，头没有抬，熟练地下着手术医嘱。

一听正经事，方樱子的脑袋就要炸。

“你别被吓晕了。”康健看到方樱子紧张的脸笑笑说。

“人这一辈子谁还不经历点事。我这几天正准备出庭的材料，就是家属告咱们那件事。你和张五经要跟我一起出庭，牵扯到张五经被打和你谈话录音的事，本来我想一个人战斗，不让你们这些小孩子受刺激，可是不行啊。律师说相关人员也要到。”

“我也出庭？！”方樱子拧着眉一脸的恐惧和无奈。

“怕什么呀，见识见识没有坏处。有我呢。录音也不是抓到了把柄，不一定有没有用呢。”康健说得很淡定，好像根本就没什么大不了的。

“对了，四叔家有事了，咱们一起张罗，给他家捐点款，樱子，这个任务交给你怎么样？”康健抬头看了方樱子一眼。

“捐款的事交给我？好的好的，没有问题。”方樱子痛快地答应。每次遇到这种事，都是康健主动牵头，并不是康健争取什么名誉，他确实是个热心人。

“方樱子，宋博宇找你。”艾叶在传呼器里说。

“你去忙，有事我再找你，需要商议的话，晚上给你打电话。”康健对准备出门的方樱子说，他所说的商议，当然是指商议出庭的事了。

方樱子奇怪，今天查房的时候没有看到宋博宇，方樱子以为他请假回家了。走进宋博宇的病房，看到宋博宇正躺在床上，但是人明显瘦了。才几天时间，变化这么大。

“樱子姐姐，几天没看到你了，怪想你的，听说你病了？”宋博宇笑着说，又露出了好看的小虎牙。

知道自己装病引起这么多人关注，方樱子有点羞愧难当。

“你最近身体怎么样？”方樱子没有直接说宋博宇瘦了，这点心理学方樱子还是懂的。

“不怎么样，你知道吗，我今天办了一件大事，我爸不同意，我瞒着他做的。”宋博宇像个背着家长干坏事的小男孩，眼睛里闪烁着兴奋和喜悦。

瞒着家长，这……方樱子脑海里闪现了宋博宇老爸愁苦的脸。

“瞒着你老爸，那怎么行，不许任性啊。”方樱子的口气里装出了语重心长的凝重，她立即想起了慈祥的老妈、絮叨的老师。这种说话的口气连自己都想笑。

“樱子姐的口气像个长辈，千万别这样，在我心里马上老了好几岁。本来我觉得咱俩是同龄人呢。”

宋博宇说完，两个人一起笑了起来。

宋博宇的眉宇间是轻松和释然，方樱子努力判断他瞒着父亲做了什么事，但没有想出来。

“你看这个，我今天去管理中心领来的。”宋博宇拿出一个荣誉证书和捐献卡。

“你你……”方樱子惊异地看着宋博宇，看着他苍白的手里拿着的鲜红证书。

宋博宇做了器官捐赠，这个想法是他在知道自己得了不治之症的时候萌发的，随着病情的严重，这个想法愈来愈强烈。当他把这个想法告诉父亲的时候，却得到父亲的强烈反对，父亲说他不能容忍儿子被四分五裂，他告诉宋博宇他无法接受，他是个守旧、保守、封建的人。而且，父亲觉得宋博宇说这种话太早，他还年轻，还有机会治好病。

宋博宇知道父亲不愿承认他的病情，也永远不会同意他捐赠器官。本来想慢慢做工作，但随着病情的加重，宋博宇冥冥之中感觉，已经不可能等到父亲完全同意再行动了。所以，他私自做主，领回证书。拿着证书，他觉得轻松很多。全捐赠，把没有癌细胞转移的器官全部捐赠，会使很多人受益。父亲想念自己的时候就可以看看他们，这是多幸福的事。宋博宇认为，就是父亲现在不理解，相信有一天，父亲会理解的，会为他今天的举动高兴和自豪。

“不经过你父亲同意，他会伤心难过的。你是不是太冒失了？先不要告诉他吧。不是要家属签字吗，你找谁替代的？”方樱子问。

“哈哈，我自有办法。爸爸的工作交给钱木阿姨去做，让她跟我爸说。”看来宋博宇早做好了打算。

“你的决定太早了，现在病情很稳定。”方樱子想安慰宋博宇，虽然她知道，前几天钱木给他做了 CT 检查，已经显示癌细胞大范围转移。

“樱子姐这是在安慰我，捐赠与身体状况无关，有些健康的人早就做了捐赠。”

“樱子姐，活着多好啊，我真的羡慕你们，下辈子我想做一名像你一样的医生。每天忙忙碌碌，这样的青春、这样的人生值得活。”

听完宋博宇的话，方樱子险些落下泪来。这样的青春、这样的人生值得活，也许只有到了人生边界，才能有所体验、有所感悟，自己险些丢弃拼搏来的好人生，真是糊涂，被游戏里的妖狐、阎魔、鬼使黑祸害了。方樱子心里升起了淡淡的自责，她想起休假几天沉迷于网络游戏的昏天黑地。

下了班，方樱子给李银针打电话，想告诉他自己彻底打消了调走的决定。没想到李银针说今天没有上班。

“怎么了？身体不舒服？”方樱子急切地问。

“昨夜打游戏打得太晚了，早晨睡迷糊了，没听见响铃，一觉醒来到中午了，只能装病说发烧。”

“再怎样也不能打游戏影响上班啊，太过分了。”方樱子不满地嘟着嘴。

“行了行了，樱子，我妈刚训完我，我说发烧，我妈一摸脑袋根本不烫，气得给了我屁股两下。人生在于享受。你不是刚享受完游戏的快乐和空虚吗，转过来就说我过分。”李银针的声音懒洋洋的，一听就知道还趴在被窝里呢。

“那也不能影响上班。”方樱子没好气地说。

“咱不是未来的亿万富翁吗？还在乎上班？”李银针满不在乎地说。

“朽木！比尔·盖茨还奋斗呢。人家不比你有钱？”方樱子激情澎湃，她简直无法容忍李银针的沉溺和堕落。

“行了，励志姐。”

“行了，这位骚年，少玩手机。”方樱子把少年说成骚年，跟李银针叫她的励志姐扯平了。

方樱子挂断李银针的电话，心里说不上的失落和惆怅，她迈着不快不慢的脚步向家走去，这脚步里有一股从心底升起来的坚定和铿锵的力量。

方樱子的妈妈和爸爸听说方樱子决定不调到校医院了，惊异地双双抬起发亮的双眼，眼睛里带着亲情的热度和不解的亮度。方樱子即刻被四只眼睛照得垂下了头。她愧疚地觉得自己是在折腾父母的神经和情绪。

方樱子的爸爸惊异的眼睛瞬间泛起了点点温柔，他整理好情绪转头对方樱子妈妈说："尊重孩子的决定。我们就当她的靠山和臂膀。"

方樱子妈妈颤着声说："我又要担心她把手术刀落在病人肚子里了。"

"你也就担心一两年，她马上就出师了，再坚持一段时间啊。"方樱子爸爸拍拍方樱子妈妈的肩以示安慰。方樱子听完父母的对话心里满满的感动。她转身走进自己的房间。看着她的背影，方樱子的爸爸朗声问："樱子决定好了，确定不会再变了？"

"不变了！"方樱子语气坚定，立志要在胸外科扎根发芽。

"都解决稳妥了？"方樱子爸爸的话无头无脑又有头有脑，他猜想方樱子那天下班回来情绪低落，后来又在家赖床休病假，嚷着要调走，必定是工作上出了岔子，今天表情淡定，必定是妥善解决了。

"一切安好。"从白木门后飘出了四个字。方樱子当然不会把即将出庭的事告诉父母，说出来他们肯定睡不着觉。方樱子准备一会儿给康健打电话，康健说话做事总是让她觉得踏实。

"你就实事求是说，但是有一点，原则是尽量少说，不利于咱们的坚决不说，这样就行了。不用想得那么复杂，你想想，病人术后那么多天才死亡，还能怎么样？病人家属就是想折腾折腾咱们。"方樱子听完康健的嘱咐挂断了电话。

方樱子已经记不清那天到底跟病人家属赵新宇说了什么，也许是感慨和对病人的可惜。不利于科室的话肯定不会说，大意说每做一台手术都不能有丝毫松懈，即使像陈浅学主任那种水平，做了无数台手术，当了几十年外科医生，也必须时刻严谨。

在回忆与病人家属谈话的过程中，方樱子也许找到了与人说话、与病人家属说话的方式和技巧。这血淋淋的教训，让她刻骨铭心。

出庭那天，康健在庭上慷慨陈词，雄辩的气势比律师还有风采，张五经看起来也很有气魄。方樱子在心里为这两个出色的男人竖起了拇指。当庭没有宣判，散场的时候，方樱子看到赵新宇看了他们一眼，方樱子向他笑了笑。看到方樱子的微笑，赵新宇即刻低下了头，他没有勇气承载这个善良甜美的微笑。方樱子就是要用微笑感染他，这微笑里，有陈浅学主任、钱木主任在手术台上焦急地止血，有康健弯着高大的身躯一遍遍寻找出血的血管，有张五经满头大汗地按压抢救和自己忙碌到黎明的身影，还有艾叶护士急匆匆的脚步。

三个人出庭后走进餐厅吃饭。张五经执意要请客。多日不见，曾经在一起的同事此刻好似成了亲兄弟。

“樱子你太善良了，还向他笑，你知道吗，那时我就想上去扇他两个大耳光。狼性直冲我的脑门。”张五经理了理打了发胶的分头。

“兄弟，咱两个心情一样一样的，太没有人性了这小子。”康健向张五经和方樱子举起了酒杯。

“给我们讲讲你那里怎么样？主任还没有同意你辞职呢，我们也舍不得你走，哪天我混不下去的时候也去找你啊。”康健狠狠喝了一口啤酒，很悲壮的表情。

“我坚决不同意啊，不管怎样，你要在胸外科坚持啊，不然我的心会疼死，那是我们兄弟的阵地，也是我的理想和仰望所在，还有方樱子，你一定要接过钱木主任的手术刀，为我们女性支撑起乳腺的半壁江山。”张五经脸上的表情很肃然，让方樱子和康健心里不由自主地感动了一下。

张五经夹了一口葱烧海参，峨眉酒家的葱烧海参是拿手菜。今天张五经点了不少精品菜，黄焖鱼翅、豆瓣大虾、地煲烧甲鱼，还每人点了一杯佛跳墙。看到桌子上的珍馐海味，康健和方樱子都有些激动，不是见到美食的激动，是感慨有钱就是好，感慨张五经真的对他们真情实意。不是真情实意，谁舍得点这么贵的菜呢。

“本来我想跟主任建议不让你走，看来我要劝主任放你走了。”康健笑笑说。

“要的就是这个效果呀。”张五经笑着给康健和方樱子一人夹了一只大虾说。

“你小子什么时候也学会了这一套，行贿！不好不好。”康健笑着摇摇头。

“你想啊，你明显是主任的接班人，没我什么事，正好有这个机会我还不抓住？”

“主任的接班人不一定是我，还有你杜仲师哥。”康健想起了院长表扬的杜仲。方樱子捂嘴笑笑，她想起了把病人植晕，把皮植死的杜仲。张五经直接摇摇头，他根本不屑于谈论杜仲。

“说说你那里怎么样。”康健很想知道张五经那里的情况，并不是艳羡他那里能挣多少钱，而是想替张五经判断他值不值得辞职去那里，值不值得牺牲胸外科专业。张五经把同学碰巧要建分院缺人手，以及目前放开二胎以后，产科火爆的市场前景向康健和方樱子做了详细解析。

方樱子提出他们医院收费太贵，是明星和有钱人的市场，普通百姓不敢问津，没有大众性，前景小众。

康健认为私立医院的发展空间很大，他都有开医院的想法了，只是没有精力和财力。他扬言，开医院的目的绝对不仅仅为了赚钱，最重要的是可以方便病人看病，把自己的医术充分利用，最大化发挥一个医生的能力。

张五经吃了美味的菜，喝了几口啤酒，见了老友高兴，感慨地打开心扉，说了在别人面前不想说不敢说的话，当然不是酒话和醉话，三个人两瓶啤酒，完全是助兴和润喉咙的酒量。张五经说赚完第一桶金打算在天津老家开一个妇产医院，绝对收费平民，服务贴心，不以赚钱为目的，只以服务为宗旨。这响亮口号喊得康健和方樱子竖起了拇指。人下海了，精神境界提高了，不能不让人叹服。这一点很难得，多少人，身体和精神双双崩溃，完全跌入尘埃，因为不得意，精神加速衰败；还有多少人因为得意，精神迅速膨胀，变异为无法直视的畸形。

最后，三个人都似乎找到了终极目标，开医院的开医院，竞争主任的竞争主任，接过手术刀的接手术刀，充实满满，信心满满。找到了人生方向的三个人突然觉得心里明亮了很多，好像雾霾散去，阳光一下子灿烂得暖意萦怀。

问起钟思书的近况，张五经从方樱子嘴里知道科里正给他捐款，张五经掏出一千块钱给了方樱子，他说办手续的时候一定看望钟思书，他很想念科里的每一个人。康健开玩笑说，最想念的肯定是艾叶，他说他准备出手牵线当红娘，肯定会把他们两个结成对子。并说张五经今天请他吃饭简直赚大发了，不仅婚姻大事即将解决，事业宏图也展开了。

方樱子说，张五经的美好春天来了。

张五经听后一本正经地说，真的吗？春天来了！幸福啊！

在康健的张罗下，胸外科为钟思书捐款正在进行。钟思书摆摆手说，大家的钱怎么好意思拿，都是辛苦加班挣来的。康健说，一家人不说两家话，这是滚烫的心。

方樱子去中医科找李银针，见到他就翻钱包。李银针捂着钱包嚷："翻什么呀，现在是电子支付时代，土老帽才装一沓现金呢。"

方樱子把李银针钱包里的红钞票都拿走了。

"怎么才五百，太少了，我以为至少有一千呢，这五张捐给我们科的钟思书。他家出事了，经济困难，需要你的爱心。"方樱子拿完钱转身走了。李银针撇撇嘴说："把我当红十字会了。"

康健宣布了一件事，这件事让陈浅学主任和钱木主任松了一口气，全科室的人都震惊了。赵新宇突然撤诉。知道这个消息，康健和方樱子顿时神清气爽，匆忙中身体似乎轻捷了很多。

方樱子做完了两台小手术后继续忙碌，她正在换药室给病人换药。突然，艾叶跑进来一脸惊慌地对方樱子说："李银针出事了，你赶快去看看，正急救呢，被人打了，颈动脉险些被割断，就差头发丝那么宽，太悬了。"艾叶用手捂着前胸，好像已经看到血淋淋的李银针马上就翻白眼了。

"为什么被人打？"方樱子的心突突跳着，她强压下自己的惊慌，手里的活没有停，继续捏着止血钳夹着碘伏棉球消毒，然后在病人伤口上铺上消炎的黄纱布药条，盖上无菌纱布，贴上透明胶条。

"你别生气，我也是听说，不一定是真的。他好像跟口腔科一个美女护士约会，被护士的男友知道了，当场被抓，护士男友拿酒瓶子把他打了，脖子被割了一个大口子。不知道是不是开房被抓了，好像有这么传的。"艾叶在脖子上比画着，手掌在脖子上一砍，恐怖至极。

方樱子的肺都快气炸了，李银针跟美女护士风流被打，自己还去看他？方樱子收拾完换药包走进医生办公室，心里骂着李银针活该，欠打。

临近下班，方樱子才走进急诊科观察室去看李银针，本来她不想来的，艾叶劝她，说李银针险些丢了一条命，这是命大，你怎么也该去看看他。

李银针真的是因为跟美女护士约会被打吗？

李银针总以才子多风流自诩，喜好结交漂亮美女。全院所有科室里六百多名年轻护士、近百名女医生都被他筛网似的筛了一遍，哪个科室里有美女，他比护理部主任和医务处主任都清楚。一日，在医院大门口，他看到一窈窕美女扭着小腰肢，飘着长发，一路留香地向口腔科走去，李银针张着嘴，伸着细脖子，眼神像两枚东方不败手里带着线的神针，紧紧追着美女的背影。

“李银针，流口水了？”旁边一个同事看到他的表情开玩笑地说。

李银针吞了口唾沫，抹抹嘴，好像刚吃了美味。

“口腔科刚分来的。”同事抬起手指了指美女的背影。

“我怎么不知道啊？”李银针为不知道这事儿深表痛惜。

“马也有失前蹄的时候，你这雷达短路了吧。”同事笑笑，拍拍李银针的肩。

李银针眨眨眼睛，刚才追美女眼睛累得有点酸。美女的大图片暂时镶进他脑海里了，赶也赶不走。李银针心花怒放，满心春色。

下午，李银针夹着胳膊，伸着脑袋，一扭一扭地去了口腔科，先跟分号台的护士大姐贫两句，夸夸她年轻，脸色好，身材日见苗条，让她张着大嘴仰着脑袋忘乎所以地乐一乐，然后告诉她去找大夫咨询点事。大姐立马热心地站起身豪气地说：“找谁咨询，是镶牙、种牙、补牙、拔牙还是洗牙？”喷着一百度高温的热情把李银针的脸都暖热了，大姐把治牙的种类说得像相声“报菜名”般流利。

“出师顺利。”李银针心里冲自己竖了竖大拇指，高度赞扬自己的交际能力。

“我去五号诊室。”李银针打听好了，这美女就在五号诊室，名叫苏阳。

李银针推开诊室的门，医生正全神贯注给病人钻牙呢，就是院长大人来，此刻也不能接待，一抬眼、一走神，电钻杵腮帮子上还了得。

苏阳捂着海水蓝的口罩，戴着海水蓝的帽子，正收拾补牙盘子呢，捂得这么严也遮挡不住向外溢的漂亮。海水蓝的护士服也遮挡不住大胸、细腰、长腿的完美身材。李银针咽口唾沫，向苏阳眯起眼睛翘着嘴角笑了笑。苏阳抬起大眼睛，长睫毛忽闪忽闪，似乎在问李银针有什么事。李银针已经看到苏阳口罩后面的笑脸。他自来熟地向苏阳招招手，示意她出来。

“苏阳。”

“你怎么知道我叫苏阳？”苏阳挑着眉毛问李银针。

“我哥们儿是你同学。”李银针信口开河。

“我们班都是女生。”苏阳笑了笑。

“我哥们儿就是女的。”

什么问题都难不倒李银针，他就是一个撩妹高手，五分钟搞定，苏阳也张着大嘴，仰着头像门口分诊台的护士大姐一样心花怒放。李银针也不知给苏阳搬来什么海市蜃楼。两个人像老相识似的，挥了挥手告别。就这样，李银针的口腔科咨询结束了。当李银针揣着冒着热泡的春心走回科室的时候，他的脑海里丝毫没有方樱子的身影，他想的就是怎样跟苏阳这个美女约会。

李银针也没有想到这个美女这么好约，喝了一顿咖啡后，李银针亮出了底牌，太老胡同的上亿四合院，李银针也不想轻易露底，可是架不住美女眼神下虚荣心作怪。说完四合院，美女眼神里明显多了些温柔，声音里多了些婉转。第二次约会，李银针打算请美女去长城饭店吃法式西餐，芥末牛排、法式煎鹅肝，想到这些李银针的口水都流出来了。下了班，李银针对着镜子整了整油亮的小分头，耳后喷了两下波士（BOSS）香水，李银针开上车在门口等苏阳美女。不一会儿，苏阳款款而至，这个靓丽身影，就足以让李银针着迷。李银针咧着嘴钻出车准备绅士地给美女开门。突然不知从哪儿蹿出一个男人，野兽似的，他从医院小卖部窗底下的啤酒箱里抄起一个空啤酒瓶，在箱子上一磕，嘭的一声，瓶子只剩下上半截，露着尖利的玻璃尖，像狼嘴里锋利的獠牙，像一把寒光闪闪的匕首。他直奔李银针而来，男人上来就用一只手抓住了李银针的脖领子，前后一摇就把李银针的油亮小分头摇乱了。李银针完全没有反应过来是怎么回事，他以为自己被精神科的病人劫持了，他的脑海里还是苏阳婀娜的身影。

“就是你呀，勾引我女朋友，不想活了？”

“别打了。”苏阳在旁边尖叫。

李银针的脑袋被啤酒瓶子砸了一下，紧跟着大腿根被踹了一脚，那是自己下意识地躲闪了，不然这一脚肯定踹命根子上，那还不成了太监。苏阳上来跟那个男人推搡着，李银针被摇来荡去，酒瓶子在李银针脑袋附近挥来挥去。

“你打人家干吗？”苏阳嚷。

“不是你说这男人勾搭你吗？我让你勾搭我女人！不让你尝尝我的厉害下次还放肆。”

男人的酒瓶子向李银针的脖子上砍去。李银针感到脖子热辣辣地疼，他听到苏阳尖叫着夺下了酒瓶子。血哗哗顺着脖子向下淌，李银针的前胸上都是热热的鲜血。李银针被围观的人七手八脚送到急诊室，马上进行急诊手术，结果就是李银针万幸之中捡了一条命。

李银针事件立即在全院长了小腿似的传播开来，什么情杀、什么决斗、什么开房被捉、什么两男夺一女、什么殉情，各种版本的鲜活言情小说。李银针作为第一男主角，马上成为全院娱乐一号，响亮的名字在人们嘴里频率飙升。

其实苏阳已经快结婚了，李银针请苏阳喝完咖啡，她就得意扬扬地对男友说，医院有个男医生骚扰她，神吹海侃地要请她吃西餐。

骚扰自己女友，男人一听哪能忍，容忍女友被骚扰还是男人吗？男人心里顶着一腔怒气，恨不得把李银针直接砸成碎片，所以上来就让李银针挂了彩。可李银针受了这么重的伤恐怕苏阳没有想到，她男友也没有想到。冲动的后果险些付出惨重的代价。

方樱子去看李银针的时候，李银针已经做完了手术，正闭着眼睛在病床上休息呢。病房很安静，只有氧气瓶里呼呼吹气的声音。也许李银针正在反思自己，或者庆幸捡了一条命。方樱子静静站在病床前，李银针突然睁开眼睛。

“樱子，你来看我了。”李银针的声音很虚弱。

“别听他们瞎谣传，我的心里只有你。”李银针像念诗一样。他艰难地抬了抬手，想抓住方樱子的手，这个时候也许他真的需要温暖。

方樱子走到床边，握了握李银针的手，李银针的手热热的，方樱子的手凉凉的，那是被李银针气的。

“多危险呀，还不吃一堑长一智。为了搭讪美女差点把命搭上，值得吗？”方樱子坐到李银针床边，心里压着火和气。

“不值得，太不值得了，连手都没有摸，还请人家喝了咖啡吃了甜点。樱子，你一来我病就好了。等我痊愈了让你拧耳朵解恨。”李银针不敢动脑袋，脖子上裹着厚厚的纱布，斜着小眼睛看着方樱子笑。

方樱子也勉强笑了笑，心里很不是滋味。如果护士的男友没有找李银针，下一步他要跟护士发展到什么情形呢？善良的方樱子看到李银针这个样子，并没有跟李银针发脾气、甩脸色，但她的心里很痛苦。

“想吃什么？”方樱子勉强笑着问。

“我妈明天给我做人参炖老母鸡，她说最补了。今天不让吃东西。樱子，我想你，多陪陪我。”

“你好好休息，多睡，少说话。”方樱子抬头看了看输液瓶。

“今晚我陪你吧。”方樱子看李银针伤得这样重，不忍心扭头就走，再怎样两个人也谈了几年的恋爱。

“我妈说一会儿来。我让她回家吧。”

方樱子听说李银针的妈妈一会儿来，想躲出去，她不想见李银针的妈妈。她准备先回家，一会儿再来医院。

方樱子回来的时候，李银针的妈妈已经走了，李银针安静地睡了。方樱子坐在李银针床前盯着静脉点滴。

李银针几乎沉沉地睡了一夜。方樱子就在李银针的床边趴了一夜。一早，方樱子被李银针拍醒了。

“樱子，我这一夜竟梦到吃美食了，又是牛排又是大虾。今天这两样东西我都得吃上。樱子，看到你趴着睡了一夜，我差点感动得流泪。樱子，你一定要原谅我，我以后再也不那样贪玩了。”

原谅？方樱子听到李银针这句话，觉得异常扎耳朵。陪他一夜就已经下了决心，绝不会原谅李银针。这一次李银针不仅被人一刀砍伤了脖子，更把方樱子和他之间的爱砍断了。方樱子不能相信他没有下一次。

听说张五经来医院办理辞职手续的时候，开着一辆黑色的奔驰。如今奔驰、宝马、奥迪在大街上并不少见，似乎中国人只钟情于这三款名车，相比较，保时捷、兰博基尼、法拉利、凯迪拉克在大街上比较少见。

张五经找陈浅学主任签字的时候，陈主任摇头哀叹，他叹息张五经顶着博士头衔丢弃专业，叹息胸外科少了一名优秀的外科医生，叹息欲望的潮水席卷了一个年轻人的心灵。离开所学专业，丢弃铁饭碗，对于陈浅学主任那个年龄的人来说想都不敢想，他们都是一步步按着年轮走过来的，人生的轨迹已经深深地把脚下的土地压成了沟壑，这个沟壑很难逾越。

“我们这种地方是不会辞你的，那种私立医院就不好说了，不要因为冲动，一时赌气，现在后悔还来得及。”陈浅学主任拿着笔，并没有立即签字，他看着张五经，似乎在等他改变主意。他哪里知道，张五经已经是个小股东，拿着高工资，怎么可能肯回科里当辛苦受累的住院医师，除非张五经的脑子进水了。陈浅学之所以还算痛快地给张五经签字，还要感谢康健，康健当然没有跟主任说张五经有股份，在科里也没有希望当上主任之类世俗的钱、权问题。只说，他愿意走您就放，这是什么年代了，日新月异，时不我待，他年轻，有任性的资本，如果他哪天在外边被雨淋了，我们给他遮风挡雨。康健跟主任说完这话都觉得自己够男人，够哥们儿，这等于给张五经留了一条路，混不下去的时候，胸外科仍然是他的家。别以为有了股份，拿了高薪就万无一失，塞翁失马焉知非福，万事都有变数啊。

从陈主任那里出来，张五经去找了艾叶，他把正忙碌的艾叶拉到休息室。艾叶跟张五经走进休息室，一看，哎呀，一地的玫瑰！艾叶惊呆了。这还是康健给张五经出的主意。他说，轰轰烈烈地传出去你向她求爱，全院人都知道，这份爱就成功了一半。

“张五经，什么时候学得这么浪漫啊，怎么感觉你变了一个人。”艾叶说完爽快地笑了。

“就是啊，我变得这么帅了，你还不考虑考虑我对你的爱。”

“浪费了多少钱呀？”艾叶拿起一支玫瑰闻了闻。

“爱情无价。今天正式向你求爱，你就别惦记那个李悬壶了。”

“待在一起太久了，亲人似的。”艾叶说得很含蓄，其实就是对张五经没有那种感觉。从艾叶的脸上没有看出甜蜜。求爱，没有甜蜜这爱还能有吗？其实艾叶对张五经的印象已经改变了很多，觉得他挺有男人气概，现在又有了股份拿了高薪，也许以后能干出点成绩。康健说艾叶总是迷信远来的和尚会念经，守着这么优秀的郎才还伸着脖子找蠢材。说得艾叶要抬起脚踹康健。其实，康健的这句话真的说到艾叶心里了，若是张五经不跟自己是同事，以他的条件，自己会不会同意呢，难说。艾叶心想。

面对满屋的玫瑰，艾叶表面上冷静，内心还是很激动。女孩子嘛，都喜欢浪漫。至于对张五经的感觉，并不是说他有了钱就能改变，艾叶可以把钱看得重，但不至于蠢到把钱放在爱情之上。要赢得艾叶的心，还需要时间。

“晚上下班我来接你，先别想着开飞机，先坐我的汽车吧。”张五经开玩笑地对艾叶说。

这时，休息室的门被一个年轻的小护士推开了。

“哎呀，可了不得了，一屋子玫瑰呀。”护士惊讶地拿出手机咔咔拍照，近景特写，全景横拍，不一会儿，玫瑰带着芬芳就传遍了医院的朋友圈。护士刚刚出去，方樱子推门进来了。

“浪漫的玫瑰屋，太美了。艾叶，你是最幸福的人。”方樱子吸着甜兮兮的玫瑰味，脑海里是上大学时，李银针送给自己各种款式的紫色发卡，那情景被眼前的玫瑰刺激得异常清晰，仿佛就是昨天的事。上学这几年，方樱子已经把李银针当成了亲人。

方樱子和护士到这里看玫瑰，都是康健有意安排的。康健要借助护士的嘴把张五经向艾叶求爱的事传播出去。至于方樱子，康健看她情绪不好，知道受了李银针被打的影响，想让她调节调节情绪。

方樱子走出放满玫瑰的休息室，直接钻入了浴室，她想躲在这里狠狠哭一场，为逝去的爱情，为自己遇到这样一个花心的李银针。方樱子咧着嘴，眼泪哗哗地冲开了脸上抹的薄粉，刚哭了两分钟，心里的潮水还没有泄完呢，湿漉漉地兜着泪，就听见钱木在走廊里喊她。方樱子急忙停止了抽泣，狠狠擦了擦眼睛，戴上遮脸的大口罩，答应着跑了出去。

“你跟我上手术，康健跟钟思书对账呢。”钱木对方樱子说。本来，方樱子还在心里抱怨，哭都不能痛痛快快地哭。听到钱木主任的话，知道科里最近刚刚平息医疗纠纷，又因为科技基金被人告，陈浅学主任和钱木主任心里都很烦。康健忙完了这个忙那个，人快分成了八瓣。她必须多分担点工作，不然，太对不起钱木主任和康健对自己的情谊。

钱木主任的嗓子有些哑了，丁丁病得很重，本来她想休年假陪陪丁丁，可是科里人手倒不过来，她只得把丁丁暂时送进动物医院托管，下班再去看它。

钱木主任走在前面，方樱子跟在后面，两个人都伤着心。上台前，方樱子脑子一阵过电似的酸麻，眼睛里即刻涌起了泪水。她随后平息了自己的情绪，一个优秀的外科医生，不仅要有精湛的医术，还要具备随时调节自己情绪的能力。这是康健说的还是钱木说的？不管是谁说的，这句真理被方樱子牢牢刻在脑海里。

天大的事，只要准备上台手术，一切都要放下，必须心无旁骛。

方樱子凝凝神，准备在心里把李银针赶跑。这也是方樱子对自己的挑战。

其实，钱木也在心里对自己进行着挑战，两个肃穆的女人，从容镇定地走向了手术台。方樱子看钱木，拿刀，切皮，一招一式那么老练，真的很有范儿。钱木对方樱子说："我准备过一段时间让你主刀做乳癌根治手术。"听到钱木主任的话，方樱子每根毛孔都像打了兴奋剂，钱木手术过程的每个程序、每个细节，方樱子都牢牢装在脑海里。两个心里装着悲哀的女人，手术做得异常顺畅，方樱子反而觉得今天的手术感觉特别好。心里压着沉甸甸的重力，手指铿锵有力，手法又稳又准，头脑异常冷静清晰。下了手术台，钱木搂着方樱子的肩说："今天的手术做得特别棒，我要为你鼓鼓掌。"

方樱子听后向钱木主任笑了笑，突然身体一歪，晕倒了。方樱子心里难过，加上昨晚没有休息好。刚才，她在手术台上几乎耗尽了所有气力。下了手术一放松，立即觉得身上一点力气也没有。大家七手八脚把方樱子安顿在床上，麻利的手术室护士即刻给方樱子推了葡萄糖，吸上了氧气，不一会儿，方樱子睁开了眼睛。她看到钱木主任正焦急地看着她。

此时方樱子脸色有些惨白，唇色发灰。左胳膊被一个护士按着推葡糖糖，右胳膊被一个护士裹着血压计测血压，完全像一个病人。

"醒了？刚才把我们吓坏了。"钱木主任的嗓音更沙哑了。

"就是啊，是不是太累了？"给方樱子推葡萄糖的护士说。

"感觉好了，头一点也不晕，放心钱木主任。"方樱子眼角一滴热热的泪滚了下来。钱木笑了笑，用手帮方樱子抹了抹眼角。

"你再躺一会儿，我先回病房处理病人。护士长！一会儿给方樱子喝两杯酸奶，麻烦你们护士送她回去。"钱木主任摸了摸方樱子手腕内侧的脉搏说，"脉搏挺有力的，再多躺一会儿就好了。"

钱木转身离开了手术室。她才回到办公室，宋博宇的父亲就来了，他已经焦急地等了钱木好久，饭都没有吃，是因为根本吃不下，没有饿的意识。自从知道儿子瞒着自己进行了器官捐赠，他的心里就压上了一块重重的石头，怎么也搬不开，堵得他心口疼，堵得他眼睛发涩，神情忧郁，整个人像丢了魂一样。他不能容忍他们把儿子七零八落地拆了，他要一个完整的儿子，他要一个全胳膊全腿的儿子，他不要儿子疼，那冰凉的手术刀不是在切儿子的肌肤，是在割他的心。他急切地要找钱木诉诉他的苦。

钱木喝了几口杯子里的新疆墨菊茶，想起了在动物医院不吃不喝的丁丁。当她抬头看到宋神农一脸焦虑、失魂落魄地走进自己办公室的时候，内心有一点小小的痛。但是，这种痛像闪电一样，马上消失得无影无踪。转瞬间，钱木的脸上就挂起了平和的微笑，这种微笑不仅与宋神农之间隔着空气，隔着窗外射进来的昏黄阳光，更隔着心与心的交融。宋神农虽然是钱木曾经深爱的男人，可那一切已经过去，或者说已经死去，再不会发出嫩绿的芽了，光阴粉碎了一切，此刻，她只能正视现实。

“真的想不通，我已经快承受不住了。”宋神农垂着眼睛，整个人似乎耷拉下来，他快被生活的风雨抽打垮了。

听完宋神农关于宋博宇器官捐赠的叙述，钱木也很意外，但她确实被这个年轻人清澈、开明、豁达的心感动了。不是所有的青年人都可以做出这样的决定，不是所有的男人都有这样的勇气，也不是所有的人都这样决然。钱木觉得面前的宋神农缺少了年轻时的锐气。

锐气减退，慢慢退回体内，再也出不来了。锐气是每个男人身上的气场，与年龄无关，与阳刚、与气魄有关。

钱木知道，签了器官捐赠没有后悔可言，宋神农只能认可宋博宇的决定。所以，钱木只能劝，让宋神农为儿子的决定骄傲。

“年轻人的决定不会跟我们一样，如果都一样社会怎么进步。我说这话可能你觉得无情，其实是真实的感受，你就尊重孩子的选择吧。”钱木看着宋神农悲切的表情说。

“一提起捐赠，我的心上就像戳着一把刀。”宋神农一只手捂着胸口，好像在安抚自己脆弱的心。

“说句痛心的话，孩子是想活着，用另外一种方式活着，说得悲切一点，真有那么一天，你想孩子了，可以看看使用他器官的人，你可以看到他的影子。”钱木沙哑的嗓子使她的话异常动情。

宋神农闭了闭眼睛，吸了一口气，然后缓缓地呼出，他只得无奈地接受事实。

钟思书与康健在休息室核对财务单子和记账本，桌子上摊着一堆出租车发票、加油票和一个大本。

“上面都有主任和财务的签字，还有什么可核对的？”康健放下单子，他觉得上面的签字清清楚楚，管账的又是自己和老实忠厚的钟思书，纯粹是耽误时间。他不懂财务，不知道这么清楚的收据还要怎么查，他失去了耐心。

“话是这么说，咱们两个管这点账，不弄清楚了不行啊，专门小组的人就让人受不了，坐在你对面，完全一副盛气凌人审罪犯的样子，问我为什么要给你们的私家车加油，为什么加油票没有专家签字。”

“难道接专家让我们赔上油钱？让那些专家签字，为了这点钱，专家才不愿意落下把柄呢，人家不签，我们有什么办法？”钟思书满腹牢骚。

“科研基金的事，肯定是内部人告的，不然谁知道得这么详细，真能装孙子，他每年用了多少科技基金，反过来咬我们，他安的什么心，唯恐天下不乱。陈浅学主任气坏了。”康健气愤地说，钟思书也一脸不满，他们心里都知道这个告状的人是谁，只是心照不宣而已。

“你还不清楚这个人的意图？主要针对你，陈主任眼看没有多久就要退休了，提拔谁当主任，不仅凭技术，还要凭心机，凭借谁有后台，有时候当你的顶头上司的人不一定比你强。”

康健掏出一根烟递给钟思书。

“四叔，来一根。”

“来一根就来一根。”钟思书慢条斯理地说。

康健掏出打火机给钟思书点上了香烟。钟思书平时不大抽烟。此时，两个男人一起吸起了烟。也许这根缭绕的香烟可以带走他们心中的阴郁。

“我是凭技术吃饭，凭自己的良心做事，我光明磊落地做一切，没有见不得光的事。当不当科室主任都无所谓，当了更好，不当做一名普通外科医生，像你一样，勤勤恳恳做一辈子手术也挺好。”

“话是这样说，你有这个能力干吗不争取，我总认为一个科室什么样的人当主任会直接影响风气，刮的是正气还是邪风这个很重要，呵呵。”钟思书弓着身，后背微微隆起，这是一个在手术台前站了几十年的身影。如今，这个腰身再也不会直起来了。

康健知道科里的账目问题以及家事问题让四叔心里很不痛快。

“四叔，你有啥事需要我帮忙的尽管开口。我不是大款不是大官，但人脉还是有一些的。”康健知道四叔正为房子的事打官司，那个退伍军人实在欠揍。康健心里燃起一股正气，恨不得把所有龌龊、肮脏的人都修理一顿。

“有时候，我们只能不怨天、不怨地、不怨人，只怨我们自己。”

钟思书说的这句话是针对女儿婚姻这件事，他认为自己没有把好关，没看清人，造成女儿的不幸，他很自责。

“把所有的不幸都归结为自己的抉择那多累呀，四叔千万别这样想。”康健看到钟思书愁苦的样子心里很不是滋味。

钟思书的电话响了，他拿起来接听。

“哦，啊？！”说完这两个字，钟思书就把电话挂了。

“这个检查小组就像个阴魂，又让我去，不去！”

钟思书的不去两个字说得铿锵有力，异常坚决。

“我去吧，听听他们问什么。”康健掐灭了香烟走了出去。

钱木送走了宋神农，去找陈浅学，她准备跟陈主任商量，尽快培养方樱子独立手术，今天和方樱子上的这台乳腺根治手术，让钱木很意外，她觉得方樱子的手术感觉和技术都不错。她想尽快把方樱子培养出来，在手术上独当一面，至少在乳腺手术上独当一面。否则，科里真的后继无人了。以往一个医生，起码要两三年或者三四年时间，才可以独立做一台大手术，这个时间是不是太长了，钱木想和陈主任商榷。

康健从检查小组出来还是无法替代钟思书，康健和钟思书管的是两个事，钟思书管账目，康健主要管科技基金。

“四叔，还是让您去。”康健回来对钟思书说。

“不去。”钟思书说得很坚决。桌子上的账目和单据被他整整齐齐放好了。

“对付对付呗。”康健劝钟思书。

钟思书站起身走出休息室，到医生办公室处理病历，完全一副事不关己的表情。

钱木下班直接开车去了动物医院，去看她的宝贝丁丁。钱木开车很多年了，技术娴熟，像她做手术一样轻车熟路、干净利索。

看到丁丁，钱木流下了眼泪。丁丁的眼神充满哀怨和忧郁，看到钱木，它抬了抬眼睛，眼神里有一点点亮光。但是很快，亮光就散开了，丁丁的小黑鼻头动了动，像是嗅主人的气息。丁丁虚弱地低着头，它已经没有力气抬起头来兴奋地迎接钱木。它混沌不清的喉咙里发出了两声低吟，很微弱，像在对钱木说着什么。

丁丁生下来就被切断了尾巴，发情期被摘除了卵巢，它是一只不能摇尾巴、没有品尝过爱情、没有生育能力的单身狗。

丁丁垂着脑袋，任凭钱木把它搂在怀里。它很想伸出舌头舔舔钱木温柔的手，可是它根本没有力气。看到丁丁衰弱的样子，钱木不想把它丢在医院。今晚，她要好好陪陪丁丁。

上了车，钱木把狗放在座位上，丁丁瘫软地卧在座椅上，无暇顾及外面的一切，它再也不会像往昔那样，伸出脑袋、吐着舌头、望着窗外，不时汪汪两声，在乎每一片树叶的飘零。

晚上，钱木给丁丁洗完澡，把它搂在身边。暖暖的床上，钱木搂着丁丁，夜色搂着她们，她们是相依为命的一家人。

清晨，丁丁的身体已经冰凉，它依然静静地依偎在钱木的身旁，就像它活着一样。看到冰冷的丁丁，钱木的眼里满是泪水，她没有动，就这样静静地搂着它，像它活着一样。

早交班的时候，陈浅学看到钱木没有来，也没有打电话请假，交完班，他把康健叫到身边。

“你给钱木主任打个电话，她今天怎么没来上班，我看她这几天精神状态不好，嗓子也沙哑了。”

康健是陈浅学主任信任的人，康健的优秀有目共睹，这不是陈浅学偏爱就可以冠以的名誉，而是大家的认可和共识。

“好的好的，放心陈主任，我处理完病人就联系钱木主任。”

康健给钱木打了电话，钱木没有接，她不想联系任何人，不想接触外面的一切，今天只想静静地陪着她的丁丁。

康健开车去了钱木家。敲了很久的门，房间里才有了响动。

康健说：“钱主任，是我，康健。”

听到康健的声音，钱木打开了房门。

钱木抱着丁丁，看着门口的康健说：“今天只陪我的丁丁。不去上班，不上手术。”

康健听到钱木的话，看着她的眼神和表情，知道她伤心得不顾一切了。这不是手术台上雷厉风行的钱木，这不是在课堂上讲乳腺外科的钱木教授，这是一个感情受了伤害悲痛至极的钱木，一个脆弱的女人，一个失去孩子的母亲。

“钱主任，今天好几个病人找你，宋博宇和他爸爸都在找你。”康健在转移话题，这个时候，只能用病人的话题转移钱木的注意力，把她从悲痛欲绝、神志不清的昏聩中拽出来。

“我看看丁丁。”康健对钱木说。

听到康健的话，钱木下意识地抱紧了丁丁，像一个怕被人抢走孩子的母亲。

“钱主任，不知你想不想把丁丁做成标本放在房间里，像真的丁丁。”

康健有个朋友开了一个艺术工作室，专门做动物标本，栩栩如生的小鸟，活灵活现的小狗、小猫。康健认为把丁丁做成标本，在某种程度上一定可以减轻钱木的痛苦。

果然，钱木的脸上有了一丝激动。

“钱主任，你相信我，做成标本的丁丁每天陪着你，除了不会叫，神态和表情都跟真的一样。”

“让我想一想。”钱木此时恢复了理智。

“这样对于丁丁是不是太残忍了？”钱木问康健。

“我们上学的时候，医学院那具骷髅就是著名的汪洋教授，每次看到那副骨骼，我心里都是满满的崇敬。这不是残忍，丁丁也想陪着你，你也想念丁丁，这不是很好吗？”

“我是说把丁丁的身体掏空，我不忍心它疼。”钱木摇摇头，没有同意康健的提议。

“钱主任，你若不忍心咱们就换一种方式吧。”

康健又提出了自己的想法，这次钱木同意了。康健带着钱木到医院动物实验室旁边的小树林里，就是钟思书喂养小动物那里，把丁丁埋在一棵碗口粗的银杏树下。

钱木不舍地对银杏树下的丁丁说：“这里有你的小伙伴，你不会寂寞的，我会时常来看你。丁丁，你现在不难受了吧，好好睡吧。”

康健听到钱木的话，知道她终于恢复了理智。

宋博宇确实在找钱木。他躺在病床上，此时的他已经懒得下床了。走到医生办公室对于他也是奢侈，就是扶着墙走，喘着气歇上五次，他也走不过去了。

他啃食一个甜而脆的苹果，啃几口就想放下。他对一切都表现出了淡漠，无力拥有，无力燃起那份热情。但是有一件事，他却在心里牵挂着，怎么也割舍不下。

“钱主任。”宋博宇叫了一句走进病房的钱木。宋博宇住的是一个小单人间，房间里除了病床之外几乎放不下什么东西。

钱木看到躺在床上的宋博宇，人瘦得完全脱了形，他的眼睛和皮肤有些发黄，像暗黄色的香蕉皮。钱木知道，这是肝转移造成的。才几天的时间，宋博宇就面目全非了。

“钱阿姨，这几天我一直找您。”宋博宇把钱主任改成了钱阿姨，这个称谓的微妙变化，正反映了宋博宇此刻想说的话。

“我想求您一件事。”宋博宇是个聪明小伙子，他不想拐弯抹角地扯别的，直接切入主题。

“求我？”

钱木脑子里转了几个弯，没有马上痛快地答应宋博宇。

“鸟之将死其鸣也哀，人之将死其言也善。钱阿姨，您看我现在都这样了，就可怜可怜我，满足我这个哀求吧。”宋博宇笑了，露出了好看的小虎牙。

看到宋博宇的笑，钱木的心彻底软了，这个年轻的生命真的太可惜了。

“你不要总想那些，我们一起努力让你慢慢好起来。”

安慰，给病人一个美好的希望，是每一个医生高举的美丽谎言，不是欺骗，是善意的美好。

“钱阿姨，我知道你和我爸爸老宋年轻时认识，要不你们再续前缘吧。这么多年，今天上苍让你们再次相遇，这本身就是缘分未尽。”宋博宇一直叫自己的爸爸老宋。这个称谓越过羁绊，带着他们亲昵的父子情。

钱木听完宋博宇的话心里像潮水般涌起了波澜，她没有想过这个问题。

“我担心我爸会承受不住打击。您若能陪他我就可以放心地走了。”宋博宇热切的双眼看着钱木。

钱木的内心有些慌乱。但是，她的表情依然很镇定。

“我爸爸这辈子太苦了。”宋博宇低下头，他的眼睛湿润了，他不想让钱木看到他的眼泪。虽然他很想让爸爸和钱木在一起。但是，他不想赢得钱木的可怜和同情，他真诚地希望他们在一起，希望爸爸的晚年能有一丝甜蜜和幸福。

“我懂得你的心，孩子。放心，我会照顾好你爸爸。”钱木看到了宋博宇眼中的泪水，心里很难过。

“谢谢您，钱阿姨。”宋博宇别着脑袋不愿意让钱木看到自己眼里的泪水，他抬起瘦弱的手握了握钱木的手。也许，手与手的相握就是一个承诺和约定。

早八点，清朗的钟声隆重地敲响。在这个时刻，会有很多个开始，比如上课的铃声，一趟列车的开启，一个航班的起飞，一朵鲜花的怒放，一个生命的诞生……这个时刻可以是一个开始，也可以是一个结束。

随着八点钟声的敲响，胸外科窗外咚的一声，响声之后是一声尖厉而颤抖的叫喊：“胸外科的钟医生跳楼了！”

胸外科医生办公室正在早交班的医生护士们屏住了呼吸，所有人都呆住了。方樱子惊呆了片刻，即刻飞跑了出去，她跑得有些跌跌撞撞。今早，她就发现钟思书没有参加交班。没有参加交班很正常，经常有医生因为有事不来参加交班。但是，如果有手术，医生们都非常自觉。早交班没有看到钟思书，方樱子和大家一样，并没有放在心上。

康健紧紧跟在方樱子身后，他的手里提着一个白色床单。康健在这方面非常有经验，跳楼的人死得非常惨烈，脑浆迸裂，鲜血飞溅，脸狰狞恐怖。康健不忍心让大家、让跑在前面的方樱子看到钟思书摔得面目全非的脸和身体，他怕别人看到凄惨的钟思书，怕方樱子吓坏了，他要把钟思书严严实实盖住，盖住他的尊严和悲凉。

“钟思书，钟大夫。”方樱子声嘶力竭，她的脑海里一直否认这个消息。昨天晚上，钟思书还带着方樱子去喂他的残疾小狗和大耳朵兔子。那是暗示方樱子以后要好好照顾它们吗？

方樱子跑到钟医生身边的时候，康健几乎同时把白床单盖在钟思书的身上。钟思书被白床单尊严地盖得严严实实，一摊鲜红的血浆把褐色的黄土浸成了深棕色。

“四叔，你这是干什么呀？”康健跪在钟思书身旁失声痛哭。

方樱子蹲在康健的身边，抹着滚下的泪水。

“四叔，你安心地走。”

康健知道，钟思书是为女儿的事自责，是为医院的事烦心，他承受不了这种压力，一走百了。他把痴呆的女儿和抑郁的妻子交给了医院，交给了社会，交给了生活，他没有勇气陪伴她们继续受苦受难。

四叔，我会照顾好你的亲人，处理好那些让你烦心的事。康健在心里痛下决心，他要帮助钟思书家打赢官司，赶跑那个退伍军人；把科里的账目跟调查的人理论清楚，把无根据的猜疑和脏水清除干净。这些重担都压在康健身上，他必须担起，这不仅是他的职责，更是一个男人的人生担当。

康健有这个能力担起。四叔家的亲人就是他的亲人，四叔的事就是他的事。他不会忘记，刚刚迈入胸外科还是个青涩小伙子的时候，那时的四叔像他现在一样年轻，他带着康健做手术、换药、缝皮、处理病人。康健能成为今天的康健，有四叔在他身上付出的心血，他是康健敬重的医学前辈。

陈浅学主任这几天也很难过，他没有想到老搭档就这样凄惨地走了，他觉得自己的主任当得很失职。钟思书一直是他的左膀右臂，两个人先后分到胸外科，几十年相守，钟思书默默支持着他，从没有怨言，完全把自己当成了他的助手，微驼而宽厚的后背承受了多少辛劳和无奈。每想到钟思书的身影，陈浅学的心就无比疼痛。

疼痛的何止是陈浅学，还有老搭档钱木。听到钟思书跳楼的消息，钱木把自己关在办公室里哭了很久，她不想流泪，可是她控制不住自己。钟思书走得太突然、太意外了，突兀得让钱木无法接受。

钟思书把账目、单据和科里捐给他的钱，整齐地放在办公室的抽屉里。他不忍心要大家的钱，他是一个极其不愿给人添麻烦的人。康健与陈主任和钱木主任商量，决定把大家捐赠的钱交给钟思书的家人。当然，关于钟思书的善后以及他的亲人怎么处理和安排，康健也跟陈主任商量后找了医院，他会尽自己最大的努力和能力，为钟思书及家人争取到最好的结果。

方樱子已经几天没去看李银针了，不是因为工作忙，不是因为科里出了钟思书的事，是因为方樱子根本就不想去看李银针。

手术那天晚上，方樱子陪了李银针一夜。从那天起，方樱子就下定决心，这是最后一次陪李银针，像蔡琴的那首老歌《最后一夜》："红灯将灭酒也醒，此刻该向他告别，曲终人散回头一瞥，嗯，最后一夜……"

李银针看到方樱子几天没来看自己，拨通了方樱子的手机。

"樱子，我过两天就出院了，你也不来看看我，我现在好比吃了三碗红豆饭，满肚子相思。你知道吗，我吃了好几只大公鸡，现在满血复活，鼻子都快蹿血了……"

李银针说他吃了几只鸡，绝对不是信口雌黄地吹牛。把一只鸡熬煮，一锅汤熬煮成一小碗汤，这碗汤浓缩着整只鸡的精华，汤里加了黄芪、枸杞、冬虫、人参、肉苁蓉等几味中药，一碗鸡汤充分发挥了李银针中医世家的特色，李银针每天喝一碗这样的汤，伤口愈合得非常快。

"亲身体验，找到一个大补的食疗秘方，这是挨打人的身体鸡汤。以后我开养生馆，专门给挨打受伤的人提供迅速恢复身体的秘方，你看怎么样？"李银针还在嬉皮笑脸地开玩笑，他丝毫没有感觉到电话那边方樱子的情绪。他太自信了，他认为这么多年他跟方樱子早已成为打不散拆不开的黏合剂，任凭他怎么折腾，这份感情都会像碉堡一样牢固。

"等你病好了，咱们两个吃顿饭，我请你。"方樱子的口气很平静，平静中透着冰冷，像微寒的清秋。是的，她不再是那个没心没肺跟着李银针傻笑耍小性子的傻姑娘了。一次次情感的折磨，一件件血淋淋的事实，痛心的磨砺，让她逐渐冷峻地看待一切事物和人。

"樱子，你怎么正儿八经的？是不是钟思书的事刺激你了？"李银针嗅出了方樱子与平常的不同。若是以前，李银针说一天吃一只大公鸡，方樱子得咧着大嘴咯咯地笑，隔着手机都能看到方樱子张开的大嘴。可是今天，方樱子不仅不笑，还特别吝啬自己的话。李银针发了两秒钟的呆，托着歪着的脖子，挂断了电话。

梅珊发烧了，方樱子听到这个消息心里一惊。

这可怎么办？她有点手足无措地问自己。

“我接你到医院来。”方樱子对梅珊说。

“不用你接，路上太堵了，我打个车就到。”梅珊根本就没把自己当成病人，当成孕妇。

梅珊的脸色并不好，没有了往昔的红润和水灵，唇色灰白。因为发烧，九月的初秋，她穿了一件樱花粉的羽绒服。

梅珊躺在方樱子科里的医生休息室，身上盖着大被子，缩成了一团。方樱子让化验室给她检查了血象，白细胞一万二，高于四千到一万的正常值，这是发烧人的血象。方樱子拿了一个体温计夹在梅珊的腋窝。现在只能看梅珊的体温到底多少再做处理。方樱子从治疗室拿了一瓶葡萄糖，瓶口插了一截透明的输液管，这样梅珊喝起葡萄糖来很方便。

梅珊闭着眼睛，呼吸粗重，她吸了两口葡萄糖水，咧嘴笑了笑说：“葡萄糖液这么好喝，味道不错，有点像鸡尾酒。”

“樱子，怎么办呢，会不会对胎儿有影响？”

怎么办？方樱子也不知道，现在梅珊的身体还能承受流产吗？如果不流产，这个胎儿能健康地出生吗？梅珊的身体状况和健康状况都不好，她怎么孕育这个胎儿？

方樱子从梅珊腋窝下拿出体温计，三十八度七。方樱子甩了甩体温计，她不想让梅珊知道自己的温度，怕她惊慌。

“怎么样？”梅珊无精打采地闭着眼睛问方樱子。

“还好吧。”方樱子急忙去治疗室拿来一个化学冰袋，取下中间的夹子抖开后放在梅珊额头上，又找来热水袋灌上热水，放在梅珊冰凉的脚底，头枕冰袋脚踏热水袋，是艾叶告诉她护理高烧病人的方法。艾叶又给方樱子端来一小碗加水的稀释酒精，她让方樱子拿棉球蘸酒精给梅珊的腋窝、腹股沟和颈部两侧静脉处擦拭降温。

“樱子，我好冷。”梅珊身体缩成一团发着抖。梅珊拿来一床被子压在她身上。冷就是体温升高的表现，方樱子不敢给梅珊用任何药物治疗，体温再烧上去怎么办呢？梅珊身上起了一层鸡皮疙瘩，方樱子有点束手无策了，她去找钱木主任商量。钱木主任听完方樱子的叙述，急忙到休息室看梅珊。她摸摸梅珊的脉搏，脉搏很细速。

“姑娘，你真的让我为难了，不知该怎么下手，你简直是向医学挑战呀，完全不合乎医学规律和生命规律。你什么时候在妇科做的B超？”

钱木是担心万一胎儿畸形，孩子是万万不能要的，而且要及早处理为好。

“怀孕的时候做的，现在一直没做呢。”

钱木即刻拿起电话，这个时候，她只能帮助梅珊走走关系了。她给妇产科B超室赵昕主任打电话，赵昕是医院妇产科B超最权威的医生，三个月可以准确判断胎儿性别，几乎是百分之百的准确率，并不是所有的B超大夫都可以在胎儿三个月的时候判断准确的，这要靠丰富的经验和超高的技术水平。钱木想知道梅珊肚子里的孩子到底发育得怎么样。如果是畸形，她要劝梅珊即刻终止妊娠，这样梅珊的乳腺癌治疗还可以继续，还有希望减慢她身体里癌细胞的扩散。

发烧的梅珊根本起不来，她呼吸急促，闭着眼睛，浑身哆嗦。她声音微弱地对钱木主任说：“我坐起来的力气都没有。”

“等体温下来再去做吧，不过刚才赵昕主任说，发烧刺激子宫，容易使胎儿畸形。西医也不敢用药，体温再升高找中医科想点办法。”

钱木的话提醒了方樱子，她想到了李悬壶。方樱子急急火火让李悬壶马上过来。李悬壶听说梅珊病了，拿着他的针灸盒子就来了，极其够哥们儿，怎么说梅珊也帮他找过马王堆里出土的中药方子呀。

李悬壶坐到梅珊身边。

“辛苦你了。”方樱子对急急赶来的李悬壶说。

“谢谢悬壶医生。”梅珊也睁开眼睛向李悬壶露出了一个柔软的微笑。

李悬壶笑笑拿出两个酒精棉球擦擦手。他先伸出右手的中指、食指和无名指轻轻搭在梅珊腕侧的桡动脉上，他垂着眼睛表情极其沉静内敛，很有气场，气定神闲的气韵让方樱子也沉静了很多。

中医学真的是一个很神奇的东西，它不仅可以治病、养生，更可以调理人的身心，让人的精神境界上升到一种高度，达到身体的内外兼修，说它博大精深，说它是民族文化精髓，丝毫也不夸张。

李悬壶的中指、食指、无名指呈弓形，指腹压脉，三指同时用力按梅珊的脉，就是诊脉中的总按。然后，他微微提起中指和无名指，开始诊梅珊的寸脉。他的手指在梅珊的腕上由浅及深，由深及浅，诊断梅珊的脉象。

“有点湿邪内陷。”

李悬壶看看梅珊的脸色，打开一个红黑相间绘有龙纹图案的针灸盒，盒里排列着消好毒的不同长度的银针。李悬壶右手的拇指和食指捏起一枚银针，扎进了梅珊的合谷穴，紧接着又在曲池、大椎、内关等穴位直刺、捻转了几枚针。三十分钟后，李悬壶开始起针。方樱子给梅珊换热水袋和冰袋。

李悬壶对方樱子说：“我给梅珊开一服中药，你煎后给她喝一大杯，连喝三天。”

“她能喝中药吗？”方樱子疑惑地看着李悬壶问。

“普通中药当然不能喝，但是我开的这个药方没有问题。”李悬壶说完拿起一张空白处方，在上面唰唰唰龙飞凤舞写了几个字，交给了方樱子。

方樱子拿起处方一看，惊讶地说：“就是这个呀，能管用吗？”方樱子半信半疑地问。这个李悬壶是故弄玄虚还是糊弄人啊，这个处方简直就像李银针开的，一点不着调。方樱子看了沉稳的李悬壶一眼，他正收拾针灸盒。

“不吃怎么知道管不管用。”李悬壶的话里透着自信。

“什么补药，我看看。”

梅珊拿过方樱子手里的处方一看，也很意外。原来是：大枣、生姜、葱须煮汤。

“这也能治发烧？”梅珊瞪着眼睛问，眼神都精神了许多。

“记得去找葱须。”李悬壶叮嘱方樱子。

喝了三天李悬壶的所谓中药，梅珊的发烧确实一天比一天减轻。梅珊退了烧，方樱子心想，这个李悬壶还真有一手，有点神医的味儿。

退烧后，梅珊去妇产科做B超检查，梅珊躺在拉了粉色布帘的B超检查床上，露出微微隆起的肚皮。妇科主任握着沾着润滑剂的仪器，在梅珊的肚子上轻轻滑动，她仔细观察着屏幕，生怕有一点点遗漏。此时，可以清晰听到咕咚咕咚的声音。

“这就是胎心，你听，多有力。”主任微笑着对梅珊说。

“主任，孩子没有问题吧？”梅珊不放心地问。她没有做好心理准备，如果孩子有问题，该怎么办。她的手紧紧攥着方樱子的手，仿佛这样可以凝聚力量，迎接即将来临的结果。这个结果或许是山崩海啸，或许是柳暗花明。

“等等看啊。”主任的话轻柔而沉静。此刻，梅珊和方樱子的心都提到了嗓子眼。时间一秒一秒地过去，这几十秒，对梅珊来讲却很长。

“四肢、头、腹、脊背，没有问题，放心吧。”听了主任的话，梅珊和方樱子同时舒了一口气。两只手紧紧握在一起，仿佛在给彼此鼓劲。

“真的没有问题！太好了，谢谢您。”梅珊悬着的心终于落了地，她竟喜极而泣。

“主任，是男孩还是女孩？”梅珊忍不住好奇心。

主任笑笑在梅珊右侧肚脐下蹭来蹭去，她仔细观看孩子两腿间的位置。过了一会儿，她从梅珊肚皮上拿下了B超仪器。

“呵呵，还是有点悬念和惊喜好，是个健康的宝宝就是最好的。”主任从不轻易透露孩子的性别。

梅珊向方樱子做了个鬼脸。

李银针已经出院了，他在家静养了几天，闲得爪子疼，今天琢磨着见见方樱子，他拨通了方樱子的电话。

“樱子，出事了。”李银针的话总是语出惊人。

“是不是又被某个美女的男友打折了腿？”方樱子的话里带着刺。她被风流无才的李银针伤透了心，这样的人，怎么可以把自己的一生交付给他呢？即使是个有点钱的什么二代，又有什么值得攀附的？

“樱子言重了，咱俩该碰碰头了，我真的想你，真的出事了，要命的事。”李银针的话里透着悲情。但是，在方樱子听来，多么庄重严肃的事，由李银针说出来，起码掺百分之五十的水分。她根本就不放在心上。

李银针说出了一件要命的事，一点也不假。什么事呢？四合院的事。这个值钱的四合院就是李银针的第二条命啊，丢了这个院子，李银针就剩下一张贫嘴了，幸福到哪里找呢，那就真正过上贫嘴张大民的幸福生活了。

李银针的爷爷知道李银针因为约会美女被人打得险些丢了性命，气得唉声叹气在四合院里走了整整半天，然后在红木大画案上书写张若虚的《春江花月夜》。

江天一色无纤尘，皎皎空中孤月轮。

江畔何人初见月？江月何年初照人？

……

李果之似乎在诗中寻找着什么。书写完这幅长卷，他把李银针叫来。李银针一听爷爷又召见自己，吓得心慌气短，他结巴着吓唬自己的妈妈说："我的病还没好呢，爷爷又叫我，吓得我快尿裤子了。"

李银针想让妈妈帮自己说情开脱。

李银针妈妈拧着眉头说："这回谁也救不了你，你爷爷被你气得一天没吃饭了。"

李银针一听问题严重了，他赶快上卫生间把尿挤干净。歪着脖子，托着脑袋，一副伤兵的模样。他想，爷爷一看自己病得这样严重，心一软就不至于骂他了。

李果之看到进来的孙子李银针这副德性，气就不打一处来。若是自己的儿子，他恨不得上去踢两脚，孙子终归隔着辈分，他压压心中升起的怒气，出了一口粗气。

"爷爷。"

李银针亲热地叫了一声，然后不等爷爷开口，他先跟爷爷倒苦水。这叫小偷击鼓进大堂，抢先一步。

"爷爷，您看我被人打的，那孙子差点要了我的命。"

李果之阴沉着脸瞪了李银针一眼。李银针醒悟自己刚才说话太脏，爷爷不喜欢说话不文明带脏字的人。

"爷爷，那孙子，噢，那王八蛋。"李银针的这句话更把爷爷的鼻子气歪了。李果之心想，这孩子会说不带脏字的话吗？

"爷爷，您差点就没孙子了。我就到口腔科看我这个吃糖的虫子牙，那狐狸精护士的男朋友也不知道听她什么妖言了，上来就拿凶器切我脖子上的大筋，土匪似的。亏得您平时积德行善，亏得咱家祖上有德，我祖爷爷的祖爷爷庇护着我，不然，我这小命就玩完了。"李银针小嘴叭叭的，还不忘偷看自己的妈妈，并抛个得意扬扬的眼神。李银针先把爷爷和祖上夸一顿，然后把责任推到对方身上。李银针对自己的开场白还算满意。因为她看到妈妈忍不住捂着嘴要笑，看到爷爷板起的国字脸松弛了，这是好兆头啊。

李银针还想乘胜追击张嘴为自己辩护，爷爷一摆手。李银针吧嗒吧嗒嘴，伸着脖子咽了口唾沫。李银针真以为他爷爷是吃素的，就凭他这几句话，爷爷就信了？难道这四合院里半天的低头独行白白受累了？红木墨案上整张的《春江花月夜》白写了？从恼怒到奋起到淡然的心路历程白白经过了？不可能，绝对不可能。李果之不是吃草的绵羊，不是愚钝的傻大爷，不是随便就被欺骗的老头，为了这个孙子的成长，为了这个中医世家的延续，大一点说，为了中医学的继承，他知道该怎样做，而且必须要这样做。他决定下一味猛药。否则，这个孩子不会有什么出息了。

“依你说的，是你被人欺负了？那你怎么不去告他？”李果之问。

“我懒得跟他置气，他什么素质的人，一个小混混。”李银针不屑地说。

“我也不想知道你这些乌七八糟的事。”李果之摆摆手。

“我今天想了很久，做了一个决定，我决定等我不在了，把咱家的四合院和我的存款捐给医学院，让他们成立基金，每年拿出一部分钱，奖励中医学成绩突出的学生，激励那些热爱中医的好孩子。你父母也有房子，你不用指望家传的这点财产。我今晚准备拟写捐赠函，让你爸爸今晚来找我。”

李果之认为这个孙子就是不学无术的败家子，不捐出去，这个四合院早晚被他卖了。自己像他这个年岁，早已跟着父亲行医，活跃在京城各大宅府，轻微的小病自己已经独自诊治了。每天清晨做完一套强身健体的五禽戏后，就开始背诵和翻看《本草纲目》《黄帝内经》《伤寒论》《金匮要略》《千金方》《脉经》等医书，这几本经典医书反复看，已经翻得破烂不堪。但是，他依然觉得自己跟父亲的医术差得很远很远。这个孙子虽然在自己的逼迫下学了中医，也算继承了医学，可是根本就是个不学无术的纨绔子弟，不仅一本医书也不好好读，还成天招惹妹子。关键是，他的医术也惨不忍睹，脉诊不清，药方子背不灵光，针灸也拿不起来，这几年的医科大学也不知怎么混的。这样的中医大夫简直丢他的脸，丢中医学的脸。他绝对不能再容忍他这样混下去了。否则，这个医生就毁了。

“爷爷，我爸今晚来不了，他出国了，一个月以后才回来。”李银针向妈妈一眨眼，李银针的妈妈就明白儿子的意思了。

“爸，您先喝口茶，消消气，我们都支持您的想法。”说完，李银针的妈妈转身走了，躲开了李果之。

“爷爷，我非常支持您这个伟大想法。为了祖国的中医学事业，我觉得您的选择特别正确。”李银针向爷爷跷起了大拇指。此时，他知道，千万别惹爷爷发火，一发火事情就没有挽回的余地了。爷爷恐怕被什么东西洗了脑，不然谁烧坏了脑子做出这种不着调的事。

李银针丝毫不自省，不认为是自己太不争气才使爷爷做出这样的决定。李银针走上前，给爷爷揉肩按摩，脖子也不歪了，说话也不有气无力了。此时，李银针身上每个细胞都被爷爷的决定唤醒了，必须精精神神地跟爷爷死磕，这是生与死的博弈，必须胜利。

“爷爷，您怎么起草，我帮您一起。可是，我得提醒您，现在有些慈善机构不可靠，您不上网不知道，所以捐赠这种事，必须擦亮我们的双眼，不然咱家的四合院搞不好被别人占上，这就不值得了。您想啊，这是我祖爷爷们传下的产业，我们不能守不住产业呀。”李银针先“拍桌子吓唬猫”地吓吓爷爷。

“我知道您对我不满意，您不知道，我现在正在研究中医药与癌症之间的关系。比如，研究研究《红楼梦》里宝钗吃的冷香丸，配两粒吃吃，研究研究林黛玉吃的人参养荣丸，配两粒吃吃。”李银针纯粹跟爷爷瞎白话呢，他这是听方樱子说李悬壶配这两味药吃着玩，拿来贴自己脸上哄爷爷高兴。

“您知道吗，屠呦呦不是得诺贝尔医学奖了吗，她研究中国神药青蒿素治疗疟疾，我受到很大启发和激励，目前正研究蒲公英治疗癌症的新方法，还有饿死癌症的方法。要研究就研究对人类贡献最大的项目，说不好也能得个诺贝尔奖什么的。”

李银针向爷爷谦虚地笑了笑。这哪是他研究的项目啊，这是科学家们研究的，他也削尖了脑袋往里钻，那也钻得进去呀。李银针完全跟爷爷天方夜谭地瞎扯呢。

爷爷听到李银针这么有想法，下巴向上一兜，咧开了嘴，乐了。

“可是，我觉得你现在的中医理论还差得很远，根本无法胜任这种研究，必须把《本草纲目》《金匮要略》等钻研透了，还要有实践。否则，绝对不可能有什么成就，爷爷决定要好好培养你，今天正式开始。”

爷爷起身，开始找书，他要李银针先把这几本书看透。李银针听完爷爷的话，看到爷爷的举动，心里喊：完了完了，爷爷这次玩真的了。

“本来，我想把咱家的四合院建一个中医博物馆。可是，你的想法让我有些顾虑，你若是搞中医研究，也要有个安静的环境，再说，万一你要搞出什么名堂，咱家自然就成为纪念馆了是不是。”李果之对李银针说。

“那当然，莫言家就成纪念馆了。所以您先等一等我，别着急。”

“我这孙子真是有想法，好！”爷爷一声好，声如洪钟，在客厅里回荡，李银针吓得眨了一下眼睛。他琢磨着下面的瞎话怎么继续。不用李银针再说什么，爷爷提出了要求。每天检查李银针的读书情况，每晚两个小时跟着爷爷学习诊脉和针灸，爷爷出诊的时候，李银针跟着出诊，就像李悬壶一样。李果之说，必须要强迫他学习了，不然李银针就学不出来了。况且，自己已经八十岁了，恐怕时间不多了，一辈子的医术、一生的行医经验不传给学医的亲孙子天理不容。

“爷爷，是不是捐赠四合院的事就算了。”

“谁说的，要看你的表现，若还是这样吊儿郎当不好好跟我学，混日子，我随时改变主意，这是你头上的紧箍咒，兔崽子，听清楚了吗。”

李银针哭丧着脸，抱着一摞医书逃向自己的房间。

今天李银针约见方樱子，是想向她倒苦水，天天苦读书的日子简直不是人过的。

李银针对方樱子说，近些日子天天灌鸡汤，人已经馋得不行了，咱俩先吃海鲜自助，什么都等吃完了再说，不然倒了胃口，吃不下去，钱白花了。

方樱子笑笑，心想，也是的，若没有开吃，就跟李银针说分手的事，自己也会丝毫没有吃的胃口。

李银针跟方樱子走进餐厅坐下，他的眼睛里就只有雪蟹腿、甜虾、三文鱼、赤贝、咖喱蟹、芝士生蚝、金枪鱼了。

他嘴里大嚼特嚼着，忙不过来了，一直没顾上跟方樱子说话，吃了有二十分钟，他才缓了缓，摊靠在椅子上歇着，等着下一轮接着吃。

“樱子，我发现你瘦了，是不是我这次生命垂危你着急了？樱子，你那晚陪了我整整一夜，趴在我床边，我真的感动死了，夜里都流泪了，你知道吗？”李银针把三文鱼、蟹腿、甜虾、生蚝等虾兵蟹将齐聚到自己肚子里，满足感油然而生，此刻才仔细观察对面光吃冰激凌的樱子。

“你怎么光吃冰激凌啊，怎么了你？虾也不吃，蟹也不啃。”李银针指着方樱子盘子里的几只虾说。

方樱子哪里有心思吃啊，哪里有胃口吃得下去呀。

“我心里有火，需要降降温。”方樱子大口而机械地吃着冰激凌。

“一、二、三……十盒，樱子你火焰山烧心了？中医说凉属阴，性偏寒，损人身体阳气。比如现在，你身体的热量本来是用来动脑子、跟我说话、思考、去海鲜台拿大鲍鱼的。结果呢，这些热量要去捂你胃里的大冰坨子，你想想，你的智商是不是马上下降，人也立马疲乏。樱子你现在是智商低的人。”

“扯什么你，我吃几盒冰激凌就变傻了？”方樱子胃里的火和冰激凌打架，热泪在眼眶里马上就溢出来了。她的心里难受呀。看李银针那德性，就知道吃，没事人似的，什么人呢。方樱子吸了一下鼻子，咽了口湿漉漉的泪水。

“樱子，你看，快冻哭了，千万别吃冰激凌了，吃点增加智商的蛋白质，一会儿好跟我算账。呵呵。”李银针抬起屁股又端起盘子杀向美食台。

脸皮真厚，什么时候都吃得下去！方樱子白了李银针的背影一眼，也端起盘子杀向了美食台，准备补充蛋白质，她真怕智商下降，一会儿对付不了这个挨千刀的李银针。

吃饱喝足，李银针抱着方樱子的胳膊走出了餐厅。方樱子甩开李银针的胳膊。

“樱子，你得搀着我，吃撑了走不动啊。再说，我这身体还没有完全恢复，还没有吃够一个排的大公鸡。”

“一个排多少人？”方樱子撇了一下嘴问。

“三四十人吧。”

“胃口真大。小心公鸡吃多了张嘴就打鸣。”

“樱子你真幽默。哎哟，吃多了也不舒服。”李银针靠在方樱子身上有气无力地挪着步。李银针这点出息也是没谁了。

方樱子和李银针坐在星巴克靠窗的座位上，黄色的圆转椅正对着落地的深棕色玻璃窗。窗外的风景一览无余，完全像看一幕鲜活的电影画面。

两个人相互看了一眼，眼神意味深长。今天，方樱子打算跟李银针正式散伙、彻底摊牌，从此以后，你找你的美女，我找我的俊男。

“樱子，我改名字了。”李银针又开始逗方樱子开心，他知道，此刻，山雨欲来风满楼。方樱子心里装了一肚子炸药，点火就着，刚才一直吃冰激凌灭火呢。

“那好啊，改什么名了？”方樱子声音沉稳、不温不火。她知道李银针说话满嘴跑火车的技能越来越熟练了。方樱子正用闪亮的小钢勺搅动冒着热气的水果茶，让玫瑰火龙果的紫艳散发得更加淋漓尽致。

李银针听出了方樱子口气中的冷漠，如若平时，方樱子见到李银针早就上手揪耳朵，逼着他做检讨了。今天，方樱子明显对他的耳朵不感冒，李银针的耳朵有点发痒，不挨揪有些不适应。耳朵早就犯贱了。

“我改名叫兔崽子了，这是我爷爷新给我起的名字。”

“你爷爷真英明，这名字多恰当啊，特别适合你，还是你爷爷了解你。”方樱子从容地端起茶杯喝了一口。

“樱子，你就拿刀戳我的心吧，千疮百孔、万箭穿心了。你知道吗，这几天我过的是什么日子？”李银针假意抹着眼泪。方樱子拿起纸巾说：“一张纸够吗？要不我去买点纸巾，我怕你把星巴克给冲了。”

“樱子，我发现，咱俩要是合伙说相声，台底下得爆满，春晚得爆红，绝配呀。”

李银针捏起纸巾搌搌眼睛开始倒苦水，悲凉的表情和忧郁的小眼神，活生生一个受欺凌的弱者。他把爷爷要建中医博物馆，捐赠四合院，让他读两箱子古医书，隔一段还要考察他的读书情况等经过，添油加醋地跟方樱子诉了一遍苦。说到伤心处，李银针真的动情了，眼睛湿润，咧着嘴，完全是老电影里地主少爷委屈受气的样子。

“我觉得你爷爷做得一点也不为过，不是我说你，你就不能踏踏实实像李悬壶似的读本《本草纲目》？”方樱子险些把你连李悬壶一半都不如说出口，她怕这句话太伤李银针的自尊心，所以没有说。

“别跟我提李悬壶这个偷我爷爷医术、偷中国医学的洋人。他这个家伙快成精了。”李银针嫉妒方樱子说李悬壶的口气。

“我爷爷的成就有目共睹，我爷爷的才干众人皆知，我爷爷的能力社会认可。”李银针摇晃着脑袋，仿佛诵咏古诗。

“放着这么好的条件，你跟你爷爷好好学学，凭你的聪明肯定能马上超过李悬壶。哪天让别人说李银针的成就有目共睹多好。”

“你的意思是说，我根本就不如李悬壶？”李银针不相信地问方樱子。

“你再这么混下去，丢弃的何止是财产呢。你爷爷就不该把财产传给你，你妈妈就该掐断你的经济来源，让你花你的死工资，看你还不好好努力，拿什么资本去泡美女，还跟人家吹什么你有上亿的资产。一个在中医科混日子的庸医，你的风流资本还剩下多少？”方樱子冷笑了一声，她的话说得极狠。

短暂的沉默，星巴克回旋着一首悠远的钢琴曲，仿佛让人漫步在清新的林间小路上。玻璃窗外，一个个流动的身影成为方樱子眼中的城市风景画。两个人说话的气氛显然有点不对味，李银针狗似的鼻子立即嗅出了异样。

“樱子，你说的话，你出的主意，都是超级生猛海鲜，太猛了，我的胃消化不了，我现在已经改过自新了，又像高考时一样，头悬梁锥刺股，经过两次悬梁锥刺，我才能到达一种境界，像咱们两个，分分离离，最后啪，牢牢契合，永生不分离。”李银针绘声绘色，拿起方樱子的手准备使劲契合一下，没想到方樱子根本不抬手。

“谈完你的问题，是不是该说说咱俩的感情了。你不觉得咱们两个根本不合适吗？”

“相当合适。”李银针简短地回答，他预感到方樱子要跟他算账。

“合适你还找韩国长脸妹大婚，合适你还约会美女护士吃西餐。”

“那就是玩玩，不跟她们玩真的。”李银针耷拉着脑袋，像犯了错误的人做检讨。

“玩得有点大吧，你既然这样喜欢玩，从此你玩你的，我们到此为止。”方樱子下了决心，一个男人，好色不是小毛病，大可以上升到本质，小可以归结为习惯。她不能容忍这个严重的问题。

“樱子，我以后一定改，这次我想起来都后怕。”

“没有那么容易改正的，韩国那一次，我已经原谅你了，这次不会原谅。你好好跟着你爷爷学习，把上亿资产抓住，别到手的鸭子飞了，然后找一个美丽的姑娘，过你的幸福生活。”

方樱子说完，站起身准备走了。李银针拽住方樱子的手问：“你是不是知道我的财产可能得不到才跟我分手？”

“这与那些无关，你检讨检讨自己。”方樱子甩开李银针的手。

李银针看到方樱子的表情，知道她是认真的。方樱子真的要和自己分手？李银针醒了。

“樱子你别走，别离开我，我舍不得你。”李银针很动情。但是，这时候说什么也没有用了，方樱子的决心不是一天两天下的，她已经历了痛苦的煎熬，直等到这一天，让痛苦彻底喷发。

方樱子转身，向李银针挥挥手，她推开了星巴克的咖色玻璃门，眼里淌下了两股泪水，她迎着风踏入行人如织的街道，成为别人眼中的又一道靓丽风景。

李银针坐在座位上，彻底傻了……

李悬壶正坐在公寓的藤椅上，膝盖上摊着一本新找来的《难经》，这是继《脉经》之后，他读的又一本医书，这本书是战国时期扁鹊所著，书中对人体经络、脉学、脏腑等进行了阐述，由于采取了病症问答的形式，所以读起来非常有趣。

李悬壶坐在藤椅上，旁边的藤条茶几上放着一杯冒着热气的香浓咖啡，李悬壶很享受这样的生活——闲适、懒散而充实。

突然，门铃响了，已经晚上十点多了，这个时候门铃响总让人惊心动魄。这么晚了，谁会来呢？李悬壶站起身，合上书。

“哪一位？”李悬壶站在门口。

“我。”

“哦，你呀，怎么不打个电话，这么晚了闯到我这里有什么重要的事？”李悬壶问。

“你就开门吧，别废话了，我刚跟我爷爷温习完功课，我的时间金贵着呢，分分秒秒都上亿。”

李银针除了满嘴跑火车，不会说别的。

李银针仰着头，挺着小胸脯，背着手，迈着方步走进李悬壶的公寓。他进门就直奔卫生间，不是撒尿，是看看浴帘后面有没有藏着人，出了卫生间他又打开李悬壶的衣柜，伸着脖子向里面看，关上衣柜的门，李银针趴在地上，屁股撅起来把脑袋钻进床底下。李悬壶看着李银针的举动，呆呆的，傻了。不知道李银针上演的是什么戏法。

“师叔，我这里没有大变活人，也没有藏着宝贝。”李悬壶看着李银针一脸不解。

“我爷爷派我看望看望你，顺便给你送些我家做的包子。”李银针信口开河，包子是他在路上华天小吃买的。他哪里是来看望李悬壶的，进了房间东找西找，完全贼心眼作怪，他直觉方樱子跟自己分手一定是跟李悬壶好上了，他到这里来找方樱子。结果，连个人影也没有找到。没有找到方樱子的身影，反而让李银针伤心中隐含着点点喜悦。

“悬壶，吃个包子，好香的。”李银针一脸诚恳，仿佛是对自己大晚上打搅李悬壶内疚似的。

李悬壶的藤条茶几上放着巧克力盒，李银针挑了一块海盐口味的巧克力放在嘴里，像喝撒盐的龙舌兰，李银针比较喜欢这个口味。

“师叔，你喝不喝咖啡？很香的，我刚刚磨完的咖啡豆，深度烘焙。”李悬壶问李银针。

“妈呀，中度的我都喝不了，太苦了，再说我这胃我这神经跟你不一样，喝了肯定辗转一夜，明天看不了书就惨了，爷爷该拍着桌子喊我兔崽子了。我爷爷也糊涂，骂我兔崽子不是等于骂他是兔子吗。哈哈哈！”李银针张着大嘴笑了起来，知道方樱子没有在这里，李银针异常兴奋。

“有酒吗？”李银针问李悬壶。方樱子不在这里，并不能证明她跟李悬壶没谈上朋友啊。

李悬壶提来一瓶威士忌。李银针给自己倒了一大杯，李悬壶拿过酒瓶倒了半杯。

“来！干一杯。”李银针高高举起酒杯，使劲儿跟李悬壶的酒杯撞了一下。

“最近方樱子没有骚扰你？”李银针试探着问。

“骚扰我？”李悬壶判断这个骚扰到底是好词还是坏词。

“骚扰了，骚扰了！”李悬壶恍然大悟地说，他突然想起了方樱子找他给梅珊看病的事。他向李银针详细坦白了骚扰经过。

“哦，这个骚扰啊，还有别的吗？比如找你一起出去骑摩托兜风。”李银针不放心地问。

李悬壶撇撇嘴，摇摇头，耸耸肩。他实在搞不懂这个李银针葫芦里卖的什么药。

“她若找你，你千万别理她，她近几日有点发疯，逮谁咬谁。”

“你们两个不要成为一对了？”李悬壶高兴地举起两个食指比画成一对。

“现在暂时不是一对了，她要分手，我不同意。你千万别第三者插足啊。”李银针指着李悬壶说。

“嗳！对我是个好机会。”李悬壶笑着说。

“什么好机会，有你什么事呀，你若敢对方樱子下手，我就给你在爷爷那里上辣椒面，够你喝一壶的。”李银针连吓唬带警告，目的只有一个，就是坚决不能让方樱子跟李悬壶之间谈上“乱爱”，方樱子说分手，他还没有同意呢，他必须要让方樱子对自己认可，这个需要时间。

李银针的一杯酒下了肚，又给自己倒上第二杯。

“悬壶，我女朋友很多。”李银针喝了一杯酒，又开始吹他的魅力和风流。

“但是，我最在乎的就是方樱子，她从上大学的时候跟我谈恋爱，这么多年了，她说掰就跟我掰了。”李银针一扬脖，酒杯底朝天。

“我心里难过死了，我不能没有方樱子，我不能没有方樱子。”李银针说着说着趴在桌子上哭了。

失恋的李银针也如此脆弱，他一哭，把李悬壶吓傻了，既不会劝解，也不会安慰，他默默为李银针又倒上一杯酒。李悬壶是在用自己的方式安慰失恋痛苦的李银针。

李悬壶心想，原来李银针这么在乎方樱子，我是不是该撤出来呢？他打算最后再给方樱子送一次紫色的鸢尾花。

第二天下班，李银针到胸外科接方樱子，他想让胸外科的人知道，方樱子仍然是他的女朋友。不然，大家若知道方樱子的男朋友吹了，给他介绍男朋友的人还不排队？现在女医生可是抢手货，何况这么美的女医生。

方樱子没搭理李银针。李银针屁颠屁颠跟在方樱子身后，边走边说：“我就陪你走出医院大门，目送你的背影。你知道吗，我天天两点才睡觉，不然书看不完，第二天爷爷的考试通不过，我大腿上扎的都是针眼，头发吊房梁都快拽成秃子了，拼老命了。”

李银针向方樱子诉苦，他确实每天熬夜看书，跟高考的时候一样，爷爷天天在身后举着小皮鞭，不快马加鞭不行啊。他不想当穷光蛋，想当有资本的少爷。

“活该！”方樱子向李银针丢下两个恶狠狠的字走了。好看的背影娉娉婷婷从李银针落寂的目光里渐渐成为一个小黑点。

都怨我伤了樱子的心。李银针黯然神伤地转过了身，正好看到口腔科美女护士和她的男朋友走出医院的大门。简直是冤家路窄，李银针感觉脖子开始隐隐作痛。美女的男友看到李银针，目光如炬、疾言厉色地说：“你小子活过来了，又盯哪个美女呢？告诉你一个真理，你若是亿万富翁，美女追着你跑。”

男人说完搂着美女护士的腰走了，好像故意做给李银针看的。李银针如今不敢惹事，只能忍气吞声，他现在必须争分夺秒得到爷爷的认可，玩命苦读，提高医术，并且要耐心等待方樱子的回心转意。如若不然，不仅丢了财产，还会丢了女友，那就真正的一无所有了。

今天方樱子值班，她巡视了一遍病房，重点查看了危重病人和手术后病人。看完了其他病房的病人，方樱子来到宋博宇的病房。

宋博宇面容清瘦，正躺在床上闭着眼睛吸氧气，氧气吹起了水泡，咕嘟嘟的声音显得病房异常安静。知道方樱子来了，宋博宇睁开眼睛向方樱子笑了笑。他笑得似乎很艰难。方樱子看了看他的面容，知道他近日病情恶化，已经不能下床。

“樱子姐，我感觉很疲惫，总想睡觉，睁不开眼睛。”宋博宇闭着眼睛，声音微弱，显得力不从心。

方樱子握握宋博宇的手说：“吃东西怎么样？你要好好吃呀。”方樱子感觉宋博宇的手软软的没有一点力量，跟那个初次在门诊见到的一身阳光、活泼健谈的小伙子完全判若两人。

生命无常，有时人是无奈的。方樱子感慨宋博宇逐渐衰弱的身体。

“今天好想吃苹果，结果吃了一口就啃不动了。”宋博宇睁开眼睛看了看吊着的点滴瓶子自嘲地说，“现在只能指望它活着了。”

“想不想吃巧克力。”方樱子从白衣兜里掏出一枚海蓝色包装的美国瑞士莲，她打开包装纸，把一枚圆形的巧克力轻轻放进宋博宇的嘴里。宋博宇抿上嘴巴动了动。

“嗯，味道真好。甜中带着微咸，像海的味道，真想看看海，在海滩上跑跑步，吹吹海风，踏踏海浪。”宋博宇闭着眼睛，脑海里是看海的日子，清新的海风，涌起的潮水，远去的风帆，他艰难地咽了一口嘴里的巧克力，他的嘴已经分泌不出多少唾液，生命的热度和活力正从这个年轻的生命里渐渐消失。方樱子把插着吸管的水放在宋博宇嘴边，让他吸了两口。

“樱子姐，活着多好啊，哪怕只看看风中的树叶，晒晒温暖的阳光也很满足。可惜我再也看不到这些好看的风景了。”

宋博宇说得很悲凉。其实，不仅宋博宇，每个人都在经历着“一朝春尽红颜老，花落人亡两不知”的无奈，四季更迭轮回，总有一天，跑着跑着跟不上四季的脚步，再也看不到春天那支粉红的海棠。

对于癌症晚期衰弱不堪的宋博宇，方樱子从内心有一种疼痛和悲悯，她不知道该怎样帮助这个鲜活的生命摆脱疾病的煎熬。虽然她是一名医生，但是在疾病面前，有时她也显得无能为力。

方樱子回到医生办公室的时候，接到陈浅学主任的电话，让她给一个叫辛道夫的人开血液检查单。这个人明天来住院，已经给他留好了单间，因为他明天急于开会，所以一早抽完血就得走，化验单只能提前开。

方樱子等到十点多，那个辛道夫才来到病房。这是一个五十多岁的男人，长相魁梧，面目严肃，穿着精致，阵势很大，从走廊呼啦啦卷过来一阵奢侈风，他脖子上垂着一条深蓝色真丝印花爱马仕围巾，披着一件深米色博柏利风衣，左边跟着一位打扮入时的四十多岁的中年女人，女人身上的香水味盖过了病房散发出的臭烘烘的消毒水味。他身后跟着三个西装笔挺、身材魁梧的男人，像是他的三个保镖。方樱子瞟了这几个人一眼，心想，怎么像电影里的黑社会老大。亏得自己是拿手术刀的医生，见过死人、开过膛、剖过腹，摸过心肝肺和大肠小肠，杀过鸡，见过血雨腥风的大场面；否则，还不被这几个人带来的气场和台风直接吹到桌子底下筛糠。况且，方樱子刚刚从宋博宇悲情的话语中悟到一点点禅味，把生死与金钱不屑地扔在了肉体之外。所以，眼前这几个华服之人在方樱子眼里，完全走的不是奢侈风，是赤裸风，本真上阵的金钱味道。

“阿——嚏！”方樱子实在忍不住，她被女人身上香奈儿五号柑橘味猛烈的香气刺激得只能用打喷嚏来迎接他们。不是香奈儿的香气有多猛，关键是这女人下了狠手，估计香水白来的，直接往身上倒了半瓶，不然不会香浪滚滚。

“你是陈主任说的辛道夫？”方樱子咳了一声清清嗓子，她感觉鼻子里有点塞。

“是的，我们来开化验单，明天要开董事会，董事长不能缺席。我们刚从台湾回来，一直在台湾治病呢。”女人仰着脖子，胸前一块雨后树叶绿镶钻的翡翠葫芦，颜色饱满，色泽鲜亮，似乎满绿的翡翠葫芦里装满了一个字——款。方樱子眯了一下眼睛，翡翠绿确实晃了她的眼睛，董事长的名气也压了一下她的头，还有什么台湾治病之类的“高大上”豪华词语。不过，方樱子的不卑不亢和气定神闲备货充足，有的是。

方樱子接过辛道夫董事长的医保卡，打开电脑，噼里啪啦，一沓化验单钻出了打印机。

“明天六点半来医院抽血，现在去找值班护士问她们注意事项。”方樱子把化验单递给正瞪着眼睛看着她的香气袭人的香奈儿女人。

“六点半？太早了吧？”女人耷拉着脸。

“爸，明天我替你开董事会呗。”一个梳着油亮背头，身形微胖，戴着一副蓝色大框眼镜的男孩对辛道夫说，显然，这是他的儿子。

“你都不知道在会上说什么。”香奈儿女人白了男孩一眼。

“我就训他们呗。”男孩自得地翻了一下眼睛。

“问下值班护士，他们让你几点来就几点来。”方樱子对辛道夫说，她打算去忙别的事情，这位董事长大人的事情已经处理完了。方樱子知道今天前夜是艾叶值班，后夜是何嘉，他们几个人值班爱凑一起。

“朋友，加个微信。”

戴蓝色大框眼镜的男孩儿向方樱子努努嘴。方樱子觉得这个男孩实在有点二，说话做事有点不着调。

“对不起，我没有微信。”方樱子笑着说。她也编瞎话不眨眼了。

“啊，还有没有微信的人，太奇葩了。”男孩摇着头遗憾地说，仿佛碰到了老古董。

不一会儿，方樱子就听见护士站传来女人的高声惊叹。

“六点？你让我们六点来？这么早？”

方樱子听完撇嘴笑了，心想，嫌六点半早，哼哼，看护士让你几点来。

“不早，我们三点就开始干活，配点滴、溶药、换引流袋，做术前准备，插尿管、下胃管、抽血、发药，测早八生命征、打早八肌肉针、写交班记录等，不然干不完。”艾叶不抬眼皮不喘气，语速极快，口气毋庸置疑，没有一点商量的余地。边说边熟练地撕下化验单的粘贴条，把小条粘在试管上，然后插在试管架上。

“你们先走，我跟美女姐姐说两句话。”蓝色镜框男孩没有跟家人一起走，笑着跟艾叶套近乎。

“通融通融。”

“没法通融。”艾叶垂着眼睛忙自己的事，根本就不看他。

“在我眼里就没有办不了的事。”男孩撇着嘴，突然从钱夹里掏出二百块钱塞在艾叶手里。

“收起您这二百块钱，这不是钱能解决的。”艾叶把钱放在男孩面前，起身进了治疗室，嘭的一声关上了治疗室的门。

男孩走了以后，艾叶走进医生办公室。

“那个男孩二了吧唧，塞给我二百块钱，让八点给他爸爸抽血。八点正交班呢，哪位领导来了也不伺候。”

“什么人都有。”方樱子正坐在电脑前写病历记录。两个人同时笑了笑。

凌晨三点，方樱子被急促的敲门声惊醒。

“方医生，宋博宇突然吐血。”

这是何嘉的声音。

何嘉说完推着抢救车跑到宋博宇的病房。方樱子飞身抓起白大褂边跑边穿。方樱子跑到病房时，宋博宇正大口大口吐着血，脸色灰白，几乎没有意识，心电监护仪的报警声异常刺耳，屏幕显示脉搏几乎成了直线，血压也降到40/20。艾叶正给宋博宇拍背。方樱子知道宋博宇做了器官捐赠，趁他生命体征没有完全消失，要赶快通知红十字会。她对艾叶说：“通知麻醉科还有宋博宇的父亲，另外给红十字会打电话。”

如果时间来得及，方樱子想让麻醉科的人来做气管切开。但是，要有宋博宇父亲的签字才可以做气管切开，她只能让麻醉科医生来这里静等宋博宇的父亲。方樱子做好了安排和打算。

方樱子急忙给宋博宇清理呼吸道，她怕血块堵塞气管引起窒息。

宋博宇大口大口向外吐血，他闭着眼睛，只有向外吐气的力气了。方樱子拿着纱布从侧着头的宋博宇嘴里掏出大块凝结的血块，方樱子已经来不及戴手套，她的手上沾着猩红的血。

出了这么多血，恐怕是肺部大血管破裂，宋博宇凶多吉少。方樱子边清理呼吸道，边盯看监测仪屏幕上的生命体征。

“姐，我好像看到了天堂，真美啊！”宋博宇闭着眼睛极其微弱地说。

“给两支安络血、尼可刹米和阿托品。”方樱子对身边的何嘉说。尽管方樱子知道，给宋博宇用的这些止血药、呼吸兴奋剂和强心剂出现不了奇迹，此时任何灵丹妙药都不可能挽回宋博宇的生命了。但是，方樱子仍想紧紧拉住宋博宇即将滑向深渊的身体。

“唉。”

伴随宋博宇一声轻微的叹息。随即，他的头轻轻一歪，心电监测仪发出刺耳的警报声，心率几乎成为一条直线。方樱子心里酸酸的，她的手没有停止。

麻醉科医生拿着手术包急火火赶到病房，看到满手鲜血的方樱子，看到已经成为直线的心电图，说：“唉！看来我赶来也没有用了。”

红十字会的人来了不久，宋博宇的父亲踉踉跄跄赶到。他不停地喊着儿子的名字，摸着宋博宇的额头，喃喃地说：“再救救他，额头还热呢。”

红十字会的人将把宋博宇推入手术室进行器官摘除。宋博宇的父亲看到儿子被推入手术室，当即明白了，他追着宋博宇的平车走出病房，边走边对医生说：“轻点啊，别弄疼了他，他还有知觉呢。”说完，他一下瘫倒在墙边，头咚的一声撞在墙上。方樱子和艾叶赶快搀起了他。他靠在艾叶的身上，向宋博宇车的方向垂着胳膊。

“儿子，我的儿子！”他用一只大手捂住了泪眼，踉踉跄跄追着宋博宇而去。

宋博宇的眼角膜、肾脏和心脏将被放入冷藏箱带出手术室，随即送到移植手术室，给予需要移植器官的人。他的心脏将在另一个身体里跳动，他的眼角膜将移植到另一双明亮的眼睛里，这双眼睛将重新看到这个美好的世界。

也许，我们还可以与他那双明亮的眼睛相遇，感受他青春的笑脸和阳光的身躯。

钱木主任外出开学术会议，陈浅学主任今天给医学院的学生上课。所以，今天康健只能和方樱子上手术了。

两个人处理完病房的病人，带一个实习生向手术室走去。

“樱子，我很怀念张五经咱们三个一起上手术的情景，张五经若不走，咱们也是手术台上的铁三角了。唉！来日方长并不长啊。”康健感慨地说。

“就是啊，转眼张五经走了，我还记得第一天上班屁颠屁颠跟在你们身后上手术，异常兴奋，那时还想终于近距离接触有名的大帅哥了。”两个人有说有笑走进手术室的玻璃门。

从上午九点到下午两点，手术终于做完，康健和方樱子拖着疲惫的身体下了手术。方樱子早晨吃的一个鸡蛋早已无影无踪，既渴又饿的她此刻脑子里都是美味，恨不得即刻大吃一顿。她对康健说：“咱们叫麦当劳外卖吧，我要吃一个巨无霸、一个麦香鱼，喝一大杯冰果汁。戴了一上午口罩，憋得心里冒火。”方樱子捂着胸口。

“你早晨还吃了一个鸡蛋，我就喝了两口水润了润喉咙，在手术台上喝了一瓶酸奶，全是稀的没有干货。我来两个巨无霸、两个鸡翅、一杯冰可乐，不管胖不胖了，吃饱了再说。”

看来康健也饥肠辘辘，又渴又饿，做手术还是很消耗体力的。规划好了吃什么，两个人兴高采烈地走出手术室。康健和方樱子刚刚迈出手术室的玻璃门，手术室外白色靠椅上站起来两个人，他们伸手拦住了康健。

“你是康健吗？跟我们走一趟，协同调查。”两个人黑着脸板着面孔。

“你们是哪里的，拿出证件，否则我就认为你们是骗子。”康健也不是吃素的，尽管饥饿、劳累，可丝毫不影响他的智商和他的沉稳。

“你们干什么，没看到刚下手术，没吃没喝，站了半天，有没有人性呀。”方樱子一看这两个人模狗样的恶心人，气就不打一处来。

“你再跋扈妨碍公务，连你一块儿带走。”

“什么叫跋扈？难道问的权利都没有？我们有知情权。”方樱子一点也不惧怕这两个人。

“给你询问通知书。”其中一个刀削脸男人，冷着脸递给康健一张盖着公安局红章的通知书。

“樱子别理他们。”康健怕这两个没人性的家伙有意跟方樱子过不去。

康健拿过刀削脸递过来的通知书看了看，上面印有自己的名字，公安局的印章清晰耀眼。

“这件事呀？”

康健看到通知书上写道：我局正在办理某附属医院胸外科科技基金案。为查明案件事实，根据《中华人民共和国刑事诉讼法》第122条规定，通知你于××年×月×日×时到公安局接受询问。

“现在就走吧。”

两个人冷着脸对康健说。

“这样走啊？”康健看看自己身上的白大褂。

“对。”

康健没有争执，也许他懒得与这样的人废话，也许他有充分的自信，清者自清，他很快会从阴暗的地方走进阳光下。

看到康健逐渐远去的背影，方樱子突然醒悟过来，她赶快跑起来追上康健说：“康健，你还饿着肚子，一口水也没喝。”方樱子说完，眼睛不自觉有些湿润，她下意识地在白衣兜里掏着什么，她渴望掏出一颗巧克力给康健，那是她习惯放在白衣兜里的。可是，她的白衣兜里什么也没有。

“这点苦算什么，没事，樱子，记得赶快去找陈主任。”康健的眼神坚毅，神情镇定。这是一个优秀男人处事波澜不惊的炳然。

方樱子甩开大步向科里跑去，她要赶快找陈浅学主任，让陈主任想办法。方樱子刚刚回到科里，艾叶堵着方樱子说：“你们怎么这么晚才回来，赶快下术后医嘱，点滴走空了，等医嘱挂点滴呢。”

方樱子气喘吁吁地说：“找普外调来的张一山、李二虎，让他们替我下医嘱，我有急事。”方樱子转身就跑。

“你脸色这么难看，出什么事了？”艾叶追着方樱子。

“一会儿告诉你。”

方樱子跑到走廊尽头陈主任的办公室，使劲敲着那扇淡蓝色木门，房间里没有声音，方樱子咚咚咚加重了力量，她的手背都敲红了，陈主任房间里死寂寂一点回音也没有。噢！对了，方樱子突然想起，陈主任有课，他下午在医学院给学生上课。刚才的一幕已经把方樱子吓迷糊了。

方樱子如梦初醒，急忙掏出手机给陈主任打电话，电话响了很久都没有人接。陈主任上课从来不接手机。方樱子咚咚咚向楼梯口跑去，她等不及坐电梯，她看到电梯口站着很多病人，还有一个坐轮椅的病人，她耽搁不起，一分钟的时间对方樱子来说也是珍贵的。方樱子穿过太平间小白楼那片青翠的松树林，穿过月亮门，穿过大铁门进入医学院的院子，直奔阶梯教室。她知道今天陈主任在阶梯教室给学生们上大课。

方樱子气喘吁吁一把推开教室的门。此时的陈主任正妙语连珠、声情并茂地给同学上课，鲜红的肺叶幻灯图片打在白墙上，逼真的肺叶模型摆在讲台上，教室正弥漫在一片人体肺叶中。方樱子听到陈主任的话筒嗡嗡作响。陈主任和几百名同学惊愕的眼睛，齐刷刷盯着这个身穿白大褂、长发披肩、呼吸急促的女医生。方樱子顾不得那么多。她张开嘴刚要开口，陈主任看到是方樱子，笑了笑，说："这位穿白大褂的同学，如果你想进来听课也可以，如果不是来听课的，请关上房门不要打扰我们。"陈主任说完，台下的同学哄笑起来，他们即刻找到了可以轻松愉快的兴奋点，有个男生喊："师姐，进来跟我们一起听课吧。"

若是以往，陈主任不会有这么好的脾气，会冷脸直接对这种推门而进的冒失鬼大喊："滚出去！"一个有名的胸外科主任和教授，这点大脾气还是有的。因为方樱子是自己科里的女医生，陈主任多少留了面子。

"陈主任，有急事！"

方樱子急切地想让陈主任出来。可是，方樱子的急切丝毫没有牵动陈主任沉稳的神情。陈主任不慌不忙地向方樱子摆摆手，继续讲两扇鲜红的大肺叶。方樱子无奈，只得关上门退出教室。

方樱子当学生的时候，听过陈浅学主任的课。陈主任给他们讲过一段他年轻时的救人经历，这个经历让方樱子至今记忆犹新。

二十世纪八十年代末，陈主任还是个年轻医生，在菜市场碰到一个被电击伤的人。病人心跳已经停止，众人围着他要送往医院。陈主任知道，心跳停止，如果不赶快急救，耽误了最佳救助时间，病人就很难恢复了。陈主任即刻拿起卖水果的水果刀，豁开病人胸膛，伸进手去进行心脏按压。他清楚，如果不及时复苏，病人由于脑缺氧时间过长产生不可逆损伤，即使救活了，智力也会受影响。所以时间就是生命，他没有考虑那么多，迅速进行救治，当病人被救活后，马上送往医院清理伤口，进行抗感染处理。

陈主任艺高人胆大的气魄无人能及。他笑言同学们千万不要学他，他说，时代不同，那个时代民风淳朴，人心善良，现在，搞不好会吃上官司，摊上大事。另外，这种抢救背负的责任太大，抢救的程序也不规范。他让同学们千万谨慎行事。陈浅学主任是把自己当成教材来教育同学们，让同学们从这件事上，看到谨慎，看到担当，看到责任，找到一个最适合时代的救死扶伤方式，充分担起医生的使命。他认真地说，这件事现在想起来很后怕。

方樱子在教室外徘徊，看看手表，知道课要上到下午五点，她不想回科里等陈主任，她要第一时间见到陈主任。

方樱子拿出手机给钱木主任打电话。方樱子认为能实心实意帮助康健的，还有钱木。可是，身在日本开会的钱木主任，电话根本打不通。

对，还有张五经。方樱子想到了张五经。张五经刚好在北京，听到康健被带走协查的消息，很吃惊，他让方樱子晚上在星巴克咖啡厅等他，说艾叶也去，到时再详细说。

联系上张五经，方樱子的心稍稍平静了些，不那么慌了。从康健被带走，方樱子一直心跳过快，神情紧张，现在稍稍缓和了些。她走到离教室较远的简易椅上坐下，想给李银针打个电话，虽然方樱子不打算跟李银针和好。但是，康健这件事，方樱子想让李银针给出出主意，想让李银针晚上也去咖啡厅，跟张五经一起商量商量怎么办。

“樱子，你想我了？我就知道你离不开我，我说今天怎么耳朵总发痒呢，原来我们樱子要拧它了，它有预感。”李银针嬉皮笑脸，方樱子此刻哪有开玩笑的心情，她哀叹着把康健被带走的事跟李银针说了，让他晚上下班去星巴克想想办法。

“行，这事必须帮忙，康健是咱哥们儿。樱子放心，结果不敢保证，但是咱必须尽心。”

挂断李银针的电话，方樱子的心更踏实了些。她一分一秒等待陈主任下课。

五点已到，方樱子看到陈主任走出教室，身后跟着几个抱着砖头书问问题的青葱女同学。陈主任绷着脸，边认真听她们的问题边解答。

方樱子疾步走了过去，她要把陈主任从她们的包围中抢走。

“主任主任。”方樱子的口气如寒风似烈火。

陈主任惊异地看着方樱子说：“你怎么还没走？”

方樱子拽过陈主任趴在他耳边说：“康健被公安局的人带走了。”

陈主任正打开杯子喝水，听到方樱子这个消息，一口水险些呛了，他忍不住咳了几声。

“是科技基金的事，带走协查，他让我赶快找您想办法，我们手术上到下午两点才结束，刚下手术，康健没吃没喝就被带走了。”

方樱子咽了口唾沫。此时，她感到自己的嗓子都快起火了，恨不得抢过陈浅学主任泡着铁观音的茶杯咕咚咕咚喝个底朝天。

“哎呀，怎么变得这么糟糕，唉！”陈浅学拧起了眉头。

“主任，您想想办法。康健被带走时叮咛我找您。”

“嗯！我知道了。我会尽力。这件事你先不要向别人讲。”

“好！”方樱子答应了一句。

这件事即使方樱子不讲，也会立即惊动全院。俗话说，恶事传千里，好事不出门。方樱子刚刚回到科里，艾叶就凑过来问方樱子。

“怎么回事呀，全院都轰动了，张五经也给我打电话，说下班咱们星巴克见。”

方樱子仰着头，咕咚咕咚喝了整整一杯水，喝完才缓过神来跟艾叶说话。

“姐姐，晚上再说吧，你先把张一山、李二虎下的医嘱让我看看。”

方樱子瘫坐在椅子上扶着头，她的心情很悲凉，康健是个多优秀的医生啊，若有什么闪失判了刑，简直让人无法接受。方樱子不敢想。

回到办公室以后，陈浅学即刻放下东西去找院长，除了科里出了这样的事要向院长汇报以外，陈浅学向院长表达的最大意愿就是，他会竭尽全力动用自己的关系力保康健，虽然他知道，现在的问题，不是靠走后门、拉关系就可以解决的。但是，如果事情进一步发展，他可以找到最好的律师。他可以补偿这笔基金，只要康健可以出来。陈浅学已经做好了最坏的打算。当然，康健如果可以平安无事出来更好。

“这笔基金是不是真的被康健挪用了，或者……”院长拉长了音调，他没有说完的话就是康健贪污的意思。显然，他并不信任康健这个人。

“现在还没有完全调查清楚，我也不敢妄下结论，但是我以自己的人格担保，康健是值得信赖的人，否则我也不会把基金让他管理。唉，有时候很多事情说不清，康健这个人医术优秀，人也随和能干，热心肠，喜欢帮人办事，也可能遭到别人的嫉妒。我是一直拿他当胸外科主任培养的。”

陈浅学知道科技基金只有科里人知道，他非常清楚这件事是谁要置康健于悬崖。这种手段有点卑鄙，告黑状，败坏了康健的名声，有点栽赃陷害的意思。即使康健真的清白，也是被带走协查的人，舆论和流言蜚语对康健是不利的，这事干得多恶毒！

闷闷不乐的陈浅学回到自己的办公室，他拿起电话，给自己多年的老上级、铁哥们儿——卫生局汪副局长打了电话。汪副局长见过康健，对他印象极好，最主要的是，汪副局长的夫人是电视《大医堂》节目的粉丝，非常喜欢康健。汪副局长听了陈浅学的叙述后爽快地说，可以帮忙问问，但真有事谁也帮不了。他认为康健不会看上一年几万块钱的基金，一个名医院的有名外科医生，不缺这几万块钱。挂断了汪副局长的电话，陈浅学又给京城名律师——自己的老朋友单小居打了电话，单律师说得更爽气，真有事，他会尽最大努力把损失降到最小，他马上就找人问问到底怎么回事。打完了这两个电话，陈浅学心里轻松踏实了很多。什么是哥们儿，什么是朋友，混一辈子，有事的时候不管他们是不是诚心诚意地帮忙，有这几句话就值了。

下了班，方樱子和艾叶穿过热闹的大街，来到咖啡飘香的星巴克。进门就看到李银针和张五经相谈正欢，两个人举着冒着热气的咖啡杯。方樱子买了两块火焰芝士蛋糕和花生松饼，她端着蛋糕坐下，说：“来，一人一块，其实一点胃口没有，只是增加能量，不然脑子缺糖不够使。”

“不缺糖你也不够使啊。”李银针看着张着大嘴的方樱子笑笑说。方樱子没理他，认真吃蛋糕。

“我让你帮买的美食呢？”张五经问艾叶。

“我说她干吗在食堂门口买煎饼，原来给你买的。怎么要吃这个？”方樱子问张五经。

“为嘛？你别忘了，我是天津银（人）儿，就好这大煎饼。我离开医院以后，发现最想吃医院的煎饼，确实做得很棒，我在医院上班的时候，每周都要吃一个。”张五经从艾叶手里拿起依然温热的煎饼狠狠咬了一口。

“咱们医院的煎饼不好吃，中日医院的煎饼最有名了，一排三个煎饼车，我在中日医院实习的时候，每星期吃两次大煎饼，那才是你们天津味呢。”李银针端起花生松饼递给方樱子，“我的这块也给你，不过，张五经说一会儿去簋街吃大餐，你留点肚子吧。”

“我肚子里什么都没有，还能吃好几顿呢。”方樱子已经把那块火焰芝士消灭得一点渣都没剩。她靠在皮椅上，此刻才感觉很疲惫。见到他们，她神经松弛了很多。

“瞧瞧我们樱子，饿坏了，哪个王八蛋干的坏事，我要知道是谁非打残了他。”李银针恶狠狠地说。

听了李银针的话，大家一起笑了起来。

“你先说说怎么回事。”张五经对方樱子说。

方樱子把康健出了手术室即被带走的经过跟大家叙述了一遍。

“也不知康健现在吃了东西没有，他早晨也没吃饭，我们的手术做得很辛苦。”方樱子神色黯然。

“别担心，樱子，他肯定吃了两个小窝头。”李银针煞有介事地说。

“真的是吃窝头吗？”方樱子和艾叶齐声问。

“我怎么知道，又没有进去过，只是听说，现在生活改进了，是不是改馒头了？”李银针问张五经。

张五经摇摇头笑着说：“改煎饼了。”

“还有心思开玩笑，这两个没心没肺的。怎么解救你师哥？”艾叶瞪了张五经一眼。

“真有事谁也救不了，现在谁还敢顶这个雷呀。就看康健大哥在里面怎么跟他们斗智斗勇了。就怕账目有瑕疵，一天工作那么忙，又不是专职会计，谁会把账目搞得那么清楚，你说不清，他们问得清，你怎么办？”李银针说的很现实，就是你康健本身没有什么问题，有些事情也没法完全说清楚。

“听你这么一说，我都没有信心了，本来我想，大不了咱们赔钱，听你这么一说，唉，没办法了。”张五经看看大家。

“怎么没有办法，找关系问清怎么回事，至少让里面的人知道，这小子也是有人关注的。另外，找律师啊，律师都有办法。”李银针胸有成竹地说。

“警察我来找，里面的事我来打探，律师我可不认识。”艾叶特意摆摆手。

“好，我去找律师，我同学认识这方面的人。”张五经对大家说。

“你们都找好人了，我就不用再重复找人了，别说我不管啊。樱子，你不用这么着急，该着急的是他老婆，不是你。你放心，康健绝对是条汉子，在里面绝对不会迷糊，更不会含糊，他上里面历练修行去了，出来就是一块好钢。”李银针拍了一下方樱子的肩膀。

“是啊！看到康健被人带走，我对他说，你还没吃饭也没喝水，就这样走了，康健说，这点苦算什么，听到这句话，当时我的眼泪险些掉下来。”方樱子笑笑说。

“你们看，我们方樱子就是心地善良纯洁，我就是喜欢和着迷这一点。不过，有时候也跟爷们儿似的，下手特别狠。”李银针咧着嘴对张五经和艾叶说，他想起了方樱子拧耳朵的疼。

听到李银针的话，张五经也不示弱，立即抓住机会表决心。

“艾叶也是，特别直率爽气，外加心地善良、大大咧咧，我也是特别喜欢这一点。”张五经说完向艾叶做了个鬼脸笑了笑。

“你们就直接说我们两个没心眼、男人婆算了。”方樱子不满地说。

“不是我们出于正义保护你们，担心你们，就你们这样的傻妹子，根本不能撒到社会上，遇到江湖骗子，一骗一个准儿，不仅失身还失财，被人骗得一愣一愣还给人数钱。”

“他说咱俩是不折不扣的傻子啊，不过，我真怀疑自己的智商，不然怎么雅思总考不过去呢。”艾叶揉着脑袋，仿佛里面的智慧确实不多。

“我也是，不然怎么让这个风流成性的骗子骗了我这么多年。”方樱子指着李银针。

“我还是骗子？你一个电话我跟爷爷请了假就来了，明天我要背两倍的书，冤枉死了。看我这眼泪，哗哗的。”李银针拿起纸巾沾点柠檬水擦眼睛，引得大家都笑了。

“咱们去吃饭吧，边吃边聊，你们两个美女想吃什么？”张五经问艾叶和方樱子。

“我想飞到重庆吃火锅。”方樱子懒洋洋地趴在桌子上。她想痛痛快快地麻辣一下自己的肠胃，吃它个大汗淋漓、泪流满面，唇齿不留香只留麻辣。

“吃簋街的老重庆九宫格火锅。越煮越辣，越吃越麻，别把樱子辣哭就行，反正我嗜辣，是不折不扣的辣妹子。”艾叶对大家说。

“没问题，正合我这郁闷得需要刺激的口味。”方樱子点头赞同。

四个人浩浩荡荡冲进热热闹闹的簋街，享受鲜香的麻辣之虐。

第二天，方樱子上班的时候，看到医生办公室门口正蹲着西北大爷。方樱子看看表，她今天坐老爸的顺风车，到单位早。

“大爷，你怎么来了？”

“我给你们送白薯来了。康健大夫不是最爱吃白薯吗？你大娘让我送来，还一定要我找你们主任表扬表扬康健大夫，我们村白薯滞销，康健大夫找人托朋友，想办法把我们村的白薯都卖了，好人呐。”西北大爷向方樱子伸着拇指，一副诚恳的赞美。

方樱子看看西北大爷身边一口袋白薯，心里感叹。

“大娘怎么样？”

“你大娘好着呢。”

方樱子听到大爷这句话，突然想起有癌症研究者曾说，年纪大的人癌症转移比年轻人慢，一般手术愈后效果都不错。

“那多好啊！大爷我跟你说，你去院长门口蹲着等他，这种表扬您一定亲自跟院长说才好，否则没用，康健大夫去国外开会了，一时回不来，您不用等他，跟院长大人表扬康健大夫，就是您对他最好的回报。”

“哦，明白了，我现在就去。”西北大爷抬起身就走。方樱子掏出二百块钱塞在大爷手里。

“必须拿着，不然我们挨批评。”方樱子不等西北大爷回绝，直接钻进办公室关上了门。

早晨上班，大家看到一口袋白薯好奇地问是哪来的，方樱子开玩笑说是她买的，谁喜欢吃随便拿。后来，她才把西北大爷送白薯，她塞给他钱的事跟大家说了，她告诉大家放心拿，绝不是受贿来的。

方樱子看到一条新闻，是广播学院的美女学生遭到《大医堂》主讲康姓医生性侵的新闻。《大医堂》的主讲医生正是康健。这条新闻来得也太不是时候了，这不是雪上加霜吗?

方樱子走进办公室，刚刚坐到自己的座位上，杜仲就凑上来神秘地问方樱子。

“你看新闻了吗？好像康健出事了，他性侵了广播学院的学生。”杜仲假意悄悄跟方樱子说，实际声音很大，整个医生办公室的人都听到了。

“什么什么？”

方樱子听到张一山和李二虎伸着脖子问，他俩充满好奇心地想知道更多内容。

“这种假新闻你也信？康健给那个女孩看病的时候我在旁边，长得好坏不是理由，况且不要扯‘特体演员’。这女的特别不要脸，就是想制造假新闻蹭出名，哪怕说她是个风尘女，只要大家都知道都认识她，就达到目的了。”说完这句话，方樱子都为自己的机智喝彩，她感觉广播学院女生的照片特别眼熟，特别像找康健做乳腺手术的那个抱熊满走廊溜达的神经病女人，这个女人也许真的在制造新闻，博得名气。康健不在，一切都不好说，谁知道康健是不是后来又跟她接触了，或者两个人在外面联系了。方樱子决定等康健出来问问他。

做完早查房，陈主任要做病历讨论，这次讨论的病人是方樱子值班开化验单的辛道夫。今天进行手术方案的讨论和准备，病人定于周四手术。今早没有康健参与病历讨论，方樱子认为手术讨论特别没有生气，虽然陈主任和钱木主任还有杜仲医生说得很热闹，大家也各抒己见。但是，气氛沉闷，太过肃穆庄重，不够轻松。目前，杜仲成为陈浅学主任和钱木主任手术的主要助理。当然，还有方樱子。与杜仲医生搭档手术，方樱子极其不适应，完全像与一个新手配合。就是外科最基本的切腹、缝皮，杜仲也不是很熟练。也许有的人就是动手能力很差，杜仲天生就是论文医生，说不定当内科医生更适合。

钱木主任感受更深，没有了康健，她的手术做得很累很辛苦，因为不敢提前下手术，不敢晚些时间上手术，更不敢做完手术中的重点部分直接下台。为了康健的事，她也捕鱼似的梳理了一遍自己的关系网。为此，她还找了陈浅学主任，直言自己的观点和建议，让主任务必把康健弄出来，全科可以联名给医院写信担保，这个很重要，集体的力量不可估量。她说康健是胸外科绝对不可缺少的人，是个顶梁柱，撤了这根柱子，胸外科就伤了元气，他是我们这几个老医生的接班人，尤其是胸外科主任的不二人选。

陈浅学主任听了钱木的话沉默了片刻，说就让护士长、艾叶、方樱子几个人召集大家办签名担保的事，越快越好。钱木说，她马上吩咐护士长去办。

遇到困难，身边的人都为你拼命奔波，这就是康健的人格魅力。

第二天的早交班会上，护士长把差不多已经签满的担保书递给杜仲。

“杜医生，差你的签字。”

“哎呀，这件事办得太好了，特别能体现我们科团结的力量和人文情怀。感动感动。”杜仲说完唰唰签上自己的大名。方樱子看到杜仲假情假意的表情，心里一阵恶心。早晨吃的流着蛋黄的鲜嫩煎鸡蛋险些翻跟头蹿出胃，太反胃了。方樱子一直怀疑检举信是杜仲写的，也许陈浅学主任和钱木主任也这样怀疑过。只是，没有确凿证据，谁也不能鲁莽地说出来。

早交班结束，方樱子接到张五经打来的电话，说他找的律师已经见过康健，在此之前陈浅学主任找的律师也见过康健，两个律师让康健大受鼓舞和感动，他说他不会被脏泥巴和污水泼倒。张五经听人说，本来科技基金的事有关部门没想查，只是写检举信的人没完没了，锲而不舍，一封又一封，雪片似的，好像不把康健告倒誓不罢休似的，所以才追查这件事。

听完张五经的叙述，方樱子的心情好多了，心里总算照进来一点温暖的阳光。方樱子之所以对康健这件事这样着急，一方面是同事感情，另一方面，她觉得如果康健失势，杜仲可能就会上位，这个胸外科就真的没什么意思了，一个人每天在郁闷的环境中工作，心情会很差。

钱木主任刚刚从失去丁丁宝贝的痛苦中走出来，工作不忙的时候，中午吃过饭，她会到埋葬丁丁的小树林里散散步。有时，陪丁丁说说话，或者给丁丁带上一朵病人送到护士站的鲜花。她觉得丁丁跟她的命运太相像了，没有爱情的甜蜜，没有婚姻的幸福，没有家庭的温情。有时候她想，还不如做个生一堆孩子的母亲，既可以痛痛快快地跟他们叫嚷，也可以忙忙碌碌地打发光阴，没有时间闲愁，没有时间忧郁，忙碌而麻木地过一生。即便是狗，也不如做一只充满野性的狗，可以在大自然中酣畅淋漓地奔跑，痛痛快快地觅食，找自己心仪的另一只狗，拥有简单快乐的生活。

今晚下班，宋神农约她见面，本来她是不想见的。但是，这个男人失去了儿子，受到的打击太大，自己理应安慰安慰他，哪怕出于一种同情和关爱。钱木答应他一起去星期五餐厅吃西餐。这个餐厅是钱木选的，不是讲究情调，是中餐馆太嘈杂，乱糟糟的，不仅声音吵得人要加大声音说话，更是炒菜味呛人，本来你不喜欢吃溜肥肠，偏偏飘过来一股香臭味，倒了你吃素食的胃口。总之，中餐馆大多声音杂，气味杂，人杂。

钱木晚餐几乎不吃，若不是宋神农约请，她是不会打破这个戒律的。

餐厅里蓝色的墙体透着冷漠，钢琴曲《蓝色多瑙河》也正合她的心绪。她点好了菜，拿出自己带来的刀叉，等待宋神农的到来。当然，屁股下坐着的是自己带来的椅垫。钱木坚决秉持自己的特立独行，傲然不屑于周围的一切。

一人一份芝士芥末牛排，呛呛的香辣，钱木也觉得自己的口味很独特，她非常喜欢芝士芥末牛排那怪怪的味道，至于宋神农喜欢不喜欢吃这口，不是她操心的事。她又点了一份沙拉和柠檬水，很简单，他们都没有吃的心情和吃的欲望。吃饭，只是一种形式而已。经历了人生的大起大落，淡漠了一切欲望。

宋神农来见钱木，只是想表达一种心愿，随着孩子的离去，这种心愿越来越强烈。

钱木看到走进来的宋神农，心里升起一种悲凉，转眼就是一生，初恋的时光仿佛还在昨天。青春的笑颜叠加了今日的沧桑，令人愁肠百转。

“我今天请你吃得很简单。”钱木笑笑，笑里表达着晚餐的简约，以及两个人熟识到可以对这种事情完全不在意。

“删繁就简，这样最好，简单是一种境界。”宋神农坐下，端起杯子喝了一口水。他脸上的纹路很深，笑起来很牵强，笑容好像被什么东西牵扯着，只是很短暂地一划而过。也许，今生他再也不会有酣畅淋漓的笑脸了。

“太快了，转眼我们就老了，转眼就剩下我孤苦伶仃的一个人了，我总觉得孩子没有走，哪天就推门回家。”

宋神农顿了顿，钱木本来想劝劝他，不知该怎样开口，两个人沉默了片刻，没有台词了，吃牛排的刀叉声显得格外响。

“我要跟你说两点，第一向你道歉，为青春的爱情，为当年我的薄情。”

听到这里，钱木拿叉子的手不自觉地颤了一下。

“第二件事，孩子跟我说，你答应他了，会跟我相依相伴，我现在正式向你恳求，你未嫁我未娶，我们的缘分从现在开始。”

钱木心想，我现在是未婚，可我等的是几十年前的爱情，有一句话，昨天的衣衫配不上今天的你。我守候的是纯净，你迎来的是沧桑，我不会要这份别人吃剩的残羹。

“我是答应过你的儿子宋博宇，我是想让他没有牵挂和惦念地离开，并不意味着我真的会这样做，这是心理学的马斯洛学说。对宋博宇说的，并不是我的真心话。”

“难道一个临终的孩子你也骗？”宋神农惊异地看着这个面目冰冷的女人。

“如果我不骗他他会难过，会伤心，会对你放心不下，我的好心反而被你说成是骗人。我看你的秉性依然没有变。”钱木在这个男人面前可以伶牙俐齿、不留情面，因为，他欠她一个今生的愧疚。

宋神农险些对钱木说你的古怪越发严重了，可是这种话他若说出口，两个人就会从此成为陌路人。

钱木今天之所以想见他，没有回绝，是想安慰他，但心里仍有从没放下过的几十年的仇恨。宋神农以为等待他的是“莫道桑榆晚，为霞尚满天”的浪漫呢。

“我们再续前缘，还续得上吗？别忘了，我是你几十年前抛弃的女友。我没有那么宽容善良。”钱木说得很理智，很冷静，她的悲情早在几十年前消失殆尽。说完了这些，她的心情轻松了很多。是的，这个沉重的石头压了自己一生，毁了自己的一生，对宋神农如何奚落和谩骂都不为过。

说完了这些，钱木的心在流泪，但是她不会在这个人面前流泪，她怎么会让他看到自己的软弱呢。

方樱子今晚值夜班。她查完房回到医生办公室，惊异地发现妈妈来了。

“妈，你怎么来了？给我送好吃的？”方樱子看到桌子上的饭盒，打开一看是热乎乎的番茄肉酱面。

“哎呀，这个最好吃了。妈，你怎么知道我想吃这个？”方樱子把面放在鼻子下闻了闻。

“你爸做的。”

“为什么给我送面？从来没有过呀。”方樱子洗了手直接捏起了面条。

“去找筷子！”妈妈扬起手要打。方樱子看到妈妈走到办公室洗手池前，在镜子里扭着脑袋照了照，理了理头发。方樱子看到妈妈今天穿了漂亮的星空蓝裙装，脸上化了精致的淡妆。方樱子撇撇嘴，给女儿送个饭也要打扮一番，这样讲究爱美的妈妈方樱子也是醉了。

“我去看一个朋友。”方樱子的妈妈说完走出医生办公室。

“哦，我说今天干吗这样妖艳呢，去看谁呀？”

“辛道夫。”妈妈的高跟鞋咚咚地在走廊里渐渐走远。

怎么认识他呀。方樱子在心里嘀咕了一句。她对辛道夫的印象并不好，尤其对他家的夫人和那个二了吧唧的儿子，用艾叶的话说，那个儿子像个被水泡得退了红皮的白胖花生仁，脖子都看不见，肩膀直接托着胖脑袋。

方樱子的面刚刚吃完，妈妈就打来电话让她到辛道夫的病房。方樱子一听皱了皱眉，用舌头舔了舔嘴上的番茄酱，带着一嘴的番茄味，推开门进了辛道夫的单间病房。

辛道夫的病房像植物园里的温室，艳丽的蝴蝶兰扇着紫翅膀，粉红的百合抖着香气，香槟玫瑰、鹤望兰、鸢尾、满天星组成的大花篮把病房几乎变成了花房。方樱子的妈妈站在窗前，辛道夫半靠在床上，两个人的四只眼睛闪烁着寒夜冬天里温情的灯光。方樱子被温暖感染，脸上挂着灿若鲜花的笑容。

“叔叔好！听说你是我妈妈的朋友，我会好好照顾你的。”方樱子充分展现胸外科医生的姿态和客气。

“哎呀，这孩子真好，我第一次看见她就特别喜欢。我来这里看病找了你们卫生局局长，局长找了你们陈浅学主任，你若有什么事我可以直接找你们主任和院长。”

方樱子听到妈妈银铃般的笑声。

辛道夫豪言海口的什么意思呢，方樱子想不出来，她笑了笑，说：“认识他们好啊！朝内有人好办事。但我们科主任对我很好，没有什么需要找他们的。”

方樱子嘴上这样说，心里却抑制不住荡起了浪花般的小激动，能直接找主任和院长大人对话，这……这也太高端了。方樱子感觉自己直接飘上了云霄，在云中漫步了。不过，方樱子并不喜欢这种爱张扬、做事一点不知收敛的人。不高声宣布，就会死吗；不高声宣布，就怕别人不高看你吗？

方樱子想到了辛道夫家里的另外两位，狂言的老婆，二了吧唧的儿子。辛道夫高声阔气的一家人奇葩地凑到一块儿也是契合。

辛道夫拉着方樱子散发着番茄味的手，方樱子心里老大不乐意，心想这位辛叔叔太热情过度了。但是，方樱子已经充分学会并利用心里一套脸上一套的本领，她的脸上仍然保持着对辛叔叔堆起的虚假微笑。这完全是看在亲爱的妈妈的面子上。不然的话，敢拉她手的陌生男人没准大嘴巴直接扇了。方樱子心里叫苦不迭。心想，妈呀，你认识的是什么人呢，上来就拽手，简直就是直接要方樱子手的命。

“名媛，你跟樱子详细讲讲，让她不要记恨。放心，我一切都安排好了。”辛道夫攥着方樱子的手没有放开，和蔼地对方樱子的妈妈说。

方樱子听不懂这个辛道夫的话。妈妈却好像很明白，看着辛道夫使劲点头。方樱子趁机缩回了手，她给这个男人的面子是有限的，她想找个理由出去，不想再听他们谈话。

“我们先出去了，老辛你好好休息。”方樱子的妈妈拉着方樱子走出了辛道夫的病房。辛道夫笑呵呵地挥着手。

走出病房，正看到辛道夫的司机在病房外站着，他向方樱子母女笑了笑，方樱子不自然地咧了一下嘴，她把妈妈直接拉进了医生值班室。

“你怎么跟他认识呢，这人真讨厌，我可不喜欢他。”方樱子嘟着嘴，哼了一声。此刻，她心里觉得很别扭，主要感觉妈妈跟这个男人过于熟悉，爸爸若在这里，看到会吃醋的，方樱子想。

“你呀，就是个小刁姑娘，人家对你不好？不是告诉你有事帮你找院长找主任吗？唉！有时候，人真不知会遇到什么，樱子你的好运气来了。”方樱子的妈妈喜笑颜开地对方樱子说。

“我的好运气？！”方樱子张着嘴，瞪着眼，呆在那里，心里冒出一个又一个设想，难道辛道夫的儿子看上了我？我没看上他呀，比李银针还不如的一个废物，难道辛道夫是我姥姥丢失的儿子？没听说丢过舅舅呀，方樱子拧着眉展开幻想的小翅膀也没有想象出来，妈妈说的这所谓的五色祥云到底是从哪嘎达飘来的？

一天，方樱子的妈妈突然接到一个陌生电话，是辛道夫打来的，说有重要的事找她商议。这个辛道夫已经从她心里彻底铲除和遗忘了。这个人是魏名媛今生最恨的一个人，也是她最不能提起的一个人。

几十年前，方樱子的妈妈魏名媛与辛道夫结婚，魏名媛怀孕两个月时辛道夫出轨，女孩找上门来以死相逼，并说已经怀孕，魏名媛既生气又无奈，怀着身孕离婚，她死的心都有，她痛恨辛道夫，她决定把孩子生下来，让他一辈子也别想见到亲生骨肉，只有这样，才能达到折磨和报复辛道夫的目的。后来，没有结婚的大学同学方梓唯娶了她，方梓唯身不高、体不壮、貌不扬，却担起了一个男人的勇气、担当和责任，更主要的还有一个男人最不能承受的来自各方面的压力、流言和非议。但是，这个看似瘦弱的男人勇敢地担起了这份责任，最可贵的是对方樱子的爱，完全像对待自己的孩子一样对待方樱子，因为方樱子，方梓唯没有要自己的孩子，这让魏名媛非常感动和内疚。本来以为，这种生活会永远平静幸福下去，这个秘密会永远保守下去。谁知道，生活总有意外出现。

辛道夫执意要找到魏名媛，他被诊断得了肺癌，他想见自己从未谋面的女儿，他想给予女儿一点补偿。

改革开放初期，辛道夫从机关下海，做进出口贸易，木材、钢铁、煤炭等，前几年红木、梨花木、紫檀价格走高，他从越南、泰国等地进口木材，狠狠赚了一笔，继而他买了矿山，开采煤矿、能源，入股央企，后来又发展到买了几架运输飞机，成立了航运公司。

本来，魏名媛不想让他见女儿，这个几十年冻结的心结根本无法解开，况且女儿生活得很平静，魏名媛不想让女儿的生活受到干扰，更不想让方梓唯的情感受到伤害，所以魏名媛一口回绝了辛道夫。她既不想见他，也不想让女儿见他。这么多年没有音讯，现在孩子长大了，他却来打扰她平静的生活，这本身就是不道德的。后来，辛道夫说他得了癌症，想见见女儿，另外，想送女儿到国外留学，并且要补偿她一部分财产。听到关于女儿前途的问题，魏名媛犹豫了，她说她考虑一下再回复。

其实，魏名媛不是想考虑什么，她要跟方梓唯商量，如果方梓唯不同意，她就不答应辛道夫，这是对方梓唯的尊重。没有想到，方梓唯同意了，他说，从道德从亲情上，都该让辛道夫见方樱子，况且关乎孩子的前途，如果方樱子想到国外留学，不是错失了机会吗？他告诉魏名媛，你就打扮得漂漂亮亮的，让辛道夫看看，我方梓唯把他遗弃的女人和女儿养得多么好，多么优秀。他叮咛魏名媛过去的仇恨已经过去了，多多包容他吧。

方梓唯男人的气概、男人的胸怀让魏名媛感动。一个男人的伟岸并不是由身高体健决定的，内心的壮阔和宽广才是一个男人的魅力所在。

方樱子听完妈妈的叙述，完全呆住了。怎么是这样，怎么可以这样，她简直接受不了这个事实。心里的防线完全崩溃，她不能接受这个叫辛道夫的男人是自己的亲生父亲，不能接受那么爱自己骄纵自己的爸爸是自己的养父，什么国外留学，什么财产分割，方樱子统统无所谓，她愿意这是一场梦，不是残酷的事实。方樱子迷茫，心乱如麻。

"我爸爸同意吗？"方樱子首先想到了爸爸。

"你说哪个爸爸？"魏名媛问方樱子。

"当然是我爸爸，那个男人谁认可他了，根本叫不出来。"

方樱子心疼自己的养父方梓唯，对于亲爸爸辛道夫她根本就没有放在心上，完全放在陌生人的位置上，即使知道他得了癌症，方樱子也没有着急和难过。她不知自己是不是太冷漠了。

"当然同意，他支持我来，关乎你的前途，他怎么能不同意呢。"魏名媛对方樱子说。

送走了妈妈，方樱子的内心空空如也，她呆坐在那里，双眼空洞，这个消息来得太突然、太意外了，以至于方樱子完全被打垮、被震慑。幸好，今晚病人没事，她可以倒在值班室的床上瞪着眼睛看天花板，心里默念着在脑子里和心里同时爆炸的新闻。辛道夫是自己的亲爹，方梓唯是自己的养父。亲爹要把自己送到国外上学，还要分给自己一份财产。方樱子在心里反复播唱片，似乎是让自己接受和认可。可是，她总觉得这件事好像不是发生在自己身上，或者，宁可这件事不是发生在自己身上。

她要生活的安静，她要与方梓唯之间最亲的父女关系和父女之情。

一整夜，方樱子睁着眼睛没有睡，她的思维已经麻木，脑子里一片空白。清晨，她端起粉色洗漱盆冲进浴室，她必须把自己唤醒，必须从那个乱七八糟、千头万绪的思绪中跳出来，走进今天的工作中。

“不管发生了什么，一个外科医生必须保证清醒地站在手术台上。”这句话，方樱子一直记忆犹新。今天虽然没有手术，但是，方樱子依然有一堆病人的事要处理。所以，保持清醒的头脑，保持充沛的精力和好的心境很重要。方樱子强行把自己并入正常的轨道。

早查房的时候，方樱子跟在陈主任和钱木等人身后进入辛道夫的病房，方樱子安静地看着陈浅学主任和辛道夫说话。看到辛道夫的表情，方樱子感觉有些不自然。

“老辛，明天就手术了，你今天要好好休息，不能再出去了，该放下就放下。”陈浅学主任笑着对辛道夫说。胸外科的人都知道，这个病人是一个有钱的土豪，每天忙忙碌碌基本不在病房。只是，可惜得了癌症，属于那种钱没花完，人即将不在的人，相当不幸，令人唏嘘喟叹。

“好的好的，我一定听陈主任的话，该放下就放下，问题是，不放下也不行了。哈哈哈！”辛道夫说完朗声笑了起来。

一行人在陈主任的带领下走出病房，辛道夫突然对走在后面的方樱子说：“方医生，我有些事想问你。”

陈主任和钱木等人听到辛道夫叫方樱子，不约而同回头看了一眼。方樱子笑笑对大家解释说：“他认识我妈妈。”

等大家走出病房，方樱子关上病房的门走到辛道夫身边。

“孩子，你妈妈都跟你说了吧，真的很对不起你，我知道你也许会恨我。你有什么想法，将来想干什么，我会尽力满足你的一切想法和意愿。其实，我很想让你帮助你哥哥，他在国外游学了好几年，连个像样的大学也没有上，他那个样子，就是把公司交给他也让人不放心。唉！你们两个将来一起经营公司，你帮助他我才放心。”辛道夫的眼睛紧紧盯着方樱子的脸，那是一个父亲对女儿充满爱意的眼神。

“和您的关系我暂时不想让科里的人知道，您先好好养病准备手术，把病治好，我怎么会恨您呢。”

方樱子说得不多，她感觉跟这个人无论从情感还是从亲情上都很生疏，根本无法拉近距离。至于将来的打算和安排，她自己也没有想清楚，这个问题要慢慢思考，不是一拍脑袋就可以决定的。所以，她暂时不能回答这个极其诱人的问题。

此时，辛道夫的电话响了。他接完电话极其和蔼地对方樱子说："嗯，好的，你先忙，有时间过来看看我，聊聊天。"

辛道夫没有想到自己的女儿出落得这样漂亮出众、这样优秀，念了不好考的医科，当了一名令人刮目相看的外科女医生。

方樱子走出门的时候，迎面碰到辛道夫的香奈儿妻子和奇葩儿子。她微微点了点头，以一名医生的从容和镇静走了出去。

终于下班了，方樱子从没有像今天一样急切地想回家。是的，她想见到爸爸，那个一直骄纵她，比妈妈还疼爱她的父亲——方梓唯。

方樱子推开房门，正看到爸爸躬身在墨案前写毛笔字，一卷横卷的宣纸，像《清明上河图》一般长长跌落在墨案和地板上，宣纸上是变化灵动的小楷千字文，"天地玄黄，宇宙洪荒，日月盈昃，辰宿列张，寒来暑往，秋收冬藏……"

一首古筝曲《渔舟唱晚》在房间里萦绕，行云流水般的音符汇集成一幅如诗似画的风景，心可以看到远去的渔舟、瑰丽的晚阳和无垠的波浪……

方梓唯把自己沉浸在美妙的天籁之音里，他奋笔疾书、笔走龙蛇，正表明了他纷繁的思绪和难以平静的心境。

他很豁达，听到魏名媛说那个男人要来认女儿，他没有犹豫、毫无戒心地点头同意，之所以那么痛快那么坦荡，完全是为了女儿的未来。如果以一个血性男儿的气宇轩昂和义薄云天，对于辛道夫这种冷酷无情、忘恩负义的人，他一定会断然拒绝，也许还会给他奉上一个决然的讥讽和任性的威武。有钱，你就可以买回几十年的歉疚和不安，就可以重拾亲情找回父亲的尊严？就是成为中国首富，你也摆脱不掉陈世美的黑历史，摆脱不掉抛弃妻女的恶名。得了癌症，活该，报应，现世的报应。

这些话方梓唯当然不会说，如果他是这种心胸狭隘的人，就不会娶魏名媛，也不会没有自己的孩子，当然更不会如此疼爱方樱子。他是一个身材并不高大的男人，甚至可以说有些矮小和单薄。但是，他有一个真正男人的胸怀、气魄和担当。当然，更有一个优秀男人的品质。

方樱子看到爸爸走笔长卷，知道他心里一定烦乱不安。

是的，方梓唯是在笔墨中寻找一种蕴藉、沉静和豁达。在柔中带刚、浑厚有力中让自己的心凝练得更加平和畅达。

“爸，写这么多，歇歇呗。”

方樱子上前直接拿走方梓唯手中的毛笔。

“妈，今天吃什么？好饿。”

方樱子看到厨房里正忙碌的妈妈。

“马上。”妈妈答道。

方樱子走进自己的房间，换了一身薰衣草色便装，洗了手，走到餐桌前。餐桌上已经摆好了菜。方樱子忍不住捏了一块粉蒸牛肉和一块肉烧干笋放在嘴里。

“干笋太香了，吃出竹林味了。”

听到方樱子这句话，魏名媛和方梓唯都笑了，方樱子从小到大每次吃竹笋都说这句话，已经成为一种习惯。方梓唯是南方人，所以家里经常吃各种各样的干竹笋。竹笋烧肉、素炒竹笋、腊肉竹笋、竹笋排骨汤、竹笋鸡块……方樱子和魏名媛都习惯了。

“樱子多吃。”方梓唯一如既往地给方樱子夹菜。方樱子感动得鼻子一酸，险些潸然泪下到饭碗里。一个跟自己没有一点血缘关系的人，能始终不渝地关爱自己，能不让人动情吗？方樱子忍住了眼泪，她不想上演一场悲情戏，她要欢欢喜喜地让父母高兴，尤其让爸爸心里舒服。

“爸，你知道吗，我昨天突然被吓到了，做一个大噩梦，梦见你不要我了，哈哈，好吓人呐，今天我梦醒了啊。”

方樱子咽了一口菜。

“瞎说什么你，你妈跟你说的正经事想得怎么样了？”方梓唯问。

“那有什么可想的，还这样呗。你们没有见过他家里那两个人。”

方樱子把辛道夫的香奈儿妻子和奇葩儿子跟父母简单介绍了一下。

“也不急，好好想想再决定，多关心关心他，毕竟他病了，毕竟他是你的亲人。”

“哎，老辛遇到这样两块料也是够累的，哼，那样的母亲怎么可能教育出好孩子。”魏名媛有些幸灾乐祸地说。

“爸，反正我只跟你亲，跟他的感情要慢慢培养，不管他有多少财产，我可是认亲不认财的人。”

方樱子想，一定要在爸爸面前表明这种态度。认钱为亲，跟着有钱人跑，那是什么人呀。再说，那个女人看起来不是省油的灯。从前，妈妈就吃了她的败仗，这一次不能再受刺激，方樱子宁可这件事根本不曾发生。

也许，这件事看起来对方樱子是一件好事。但是，对方樱子的父母确是一次彻头彻尾的伤害。

听到方樱子如此轻松就把这件事说清楚了，魏名媛和方梓唯都很高兴，方梓唯认为自己的担忧和郁闷简直多余，还没有女儿冷静沉着。方梓唯在心里调侃了一下自己。

方樱子轻轻松松吃完饭走进自己的房间，关好门后，她趴在床上忍不住流下了眼泪，为什么会这样呢，从昨晚知道这件事到现在，她憋了太久，她需要发泄，需要痛痛快快把心中的委屈、煎熬、惆怅、哀痛哭出来。本来，以前可以跟李银针商量商量，让特别能瞎掰、特别能海聊、特别能穷逗的李银针出出主意。现在，已经跟李银针分手，方樱子没有可以商量的人了。

李银针的房间养了三样宠物，一只瞪着两个凸眼、浑身通绿、甩着大长尾巴的变色龙，一只白天睡觉到了后半夜就折腾的小白鼠，一只缅甸陆龟。每次李银针的妈妈看到这几样宠物，气就不打一处来。

“哎哟，我的儿子，你说你养个小猫、小狗、小鸟、小鱼逗逗玩玩也行，你养个耗子、王八和这个吓人的东西。”李银针的妈妈看到宠物箱里的变色龙就心惊胆战，她的眼睛从来没有在变色龙身上停留超过五秒钟，都是慌忙掠过。这只小尖舌头伸出来有两尺长的像小鳄鱼一样的小怪物还吃小蟑螂、面包虫等小虫子，太吓人、太恶心了。

今晚，李银针刚研读完《脉经》卷九，摇头晃脑地背着：短脉象形似龟，藏头露尾脉中筋，寸尺可凭关不诊……

形似龟！背到这里，李银针的眼睛不由自主看了看那只懒洋洋的缅甸陆龟。他拿起一个苹果，咔嚓咬下一口，扔给了陆龟；咔嚓又咬下一口，扔给了小耗子；咔嚓再咬一口，自己吃；咔嚓再来一口，站起身走到变色龙的玻璃箱子前，扔给了变色龙。变色龙的小舌头子弹一样嗖地飞出来，左眼睛看前边，右眼睛看后边。这个错位大斜眼。李银针笑笑，捏起一根牙签，把箱子里的变色龙拎出来放在横着的牙签上。

“遛遛你，放放风啊。”李银针的食指蹭了蹭变色龙的刺背。宠物箱旁边还挂着一只土黄色的歪嘴猴子呢，那是变色龙的坐骑。李银针把变色龙放在歪嘴猴的肩膀上。

“玩会儿吧，兄弟。”

李银针的话刚刚出口，了不得了，爷爷进来了。

“玩物丧志，哼哼，称一只怪虫子为兄弟，难道你要换祖宗？”

看到爷爷，李银针吓得即刻把变色龙扔到宠物箱里，歪嘴猴丢在椅子上，这些动作加起来也就几秒钟的时间，迅雷不及掩耳，他真希望爷爷老眼昏花根本没有看到这一幕。一紧张，李银针嘴里没有嚼完的苹果险些噎着自己。

看到李银针屋子里的耗子、王八、小爬虫，李果之气不打一处来，若是能当药引子，李果之早就一怒之下把它们摔死在墙角，像药铺里干成树枝的大蝎子、土鳖虫、长蜈蚣一样，扔到咕嘟咕嘟冒着草药味的药砂锅里炖烂了。看看这房间，这像一个中医大夫的房间吗？这像一个中医传承人的房间吗？文化精粹呢？自律自强呢？玻璃柜里除了龇牙咧嘴的怪兽就是歪嘴的玩物，桌子上的几本医书，还是李果之拿给他的。看到这个不争气的孙子，李果之鼻子都快气歪了。一代不如一代，不是随便说的。年轻时的自己研读医书，每天三更灯火五更鸡，黎明即起洒扫庭除，跟随父亲诊脉、配药、熬膏药……李果之清楚地记得，自己很小的时候，父亲为拉洋车的穷人治好了肩膀上碗大的疥疮，不收取分文，为落魄抄家的朝廷重犯治愈了要命的肺病，悬壶济世、杏林春雨的遗风享誉京城，一直是这个中医世家秉持的风范，中医不仅是治病救人的医学，养生强体的保健医学，它更蕴含了民族精神和做人的气节，是身心和体魄兼修的大学问。李果之一心一意要做个名医，承继家学，承古创新，为了这个信念，他付出了毕生的心血，终于传承中医文化，承袭中医世家的嘉名。

看看李果之，腹有诗书气自华，博学通儒，医术精湛，饱读诗书，一身儒雅之气，一身正直之气，目光清远，气定神闲，永远一身干净整洁的中式衣服，从爷爷那辈就是“头顶马聚源，身穿瑞蚨祥，脚踩内联升”。李果之依然如此。

家道遗韵尚存，1847年先辈入宫给道光皇帝治愈耳疾所赐的大匾“神医国手”庄重地悬挂在大厅，廊柱上“不辍医术，济世流芳”的先人墨宝遒劲苍穹。六柱穿廊的小院，青石板泛着悠远的青光，缠绕的紫藤花、石榴树、大鱼缸，吟唱着时光的歌谣。李果之正在著书立传，把自己毕生的医术收集到即将完成的著作《医道》中，光靠传承不行了，尤其眼前这个提不起、放不下、捶不烂、扶不住的败家子。李果之看到这个孙子就气得肝颤。内分泌、血压、激素，该升的升，该分泌的分泌，所有的内分泌机制都飙升到需要控制的地步。

李果之抖着稀稀疏疏的白胡子刚要张嘴，李银针立马声如洪钟高喊了一句爷爷，堵住了李果之的嘴。话还没说呢，生生被砸回去了。

“我昏天黑地背了俩小时书了，刚刚要换换脑子。您可能看这些小家伙不顺眼，但其实它们身上都闪耀着哲理的光辉。”李银针一脸的灿烂如辉，他指着玻璃箱里的变色龙。

“你看它，随机应变，做人一定要有这种能力，否则就是痴呆憨傻，缺乏机变。还有这只老龟，轻吞慢吐小心谨慎，这绝对是为人之道。这只小耗子，更不用说了，机智灵敏，百灭不绝。”

李银针巧舌如簧的嘴不得不让人叹服，简直可以颠倒黑白，能把贼眉鼠眼、鬼鬼祟祟的耗子说得浑身虎气，也是没谁了。

李果之听完孙子的歪理论，刚要张嘴驳斥，又被李银针的单人评书堵住了嘴。

“您不用跟它们置气。”

李果之本来就没有跟这三只畜生置气，他是跟眼前这个兔崽子置气。

“您看我的头发。”

李银针把头发从脑门向后一推。

“都立起来了，您看这绳子，您放心不是上吊用的，拴头发用的。”

李银针拽着窗帘杆上垂着的红线绳。

“您看我这裤子，都给扎烂了。”

李银针一拍大腿，破洞的牛仔裤吊着线露着肉。

“头悬梁锥刺股，我一直牢记咱家的家训，每天背书犯困的时候温习。”

李银针上演苦肉计，就是要爷爷消气。

“唉！”

李果之叹了口气，孙子都这么努力了，裤子都被扎烂了，他不能再教训了。

“爷爷，我给您背一段脉理。”李银针清清嗓子，来点真格的。李银针抓掉了一把头发才背下来，太不易了，必须让爷爷高兴高兴。

“既脉理兮，用心细，三法四中要熟记。人脉难，需勤理，察形辨象非容易……新病逢时是火盛，久病逢时或气痛。”李银针摇头晃脑，终于把爷爷哄乐了。

“我再考考你，什么是长脉？”

“长脉直过本位前，迢迢自弱类长杆，心肾身强气本壮，实脉相联似剑长。”

李银针背完即刻像爷爷伸出了胳膊，让爷爷给他诊脉。不能再背了，也不能让爷爷再考了，再背就露馅了，再考就考（烤）煳了。适可而止，掌控火候。

李银针开始装病，说自己伤了元气，头晕，让爷爷开个方子调养调养。考试的话题被李银针轻而易举翻成了过去时。李银针的聪明脑瓜子就是在人生的关键时候抖机灵的。

李银针没有睡醒，窝着脑袋，骑着被子，吧唧嘴做梦在鸿宾楼的雅间狂吃葱烧海参呢。

手机苍蝇似的嗡嗡响了。李银针闭着眼睛，停止了吧唧，继续睡。短暂的安静后，手机又顽强地响了起来。李银针险些拿起手机摔到变色龙的玻璃房子上。他眼睛挣扎开一条缝，米色落地大窗帘被窗外的阳光照得发了白，李银针咬咬槽牙，闭着眼睛拿起手机喂了一声："干吗呀，你个李悬壶，大早晨吵我，等我爷爷拿针扎你，他昨天刚给我诊断完，说我气血两虚，必须补养，人参炖鸡不能断，研读医书更不能停。必须滋养身心。身体要补，心灵鸡汤也要补。我的亲娘啊。"李银针咧着大嘴痛苦万分。

“梅珊高烧不退，要不让师父来诊治诊治？”

听到梅珊发烧了，李银针彻底睁开了眼睛。

“我先去看看，近日医术大长，直逼爷爷的水平。”李银针睡醒了就吹牛。李银针爬出被窝，梳梳小分头，整理整理自己，抬腿出发。

方樱子当晚躺在床上哭着睡着了，半夜，梅珊打来电话，说发烧两天了，喝了上次李悬壶开的葱须、大枣、姜片煮的水，烧没有退，实在难受。

“我接你来医院。”方樱子急忙爬起身，准备出门。她担心梅珊发烧的身体根本无法走路。

“你不要来，我已经约到车了。不用担心，我的意志力垮不了。”

方樱子准备出门，爸爸妈妈也走出了卧室，方梓唯拿起汽车钥匙跟方樱子下了楼，方樱子不忍心惊动爸爸妈妈，可方梓唯多年来一如既往，习惯了这种关爱女儿的生活。在他看来，这不是累，是在充分享受父女之间的亲情。

经过妇产科医生的诊治，梅珊挂上了静脉点滴。早晨，方樱子给李悬壶打了电话。李悬壶给梅珊诊了脉，觉得脉象没有上次好，气血伤耗精神损，自汗阳虚骨蒸深，凶多吉少，他想让师父来看看，所以给李银针打了电话。

李银针提着一大兜子麦当劳早餐，嘴里咬着猪柳蛋汉堡，芝士奶片稠糊糊地粘到嘴唇上。

“樱子，悬壶，梅珊，开吃开吃，吃了东西烧就退了。”李银针把袋子递给方樱子。

梅珊听方樱子、李悬壶、李银针几个人吃着早点，闭着眼睛说：“真香，听你们嚼菜叶的声音真有劲，我连嚼东西的力气都没有了。”

方樱子掰了一小块汉堡塞入梅珊嘴里，梅珊摇摇头，她没有一点胃口，完全丧失了吃东西的欲望。

“梅珊，就当吃药。”李银针鼓励梅珊。

“她现在阴虚面红，唇焦口燥，身重倦卧，能喝下水就不错了。”李悬壶说。

李银针擦擦嘴，心想，裤子都扎烂了，苦读了这么久，人家李悬壶叭叭叭，蹦了仨词，怪不得爷爷急了，怪不得方樱子恼了，自己这个中医世家的传承人太丢人了，还自以为成了大师呢，皮毛还没学好呢。先定个小目标，当然不是中国富豪定的小目标挣一个亿，而是以自己的聪明才智半年内超过李悬壶，一年后追上爷爷的大弟子，五年后追上爷爷的水平，成为名震中医界的大黑马，吓得他们来不及上厕所尿了裤子。哈哈哈，李银针在心里轻狂了一下。

他擦擦嘴，洗了手，把食指、中指、无名指搭在梅珊的腕脉上。

“满指散乱似扬先，按之分散难归整，产是生早胎为堕，久病脉散必丧命。”

李银针心里念念有词，给梅珊号完脉着实把自己吓尿了。再给梅珊望诊面如土灰，印堂暗沉，形容枯萎，唇色火红。李银针认为，李悬壶的诊脉水平在自己之上，他不会诊断不出来。李银针嘬了嘬牙花，吧嗒吧嗒嘴。

“叫你爷爷来诊治诊治，看看有什么好办法。”方樱子对李银针说。

“我爷爷在北京吗？我记得出去开会了。”李银针盯着李悬壶，眼睛里有话。李悬壶笑笑没敢轻易开口，他在李银针的熏陶下已经有资格跟李银针搭档演一出小剧了。

“那怎么办？怎么降温呢？”方樱子为难地问李银针。

李银针抓抓脑袋，头皮都抓起来了。

“妇产科已经看了？找你们钱木主任想想办法，我和李悬壶也回去合计合计、研究研究。”听完李银针的话方樱子点点头。

今天，辛道夫要进行手术，陈浅学主任、钱木主任、方樱子、杜仲、张一山、李二虎都准备上手术。没有了康健，陈浅学感觉自己的臂膀都没有了，什么杜仲、一山、二虎，统统不能入陈浅学的眼。这个杜仲，来胸外科几年了，做手术一点灵性也没有，完全属于不上道的朽木之流，他上台，完全是凑数，陈浅学根本不想让他上这台手术。

“杜仲，你在病房处理病人，手术不上也可以。”陈浅学说得很明确。

“主任，我跟您学习学习，多上手术多见识我才能提高啊。”这台手术，杜仲是一定争取上的，因为上到卫生局下到医院领导，都在关注这台手术。当然，还有病人自身的影响力，即使在台上站着，拉拉钩，缝缝皮，凑个数，外人知道他上了这台手术，达到这个效果就可以了。杜仲上这台手术，仅仅是为了赚人气、赚名气。

方樱子冲了半杯浓咖啡热热地喝了下去，感觉精神了很多。上手术是根本不敢多喝的，所以她仅喝了半杯，达到提神的目的即可。

上手术台之前，方樱子特意望了望窗外的风景，这片窗正对着远处一棵茂盛的榆叶梅，榆叶梅在早春开尽了一树的浓紫桃红。此时，树的绿叶正浓，树下围着一个小花坛，橘红色晚霞似的大朵金盏菊开得正艳。

在手术台上千万不能走神精力不集中，就当他不是你的亲生父亲，一切都没有发生过，就当你什么都不知道。钱木主任说的那句话你要牢记呀。方樱子在心里默念着钱木主任那句经典之言："一个外科医生，站到手术台上，就要放下心里的一切，就是天塌下来也不能影响了手术。"

方樱子擦了擦眼泪，心里突然冒出这样一句话：期待你手术顺利！这句话当然是送给辛道夫的。方樱子眼下还不能立刻转换思维，进入角色，把这个人称为父亲。

辛道夫的手术做得很顺利，肺部肿瘤全部切除，没有明显的转移。直到辛道夫被推出手术室那一刻，方樱子才从紧张中彻底缓解下来，她给妈妈发了微信，告诉她手术顺利。发完微信，方樱子身体软软的没有一点力气，她坐在刷手间的圆椅上，手里托着一袋酸奶，酸奶不是手术室为手术医生准备的那种瓶装酸奶，是手术室一名漂亮的器械护士特意给方樱子的，她说是从青海带回来的，牦牛酸奶，非常好喝。方樱子打开一个口，把吸管插进去吸了一口，很香醇的一股奶香。确实不错，喝出了高原牧场的清新。方樱子之所以没有马上回去，是因为疲惫腿软，从刚才手术中的紧张到下了手术的松懈，她好像一下子疲惫得话都不想说。享受了一袋酸奶后，方樱子感觉恢复了些体力。她站起身找到塞给她青海酸奶的手术室护士，问她可以不可以再给一袋，她惦记的是发烧的梅珊。

攥着讨来的酸奶，方樱子回到病房，先看了看手术后的辛道夫，病房里围着一屋子人，辛道夫还没有完全醒来。方樱子转身退了出去，却听见身后有人喊："朋友，朋友，我爸爸的手术怎么样，肿瘤有鸡蛋大还是比鹅蛋大？"

方樱子叹了口气，看了看叫她朋友的辛道夫的儿子，那个剥了皮的白胖花生。问肿瘤有鸡蛋大还是比鹅蛋大这样的问题，简直也是极其奇葩了，还没有手术病人的家属这样问过方樱子，倒是有病人说过类似的话，比如你问病人的尿量有多少，家属说病人尿了一饭碗尿，可这种话是糊涂老太太说的呀。

"手术很顺利。"方樱子说完转身走了，没有回答他关于肿瘤鸡蛋大、鹅蛋大的问题，肺部肿瘤若长到鸡蛋、鹅蛋那么大，恐怕人就憋死了。

"朋友，朋友。"胖花生还在叫。引得艾叶从护士站冲出来向他嚷："不准叫，这是病房。"其实艾叶的声音比他还大。

方樱子去看梅珊，把酸奶打开放在梅珊嘴边。梅珊勉强吸了一口摇摇头。梅珊的头上放着冰袋，刚刚喝了李银针和李悬壶研究的中药，除了上次的三味药以外，李银针给梅珊加了蒲公英。他之所以编假话不让爷爷来给梅珊看病，是因为他怕爷爷给梅珊诊了脉，看到梅珊这种状况还怀孕，肯定会训斥梅珊瞎胡闹，不尊重生命，那样会影响梅珊的情绪。李银针特意跟李悬壶讨论了梅珊的病情，两个人一致认为梅珊这种脉象很危险，凶多吉少，即使爷爷出面也不会有太好的办法。目前对梅珊只能隐瞒，熬一天算一天。

“你这一段时间的妇产科检查怎么样？”方樱子问梅珊。

“妇产科医生说非常好，孩子胎动也特别好。”

梅珊肚子中的胎儿已经七个多月了。今天方樱子问了钱木主任，钱木听说梅珊又发烧了，摇摇头对方樱子说肿瘤病人发烧不是好事，让她时刻注意病情变化。

“今晚我先陪你，明天叫你妈妈来照顾你行不行？”方樱子小心翼翼地问梅珊。

辛道夫手术后第一天，方樱子想陪陪他；梅珊烧也没有退，方樱子也是走不脱的。

梅珊知道方樱子昨晚为了自己的病没有休息好，今天又上了手术，今晚无论如何要让她好好休息。梅珊已经找了艾叶，让她给自己找了护工，今晚就可以过来照顾她。

知道梅珊找了护工，方樱子才放下心来，她靠在梅珊的床头懒洋洋地问：“真的不让你妈妈来？她来照顾你多好啊。肯定比护工强多了。”

梅珊摇摇头没有说话。方樱子闭着眼睛说：“一会儿我去看术后病人。”说完，竟歪着头睡着了。是啊，今天她实在太累了。

方樱子醒来的时候已经晚上十一点了，睡了一觉，她感觉舒服很多。她看到床上的梅珊还在昏睡，旁边的酸奶根本没有动，床前的椅子上坐着一个闭着眼睛睡觉的护工。

方樱子站起身。旁边的护工也睁开眼睛。方樱子走到梅珊身边，摸了摸梅珊的脉搏，脉搏细速、无力，胳膊上的静脉点滴给梅珊补充着水分和营养。梅珊哼了一声，也许她想跟方樱子说什么，只是实在说不出来。方樱子没有叫醒梅珊，用湿棉签给梅珊擦了擦干裂的嘴唇。

方樱子悄声对身边的护工说：“等她醒来，喂几口水。”

方樱子转身出去了，她来到护士站，看到长条台子上、地上堆放着很多鲜花，半个走廊弥漫着百合、玫瑰的香味。

“这么多鲜花，像到了花店。”方樱子笑笑。

“都是辛道夫的家属清出来的，说鲜花不适合病人恢复。”艾叶低头忙着写记录单。面前的桌子上放着一堆水果。

“这也是辛道夫家属给的，你吃吧，那个胖花生还送了我一个钥匙链。”艾叶把一个卡通钥匙链扔在了放化验单的台子上，显然并不打算要。

“我去看看病人。”方樱子打了一个哈欠，轻轻推门走进了辛道夫的病房。

“大夫来了。”胖花生向方樱子笑了笑，他正低头玩手机游戏。

辛道夫醒了，看上去精神状态不错，心电监护仪生命体征平稳，两路静脉点滴也顺畅，床边的透明引流管和胸瓶引出了粉红色的胸液。

方樱子向他笑笑问。

“感觉怎么样？”

“特别精神。”

“麻醉药还在起作用，所以兴奋，好好休息。一切都很平稳，手术伤口也不会疼，加了止痛泵。”

方樱子安慰辛道夫。她感觉旁边一双眼睛在自己身上扫来扫去，让她特别不自在，是辛道夫的老婆，审视的眼神是不是表明她已经知道了方樱子的身份？方樱子特意迎着她的眼神笑了笑。

“有特护我们就放心了。”这位香奈儿妻子向特护交代了几句，准备带胖花生回去。

“我今晚不走，夜里再来看你。”方樱子向辛道夫告辞走出病房。

今天，方樱子带梅珊做了CT检查，钱木和方樱子一起看了片子后心情很沉重，梅珊的胸部和腹部有大量积水，淋巴也有转移。其实肺部和肝部积水就证明这两个部位都有肿瘤转移，她的频繁发烧跟积水和肿瘤转移有很大关系。接下来，她的不适症会更加明显，憋气、呼吸困难、咳嗽、腹胀等。虽然胎儿发育良好，但是，癌细胞在梅珊的体内很凶猛。

“能不能把胸部和腹部的积水抽掉一些？”方樱子问钱木。

“是要抽的，但不是现在，正在发烧根本不能抽。”钱木摇摇头。

方樱子知道，抽胸水会引起发烧，给发烧的梅珊抽胸水等于火上浇油、雪上加霜。

输了几天液，梅珊的烧终于退了，钱木主任建议她休养一段时间再进行治疗。

做完了辛道夫的手术后不久，陈浅学主任准备到新加坡开学术会议。胸外科由钱木蹲守，可是，陈主任刚走了两天，钱木就病了，头晕不能起床，这一段时间劳累过度，她只能放下手中的工作在家休息几天。

本来安排了一台乳腺根治手术，因为钱木的病，手术可能推迟。这段时间，杜仲跟陈浅学和钱木上了不少手术，虽没有真正主刀，但是手术的步骤是清楚的，胆量也是有的，好比蹭红毯的明星，混个名气博个眼球还是可以的。杜仲目前以胸外科手术医生自居，关于手术的论文已经发了很多篇，图文并茂甚是生动。他缺少的是一台真正意义上的大手术，由他主刀。此次，正是机遇。

“方樱子，这台手术不能停，张一山、李二虎咱们四个做这台手术。”杜仲知道，张一山、李二虎在普外科就是手术熟手，这台手术，方樱子和张一山、李二虎就可以搞定，但是他在这里资历最老，所以他们四个上台是一次最好的合作，千载难逢的机遇和挑战。

“杜医生，我今天门诊，你带张一山和李二虎上吧。”方樱子绝对不会跟杜仲上台，她把与杜仲一起做植皮手术的冤屈牢牢刻在心里。吃一堑不长一智那是傻子。再说，上次杜仲说帮助方樱子发表论文，到今天也没有动静，完全采用了拖延和欺骗战术，方樱子只好以牙还牙地玩点虚情假意。

“你要不停了门诊，或者让其他医生替你出门诊。”杜仲很愿意方樱子上台，因为他心里明白这个小姑娘的手术水平已经超过了他。

“没人替，病房一堆事，门诊号已经挂出去了，我马上就去门诊。”方樱子转身开溜。

杜仲只能带着张一山、李二虎上了手术台，下午三点多，这台手术才结束。钱木和康健上这种手术一般下午一点就可以结束。杜仲脖子上挎着相机，挺着胸脯，边走边对身旁的家属和迎面忙碌的护士说：“手术相当成功，非常棒，非常棒。”看到他的相机就知道，他一定拍了不少资料照片，明天就可以在宣传网站上看到他举着手术刀，专心致志主刀手术的情景。

今晚又是方樱子值班，她看完辛道夫后走进医生办公室坐在电脑前写病历。这么多事情够今晚方樱子忙碌的。

半夜十二点了，方樱子打个哈欠，她准备睡觉了。每天睡不醒，方樱子好想过周末，睡他个昏天黑地。

深夜，方樱子迷迷糊糊感觉有人敲门。

“方医生，今天手术的病人血压低，心率快。”

“再开一路点滴，建立静脉通道。”方樱子说完急忙起身。对于衰弱病人建立静脉通道就是搭建生命通道，可以随时给予抢救药品，如果病人进一步衰弱昏迷，静脉血管收缩后根本看不见，那时候就完全没有办法建立静脉通道，只能求助麻醉科静脉切开，那样会延误抢救时间。

方樱子赶到病房，去看今天手术后的病人。她摸了摸病人的脉搏，脉搏细弱，脉率很快。

“血压60/40，脉搏一百二。”值班护士对方樱子说。

“给一支升压药，加快补液速度。”怎么会突然这样呢，术前讨论的时候，这个病人是没有心脏病、高血压等慢性病的。方樱子掀开病人的被子，看了看伤口引流袋。

“怎么这么多血性引流？”

“就是的，一直量很大。”

“胸带都透过来了，病人伤口出血，赶快送手术室。”

手术病人被紧急送往手术室。方樱子边向手术室跑边给钱木打电话，钱木二十四小时开机，她接到电话后告诉方樱子，可能是手术后出血，她很快赶到手术室，让方樱子先打开伤口止血，并让杜仲也赶过来。

经过几个小时的缝合抢救，病人的血终于止住，生命体征正常后推入病房。此时，天已经亮了，钱木主任把方樱子和杜仲叫到自己办公室，告诉他们这件事先不要声张，传出去对整个科室影响不好，没有进行讨论还不知道出血的具体原因。方樱子和杜仲点头。杜仲主刀的手术，当然只想成功不想失败，但也许事与愿违。

“本来今天想来上班，这么一折腾还要休息一两天。”钱木扶着头站起身准备回家。

“钱主任，我开车送你回家。”杜仲对钱木说。

“也好，你主刀的手术，半夜折腾我，就该惩罚你。”钱木跟在杜仲身后走出了办公室。

等陈浅学主任回来的时候，这件事的风波已经过去，病人家属居然没有提出异议。有时真的佩服杜仲的口才，病人家属追着杜仲感谢，说他挽救了病人的性命。

针对这件事，胸外科是外松里不松。陈浅学主任是个治学严谨、工作精益求精的人，这样的事绝对不允许在胸外科再次出现。他和钱木主任和护士长专门进行了碰头会，护士长从护理方面提出加强术后观察，提高护士观察术后出血的意识。陈浅学主任和钱木主任特意对这个病人的病历进行了讨论总结，带领杜仲、张一山和李二虎上了同类型的手术，告诉他们怎样避免术后出血，做这种手术最该注意的是什么。经过这次点醒，他期望这三个人能真的提高手术水平。

钱木对陈浅学说："杜仲的手术是练不出来的，他没有这方面的灵气。"

"呵呵，我也有同感。"陈浅学和钱木都笑了。

一早，方樱子就接到张五经的电话，告诉她晚上请她和艾叶吃饭。

"为什么？在哪儿？受宠若惊的感觉。"

"就是想你们了，没有为什么，当然吃大餐。我来接你们。中午你和艾叶少吃点。"

"我中午不吃了，就等你晚上的大餐。"方樱子开玩笑挂断了电话。

张五经有什么好事要请吃饭？要订婚？要结婚？方樱子猜测了半天也想不出所以然来。

晚上下班，方樱子拽着艾叶坐进了张五经的奥迪车。

"哎呀，比挤地铁舒服多了。"艾叶向方樱子眨眨眼睛。

"就是啊，以后让他天天接送你。张五经，我从中午饿到现在了，就等你的大餐呢。"方樱子有意捂着肚子。

"哈哈哈，樱子，叫李银针一起来。人多热闹。"张五经一手扶着方向盘，一手搭在车窗上，看起来确实有点帅。

"李银针天天晚上用功苦读书，他爷爷要检查，不然四合院要捐赠了。不用功不行。"方樱子摇摇头。

"要不让李悬壶来？"艾叶提议。她不知道张五经不愿意李悬壶跟她一起练英语。

“临时抓来不合适。”张五经回绝了。

“就是，外国人比较讲究预约。”方樱子赞同地说。她悄悄推了推艾叶，艾叶即刻明白了她的暗语。

“银针少爷也确实该用用功了，不然他爷爷的医术都浪费了，这个中医世家也传承不下去了。”张五经说。

“就是啊，这可是正事，关乎财产和他能不能当上真正的少爷，拼命的时候到了。张五经，你不用担心我和李悬壶，人家对我不感冒。”艾叶笑笑对张五经说。

“知道啊，我没那么小气。”张五经已经跟艾叶看了几场电影，但是，他还是不放心。

车在路上走走停停，一会儿就到了地安门外大街。几个人下车走进热热闹闹人满为患的餐厅，一股麻辣鲜香的味道直往鼻子里钻，几个人走进一个单间，看到大台子上热气腾腾炖着超大一锅海鲜，海虾、阿根廷红虾、龙虾、扇贝、鲍鱼、海螃蟹等，密密麻麻、整整齐齐码了一大锅，微辣的红汤浸着海味，太诱人了。

看到这些，方樱子和艾叶同时尖叫起来。两个人没忘了掏出手机拍照，一会儿在朋友圈显摆。

“哎呀，太振奋人心了，太棒了。”艾叶忍不住打了一下张五经的肩膀。张五经的脸上立即乐开了花。

“你怎么知道我们就馋海鲜？”方樱子也被海鲜打开了胃口，忘掉了疲惫，准备集中精力，跃跃欲试上阵消灭这锅美食。艾叶已经挽好了袖子，她怕辣汤汁弄脏了漂亮的樱花粉连衣裙。

“先别吃啊，等等。”张五经故作神秘地吹了声口哨，指着门说，“你们看！”

艾叶和方樱子抬头一看，惊讶地张着嘴，同时尖声惊叫起来。

是康健，康健出来了，怎么一点也没有透露。张五经太沉得住气了。方樱子和艾叶同时从椅子上跳起来，跑过去扑到康健身上。

“你看看，跟我老婆一样，惊了。”康健依然如故，还是那么开朗，那么爱开玩笑，那么乐观。

“为什么不提前告诉我们？”艾叶埋怨张五经。

“瘦了，但是眼神更坚毅了。”方樱子看着康健的脸说。

“快坐快坐。”张五经对大家说。

方樱子和艾叶一左一右拉着康健的胳膊来到餐桌前，张五经打开一瓶红酒，给每个人的杯子里倒了半杯。历经了两周，康健终于出来了。

“我问康健最想吃什么，他说全聚德烤鸭，我想你们二位肯定嫌烤鸭油腻，所以私自改成海鲜了。”张五经说。

“烤鸭也可以啊，主要满足康健的愿望。”方樱子笑呵呵的，康健的归来，实在是惊喜和意外。

“改天再去。”现在的张五经财大气粗，豪气冲天。

“怎么样，吃了很多苦吧，咱们边吃边聊。”艾叶给康健夹了一只阿根廷红虾，方樱子给康健夹了一只鲍鱼，张五经给康健夹了一个扇贝、一只螃蟹，康健的盘子立刻满了。

“哎呀，看看，感动死了。”康健指着盘子说。

康健剥了一只大虾，放在嘴里，跟这仨人一起重温了那段终生不会忘记的岁月。

康健做梦也没有想到，自己的人生会如此丰富多彩，还会有幸到那里溜达一圈“镀金”，从此人生也圆满了。从进去的那一刻开始，他就发誓，一定要查出到底是谁把他污蔑进去的，他要复仇，他想起了基督山伯爵酣畅的复仇情景。康健没有想到，一个只有几万块钱的科技基金也可以成为被人抓住的把柄，大大咧咧的他彻底被人算计了。为什么这样对待他？他热心、阳光、热情、开朗、大度，工作上兢兢业业，对待同事尤其热情，有困难找他，从来尽心尽力鼎力相助，虽不是好好先生，却也是个顶天立地的男人，一个让人叹服的汉子。他得罪谁了？他问自己，他谁也没有得罪，只是因为他太完美、太好，人好、医术好，才会招来别人的嫉妒和仇恨。有时，人会受累于自己的完美和出色。

康健在拘留所里历经了一次次审讯，他不惧怕这种毫无根据的污蔑。所以，他根本不惊慌。与审讯者交谈也是一场斗智斗勇的博弈，因为你说的话他不一定信，总是觉得能审出问题来。不管什么时候，不管康健是不是疲乏了，熬不住了，康健从不会被他们的疲劳术、攻心术等战术迷惑。最后，他的审讯停留在一小部分资金上，那部分资金是陈浅学主任让他支援偏远山区县医院的科技项目，康健完全自己扛下来了，他不想把陈主任也拉进来。这点事，他一个人担当了，一个男人运气差碰到了这种事，只能去面对，不能疯狗似的胡咬，把责任推给别人，那还是人吗？康健在里面思考了很多，也许这个苦难对于男人是一种特殊的历练和磨难。

支援县医院那部分科技基金没有多少钱，经核实确实用在了科技研究上，账目全部厘清，康健迈出了拘留所的大铁门。

困难时见真情。没有张五经的奔走和陈浅学主任的疏通，就没有康健在里面相对舒服的日子。虽然没有人身自由，条件艰苦，但是至少有他们托人送进去的吃的用的，让他不至于太窘迫。有了律师们的联络，审讯的人还算有个好态度，不至于让康健受冤屈。

“谢谢兄弟！我要单敬你一杯。”康健举起了酒杯，张五经举起了茶杯。

“我们在一个手术台上站了那么久，说谢就远了，康健是我迈入社会的老师，当初不仅教我医术，还教我怎么做一个真正的男人，还有很多很多，包括怎么泡妞，可惜我魅力太小。”

“哈哈哈！”

张五经的话把大家逗笑了。

“泡妞技术这么差，看看人家康健。”艾叶给张五经夹了一只大鲍鱼。

“我要泡就泡世界上最美、最优秀、最出色的女人。前提，在我心里。”张五经给艾叶夹了一只大螃蟹。

“方樱子，咱们两个是不是该撤了，两个一百度的大灯泡。”康健有意捂着自己的眼睛。

“对！”方樱子笑着赞同。

几个人欢欢喜喜，度过了一个非常开心的夜晚。

康健上班以后就到陈浅学主任办公室，他要感谢主任对他的关爱。

“我了解你的为人，这件事无论外边怎么谣传我也不会相信。你进去了，将来谁接我的班？”

陈浅学主任虽然这样说，康健知道，每一个科室竞聘主任也不是某个人说了算，要凭实力，没有精湛的医术，根本撑不起科室的这片天。当然，陈浅学主任的推荐也很重要。

“外界谣传我是进过局子的人，这样的人怎么接您的班？”康健开玩笑地说。

“我是听谣传还是看实力，这一点我还拎得清，没有糊涂。”陈浅学主任笑着说。

“主任，写控告信的人是不是杜仲？”

陈浅学没有料到康健会直接问，虽然他也猜到了杜仲的可能性大。但是，猜疑总是站不住脚。

“没有切实把握，也不好猜疑。我看你也不用管这个人是谁，就把这一页彻底翻过去吧。”

陈浅学是站在科室领导的角度考虑，他当然希望团结稳定，同事之间不要搞矛盾和对立，即使真有矛盾，表面上也要嘻嘻哈哈，决不允许针锋相对。

“你要心胸开阔一些，不要跟那种小人计较。”陈浅学对康健说。

“我倒不是计较，这种小人你若不给他点厉害尝尝，他总干些龌龊肮脏之事，没准明天又去污蔑别人。”

陈浅学主任没有说话，对于社会上无处不在的这种人，他也同样没有好的办法，我们只能坦荡荡地过自己的人生。

对即将走出他办公室的康健，陈浅学主任还在叮嘱：“不利于团结的话不要说，不利于团结的事不要做。”

“哎呀，主任，您以为我会找他给他两个嘴巴？那多低级呀。这种玩法上不了台面的。”

康健走出陈主任办公室的时候，感觉主任已经默认写检举信的人是杜仲。作为一个科室的主任，他绝对不能明确跟康健说明，这一点康健当然明白。就在主任办公室外面的走廊里，阳光满满，亮亮地反射着刺眼的光亮，康健看到一个熟悉的身影，真是不是冤家不聚头，杜仲迎面走来。

“你出来了。”

“是的，我不会待在里面。当然会有人希望我永远待在里面，比如我老婆，那样她就可以独占我们家的财产，找个更好的男人。”

“你真会开玩笑。”

“有时，知人知面不知心，就是亲人也不能相信。”

“出来就好，祝贺你。”

“谢谢，听说你最近手术水平急速提高，可以独挑大梁了，手术预后还不错，只是手术当夜病人出血又重新回了手术室。”康健夸张地笑了笑。

“康健兄什么都清楚，佩服。”

“我们两个相互佩服。”

康健特意夸张地拱了拱手。这是一次火药味十足的对话。

康健回到胸外科，开始了正常的外科医生生活。陈浅学主任和钱木主任立即感到轻松了很多。尤其是钱木，一个寂寞的女人，虽然生活里像个女汉子；但是，她需要康健这样能说会道、会办事的人在她的精神生活里做一点点调剂和平衡。

方樱子找康健，她想起了一件事，网上疯传的《大医堂》医生性侵广播学院学生的事，她还没来得及跟康健说。

“哎哟，妹妹，你怎么不早告诉我，我说今天中午吃饭，平时常开玩笑的几个美女护士都躲着我，原来把我当流氓了。那女人落井下石，趁火打劫呀，那我可饶不了她，一腔邪火正无处发泄呢。”

“这是想方设法搏出名、搏出位，不管用什么方式、什么手段，不管多么让人鄙视。”

“我要找个律师，樱子你是在旁边看到我怎么给她检查和做手术的，也就是她说的性侵，必须狠下心让她赔偿天价名誉损失费，一次让她吐血伤了元气，下次才不敢把黑的说成白的。”

“必须，必须，对于这种人必须以牙还牙。我全程助力。”

方樱子决定跟康健一起捍卫他的人生清白。

梅珊的烧退了以后，抽胸水的事提上了日程，这件事肯定落在康健身上，本来方樱子要麻烦钱木呢，有了康健，一切都变得通融灵便。

李银针听说梅珊来抽胸水，特意送来一大包补品，他说是十全大补茶的材料，并让梅珊务必每天喝，还说梅珊之所以总发烧就是因为没有坚持喝他开的这个方子。方樱子听后撇撇嘴。李银针信誓旦旦地说他绝不是骗他们，他正在跟爷爷一起研究中药养生，准备出一本书，把养生餐厅开到国外，并恶狠狠地对方樱子说：“方樱子你记住，不成为一个出色的李银针，绝不会来见你。”

康健和梅珊看到李银针的表情都笑了，为方樱子高兴。方樱子呢，看到李银针的变化也由衷高兴，李银针终于醒悟过来了。这样的李银针才是值得爱的。

护士长正让康健帮忙看一个朋友的 CT 片子。艾叶急急火火来叫护士长。

“病房里有人吵架，要打起来了。”

康健、护士长、方樱子等人赶快跑了出来。是辛道夫的病房发出的叫嚷声。大家急忙涌入病房。方樱子心里一惊，不知到底发生了什么，是谁在这里吵架。

“妈妈？！”方樱子看到妈妈站在那里，辛道夫的妻子又嚷又叫正在高声指责方樱子的妈妈魏名媛。辛道夫捂着胸部让她的老婆闭嘴，不准胡搅蛮缠。

“你们听听，是我胡搅蛮缠吗？我进来就看到这个女人摸我们老辛的脸，真不要脸，还要拉着她的私生女分我们家财产，那么大年岁了，还来勾引我们老辛，喏，这就是她女儿。”

这个女人用食指鄙夷地指着方樱子，眼神充满愤怒，一脸不屑和轻视。

听到她的话，大家的眼睛齐刷刷聚焦在方樱子的脸上。每个人心里都产生了一个大大的问号和惊叹号。

方樱子扭身跑出了病房。身后的女人还在不依不饶。

“本来，老辛病着，我不想跟她翻脸，可她蹬鼻子上脸，欺负我们老弱病残。”

“根本不是这么回事，你不要胡说八道。”辛道夫咳嗽着，气得说不下去了。

“是老辛叫我来的，没有人要分你家的财产，是你们找的我，不是我主动找的你们。小三上位，你有什么可霸道的，不允许你这样诬蔑我女儿。”魏名媛也不是好惹的，自已和女儿在她同事面前受到了侮辱，她就是再窝囊也不会受这种冤枉气，何况女儿刚才是痛苦不堪离开的。

大家一看是方樱子的妈妈，也不好太过严厉。护士长说：“病人还没有恢复，什么事也该心平气和地说。”

“您不能这样在病房嚷，这不是你们家里，想怎样就这样。”康健最讨厌这种跋扈的女人，一点女人味都没有，完全是泼妇的粗糙和野蛮嘴脸。

“老辛，你好好养病，我先回去了，你跟她说清楚，谁也没有摸你的脸，我看你出了那么多汗，护工刚好没在，顺手给你擦擦汗。”

魏名媛说完向护士长、康健等人笑笑说：“不好意思，惊扰大家了。”说完她离开了辛道夫的病房。

大家也相继从病房走了出来。魏名媛去找女儿，女儿正在休息室哭泣。

“妈妈，你为什么要来这里找他，我不是说过这件事要保密吗，大家都以为我们看上他们家的财产，你让我以后在医院怎么见人呀，别人怎么看我啊。呜呜呜。”方樱子积攒的所有委屈都在今天发泄出来。

“是辛道夫叫我，我刚好也想看看他术后怎么样了。毕竟他得了绝症。”

“妈妈，以后他叫你，你也不要来了，你不要跟他见面了，总跟他见面我爸怎么想，辛道夫的妻子怎么想？辛道夫有什么事可以直接找我。”

“你说得对。那个女人实在不讲理，当初破坏了我们的家庭，现在反而趾高气扬的，我简直咽不下这口气。要不是她，辛道夫也不会得这个病。”魏名媛叹了口气。

“这些年我们过得很好，虽然不富裕但也平静，我对他们家的钱财不感冒。”方樱子抹抹眼泪。

“我们当然有骨气，在那个女人面前不能跌了面子。可是樱子，你别真傻，骨气什么都顶不了，你必须给妈妈报仇，不然我快窝囊死了，本来已经忘了，伤疤又被揭了，被这个女人欺负。”魏名媛也哭了起来。她想起了过去，那何止是梨花带雨的眼泪，简直是刻骨铭心的疼痛。

“不能让那个女人跋扈上天。”魏名媛擦着眼泪。

“妈妈，不要再提这些了。”方樱子此时还顾忌什么财产呀，她都不知该怎样面对同事，刚才那一幕太丢人了。

康健等人回到办公室，康健开玩笑地对大家说：“咱们科马上就要诞生一个新款婆了。”

“什么款婆，多难听呀。人家方樱子还没结婚就成婆了？”艾叶笑着说。

刚刚安静了一会儿，突然听到辛道夫的房间又传来争吵声，女人尖厉的声音直接从病房飞了出来。

“你走你走，不要在这叫嚷了。”是辛道夫的声音。

“嘿，这女的是不是想直接把老辛气死独吞财产呀？”康健走出办公室，对护士长说，“让那个吵架的家属走，病房太吵了，好多病人休息呢，这样对病人恢复不利，让护士给辛道夫测测生命体征。”

方樱子的妈妈走了以后，方樱子躲在休息室里懒得出来。

一直没有看到方樱子的身影，康健让艾叶去找方樱子。艾叶推开休息室没有找到方樱子。

“方樱子，方樱子。”艾叶在走廊里叫了起来。

“方樱子找不到了。”艾叶跑到医生办公室对康健说。

康健一听，拿起电话，边拨电话边说：“这点事，这姑娘不会想不开吧。”

电话响了半天，方樱子才接。“喂，喂，樱子，你有个病人摔了，我们帮你处置不了，你得赶紧回来处理一下。”康健说完挂断了电话。

“有时候就要用点小计谋。这个樱子，我得开导开导她。”康健等着上当的方樱子回来。

不一会儿，方樱子急忙从外面回来了，眼睛还是红的，这是刚刚又擦又抹流了眼泪的眼睛。

“樱子，走。我得跟你谈谈心。”康健拽着方樱子走进值班室。

“丢死人了。”方樱子无奈地低着头。

“以你这个说法，我就直接撞墙呗，进过局子，‘性侵’过女学生，我这脸都不能露了。”

“你跟我不一样，你是被诬陷的，可我，成了贪财的人。”

方樱子把自己和辛道夫的关系，以及自己的妈妈怎么怀着自己被辛道夫抛弃，这么多年没有联系，以及自己的养父怎样疼爱自己，辛道夫怎么找的妈妈，向康健说了一遍。

“樱子，我觉得你养父特别男人，一定要好好回报他。刚才那个女人对你们母女特别凶悍，你根本不用挂在心上，过一段时间，谁还记得和关心你的事，说不定关注我让那个女学生赔礼道歉的事呢，关心艾叶和张五经结婚的事呢。所以，这根本就不算什么。有一点我告诉你，财产一定不能让步，你生父亏欠你的，该得到的绝不撒手。我要是遇到天上掉大馅饼的事，得乐疯了。好事好事，樱子。”

听完康健一席话，方樱子心里舒服了很多。方樱子决定去找辛道夫，让他有什么事情不要再找妈妈，妈妈也是为难的，何况会引来不必要的误会和麻烦。至于自己的将来，方樱子没有仔细去想，做喜欢做的事，拿着心爱的手术刀，方樱子很享受这种忙碌的生活。

下班前，李银针给方樱子打来电话，方樱子没有接。李银针不屈不挠地给方樱子发来短信，因为他的微信已经被方樱子拉黑了。李银针的短信是这样的：樱子，全院疯传你有一个富豪爹，有了这个爹，你就是富婆一个，我赶紧去追你，下班等你，别逃，无处可逃。

方樱子回了李银针干净利索的三个字："不要脸。"

下班，方樱子走到大门口，李银针不知从哪个地方钻出来，见到方樱子就把脸捂起来了。

"你说我不要脸，我不能要脸。"

"一边去。"方樱子甩出硬邦邦的三个字。

"樱子，你能不能对我好点？跟我统共说了两句话，不要脸、一边去，轰小猫轰小狗似的。虽然你是富婆了，我是穷人。可是，你不能这么欺负穷人啊，不能暴富了就甩我，那也太不厚道了，那不成女陈世美了吗？"

方樱子向前走，不理他。

"嗨，脾气见长。"李银针跟着方樱子。

"我跟你说，我现在被解冻了。"

"解冻？你一直在冰箱里冻着呢？"方樱子没好气地说。

"这不是夸张、比喻和拟人吗，语文老师没教你这叫修辞手法？就是我爷爷不再囚禁我了，他说我现在上道了，不用拴着，可以散养了。但是考试和检查不能少。"

"走，咖啡店里看街景去，没准还能看到一个傻爷们儿被女的扇耳光，然后还犯贱给那女的拎包，屁颠屁颠地跟在身后，就像现在的我。"

"说什么呢，我扇你了吗？"

"没有没有，我们樱子多么善良温柔，谁像她们那些孙二娘似的女老虎。"李银针抬起手揉揉耳朵。

李银针拽着方樱子进了咖啡厅。坐到落地玻璃窗边，两个人背对咖啡厅，面向来福士小广场，沃歌斯（Wagas）咖啡厅里坐着一个络腮胡子的老外和一个女孩，正向嘴里叉蔬菜沙拉，彼此说一句，瞪眼张嘴叉一口。这里的沙拉分量很足，都是按盆上，盆的直径不小。这一盆沙拉塞进胃里，喝水的胃口都没有了。方樱子看着玻璃窗里的男女。

“嘿嘿嘿！”李银针在方樱子眼前扇着手掌。

“这络腮胡子的老外对你胃口了？你若馋了，我去对面给你端盆沙拉来，咱俩也张嘴瞪眼一人抱一盆凑趣。眼睛都不眨了，发花痴呢？”

“对，就喜欢老外的阳刚和威猛。”方樱子今天就是不想跟李银针好好说话。

“我发奋读书的时候你没找李悬壶，他也没找你？梅珊病了，你不找我，找他，真会气我。”李银针端着热咖啡坐在方樱子身边。

“我跟他亲热，跟他谈朋友了，你管呢？”方樱子没好气地说。

“谈朋友了？跟他？”李银针的脑子极速旋转，难道方樱子在自己被禁锢失去自由的日子里，耐不住寂寞跟李悬壶谈起了朋友？李银针越想越心慌，越想越可怕，难道自己已经失去了方樱子？

“你实话告诉我，跟李悬壶到底谈到什么程度了？”

“什么程度，你说呢，滚床单了呗。”方樱子从容优雅地端起咖啡，尖起小嘴嘬了一口。只听得咣当一声，李银针连人带椅子摔在地上。吓得方樱子手里的咖啡杯险些摔桌子上。

“干什么呀你？”方樱子嘴里的咖啡还没咽下呢，咖啡厅里所有眼睛都聚焦在这里，所有的脑袋都扭向了这里。

“哎哟，哎哟。”李银针捂完了脑袋捂屁股。

“疼死我了，疼死我了，摔青紫了。我刚刚跷起腿向后仰，你就说跟李悬壶滚床单了。”

方樱子赶快扶起了李银针。

“摔坏了没有？关键别摔傻，要不做个核磁拍个CT。”方樱子有意夸张地问。

“樱子，你不能这么拿刀子戳我的桃心。你就这么轻而易举跟他上床了？”

“嗯，对呀，这算什么轻而易举？我们交往了这么久，又不是火箭似的网约。至少见过无数次面，这速度在当今男女关系中属于蜗牛的速度了。”

“樱子，玩笑不能这样开。我跟你开玩笑没关系，你可千万跟我开不得玩笑，那要出人命的。”李银针拿出手机。

“喂，悬壶，你在哪呢，你女朋友方樱子跟我约会呢，你要不要来接她，什么开玩笑，是我女朋友，我是不是喝多了，对，我是喝多了，跟你开玩笑呢。再见。”

李银针挂断电话，指着方樱子。

“骗我，看我怎么收拾你。”此刻，李银针一脸欢喜一把把方樱子拉入自己的怀里，方樱子尖叫着向后躲，尖叫声又引来大家的目光，李银针急忙向她嘘了一声。

“你骗过我多少次，我偶尔骗你一次怎么了。”方樱子靠在李银针的肩膀上说。

“骗什么都行，这个可不能骗。全院都在疯传一个灰姑娘的传奇，你赶紧跟我说说你这个灰姑娘怎么坐上了金马车。”李银针听说了方樱子将要继承财产的事，当然还有什么养父、亲爹之类的影视剧材料，热热闹闹都是现成的精彩段子。

方樱子正想听听李银针的意见和想法呢。交往了这么久，方樱子无论情感还是现实生活都依赖着李银针，说要跟他分手，也许是赌气，或者源于报复。但是，有一点，方樱子绝不允许李银针再勾三搭四。李银针险些咬破手指写血书。

听完了方樱子的讲述，李银针扶着脑袋。

“等会儿，刚才摔了脑袋，明显智商余额不足了。”李银针眯了眯眼睛，静静心。一般要出高智商、大智慧的主意必须心情平静。

“我给你规划一下。先去欧洲溜达溜达，然后在澳大利亚的黄金海岸、布里斯班买个海景房，置办个游艇，每年去日本体个检，去瑞士、新西兰度度假，去法国巴黎香榭丽舍大街老佛爷百货和迪拜购购物，这日子天堂般奢华和美好。还值夜班站手术台，樱子你别傻了，赶紧迈入天堂般的生活吧。”

方樱子听完伸手摸摸李银针的脑门。

“没发烧啊，怎么说梦话呀。”

“谁发烧啊，我是告诉你有了钱怎么享受生活，有钱了不享受生活，不是跟没钱一样吗？没劲儿，要不咱俩去国外读书？”

李银针好像发现了新大陆，对这个话题兴奋不已。

“外国医科太难念了，就是英文咱们两个也要好好恶补呢，等上完学你我就人到中年了。还不一定能拿下国外的行医证。”

“那你怎么打算？”李银针托着下巴。

“生活照旧呀，钱可以分，你以为我真傻呀，我老爸老妈指望这钱享受老年的美好生活呢，不参与他们家里的事，就那个孙二娘我也惹不起，谁跟她置气呀。”方樱子笑笑说。

“我要是跟她斗呀，能直接把她气躺下。”李银针对方樱子说。

李银针和方樱子哈哈笑了起来。

“我让你去欧洲，去迪拜，去布里斯班，去瑞士，你以为真是去玩呀？我真想在国外开养生馆，吃完了我们的食疗药膳补肾养血粥、四季养生汤、壮阳补肾煲就开始拔罐子通经脉，那中华医学、养生学、食疗学就发扬光大了。”李银针得意扬扬，摇头晃脑，热血沸腾，满腹经纶。

“坐而论道易，起而行之难。还什么养血粥呢，真能骗人。”方樱子给李银针泼冷水。

“补肾养血粥就是八宝粥，四季养生汤就是人参冬虫枸杞炖鸡汤，壮阳补肾煲你肯定吃过，哈哈，就是白萝卜炖羊肉。”李银针的养生宝贝原来都是中国美食。

“你看！”李银针掏出手机，屏幕上是李银针的房间，墙上挂着一幅字，“行无羁，思无邪”。书桌上，堆放着半个桌子书籍，本本都是硬皮大书。

“大医书研读好几本了，凭我这过目不忘的脑子，眼看就要超过李悬壶了。跟爷爷合著的大作年底也可以完成。怎么样，有新气象吧？这幅字，是我的墨宝。”

“我说怎么像小学生临摹的字帖呢，水平真烂。”方樱子讥讽李银针。

“一百年后就是出自名医之手的古董。”李银针的想象力极其丰富，特别有超前意识。

“樱子，看，给你送花来了，刚从格拉芙花店取完花。”李银针指着玻璃窗外抱着一大束紫色勿忘我的送花大婶。

“真的？！”方樱子兴奋地睁大了眼睛，她以为是李银针在花店给她订的花。

还是那个没头脑的美丽傻姑娘，一点没变。李银针笑笑说：“樱子，怎么我说什么你都信呢？不知道送花大婶给哪个幸福女人送花去了。”

“就是，我说你也不会给我买花。”方樱子撇了撇嘴，拿出手机看了一眼。

“呦，梅珊又怎么了？”方樱子看着手机说。梅珊在微信朋友圈发了李清照的一句诗——“载不动许多愁”，并配了一张躺在床上的图。方樱子把手机递给李银针看，两个人决定去看看梅珊。

走出咖啡厅，李银针拉着方樱子的胳膊进了格拉芙花店，买了一大束紫色勿忘我，给梅珊买了几只香槟玫瑰。方樱子打电话问梅珊想吃什么，梅珊说冰激凌，李银针买了十盒哈根达斯，巧克力、香草、草莓、牛奶等各种口味都有。李银针许诺要带方樱子和梅珊去国贸吃冰激凌火锅。

两个人向梅珊家走去。方樱子和李银针就算正式复合了。

梅珊正懒洋洋躺在床上，脸色灰黄，呼吸粗重，头发散乱。她给方樱子和李银针打开门后慢吞吞走到床上躺下了，看来她的身体极度衰弱，连坐的气力也没有了。梅珊倚靠在床上，方樱子看梅珊的脸色非常差，灰中带黄，眼神也暗淡没有精神。

“胎儿怎么样？”方樱子打开一盒香草冰激凌递给梅珊。

“还行吧，反正胎儿和我都活着呢。”

“梅珊，想吃什么，要不背你去吃冰激凌火锅？”李银针看着面目严重走形的梅珊，知道她恐怕连走的力气也没有了。

“梅珊摇摇头，等我病好了吧。”她的眼神暗淡，声音里充满悲凉和无奈。冰激凌在她手里歪斜着。

“今天吃了什么？”方樱子问梅珊。

梅珊摇摇头。

方樱子走过去摸摸梅珊的头。

“不是很热。”

“只想喝冰水，没有一点胃口。”梅珊艰难地抬起胳膊向嘴里送了一口冰激凌。

李银针走到梅珊的身边，伸出手给梅珊把脉。乱如解索，散乱不齐。俗话说，脉有根本，人有元气，故知不死。但梅珊脉无根本，人无元气，虚涩躁急，这是孕妇大忌之脉。李银针倒吸了一口凉气。

“梅珊，一盒够不够吃？我给你买了十盒呢，都是你的，一盒也不给方樱子吃，你看她都馋得流口水了。”

“我路上吃了两盒。”

方樱子和梅珊一起笑了。

“梅珊自己住也没人照顾，怎么办？”李银针问方樱子。

“我自己可以，没事的。不行了就找你们把我抬到医院。”梅珊张开嘴含了一口冰激凌。

李银针摇摇头，方樱子叹口气。

“叫你妈妈来陪陪你行不行？”方樱子小心翼翼地问。

梅珊坚决地摇摇头，她不想让母亲看到自己这个样子。彼此伤心不如不见。

“我陪你也不行啊，白天我上班还是你一个人。嗳！有办法了，你去我们家，我让我妈妈休年假照顾你，就这样定了。”方樱子为自己这个主意兴奋不已。

“李银针，你觉得这样怎么样？梅珊，行不行？”

李银针点头认可，向方樱子伸大拇指。

梅珊犹犹豫豫地说：“太给阿姨添麻烦了吧？”

“不麻烦不麻烦，我妈巴不得多个女儿呢。你想吃什么，我让她现在就给你做点好吃的。”方樱子说完，拿起手机给妈妈打电话。

方樱子给梅珊收拾了随身用的东西，搀着梅珊走出了房间。

到了方樱子的家，方樱子的妈妈看到梅珊，一把就把她搂在怀里。

“哎哟，宝贝呀，看这脸色，赶紧去房间躺着。你叔叔给你做小米粥炖辽参呢，明天我给你炖燕窝银耳红枣汤，燕窝我都泡上了，后天咱们炖鸽子人参汤，天天要炖高汤。”

“阿姨，我也想喝呀。”李银针咧嘴笑着说。

“有，一会儿一人一碗。”方樱子的爸爸在厨房里说。

安顿好了梅珊，方樱子心里轻松了很多。李银针悄声对方樱子说了他刚才给梅珊诊脉的状况。方樱子疑惑地不太相信。李银针叮嘱她要小心，情况不好赶快送医院。方樱子眨眨眼睛问李银针到底送哪个科呢。她实在有点手足无措。

“晕了你，别犯糊涂啊，要生了送妇科，急病送急诊，你们胸外科跑过去会诊就行了。找不着北撞墙的时候给我打电话，记得一定让她妈妈来，不能都听梅珊的。”

“哦！怎么见到你我的智商严重受损？没你的时候，我什么都自己做主，脑子极其够使。”方樱子不服气地说。

“什么时候都智商余额不足，这么多年了我还不知道你。”李银针呵呵笑了两声。

“樱子，来给他们端小米粥。”方樱子的爸爸说。

“来了！”

方樱子踢了李银针一脚，跑进了厨房。

李银针捂着腿咧嘴。

方樱子的妈妈刚好从梅珊房间走出来，看到方樱子踢了李银针一脚，笑着说：“这孩子，总欺负人，小时候就爱打人，梳两个朝天辫，天天张牙舞爪。”

“阿姨，你都看到了吧，天天不是踢就是拧耳朵，耳朵都拧成扇风耳了。”李银针夸张地拽着耳朵让方樱子的妈妈看，好像可以看到方樱子拧耳朵的痕迹似的。

走出那个孤寂的小屋，梅珊的精神状态似乎好了很多。晚上，方樱子与梅珊躺在床上，梅珊把方樱子的手轻轻放在自己的肚子上说：“你摸，他在动呢。”

“是不是在踢我？”

两个人一起咯咯笑了起来。魏名媛听到两个人的笑声，走到房间门口说：“樱子，让梅珊好好休息，要不你睡书房？”

“我就跟她睡一起，妈妈你去睡吧。”李银针走的时候特意叮嘱方樱子晚上跟梅珊睡一起，万一晚上有事，可以及时处理。

这几天，李银针每天下班都跟方樱子回家看梅珊，买点鲜花，带点新鲜水果，摸摸她的脉搏，陪她聊聊天、吹吹牛，逗她开心。尽管梅珊每天都可以笑一笑，方樱子的妈妈每天照顾她也尽心尽力，可是梅珊的脸色依然灰黄，那张雪里透粉好看的脸再也回不来了。她似乎已经离不开那张温暖的床了。

深夜，梅珊突然肚子疼，方樱子看她阵发性腹疼非常像宫缩，急忙把她送入妇产科。方樱子没有经梅珊同意也没有告诉梅珊，直接让梅珊的妈妈来到医院。当然，李银针也被方樱子从热被窝里拽了出来，坐在妇产科病房外的椅子上一直张着嘴打哈欠。坐在身旁的梅珊妈妈急忙说：“你接着睡。”

李银针笑了笑，心想，阿姨以为我是猫呀，趴椅子上就能睡？

他跑到卫生间洗了冷水脸，精精神神跑到小卖部给阿姨买了矿泉水，支着耳朵等待病房里面的消息，若是其他任何一个科室，李银针早就跑进去大显身手了。妇产科，纵然他有再大的本事，也伸不进手去。

方樱子陪着梅珊，值班医生给梅珊做了检查，可能要早产了。

“啊！”方樱子和梅珊同时惊讶了，孩子才七个多月，离分娩的时间还有几个月呢。

“樱子，我一点力气也没有。”梅珊闭着眼睛，她的手无力地垂着。

“什么时候生啊？胎心好不好？”方樱子问值班医生。

“等着吧，胎心可以。”值班医生一掀布帘进了产房。产房里还有别的待产的孕妇。

方樱子看着闭着眼睛不嚷不叫的梅珊，急忙跑出妇产科去找李银针，问他梅珊这种状态会不会有问题。

“给钱木主任打电话，问问她。情况特殊，不行她就直接联系妇产科主任了。”

“对，情况特殊，情况特殊。”梅珊的妈妈说。

虽然是深夜，方樱子还是给钱木主任打了电话，想跟她说说梅珊的病情。没有想到，钱木主任接到电话后马上来到医院。

钱木看了看梅珊，对值班的妇产科医生说：“把你们主任叫来，病人乳腺癌晚期，肝肺转移，自己生很危险。”

值班医生听后赶快给梅珊监测胎心。

“胎心好像不是很好。”值班医生惊慌地说。

“准备手术吧。”钱木说完立即给妇产科主任打电话，让她即刻赶往医院。

钱木和方樱子也上了手术台。骶椎麻醉、腹部切口，破开子宫，拖出婴儿，婴儿的哭声极其微弱，妇产科主任把婴儿举到梅珊面前，说：“看，女孩。”

梅珊艰难地睁开眼睛，微弱地叫了一句：“我的宝贝。”眼泪顺着面颊流了下来。孩子即刻被送进保暖箱。梅珊的剖腹产手术继续进行。

母女平安，方樱子和钱木稍稍松了口气。手术结束，梅珊被送进病房，钱木主任回家前叮咛方樱子，让方樱子严密监护梅珊的生命体征，看术后几个小时怎么样，她说梅珊在一步步闯关。李银针也回了家，他说回家躺一会儿，明早赶来。方樱子和梅珊的妈妈继续陪伴梅珊。

手术后的梅珊一直在昏睡，方樱子看了一眼心电监护仪，生命体征平稳。方樱子让梅珊的妈妈靠在床上休息，她来守着梅珊。梅珊的妈妈不肯休息，双眼盯着梅珊的脸流泪，喃喃地对方樱子说："我那个漂亮活泼任性的女儿怎么变成这个样子。"此刻的梅珊，双唇灰白，脸色暗黄，只有一呼一吸的起伏才可以感受到生命的存在。虽然静脉点滴一滴滴流入她的体内，可是她的嘴唇依然干涸，方樱子用棉签蘸了水擦了擦她的嘴唇。梅珊没有动。

"喝点水吗？"方樱子趴在梅珊的耳边轻声问。梅珊轻轻哼了一声，方樱子把吸管放在梅珊的嘴边，梅珊没有张开嘴。方樱子放下水杯，握了握梅珊的手，梅珊的手很凉，有点微汗。

"救救我的宝贝。"梅珊突然吐出几个字后呼吸急促起来，这是她在叫刚刚出生的宝贝女儿。心电监护仪即刻"嘀嘀嘀"发出了报警声，她的血压下降，心率达到每分钟一百二十次，方樱子立即去叫值班护士。护士和值班医生推着抢救车赶来，梅珊只是闭着眼睛吐气，抢救药被迅速注入体内，可是血压依然在降低，心率从一百多次降到了三十次。方樱子大声叫着梅珊，梅珊的妈妈攥着梅珊的手喊着女儿。梅珊头歪斜着，凌乱的头发垂在眼前，一声比一声粗重的呼吸过后，她张开嘴巴深深吸了一口气重重吐了出去。她的胸脯再没有了起伏。被妈妈攥住的那只手任凭怎么摇晃也没有了反应。

"梅珊，梅珊！"方樱子痛哭着，紧紧攥着梅珊那只没有温度的手。

"宝贝！你醒醒啊！"梅珊的妈妈摇晃着梅珊的身体。

"看看，心电图成直线，临床死亡了。"抢救医生特意声明说。

心电图成为直线，是证明生命死亡的一项重要指标。

梅珊的妈妈看看紧闭双眼的梅珊，突然伸出手狠狠给了梅珊一个耳光，随即，她瘫倒在梅珊的床前。

这个耳光是对梅珊的爱、恨和无奈。梅珊已经走了，不会在乎别人怎样对待她，更无暇顾及别人的感受。

当然，那个割舍不下的保温箱中的孩子，那个让她使出浑身气力呼唤的宝贝，就是她在这个世界最后的留恋。

梅珊的妈妈极力要推着平车送女儿到太平间，她推得很慢、很小心，生怕路上的凹凸颠簸了女儿。她边走边对女儿说："妈妈陪你，孩子，不怕黑啊，妈妈给你盖得暖暖的，不让你冷。"

方樱子跟在旁边，一手扶着平车，一手擦着脸上流下来的泪水。

早晨，李银针提着在麦当劳买的麦香猪柳蛋汉堡、吉士蛋饼、培根汉堡、香橙等给方樱子和梅珊的妈妈送早点。到了病房一看，病床上空空如也，李银针立即明白了，从那天他给梅珊把脉，他就知道会有这样一天。他提着袋子里热乎乎的早点，默默走到走廊的椅子上坐下，他要缓一缓再去找方樱子。

方樱子的妈妈提着半夜煮的乌鸡人参汤也向医院赶，方樱子夜里打来电话，说梅珊生了一个女儿，魏名媛接到电话，半夜起来煲鸡汤，一直炖到天亮。又浓又稠的汤汁让女儿和梅珊每人喝一大碗。方樱子的妈妈满心欢喜地想。

走到病房，正看到李银针坐在椅子上发愣，一脸的阴郁，魏名媛以为方樱子又欺负李银针了，急忙走到李银针面前说："你是不是也累了？一会儿回家休息休息。我先进去啊。"魏名媛说完转身向病房走去。

"阿姨，你别去了，梅珊走了。"李银针对魏名媛说。

"走了？什么走了？你不要吓唬我。"魏名媛不相信李银针所说的"走了"的真实含义。她疾步走进病房。是的，方樱子跟她说的那个302病房空空如也，床上凌乱地堆放着白色的被褥。魏名媛转身走出病房，跑到护士台前。

"护士，梅珊呢？"

"走了呀，病人昨夜没抢救过来，若要看去太平间。"

"啊？！"魏名媛的鸡汤险些掉到地上，她耷拉着肩膀，垂着头，缓缓挪到李银针身边，她不能接受梅珊离去的事实。梅珊和方樱子从小一起长大，经常到家里玩，魏名媛看着她从一个小女孩长成一个少女，从少女蜕变成一个青春靓丽的姑娘。知道梅珊的身世以及她与妈妈的关系后，魏名媛更把梅珊当女儿疼爱。当然，对于梅珊的恋爱、怀孕及患病，魏名媛也是满心的无奈和同情。

李银针接过魏名媛手里的鸡汤，扶着她坐下。

"阿姨，您先坐下缓缓。"

魏名媛和李银针刚刚坐下，方樱子搀着梅珊的妈妈走了过来。几个人坐到椅子上，梅珊的妈妈抽泣着，方樱子和魏名媛也哭了起来。

"樱子，孩子怎么样了？"李银针问。

是啊，暖箱里的孩子怎么办呢，给谁？这是一个问题。

“让那个男人来领孩子，大人可以不要，孩子是他们家的，难道他要丢到孤儿院？”梅珊的妈妈愤愤地说。看来梅珊的妈妈并不打算要这个孩子。方樱子听了梅珊妈妈的话打算给梅珊孩子的父亲打个电话试试，但她认为对方要孩子的可能性不大。试想，如果当初他是个有良知的人，知道梅珊得了绝症，怎么可能选择无情地离开。责任、善良、担当他统统没有。

梅珊妈妈说等联系好了孩子的父亲再告诉她。梅珊的妈妈说要去梅珊的房间收拾东西，处理梅珊单位的事。临分手，魏名媛搀着梅珊妈妈的胳膊说：“妹妹，你要想开些。”

“我想得开，想不开也没有办法呀。”

方樱子叫李银针把梅珊的妈妈送走了。方樱子和妈妈魏名媛去了婴儿室，想去看看梅珊的孩子，隔着玻璃暖箱，小家伙扬着粉红的小手，歪着脑袋，皮肤透亮，闭着眼睛极其安静，像个可爱的蚕宝宝。

“哎呀，这么小啊。脸也粉嫩嫩的，摸都不敢摸似的。多重啊？”魏名媛问。

“三斤多！”方樱子说。

“小猫似的。孩子的父亲若不要，我们养怎么样？”魏名媛问方樱子。

“他若不要，只能我们养，不能给孤儿院呀，听梅珊妈妈的口气，她肯定不要。”

“嗯，你把鸡汤拿回科里喝了再上班，不行今天请假，我也回家了，一夜没怎么睡。”魏名媛准备回家休息。

送走了妈妈，方樱子给梅珊孩子的父亲打了电话，电话响了很久，自行断了。方樱子只得给他发了一条短信，告诉他梅珊不在了，生了一个女儿在医院暖箱，等孩子可以离开保温箱了，他能不能把孩子接回家？方樱子一直等他回复，看了无数次手机，这个等待就像一个牵挂。可是，这个人一直没有回信。联系不上梅珊孩子的父亲，方樱子问李银针怎么办。

“找他，让他写书面说明，不然以后他反悔来告我们怎么办。”

第二天，方樱子和李银针请假去那个人的单位，以前听梅珊说是在大成路的勘探局，两个人到了那里，一问，真有这个人，门卫说：“这个人前一阵不是结婚了吗？刚刚回来，还发我们喜糖了。”

“把他给我叫出来，有急事找他。”李银针气势汹汹。方樱子从没见李银针这样厉害凶狠。方樱子的腿不禁有点激动地抖，她怕李银针把那个男人打得满脸花，也怕那个人把李银针打残。总之，方樱子心里很紧张。

梅珊孩子的父亲看到方樱子和李银针，就把他们带到单位旁边的街边花园。他的头上顶了一顶黄绿色的礼帽，方樱子看着这个不让人待见的颜色，看着他整个人都恶心。她想不明白梅珊怎么会对这个人动情，还甘愿为她拼死拼活地生孩子。

“方樱子的短信你收到没有？”李银针问。

“没有没有，我换手机号了。”

“梅珊生了，人死了，孩子在暖箱，你要不要？”李银针的话很简洁。谁跟这种垃圾人废话呢。

“当初我就劝她不要生，看看现在这样子。烂摊子等我收拾，我收拾不了。”

“要还是不要？不要写个书面说明。”

“什么书面说明，那怎么可能？我们根本没有婚姻关系，我不会对那个孩子负责。”

“好的，你说的，我录下来了。走，樱子！”

方樱子没有想到聪明的李银针会录音，他办事还是比自己强，自己决然想不到这个招数。

“什么人呀，搞潜伏的呀，偷着录音，不道德，不地道，龌龊，恶心。”这男人恶狠狠地骂着李银针。李银针抡圆了胳膊，给他不依不饶的臭嘴一个响亮的大耳光，干净利索。

“别让我见到你，见一次抽一次。”李银针气愤地嚷。方樱子赶快拽着李银针走了。

“银针你好帅啊，真有男人味！耳光抽得太解气了，我心里舒服多了，不然憋死了。”

“真是搞不懂梅珊，看人看不准，这种垃圾货也看得上，还搭上自己的幸福和命，强迫亲人忍耐，任性到没有底线、冷酷无情。”李银针痛痛快快说着自己对梅珊的感受。

“梅珊已经不在了，就别埋怨她了，她有她的生活和选择，每个人都是自由的。”

“你什么时候变得这么包容的，是不是我也可以想干什么就干什么？”

“是呀，想干什么就干什么。”

“不敢不敢！一个人要有自律。”李银针摆着手。

“你的思想什么时候上升到这么高的境界了，我都仰着头看你了。”方樱子抬头笑着说。

坐在车里，方樱子长叹一口气，梅珊的身影又浮现在眼前，她看看窗外飞逝的风景，擦擦不自觉流下的泪水对李银针说：“孩子他不要也好，我们养，不过，钱木主任说没人要她领养。这样更好，比给那个恶心人强多了。”

梅珊孩子的领养问题总算落实了。

辛道夫手术后做了一期化疗，临近出院前一天，方樱子给他炖了一锅浓浓的北山土鸡汤。

“味道不错。”辛道夫喝了一小碗。

“去北山买的新鲜土鸡，放人参、冬虫夏草炖了几个小时，一只鸡熬了两小碗汤。”方樱子盖好保温桶。

“哦，鸡汤既费工夫又费心思，好好！”辛道夫沉默了片刻。

“孩子，我出院后着手办理股权变更的事，你打算去哪个国家、哪所大学，提前做好打算和规划。英语也要做好准备。我若是早联系上你，高中就让你上国际学校，那样英语就会进步很快。当然，我那时候工作很忙，千头万绪，无暇顾及。”

辛道夫望着方樱子，对这个女儿，此刻他内心充满歉疚和疼爱，他要补偿她应该得到的一切。方樱子知道，股权变更远没有辛道夫说得那样轻松简单，辛道夫当然也明白这个现实。辛道夫的女人不会轻易放手让出大量股权，从那天对待魏名媛气势汹汹的态度中可见一斑，但是，方樱子有信心得到她应该得到的一切，不苟且，不屈从，不贪心。

今晚康健请客，方樱子、李银针、张五经、艾叶、李悬壶齐聚全聚德烤鸭店，隔了这么久，惦念的烤鸭终于入口。不仅仅为了满足口福，最主要的原因是康健胜诉了，那个给他落井下石的女学生将承担一切后果，这个消息绝对比吃的意义重大。用康健的话说，想从我身上捞名气，没那么容易，康健让她发赔礼道歉声明，补偿经济损失费十元。

“什么？才十块钱，哥们儿你跟她闹着玩呢？碰到这样的人，必须狠宰。太不要盐。”李银针狠狠咬了一口烤鸭卷。

“不要盐？”李悬壶不解其意，在中国待了这么久，语言和思维还是跟不上这些本地土著。

“就是不要脸。”李银针向李悬壶一眨眼。

“哥，你太心软了，起码砍她几万元，这时候你还打什么君子牌。”李银针对康健说。张五经和艾叶也赞同李银针的观点。

“哥不当君子，只凭良心，把她向良家妇女那拽拽，别滑向深渊。你想啊，我再做个恶人，她再以恶对恶地对待别人，社会风气更差了。我这十块钱就是让她躬身自省、反身自问，我之所以一定不饶恕她，也是在警示她的行为和做法。一个年纪轻轻的女孩别廉耻掉一地，底线掉宇宙，没边没底。”

“哈哈哈！”大家听完康健的话笑了。

“哥还有一个秘密。”康健说完这句话，大家的眼睛齐刷刷盯着他。

“哎哟，锋芒在背。”康健脱了上衣，只剩下一件湖蓝色竖条衬衫。他向大家讲起了陈浅学主任前两天跟他谈话的事。

陈浅学主任还有半年退休，主任的接班人问题，院里已经开始提上日程。当然要经过竞聘，但是康健有很多优势，目前参加竞聘的除了杜仲和一个留日博士之外，还有一个普外科的博士。陈浅学主任对康健说，在竞聘主任这个问题上，他绝不会偏三向四，对他也绝对不会有丝毫偏袒，就看你们的能力和水平。

“这回可是玩真才实学了。”康健摇摇头。

其实，陈浅学主任在竞聘胸外科主任这件事情上，不管是对院长，对外界，对胸外科所有人，对康健本人，都是这种态度和这些话，作为他的接班人，必须要人品过硬，技术过硬，忘我、无私、奉献，这几条铁律缺一不可。他心里非常清楚，参加竞聘的几个人，康健无论技术、人品、能力都遥遥领先，杜仲不用说了，留日的博士可能会形成竞争，但康健更熟悉国内医疗环境，经验上有优势，普外科的博士，胸外科手术不是强项，这本身就是短板，参加竞聘完全是个陪衬。陈浅学对康健很有信心。但是，这种态度他不会在任何人面前流露出来，包括康健本人，一定要让他有压力，这样才有动力，才会发挥出最好、最高的水平。

“哥，你若不能当胸外科主任，天理不容，你们说对不对？”张五经对大家说。

“当然了，康健最适合了，陈主任跟咱们有代沟，康健比他更有活力。”

“艾叶你这话千万别让陈主任知道。过两天就开始竞选投票了，我请你们吃饭别说我是搞拉票啊，完全是巧合。”康健笑着说。

“不会不会，竞选主任这件事早就开始传了，你说的这个消息已经不是新闻了。”艾叶对康健说。

“艾叶消息最灵通了，我发现，今晚有一个人不太说话，还有一个人闷头吃顾不得说话。”

李银针笑了起来，抬胳膊碰了碰李悬壶。李悬壶嘴边粘着一块甜面酱，他已经快吃了一整只烤鸭了。不知为什么，好像大多外国人都特别钟情烤鸭。

“太美味了，太美味了。”李悬壶吃得差不多了，抬起身，准备到烤炉前视察视察，研究研究师父是怎么烤的，拍几张照片留作纪念。

康健说那个不太说话的人当然是指方樱子，方樱子近日情绪很差，极其懒得说话，她还没有从好友梅珊去世的悲伤中走出来。前两天，方樱子陪着梅珊的妈妈，把梅珊送进了火葬场，骨灰暂时寄存。梅珊的妈妈说，等把梅珊那间小房卖了，给她在昌平的陵园买一块墓地，她不是喜欢跑十三陵吗，以后离得近了。

人，说没就没了，永远看不见了，归于尘土还是化作尘埃？哪里也没有，她们活在人的记忆里，在永恒的影像里。

“樱子这几天心里正下雨呢，我打算组织大家一起出去散散心，咱们一块儿去，你们说去哪里好？”李银针问大家。

“你们都能去我也去不了，科里事多，陈浅学主任不会放我的假。”康健肯定去不了，李银针也没指望他能去。

“行，没有问题，我也想休息休息，这些日子太累了，艾叶、我、悬壶咱们一起。我看云南就不错，不是说云南是四季看花花不老吗，一年四季都有美景。樱子怎么样？”张五经问方樱子。

“好，就去云南吧，国内游还是南方比较好。”方樱子对张五经笑笑说。

“樱子这就对了，要学会放下，学会调节，开开心心的，你看我，自己不调节，在里面还不得抑郁症了。”康健说的里面当然是指拘留所的生活。

“悬壶回来了，烤鸭还给你留着呢。”康健指着盘子里的烤鸭说。

李悬壶一边卷着烤鸭，一边让大家看他录的师父片烤鸭的视频。一百零八片烤鸭，整整齐齐码放在盘子里。

“悬壶悬壶，赶快把这个视频发到你的国际朋友圈，让你的外国兄弟们看着美味吃不上，哈喇子坠地。”李银针对李悬壶说。

“一定要发朋友圈的，还有这个烤鸭炉的视频，你看几十只烤鸭在炉子里，金黄黄的流油，太壮观了。”

“悬壶，以后我上你家乡开个烤鸭店，你的兄弟们都九八折，不，八九折，绝不黑他们。你们知道吗？最近，鄙人认识了一个投资人，资产多了去了。飞机、航空公司都有，有钱，就是没地方花，咱得牢牢套住这个投资人，坚决让他吐血。”

“真的？！”艾叶瞪着大眼睛。

“当然了，你问方樱子。”

方樱子一听抿嘴笑了，李银针这个满嘴跑火车的主，又在这开上火车了，这个投资人怎么那么像辛道夫呀，方樱子看了李银针一眼。

“你看，樱子最了解我。咱们好好大干一场。”李银针夸张地挽起袖子。

说起大干一场，似乎引起了大家的话题。看来每个人都有梦想和愿望。康健最先搬出了自己的想法，他打算与空气污染严重的乡、县医院建立拉手关系，移动宣传车定期进村，主要宣传自我防护，他认为农民防范意识差，中国的预防医学还有待进步。不过，他觉得中医的保健医学做得特别好，其实古人是非常懂得保健养生的，只是没有发扬好。大医治未病，他非常信奉这句话。

“我是搞胸外科的，只能管肺部这块地了。”康健笑笑对大家说。

“你看看对面建筑上那几个大红字都模糊不清了，现在全中国人民的肺是最重要的，你是肩挑全国人民肺部健康重担的人，从预防到治疗到手术。总之，健康与否就靠你了。”李银针夸张地拍拍康健的手。

“怎么跟首长下命令似的，那我得跟环保部的人探讨探讨。”康健煞有介事地说。

听完李银针和康健的话，方樱子也忍不住笑了起来。

“你看看，樱子又笑了，不易呀。樱子，别以为没你的事，你肩负着咱们半边天的重担，从预防到治疗到手术，说得大一点，关系着一个民族的生死，那可是我们孩子们的奶瓶子，说得小一点，关系着每一个女性的健康。没事做好宣传，别让美女们总去隆胸，严重影响下一代的健康。”

李银针刚说完，康健接起了话茬。“那就不能像我一样去几个县、几个乡了，你得跑遍九百六十万平方公里的中国，累吐了血。哈哈哈，开玩笑啊！”

康健说完，大家一起笑了起来。说起女性半边天，正说到张五经的心坎上。他也把打算以后自己投资在家乡建妇产医院的想法说了出来。

“什么，在你家乡建妇产医院？还打平民价格，福利院啊，非赔死不可。”李银针说。

“现在是二胎时代，是个商机，人家张五经就是想给家乡的妇女同志谋福利，小赚有余就行了，绝不赚黑心钱。对吧，这个想法好！”康健向张五经伸了伸拇指。

“我去家乡开中医诊所。”李悬壶吃完最后一片烤鸭，一百零八块烤鸭全部进肚。

“今天可算领略了北京的热情，一个字——香，两个字——解馋。”李悬壶向空鸭盘子伸伸拇指。

“我打算在加拿大、美国、德国、迪拜……”李银针掰着手指头，眼看着五个手指不够用了，大家的眼睛齐刷刷盯着他的另外几个手指头，非常担心另外五个手指也不够用。这完全是撒豆成兵的路子。

“不仅仅要开诊所，外加养生堂，把中华美食、中华养生、中华医学形成一体化连锁。简单一句话就是，让中医造福全人类。”李银针说得很豪气。

“说得很牛，兄弟，我就担心你实现不了，除非你说的那个投资人是大富豪，否则，资金呢？”康健总算没被李银针带到天上去，话比较切合实际。

艾叶摸摸李银针的脑门，张五经看看李银针的杯子，是不是喝多了。方樱子忍不住笑了起来。只有李悬壶非常赞同李银针的观点。

“让中医造福全人类，这句话太棒了，我终于找到了学习中医的动力。”原来李悬壶赞同的是这句话，而不是李银针的那些宏伟想法。

“哪天我要送给老爷子一瓶好酒，老爷子太神奇了，救了我哥们儿。”康健向李银针伸着大拇指，他指的老爷子当然是李银针的爷爷李果之。

普外科有个苏华主任，四十多岁，是康健的哥们儿，这个人手术做得干净利索，喜欢喝酒、交朋友、吹牛皮，自称在附属医院横扫，有什么事找他，没有不给你办稳妥的。总之，在附属医院是个神奇加牛气的人物，提起他的名字在医院响当当。此人微胖，一年四季永远西服笔挺，数九寒天只穿一件衬衫、一件西装。看着让人感觉冷飕飕的，他却没被冻得哆嗦。就是这么牛气、这么神奇的人，有一天突然中风了，嘴歪眼斜舌头跑偏，拖着半拉身子不能走路。拉到脑科抗病毒、营养神经点滴治疗，不见好转，康健一看即刻找中医李果之。结果，李果之手捏银针对着几个穴位提拉捻转，马上，苏华嘴不歪了，眼不斜了，大硬舌头能说话了。李果之又开了大蝎子、大蜈蚣、僵虫子等几味中药灌下去，苏华居然康复了。李果之丢下一句话，脉络不通，血淤六端，戒肥甘醇酒，戒寒收凝滞。听了李果之的忠告，苏华戒了酒，冬天穿上保暖的羊毛衫、羽绒服，再也不敢拿生命当儿戏了。

“我们这些想法都等着你那个富商投资呢，银针。”康健与大家走出烤鸭店的时候对李银针说。

“大哥，绝对没有问题，我晚上就跟他的经纪人紧急磋商。”

艾叶惊异地瞪着眼睛说：“李银针你真的有这么大能力啊，是不是你爷爷认识的企业家呀。”

看来，艾叶真的信了李银针的话，李银针的三寸不烂之舌在金融时代也发挥着它的使命和作用。

“瞎吹什么呀你。”方樱子回到家就给李银针打了一个电话。

“这怎么是瞎吹，你爸有这个能力呀。说今晚上经纪人跟我紧急磋商，你看你电话来了，咱们磋商磋商。”

“滚，气死我呀，八字没一撇呢，你就惦记上了？”

“那当然，钱谁不惦记呀，不惦记的是傻子。我这是在全球扩大你爸的产业链，多元化是企业做强做大的资本。”李银针说得一本正经。

“一边去！”方樱子说完挂断电话，李银针在电话那边还滔滔不绝呢。

胸外科竞聘主任的事正在如火如荼，科室里暗含着一种紧张、兴奋、神秘的气氛。投票箱放在护士站淡蓝色木质台子上，锁着一把铜色大锁。康健的竞聘稿早就准备好了，他从业务技术、自身优势、做过的手术案例、目前科室现状、未来科室展望及医学发展几方面入手，得到评审领导的一致认可。当然，陈浅学主任所说的那位留日博士也得到了部分领导的认可，认为他具有国际医学思维、经验和眼光。

经过投票，康健最终优势胜出，留日博士也通过竞聘留在了胸外科。刚好，胸外科目前急需人才。陈浅学主任对这个聘任结果非常满意。

杜仲没有如愿得到胸外科主任的职位，内心未免失落。没想到又来了个留日博士，据说这位博士是院方人才引进的结果，不仅手术水平了得，还带来了先进的镜下不开胸技术，与康健两个人刚好各占了肺部手术的半壁江山。胸外科好像已经没有他杜仲什么地位了，就是再努力、再想办法也难以颠覆这个事实了。

康健竞选主任结束后，方樱子、李银针、艾叶、张五经外加李悬壶几个人起身远赴云南旅游。方樱子问大家："你们最想去云南看什么？我最喜欢紫霞般的三角梅，去云南看花喽！"艾叶说，她要去看娇媚的洱海。张五经说，他要在阳光里喝一壶陈年的普洱。李悬壶说，云南植被丰富，他去找中草药。李银针吧嗒吧嗒嘴说："我想吃过桥米线、菠萝饭、竹筒饭、菌火锅、油炸竹叶虫，还有杨梅、芒果、山竹、枇杷。"

方樱子瞪了李银针一眼，心想，这个吃货，到哪儿都不忘了把吃排在第一位，真是猪八戒的性情，贪吃、贪色、贪睡。

由于连日雾霾严重，几个人怕飞机延误，滞留机场时间过长，商议改成动卧，既准时又舒适，大家在一个小单间里，既可以打牌也可以聊天。

上了动车，大家热热闹闹吃过晚饭。吃完饭，李银针就爬上了床，他说先补两个小时觉，前几天刚被爷爷考了试，看了几天书，一直处于缺觉状态。睡一会儿他要起床打麻将，麻将牌都带来了。方樱子说根本不会打，李银针说，有他在没有谁学不会，他今晚要席卷他们三个人。艾叶说，得罪了三个人，李银针的后果是不堪设想的。

不一会儿，李银针就进入迷迷糊糊的状态，方樱子和艾叶的笑声越来越模糊，张五经和李悬壶的说话声越来越微弱。梦境中一个小男孩的小拇指掉了一节，孩子举着血肉模糊的手痛哭。李银针找云南白药止血，却怎么也找不到。急切中李银针突然被方樱子摇醒。

"银针银针，有个小孩的小手指被厕所门夹掉了一节，广播要医生暂时帮忙处置一下，我们都去了，你在这里看行李。”方樱子说完拖着自己的行李跑了。

“你拖着行李干什么？”李银针慌忙坐起身，向拖着行李跑的方樱子喊。

“行李里有急救药。”

“你们注意，千万别让病人给告了。”李银针不放心地嘱咐他们。

方樱子、艾叶、张五经和李悬壶排成一列纵队沿着车厢跟着列车长跑。李银针睡意全无，急忙坐起身下了床。做着做着梦怎么成真的了？他站在那里发呆。

几个人跑到小男孩那里，小男孩正在号哭，他的妈妈手足无措，伤心欲绝。张五经让方樱子和艾叶给小男孩处置伤口，他和李悬壶找那节断了的手指，让列车长赶快联系地面急救车，到站以后即刻送小男孩坐急救车去市中心做接指手术。

方樱子每次外出都会带急救药品，无菌纱布、创可贴、止痛药、退烧药等，简易处理伤口和病情还是可以的。她和艾叶急忙给小男孩的伤口进行了无菌包扎，并在他的小细腕子上扎了根绳子进行远端止血，标记止血时间。孩子哭闹严重，但又不敢给他吃止痛药，方樱子和艾叶也没有太好的办法。过了不久，张五经和李悬壶也将断指找了回来。方樱子把断指放在一个乐扣小盒子里，外边包上她带来的化学冰袋，没有现成的冷藏盒，只能这样替代了，一切都已准备好，只等到站后急救车来接小孩。

“六到八小时都可以接活的。我们时间来得及。”方樱子安慰那位悲痛自责的妈妈。

“多亏遇到了几位医生，不然我们也不知怎样处理，会耽误孩子病情的。”列车长对孩子的妈妈说。

“谢谢，谢谢！”孩子的妈妈赶快道谢，她已经急切地顾及不到说什么感谢的话了。

到了站，张五经陪母子下车，他要把母子送到救护车上，所以只能赶下一班车再追赶方樱子几个人了。

送完张五经，方樱子几个人回到自己的车厢。

“张五经呢，怎么少了一个人？怎么打麻将，悬壶你会吗？”李银针没有看到张五经，急忙问。

“张五经当了一次救星，我们目前都被称为救星。”方樱子颇为自豪地说。

“张五经到底去哪里了？”

方樱子把刚才如何救助小孩，如何帮助找到丢失的断指，怎么冷藏的断指跟李银针说了一遍。

“什么？断指在门缝里找到的？”

“我和张五经都快放弃了，趴在厕所地上，又臭又脏。”李悬壶说完，拿起毛巾和牙杯刷牙洗脸去了。

“我们医生和白衣天使的工作太重要了，我们就是一部流动的治疗车，出来玩都有机会帮人治病。好自豪！”李银针扬着下巴颇为自得。

“有你什么事呀。”方樱子和艾叶笑了笑。

“当然有了，我不给你们看行李行吗？后勤和前线一样重要。怎么把头发也洗了？”李银针看到李悬壶湿着头发提着洗漱包回来了，“不是就趴个厕所的脏地吗？我妈他们上学的时候，专门蹲守厕所，挖蛆打苍蝇，一蹲就是半天、一天，那是全国爱国卫生运动。”

李悬壶听完捂着嘴，干呕了一声出去了。

艾叶和方樱子急忙对李银针说：“别讲那些恶心事了，东西都快吃不下了。”

方樱子差点抬起手拧李银针的耳朵。艾叶拍着胸脯走到窗前看风景了，怎么也要让绿色的田野挤走李银针丢在脑子里的恶心画面啊。

“艾叶，叫李悬壶进来嗑瓜子再吃几个山楂卷就好了。”李银针正娴熟地啪啪嗑着瓜子，大门牙早被瓜子挑开一个豁口，成了名副其实的瓜子牙。

“李悬壶不会嗑瓜子，他正听音乐看风景呢。”艾叶对李银针说。

“不能跟李悬壶凑得太近，我得负责监督，替张五经监督。一会儿进来打麻将，我这副麻将不能白带，那么沉。”

看够了风景，消除掉了心中的污秽，李悬壶和艾叶走进了车厢。李银针早铺开麻将等待就绪。李悬壶看看麻将耸耸肩摆摆手。

“不会才好，就是要赢你的钱。”李银针笑着说。

“没有带钱，只带了卡。”李悬壶以牙还牙。

“告诉你，不会玩才能赢呢，别那么小心眼，以为我真要席卷你们，娱乐一下是真，赢钱是小。要不这么长时间，又睡不着，不能瞪着眼睛冥想呀。”

李悬壶没有办法，被李银针绑架打起了麻将。临近半夜十二点，几个人准备休息，没有想到，车厢里又响起了寻医广播。

“今天咱们几个人怎么回事呀，天降大任于斯人的感觉，总是被求医问诊的人宠幸。走！艾叶你在这里看行李。”

李银针冲在第一个。刚才让他看行李没有大显身手，憋坏了。

李银针向方樱子和李悬壶招招手，示意他们跟着他跑。广播里说一位旅客腹痛，请旅客中的医生到五号车厢。这次方樱子依然带上了她的简易小药箱，李悬壶则带上了他的针灸盒。

五号车厢腹痛的是个中年男性，病人很痛苦，几乎不能站立和行走，歪斜在床上恨不得头撞墙，狂躁不安，兼有恶心、呕吐，看起来疼得很严重。

“刀割一样啊！”病人在床上滚动着，本来床就很窄小，被子都被病人折腾到地上了。

“医生来了！”列车长笑呵呵的，看来他充分信任这几位年轻医生。

方樱子和李银针走到病人面前，方樱子掀开病人的上衣，用手敲了敲病人小腹，病人即刻大嚷：“疼啊！”

方樱子感觉敲击声很响，证明病人腹胀明显。

“有没有尿？”方樱子问。

“有啊，尿不出来，一点点，有血。”病人说得断断续续。

方樱子看了李银针一眼。

“像不像肾结石？绞痛，尿中有血，腹胀。”方樱子问李银针和李悬壶。

“症状像，可是我们没有诊断工具，不能确诊。”李银针遗憾地说。

几个人犯了难，看到病人痛苦的样子有些没主意了。

“给他吃止痛药，现在只能当肾结石治疗了。”方樱子认真地说。对于没有完全确诊的病人，吃止疼药并不是最佳选择，可能会掩盖病情，冒一定风险，增加责任。

“病人有问题，反咬我们一口，吃不了兜着走。”李银针摇摇头。

几个人对看着，犹豫不决、拿不定主意。病人哀号的声音在车厢里回荡。

此时，病人的叫声一声比一声痛苦。

方樱子果断拿出了散利痛，说：“让病人吃了，出了问题我负责。”

“现在只能止痛、排尿，没有别的选择。”方樱子断然把药递给病人，如果病人出现问题，她是最大责任人。

“方樱子！”李银针去夺她手里的药。方樱子执意把药给了病人，气得李银针瞪了她一眼。

“其实导尿可以缓解胀痛，古代孙思邈用葱叶导尿，只是现在没有办法。喝点饮料冲一冲。”李悬壶说完拿出针灸盒。

李悬壶取出长针，在病人的肾俞、关元、阴陵泉三个穴位进针，又在足三里、三阴交、环跳等几个穴位分别扎针。不知是心理作用，还是止痛药起的作用，病人居然不再狂躁不安，只是还在哎哟哎哟地叫唤。喝完了两瓶饮料，李悬壶给病人按摩着小腹，不一会儿，李悬壶取下了针，病人居然捂着肚子要去厕所撒尿。等病人从厕所回来，看起来疼痛好多了，李悬壶又乘胜追击，在病人的三焦、神门、交感等穴位上进行手指揉捏，病人从满地打滚到疼痛不止到哼哼唧唧，似乎在渐渐缓解。

“神医啊，神医啊！”

吃了止痛药，扎了针灸的病人疼痛症状缓解了很多。

“是不是神医，你都要赶紧下车去医院确诊，我们这些治疗手段不敢确定是不是完全对症。”方樱子对病人说。

“对症对症，太对症了。哎哟，好多了，神医。”病人肯定地点点头。

“我坚持到目的地，半路不下车去医院了。”病人对列车长说。

“不行不行！”列车长摇头摆手，坚决不同意病人的想法，谁也担不起这份责任。

“你们是哪个单位的？必须写一封表扬信。及时雨，及时雨。”列车长满面含笑。

“算了吧。”方樱子小声说。

李银针跟列车长要来纸笔，唰唰唰，写上了几个人的大名。

“这是我们胸外科主刀。”李银针指着方樱子。

“丑话说在前头，止痛药冒着风险让你吃了，有问题可不能找我们麻烦。”李银针对病人补充说。

“当然，当然。咱得讲良心。”病人的脸从痛苦的狰狞转变成满脸温和。

“这是中医名家的徒弟，那位下车护送母子的是一位副院长，我嘛，中医世家的传人。”李银针扬着胳膊，列车长和周围的人都听呆了。

“怪不得这么厉害，原来都是高人，中国的医学事业就指望你们几个了。”列车长开了句玩笑。

“您说得太对了，领导。”李银针随声附和。

病人的腹痛明显好转，几个人回到自己的车厢。艾叶正伸着脖子在车厢门口张望呢。

“你们可算回来了，张五经说，他也登上了下一班列车。”艾叶见到几个人的身影，露出了笑容。

“当个医务工作者光荣啊。累死我了。樱子下次不能这么冒失啊。”李银针一头歪在床上，表情上嘻嘻哈哈，还是从前那个李银针，实际上，李银针心里受到很大震动和刺激。是谁刺激了他？当然是李悬壶了。李悬壶面对病人从容打开针盒，拿起针，对着穴位提拉捻转，病人瞬间症状缓解，充分体现了中医的神奇，一枚银针就是一枚神针，而自己呢，总以中医世家传承人自居，自己有什么资本传承？这几年一直都是被动地、被人强迫地学习，完全是赶鸭子上架，癞狗扶上墙的角色。李银针突然觉得很惭愧，对爷爷的惭愧，对中医的惭愧，对自己的惭愧。他从心里产生一种冲动，一种对中医的冲动和热爱。从抵触、被强迫、被动，到喜欢、接受、热爱和痴迷，这是一个漫长的心理过程，这是一个华丽的转身，一个真正的升华和嬗变。

李银针从云南回来之后，确实改变了很多。每晚钻到自己的房间读中医经典，背汤剂方歌，周六日也不睡懒觉了，跟着爷爷一起张牙舞爪地蹦五禽戏。

已经气定神闲地看了近两个小时的书，李银针爪子开始痒，拿起了手机给方樱子发个微信逗闷子。

“樱子，一代名医就要横空出世了。”

“唉，我怎么那么聪明呢，李时珍、孙思邈、华佗、扁鹊、张仲景，他们的大作都被我输进脑子里，你说我会不会成为中医达人。比孙悟空还厉害，想变华佗就变华佗？”

樱子一看微信，撇了一下嘴。

“打开微信，牛气把我直接撞倒，吹牛的毛病还没改呀，西山的牛都被你吹死了。”

两个人你一言我一语聊了会儿。李银针看看笼子里的变色龙，要不要喂两只恶心的面包虫？算了，大夜里的减肥吧，吃点素菜。李银针自言自语，他打开笼子捏出变色龙。刚刚拿在手里，房间的门开了，爷爷走了进来，李银针手里的变色龙险些掉地上。

“爷爷，吓我一跳。”

李银针向爷爷堆起了笑脸，他慌忙把呆头呆脑的瞪眼大变色龙放在饲养箱里。

“爷爷，最近我总在思考一个问题。”李银针要把爷爷引入一个深沉的话题，免得爷爷对着瞪眼大绿虫子——变色龙生气。

“嗯，哦。”爷爷的气从鼻子里换到了嘴里。偏偏这时候不争气的小耗子跳进了轱辘车，骨碌碌踩起了轱辘车玩，以为到了午夜它狂欢的时间了。李银针恨不得摔死这只没长眼睛的死耗子。

“感悟很多，我觉得中医实在是值得我用全身心，用全部精力和全部热情好好修炼的一门学问，每天读医书，不仅学医道，更在悟己、悟人生，以前问道于盲、寻音于聋，现在茅塞顿开。高尔基说，天才出于勤奋，我深刻体悟到了这一点。”

李银针把云南之行李悬壶针灸治病，彰显中医神奇的事跟爷爷讲了一遍，并说当时自己受到很大震动，下定决心一定发奋研习中医，绝不辜负爷爷的期望，让中医世家在他这一代更发扬光大。李银针说得至真至情，慷慨激昂。爷爷听完以后，完全被李银针的激情感染，他激动地大喊一声：“好！”然后使劲儿鼓起了掌。

李银针建议爷爷考考他汤剂方歌。爷爷却释然而语重心长地说以后再也不考了，考试只是促进他学习的方法和动力，无奈中的无奈，既然他已经知道了继承中医的重要，把被动变为了主动，感悟到了身上的责任和重担，考试就失去了意义。李果之已经充分而完全相信了李银针。李银针的转变让李果之非常满意和高兴。

当然，李银针的转变也让方樱子感慨和喜出望外。

方樱子已经娴熟地做了很多台小手术，她认认真真做了手术笔记，这是刚刚到科室的时候，钱木主任不止一次叮咛她的，钱木告诉她这种积累不仅对手术水平有促进和提高，更是一笔可贵的财富。百尺高台，起于垒土嘛。

今天，钱木带方樱子上乳腺根治加腋窝淋巴结清扫术。钱木说，今天是最后一次带方樱子上这种手术。以后，方樱子要开始主刀这类手术了。这是乳腺手术中比较复杂、难度较大的手术，给予病人全身麻醉，病人整个患癌的乳房要全部切除，胸骨上的乳房组织也要剔除干净，剩下一层表皮，紧紧贴在胸骨上，病人的前胸从腋窝到肋下会有一条蜈蚣似的疤痕伤口，当病人的一侧乳房被切除，同侧腋窝淋巴结被掏干净，走路时身体会向一边倾斜，胸也不自觉地塌下去，迷人而妙曼的女性曲线也荡然无存。自信、挺拔也随着乳房的切除而消逝。患肢麻木、指尖发麻、患肢功能障碍等手术后遗症也随之而来。所有的这些，给女性的身心带来极大伤害。

钱木特别痛恨自己这双手，这双给女人带来伤害、痛苦和无奈的手，这双凶残地割掉女性乳房的手，这双既让女性远离灾难，又把她们推入深渊的手，这双可爱又可恨的手。每一台手术对钱木来讲，都是挣扎的、痛苦的、矛盾的。

今天这台手术，对钱木来讲又是一个痛心疾首的挣扎。病人是手术室的一名经常跟钱木一起上手术的年轻器械护士，还没有结婚，前一段时间常规体检，发现乳腺包块。乳腺癌的年轻化，早已让钱木无所适从。到底是环境、饮食、生活习惯、辐射、熬夜、吸烟哪种原因引起的，外在因素还是内在因素？钱木已经着手调查年轻女性的生活习惯与乳腺癌的关系，准备写一篇这方面的论文。也许，从源头上阻止乳腺癌的发生，比患了癌症后手术切除治疗更有意义。

预防医学才是医学的前瞻呀。

钱木对躺在手术台上的年轻护士心生感慨。她实在不想无情地破坏这个青春美好的躯体。本来，钱木想给她做保乳手术，就是只把乳房中的患病组织切除掉，这样可以保持乳房外形和形体完美。钱木在结合病理检查思索了很久后，与病人商议，最后还是采取了全切的方法。一方面恶性程度高，一方面病人年轻，转移快，全切的治疗方案保险，以免留下后患。

“不管面对的手术病人是谁，都要下得去手，过得了心理这一关。”钱木上台前这样叮咛方樱子。

是的，心理这一关很重要，这个护士，方樱子也很熟悉，曾经给过她青海酸奶，性格活泼开朗，长相甜美俊俏，很讨人喜欢。此刻，方樱子心情很沉重，如果让她拿起手术刀在冰清玉洁的乳房上切割，真的下不去手。

病人已经全麻睡去，钱木果断地拿起了刀柄。钱木也会有心理障碍，但是，作为一个有着丰富临床经验和生活阅历的人，作为一个出色的胸外科医生，她完全可以把控自己的情绪，调动自己到最佳状态。

“看手术切口的位置、长度和深度。”钱木对方樱子说。

钱木开始了手术，现场给方樱子做手术示范。这类手术，方樱子查阅过很多资料，跟钱木和康健上过很多次，手术步骤已经相当熟悉，可以说，理论基础和实践经验都很丰富。方樱子唯一缺少的是还没有独立完成过这类手术。

“如果不是手术室护士的手术，今天这台手术就由你主刀了。一会儿仔细看乳腺周围组织、胸肌、筋膜、腋窝的切除以及引流管的放置，上次杜仲那台手术就是切除组织碰了血管，另外引流管放置有问题，压迫也不够紧。如果皮下被肿瘤侵犯，病人的皮瓣变薄，对刀工的要求也很高，那不是短时间内练成的。”钱木边做手术边对方樱子讲术中应注意的问题。

方樱子仔细聆听，用心铭记。

钱木娴熟地剥离了皮肤和乳房，她的刀工技术高超，这来自于几十年血腥的磨炼。

乳房跟婴儿有着千丝万缕的联系，它是婴儿的奶瓶，是人类的生命之源。

被切掉的乳房放在肾形盘里，从鲜活挺拔变得死气沉沉，从有形的生命到无形的死寂。

用化疗药水冲洗被掏空凹陷的伤口，药水稀释了伤口上的残血，鲜红的血水填在凹陷处，药水冲洗是为了彻底清除残留的或者细小的癌细胞，让它们彻底失去复活的功能。掏空腋下淋巴结，是为了让侵犯至腋下的癌细胞再没有转移的途径。掏空了组织的胸肌松弛塌陷，几百针的纵行伤口紧紧地贴在胸前，犹如一只巨型的多腿蜈蚣趴在胸前，将女性美丽的身体残忍地撕扯开了，直达心底，从此再也无法愈合。

对女人来讲，这是一个残忍的手术。对年轻漂亮的女孩来讲，这是一个致命的打击。

做完手术，方樱子的心情异常沉重，就像送走梅珊一样，这次她送走的是一个女孩美丽的躯体。

走出手术室，她特意抬起手仔细看了看，仿佛可以从中看到一丝温情。有温暖，有残忍，这是一双矛盾的手。

方樱子回到办公室，康健笑嘻嘻地对方樱子说："钱木主任说下周四要做的那台手术，我当你的助理。这几天你好好做做功课，不行我去北山给你买几只鸡练练手，不过鸡不够丰满，要不我去实验室给你抓只兔子？"康健听李银针说过方樱子给鸡开膛破肚，练胆练手的笑话，今天也来逗逗方樱子。

"那是过去，现在我没任何问题。"方樱子笑了笑狠狠敲击着键盘，屏幕上飞快跳出了一行行字。

"哎哟，千万别说大话呀。"康健摆摆手，警戒地环视了一下办公室。

"放心，康师傅，保证干净利索地完成手术。"

"这口气怎么这么悲壮决然。什么康师傅，怎么这么耳熟啊，我可不是方便面。"康健和方樱子都笑了。

为了主刀大手术，为了这个特殊的日子，方樱子翻烂了书，看了无数病历，用心默默刻下了手术程序和细节，所有的准备都是为了跨到手术台前。对外科医生来讲，这意味着一个里程碑，一个高度，一个飞跃。方樱子蓄势待发，准备完成新的飞跃。

"方樱子主刀的手术很成功。"

这是康健在早交班会上，当着陈浅学主任、钱木主任和所有医护人员说的。他特意看了杜仲一眼，方樱子比杜仲来得晚，是杜仲的后辈，可是，目前的手术水平已经超过了杜仲。杜仲刚到胸外科的时候，陈浅学主任和钱木主任也是这样培养他一步步上台的，这是每一位来到胸外科的医生都享有的福利。至于能不能尽快拿起手术刀就看自己的悟性和能力了。杜仲属于悟性不高的人，陈浅学主任和钱木主任都看出了这一点。没有办法的办法就是放手。

听到康健的话，陈浅学主任和钱木主任都很高兴，这不仅对医生本人是件好事，对整个科室也是令人振奋的事情。

方樱子做的第一台手术真的如此成功堪称完美吗？当然不会，瑕疵和小磕绊总是有的，可以顺利做完就是成功。有些医生，做过无数台手术，有时候情绪差或者不在状态也会出现小小的失误，更何况上班没有多久的方樱子。作为方樱子主刀的第一台手术，康健必须鼓励方樱子，必须激发方樱子的自信心和别人对她的认可，这样才会有第二台、第三台手术的成功。

下了手术台，康健半开玩笑地说让方樱子买十斤猪肉，回家好好练练皮肉剥离，他说方樱子手太软，在胸肌、筋膜、淋巴结等切除的时候，显得不够狠，不狠就掏不干净。康健说下礼拜的那台手术就看你的了，钱木主任放下话，方樱子做过三台手术的时候，她要上台检验，做过五台手术的时候，她还要上台检验，就是做够了五十台，她的监督和检验也是有的。先纠错纠偏，再找小问题和小毛病。康健也是经过了这样的检验过程，他与陈浅学主任、钱木主任上台，每一次都在接受他们的检验，如果他出现了小的误差照样在手术台上挨骂。胸外科一直有个好传统，手术前必须做好充足准备。否则，手术台上，被两位主任发现问题，肯定要挨训的。而且，这种训不关乎情面，可能就在手术台上，当着手术室干净利索、美丽活泼的器械护士、巡回护士，当着麻醉科医生，或者，在早交班会上，当着全体科室人的面。绝不是两位主任不给你情面，有意给你小鞋穿，而是你手术确实有问题，自己不认真准备。如果做得好，表扬也是一定的。这种爱憎分明的风格，使胸外科手术医生的水平提高很快。而且，培养了他们在工作上一丝不苟、精益求精的习惯。

李银针听说方樱子要买十斤猪肉练习剥皮技术，满口允诺地对方樱子说："樱子，这个任务交给我，周末，我扛半扇猪上你家，把你爸和你妈打发走，不然见到他们我腿肚子转筋、心慌气短，半扇猪肉砸我脑袋上，当场就晕厥。"

周末，李银针到了超市，在黑山猪肉前点名要半扇猪，卖猪肉的胖小伙白帽子还没戴正呢，险些激动地抓下帽子搂过李银针亲一口，这大清早的，开门大吉呀。

"赠你两块猪皮。"胖小伙豪气地对李银针说。

"猪皮没用，不要。"李银针有了半扇猪，还在乎两块软塌塌的猪皮。

"那就送你两条猪尾巴。"胖小伙把猪尾巴扔在半扇猪肚子里，帮助李银针把猪肉扛出了超市。

到了方樱子家，李银针把半扇猪砰地砸在厨房的白色大理石台子上，呼呼喘着粗气。这半扇猪，累得银针少爷快吐血了。

方樱子呢，完全傻了，瞪着眼睛问："这么多，你猪肉贩子呀，康健说十斤就够了，你要把我胳膊累残啊。"

"必须狠，不然手术不漂亮，本来我要卖肉的师傅骨头都不剔呢，师傅说没有那样卖过，不知价格怎么算。"

"你看，猪肘子还在上面，这不就是腋窝吗？喏，还有这个。"李银针从猪肚子里掏出两只光秃秃的小鸽子和两条猪尾巴。他在超市还买了两只鸽子呢。

"一起剥了皮，一会儿炖鸽子汤补补。"

"妈呀，你也太残忍了，把我直接扔到菜市场卖肉算了。"方樱子看到这么多猪肉，咧了嘴。

"先剥鸽子皮，剥完我炖汤，一会儿我得数数你把猪皮上戳了多少个窟窿。"李银针斜倚在沙发上。这一早，完全把身体累散了架。

方樱子手里转着手术刀，像娴熟地转动钢笔。她戴上无菌手套，完全一副上手术的阵势。不一会儿，两只鸽子皮剥好了，李银针提起来检查。

"第一只完好，第二只两个窟窿。"

"鸽子皮太薄，不好剥。"方樱子为自己辩护。

李银针没理方樱子，开炖鸽子汤。方樱子叹了口气开始剥猪皮。李银针炖上鸽子汤就躺沙发上了。方樱子大眼睛横了李银针一眼，心想，四仰八叉的，老地主似的，享受去了，我还在这儿折腾臭猪肉。

"银针，过来当手术助理——搬猪腿。"

李银针伸了一个懒腰，打了一个哈欠。

"迷迷糊糊要睡着，以为要喝鸽子汤呢，唉，一早晨辛劳伤了元气。"

李银针走进厨房。

"哎哟，才剥了这么一小块就三个大窟窿，这怎么行，刚才我没好意思说你，完全的底气不足，做事没有耐心。"李银针提着肉皮说。

"樱子，不是我说你，要是在手术台上给病人手术，时间长就失去耐性，水准下降，那你永远成不了一个出色的外科医生。你自己琢磨琢磨。"李银针的表情很严肃，完完全全没有了嬉皮笑脸的说笑。

方樱子放下手术刀，站到窗前，面前是一片高高低低的楼顶，雾气弥漫的天空斜斜飞过来一群鸽子，这是城市里一幅并不优美的风景，看起来缺乏生活的激情。没有欧洲空中花园的幽雅明丽和远山近海的怡人清新，亦如方樱子面前让人厌烦的猪肉。

方樱子想到陈浅学主任每次做大的开胸手术，自始至终一丝不苟，毫不松懈，近六十岁的人，即使在手术台前站了一天，也从不喊累，也从不露出疲惫的神情。因为他知道，只要站在手术台上，一点疏忽就可能造成手术的前功尽弃，造成永远无法弥补的损害。鲜活的生命，比一切都重要。钱木也是如此，即使在失去唯一的生活伴侣丁丁的时候，也没有因为痛苦难过而在手术台上有丝毫懈怠。康健也是如此，即便到了关腹缝皮，接胸腔管的最后步骤，也会认真缝合好最后一针。

方樱子重新走进来拿起手术刀，这一次，她就像面对手术台上的病人，谨小慎微地开始剥离。旋完了最后一片皮，方樱子的腕子都僵了。她扔掉手术刀，上去就踢了沙发上的李银针一脚。

“你这是对我好呢？累残了。”方樱子瘫软在沙发上。

“哎哟，下手真狠呐。”

李银针蹲地上捂着腿。

“我不都是为你好吗？有了这半扇猪垫底，你再也不用惧怕任何手术了，樱子，看来你不累，踢人还那么有劲。”李银针咧着嘴笑。

“废话，我又没用脚干活。去，给我端碗鸽子汤。累死宝宝了。”方樱子甩掉橡胶手套仰躺在沙发上。

就这样，方樱子迎来了她的第二台、第三台手术。第一台手术，方樱子做不下去的时候，康健接过来干净利索地替她做完。第二台，康健只是协作、帮助。第三台，康健在台上监督。三台手术后，钱木要上台检查方樱子的手术情况。康健看着吓得吐着舌头的方樱子说：“就按平时那样做，细小问题总是有的，你想想，钱木主任做了一辈子手术，你才做了几台，让她来检查你，挑不出毛病，可能吗？有问题，是正常，没有问题，那就证明钱木生气了，根本不屑于搭理你。所以，有问题，改，就是最好的进步方式。我们都是这样过来的。”

康健拿着一支烟在鼻子下闻着，自从办公室禁烟以后，犯了烟瘾的他，只能这样“吸烟”了。

方樱子接受了钱木主任的检查，下了手术台等来了钱木主任的训斥。

在手术台上，站在钱木的身旁，不知为什么，方樱子气场顿失，完全找不到自信了，手不由自主地抖了，钱木笑着鼓励方樱子放心大胆去做。没想到，下了手术，钱木变得非常严厉。钱木指出了方樱子的几个不足，缺乏自信和胆量，一个钱木站在旁边就手抖，至于吗？就是院长站在旁边也视若无睹，这样的心理素质必须培养，这样的心理关必须过。另外就是手术问题了，包括下刀的位置、切除的深度、淋巴的清扫，都有问题。方樱子听后频频点头，钱木拉着脸说，下次再上台看方樱子手术的时候，这些问题一概不能有。方樱子尴尬的小舌头在嘴里挺着，等钱木走了才敢伸出来。康健哈哈笑着说："好好，等这些问题都改了，手术就从量变到质变了，做十台手术和做一百台手术，做一年手术和做十年手术是完全不一样的。你会越来越棒！"康健伸出拇指。

陈浅学主任退休时间已经倒计时了，他似乎把工作放手交给了康健。这不，陈浅学主任去外地开会，钱木主任休假去国外探望自己的妹妹，康健暂时负责起了科室的工作。今早交班会上，康健对方樱子和杜仲说，周三的手术，方樱子主刀，带杜仲、张一山、李二虎一起上台。让他们几个人做好手术准备和术前讨论。显然，杜仲比方樱子来科室早，但是，康健的这番话，明显是方樱子的手术水平超过了杜仲，是方樱子带他们上台手术，这是一句多么刺耳的话，足以刺激得杜仲出门撞墙。康健的话也绝对没有让杜仲尴尬的意思。作为外科科室的医生，这么多年做不下一台完整的手术，不给予点刺激，这辈子就是这种水平了，拿不起手术刀。与其这样，不如专门从事理论研究更适合。

康健的想法是，在他掌管的科室工作，必须尽快成为一名合格的外科医生，而不是滥竽充数的外科医生。这是给杜仲的机会，能不能把握这个机会，就看杜仲努力不努力了，如果错失机会，康健只能请杜仲另谋高就。这样的人，留在科里是个祸害，总会没完没了地给康健点火。康健呢，就是那个灭火的人。这样的话，哪还有精力干工作？所以，康健为未来也规划了一步大棋。

辛道夫的办公楼位于顺义天竺空港工业区。方樱子被辛道夫接到办公室。辛道夫术后恢复得很好，看起来精神抖擞，完全看不出是一个癌症术后的病人。

“最近有什么想法？这么长时间，你也该做出打算和决定了。我已经通知了律师，在财产和股份问题上，尽快完成变更。”辛道夫对方樱子说。

方樱子的想法和决定从没有变过，所以无需这么长时间思考。她不会离开喜欢的手术台，放下锋利的手术刀。尽管站在手术台前很辛苦，每每下了手术都很劳累，高度紧张得汗流浃背，可是她愿意过这种充实的生活。因为外科医生一直是她喜欢的工作，没有什么比喜欢更重要。

辛道夫今天让方樱子来，是打算让她参观和了解自己的企业，有了现实认知，才会有正确的抉择。他叫来办公室主任，要他带方樱子在公司里转转走走，参观参观。

方樱子与办公室主任准备起身，辛道夫的儿子——那个“胖花生仁”怒气冲冲撞进了办公室。

“爸，你扣财务总监那孙子工资，他总跟我犯刺。”

辛道夫皱起了眉，办公室主任点头鞠躬向“花生仁”笑了笑。方樱子也向他笑了笑。

“姐姐，你来了，明儿跟我一起治那帮孙子。”怎么管自己叫姐姐，他不是比自己大吗？方樱子惊异地笑了笑。

“花生仁”居然管方樱子叫姐姐，看来还没有浑蛋到极致，六亲不认。方樱子理解了辛道夫的良苦用心，他确实无法安心地退居二线好好养病。但是，方樱子确实无法帮助辛道夫，因为辛道夫找方樱子的时间太晚了，错过了她青春期的十字路口，她已经行走在自己拼搏的路上，不可能再重新选择了。

方樱子充满同情地看了辛道夫一眼。仅是同情，她对他没有亲热的父女之爱，这点亲情无法点燃她的炙热，给予的财富无法换回隔阂的岁月。

方樱子对辛道夫说得很坦然、很明确：她舍不得放下手术刀。这个拒绝理由很充分。至于她不想与辛道夫的女人打交道，只能偷偷成为自己的另一个理由。这个理由也很重要。

李银针知道方樱子拒绝了辛道夫让她出国学习的事情后，摇摇头说：“你先出国溜达一圈，让他给你拨一笔钱，几个月后玩够了就回来。”

“摧残人心呀。”方樱子说。

“你就说考察，国外不适合你学医，随便找个理由就回来了，主要目的是赚他一笔钱，你总不能冠冕堂皇地伸手跟他要钱呀。要有方法和策略。”

“馊主意。”方樱子给李银针的主意下了诊断。

从顺义天竺辛道夫的办公室回来没有多久，辛道夫的女人就来找方樱子了。她把方樱子约到一家咖啡厅。方樱子不会忘记妈妈向自己哭诉，这个女人年轻时夺走了她的丈夫，以及那天在病房里对妈妈尖牙利嘴、气势汹汹、颐指气使的傲慢。

“我知道你的身世，也知道辛道夫要干什么。”女人坐在方樱子对面，拿起一支细长的女士烟吸了起来。服务生笑容可掬地过来制止她。她瞟了一眼身旁的服务生，并没有马上掐灭香烟，而是吸了两口以后慢吞吞地用猩红的长指甲掐灭了香烟。

看到她的举动，方樱子心里抑制不住一阵厌恶。这个女人被金钱、被自我、被膨胀起来的欲望托举到了目中无人的绝地。狂妄、跋扈、自以为是，此刻方樱子面前的这个女人完全这样一副嘴脸。方樱子胸中燃起的怒火险些喷薄欲出。她喝了口不知其味的热茶。

“辛道夫说要分给你百分之三十的股份，简直是痴心妄想。哈哈哈！”女人仰起头，猩红的嘴唇对着天花板。

“我们家的资产分三份，辛道夫只能得到百分之三十，这百分之三十还要给我、我儿子和你平分，你只能得到百分之十，听清楚了吗？否则的话，我就跟辛道夫离婚。你知道的，他现在有病，最好不要让他受这样的刺激，如果你是孝顺的孩子，就别吵别闹，乖乖地拿你的百分之十。当然，你若一分不要更让人佩服。本来嘛，你就是半路插进来的，我们创业的时候，你在哪儿，谁认识你？现在来分股份了，这本身就是荒唐、荒谬、贪婪、无耻。”

女人说完，站起身走了。方樱子的肺快被气炸了，她浑身哆嗦着拿起手机给李银针打电话：“李银针，出人命了，快到朝阳门上岛咖啡来救我。”方樱子声嘶力竭，咖啡厅里的人都转过头来看她。方樱子快疯了，快被这个目中无人的女人气疯了。她什么也不想要，什么父亲、财产、亲情，统统抵不住她受的欺辱和奚落。

方樱子必须马上见到李银针，让李银针给自己想想办法、出出主意。方樱子不能跟妈妈魏名媛说，不能跟养父说，更不能跟有病的辛道夫说。但是，这件事憋在方樱子心里，她会憋坏的。

见到李银针，方樱子一头撞在李银针肩上号哭。看到方樱子哭，李银针却笑了。

看到李银针笑，方樱子气得抬起手狠狠拧李银针的耳朵。

“哎哟！樱子，你不能受了气在我身上撒气呀，鼻涕蹭我一肩膀。平时对我凶残的手段哪去了，咋不用在对方身上，典型的窝里横。”李银针捂着两只扇风耳。

“谁叫你看到我伤心幸灾乐祸笑的。”方樱子气愤地说。

“不是幸灾乐祸！”李银针摆手。

其实李银针的笑真不是幸灾乐祸，而是方樱子从来没在他面前哭过，在他面前流泪证明方樱子真的把自己的心交给了他，把他视为亲人了，这是好事，是值得庆幸的事，所以李银针才高兴地笑了起来。

“谁敢惹我们樱子伤心流泪，我要让他哭天抹泪。”李银针给方樱子擦着眼泪。方樱子撇着嘴更伤心了。她把辛道夫的女人找她说的话跟李银针说了一遍。

“太阴险了，这个女人简直欺人太甚，欺负完你妈欺负你。我们坚决不能再受她的窝囊气。”李银针慷慨激昂。

“可是，也不能跟辛道夫说呀，说了不等于给他的病火上浇油吗？”方樱子无奈地说。

“这女人就是利用了这一点，知道你肯定不会找辛道夫哭闹，也不会找辛道夫把事情挑明，怕他生气，你只能忍气吞声任她摆布。”李银针分析道。

“就是啊！没有办法。”方樱子擦擦红红的眼睛。

李银针叹口气，眨眨眼睛。

“有办法，看我怎么让辛道夫给你掏钱，至于股份，肯定不会让你少得一分，你只拿你应该拿到的，我们绝不贪婪，但是也绝不窝囊让她欺负。”

李银针趴在方樱子耳朵上说出了他的办法。

其实，李银针的方法很简单。他不是一直想开养生馆吗，让辛道夫给方樱子投资办实体，这样自然而然把辛道夫的钱引过来了。至于辛道夫的女人死死盯住的股份，让辛道夫找律师咨询，主动找那个女人商谈，方樱子不出面，李银针让方樱子不要太在意股份多少，可以曲径通幽想别的办法。

方樱子听完李银针的话咬着舌头没了主意。李银针说：“你若觉得我的主意不好，你有什么好办法，既不让辛道夫受伤害又不让你吃亏？没有的话你回去琢磨琢磨我的主意，绝对最妙，你先在电话里跟辛道夫商量商量，他若同意了最好。哪天，我请他吃饭，给他上堂生动的中医课，保证他高举双脚和双手同意和支持你创业。”

方樱子闭着嘴点点头。事已至此，她也没有更好的办法，谁叫辛道夫的女人这样跋扈呢，方樱子只能暗箱操作了。让那个女人赤手空拳没地方发泄，什么也打不到。方樱子笑了笑，仿佛替妈妈和自己出了气。

李银针真的请辛道夫一起吃饭，吃饭是小，忽悠是真。李银针巧舌如簧、满怀悲痛地向辛道夫诉说了中医在日本的悲惨遭遇，他告诉辛道夫，日本拿走了我们二百一十个古方专利，窃取了当归芍药汤、葛根汤等方剂进行授权。中医在德国、中医在澳大利亚、中医在美国、中医在英国、中医在欧洲正形成星火燎原之势，外国人现在开始抢我们中医的宝物了。我们要尽快保护和抢救中医文化，更要发扬和发展。

听了李银针的话，辛道夫急切地坐不住了。中医保卫战的集结号已经吹响。李银针露出了胜利的笑脸。

艾叶终于等来一个好消息，她以全院英语水平第一顺利获得护士公费赴美学习的机会，时间为两年。艾叶说非常感谢李悬壶这个国际义工，没有他的义务帮助，她的英语不会进步这样快。

虽然去不了美国当护士，可是去美国学习两年也是不错的机会，某种程度上满足了她的愿望。走之前，方樱子、张五经、康健等人一起聚餐为她送行。

“等会儿等会儿，你走两年，我兄弟怎么办，本来上完博士我兄弟就是大龄男青年了。”康健举着酒杯问艾叶，他兄弟当然是指张五经了。

“就是啊，不能让我们大哥举杯邀明月，对影成三人。”李银针附和道。

“悬壶，你不会到美国找艾叶吧？”李银针开玩笑地对李悬壶说。

“我要回加拿大，不是去美国。”李悬壶嚼着麻辣虾串极力否认。

艾叶笑了笑说：“让张五经等呗，等不及就娶别人。”

“哎呀，本来爱情有了眉目，半路杀出个妖精，怎么办？”张五经问康健。

“一个字，追。”康健喝了一口酒。

张五经和艾叶的表情看起来轻松自然，丝毫没有分别的痛苦。难道两个人不相爱？其实，两个人在知道这个消息的时候，就商量这份感情怎么办，结婚领证似乎唐突了，感情好像没有成熟。过早摘掉青涩的果子对艾叶和张五经都是不负责任，不领证不结婚，两人不在一起也许渐渐感情会淡薄。最后他们约定，艾叶到美国一年以后回来，如果两个人觉得这份感情依旧，就结婚，但是不领证，如果两年后艾叶回国，感情依旧，两个人就领证。这完全是顺序倒置，先结婚后领证，而不是先领证后结婚。艾叶说，不一定循规蹈矩地尊崇传统。张五经说，艾叶这种年轻人总会有自己的想法和不一样的思想。

“你不会不回来了吧？”康健问艾叶。

“不会，有协议和合同，不允许不回来。”艾叶认真地说。

“说不准，到时经过两年的磨炼你的英语舌头更厉害了，还想回来？真开上飞机了。我只害怕你伤害了我们张五经兄弟，让他望穿秋水。”康健一副不放心的样子。这事成了他的心病。

“合同不是白纸，你帮我赔偿那笔钱我就不回来了。”艾叶哈哈笑着说。

“赔钱也轮不到我呀，现在张五经比我有钱，说不定过两年张五经就把妇产医院开到美国了，不是有很多中国人在美国生孩子吗？张五经，你也给她们来点福利。”康健说完，带头与大家碰杯，然后接着说，“国外看病太拖沓，我姨家的孩子，在国外耳朵感染了，很久没有预约上医院，等不及只能回国，我带他去耳鼻喉科一看，耳朵都感染流脓了。张五经，赶快去国外开个医院，让他们看看咱们看病的速度、处理病人的速度。”

“去国外开医院有难度，不是拍拍脑袋就可以的。不过，天津的医院已经开始规划了，这不是吹的。”张五经眉飞色舞地说。

“真棒真棒！”康健和李银针伸着拇指赞叹不已。

此刻的李银针也不甘落后。

“我跟我爷爷合著的《中医行天下》即将出版，从衣食住行到穴位保健到强身健体，这本书对身体进行了全方位覆盖。比如艾叶，看了这本书就知道按哪个穴位可以貌美如花保持年轻；比如方樱子，看看这本书就知道吃点什么可以保持上手术不劳累还不长胖。”艾叶和方樱子托着脸蛋看着李银针入了神，看来李银针太有煽动性了。

“想生男孩还是女孩，中医告诉你；知道慈禧为什么往脸上敷鸟屎吗，中医告诉你；知道……”

李银针的话还没有说完，康健和艾叶同时开了口，方樱子、张五经和李悬壶则笑了起来。

康健说：“银针，以后有病人快咽气的时候把你叫去，叭叭叭，你就张嘴狂说，把他们说得全部坐起来。把死人说活，你肯定有这本事。”

“慈禧干吗往脸上敷鸟屎呀？”艾叶好奇地问。

“这个问题呀，等书出版了你自己去看。”李银针卖着关子。

“这本书让李悬壶翻译成英文版的，将来在海外出版。还有一件特别重要的事，中医养生馆也开业在即，第一个店打算开在加拿大，李悬壶任总经理助理，知道董事长是谁吗，知道总经理是谁吗？”李银针的话让方樱子和李悬壶都张着嘴瞪着眼睛。因为，李悬壶也不知道自己是总经理助理，方樱子也不知道加拿大中医养生馆开业的事，李银针怎么把人事安排都谋划好了。

其实，李银针说的加拿大开店，就是上次跟方樱子说的让辛道夫投资开中医养生馆的事。可是，方樱子还没跟辛道夫商量具体问题呢，这个李银针，两杯啤酒下肚就开始犯满嘴跑火车的老毛病了。方樱子白了李银针一眼。

“你们看董事长瞪我呢。”李银针的话把大家逗笑了。

“李银针的这个想法特别好，若是真在国外开养生馆，也算发扬了中医医学。”康健肯定地对大家说。

“当然了，你看里约奥运会美国飞鱼菲尔普斯一身腱子肉，上面都是中医拔火罐的印痕，这就是最好的广告。”李银针津津乐道地对大家说。

听到李银针和康健的话，方樱子才认真起来，她决定这两天就跟辛道夫详谈。

“方樱子、方樱子，是不是让你那位投资人也给我们投资，保证回报率。”张五经半开玩笑地对方樱子说。

“就是啊，还有我们乡镇医院呢。”康健也笑着说。

“等我有了钱，都满足你们的愿望，行了吧。”方樱子笑笑说。

“Do you really want to go back home.”

艾叶跟李悬壶说起了英语。张五经把李悬壶叫过来说：“别理艾叶，她练英语魔怔了。”

张五经说完起身去了卫生间。不一会儿他又坐到桌子前，听到李银针神侃到动情处，他高兴地举起了面前的酒杯，扬起脖子一杯红酒一饮而尽。

“啊，怎么这么酸。”张五经咧着嘴咽了下去。他拿起剩下的红酒闻了闻。

“啊，怎么是醋。谁干的？”张五经看着大家，仿佛在寻找答案。

“哈哈，你这博士脑子猜也猜得出呀。”李银针笑嘻嘻地说。

“银针，不会是你吧？”张五经疑惑地看着李银针说。

“智商余额不足了。”李银针摇摇头。

“刚才把谁叫你身边了。”康健提醒了张五经。

原来，李悬壶趁张五经起身的时候，拿起餐桌上的调味瓶，偷偷给张五经的酒杯里倒上了醋。大家看到李悬壶的举动都笑了起来。他伸出食指故作神秘地向大家“嘘”了一声。

“悬壶，你现在越来越幽默了，身上越来越有中国人的味了，吃醋都懂了，还这么含蓄诡秘地表达出来。”李银针拍拍李悬壶的肩膀说。

“当然，中国有句老话叫‘近朱者赤，近墨者黑’，这都是被师叔熏陶和教诲的。”李悬壶向李银针拱拱手。

“悬壶，我一直以为你是最乖的孩子，没想到被李银针影响坏了。”张五经故作遗憾地摇摇头。

“嗨，责任推我身上了，看来我在你们心目中难翻身啊。”李银针痛苦地对大家说。

大家都笑了，似乎赞同李银针对自己的评价。

方樱子主刀做了第十台手术，钱木说过，方樱子的第十台手术她要上台挑毛病。虽然做了十台，方樱子知道，以钱木的眼光一定会指出不少问题和不足，所以从内心里，方樱子希望钱木站在那里，以挑剔的眼光和神情看她手术。

钱木站在手术台上，笑着对方樱子说：“今天我给你打下手当助理。”

方樱子铺上无菌巾说：“那我的手会哆嗦。”方樱子的心里确实有点紧张。

钱木拿起手术包中的不锈钢止血钳，咔咔咔把手术巾的四个角夹紧，半开玩笑地说：“那我就一脚把你踢下手术台。看你还哆嗦不哆嗦。”

“钱主任，你穿的可是手术拖鞋，抬脚的时候注意啊。”器械护士递着手术钳说。

钱木呵呵笑了。

钱木在手术台上正如她自己说的，从头至尾都给方樱子当手术助理，用无菌纱布吸血，拉钩，冲洗伤口切面。直到方樱子缝完最后一针，钱木才和方樱子一起下了手术台。

“达不到优秀但是及格了。要想再提高手术水平，就要靠你自己的钻研和悟性了，当然还有一台台手术的磨炼。手术笔记坚持记了吗？”钱木脱下手术衣，换上自己的鞋。

“每台手术都记了。”方樱子跟在钱木身后走出了手术室。

“等你到我这个年龄，就能感受到，这种手术记录太珍贵、太有用了。希望你能坚持。”

“钱主任，您说我的手术达不到优秀刚刚及格，依您看，哪里还有问题？”方樱子紧紧跟着钱木健步如飞的步伐。

“你说呢？如果一个外科医生做了十几台手术就达到优秀的水平，我认为一定不可信。这个优秀不是我给，不是别人的认可，是时间给与你，至于要多久，就看你自己了。”

方樱子点点头。钱木带着方樱子从妇产科穿过儿科穿过普外科，碰到医院很多同事恭恭敬敬向钱木打招呼。钱木一一点头。这是一种礼貌，更是一种尊敬和敬佩。

“至于具体哪里有问题，我认为都有问题，从开刀、切除、摘胸大肌、掏淋巴、埋管、冲洗、缝皮，到你术前与病人谈话、与家属谈话，写术后病历，你认为是不是越来越好，每一次都比上一次有所提高呢？人都是这样的，你的手会越来越从容，你的心会越来越镇静。”

还有两个月，陈浅学主任就退休了。现在，他几乎把胸外科的事都推给了康健来处理。

但是，有些事情陈主任是推不掉的。比如，内蒙古有个民营女企业家要给自己七十多岁的老父亲做肺癌手术，就托人找了陈主任，执意邀请陈主任到他们那里主刀手术。陈主任磨不开面子，带上方樱子直飞内蒙古做这台手术。

手术由陈主任和当地医院的蔡主任主刀，方樱子和另一名男医生做助理。这种手术，陈主任做了几十年，早已轻车熟路、熟识于心、胸有成竹，就是半睁着眼睛也可以把手术做下来。至于方樱子嘛，手底下虽然没有康健医生利索，没有钱木主任果敢，但是经过这么多台手术的磨炼，做个手术助理是没有问题的。

上台之前，女企业家特意向北京名医院来的专家陈浅学主任和方樱子致谢，感谢他们千里执刀。女企业家四十多岁，发髻竖在头顶，柳眉、细眼，朱唇，人看起来利索干练，略带地方口音的普通话客气而随和。一声声感谢，让陈浅学主任和方樱子心里涌起了真诚和不安。

手术有条不紊地进行着，完全按照手术方案和陈浅学主任以往的手术经验操作。开胸，切除病灶肺叶，止血、清伤口，缝合肺叶，清除转移的淋巴结。

“淋巴结蛮多的。”蔡主任指着胸壁上隆起的圆形淋巴结说。他果断地用手术剪剪掉了淋巴结。“咔哧、咔哧”，锋利的不锈钢手术剪张开大嘴吞噬着淋巴结。

“适可而止吧。”陈浅学主任对剪性正浓的蔡主任说。这是陈浅学主任多年手术悟出的手术之道：适可而止，见好就收。

“手术要做得干干净净、利利索索。”蔡主任说得很任性。他并没有停止手里的剪刀。

方樱子感觉剪刀声异常刺耳。

“哎呀了不得了。”

蔡主任声音变了。方樱子看到被剪掉的淋巴结蹿出了血，这是淋巴包裹的动脉，剪断的动脉汩汩地向外冒血，像泉水，这是一根主动脉，方樱子一阵惊慌，血来势太快太凶猛了。陈浅学主任抬头对巡回护士说：“快输血。再开两路静脉。”

他拿起止血钳夹住出血的动脉，可是出血的血管似乎压力很大，不一会儿，就从旁边渗出了血，流了一胸腔。陈主任果断地在止血钳上端进行了止血缝合，可是，渗血依然没有停，像小溪一样冲开了一条红线。

“血压已经掉下来了，50/30。心率一百五。”

“加快输血速度。”

陈主任咔咔在出血点夹了两把止血钳。

“止血酶。”

出血点被撒上了止血酶。似乎所有的止血方法都用上了。

“让病人介入止血。”蔡主任声音有些兴奋，仿佛找到了止血好方法。

陈浅学主任看了他一眼，没有答话。方樱子突然明白，这个蔡主任出的主意都是馊的，难道让病人敞着胸腔去介入室止血，陈主任没搭理他是有道理的。他没完没了剪淋巴，捅个大娄子让陈主任顶。

“血压又掉了，45/25。”

方樱子飞快地在胸腔吸血，可是血似乎吸不完。陈主任无奈地摇摇头，方樱子似乎听到了陈主任一声轻微的叹息，对于这么凶猛的出血，他用尽全力也没有止住。其实动脉出血本身就很难止住，这里没有医学奇迹。

病人就这样在手术台上死于大出血。方樱子看到陈浅学主任迈着沉重的脚步走出了手术室，他的腰身似乎有些弯曲，他的身躯没有了往昔的挺拔。这是他从医几十年，手术几千台，第一次遇到的，这对于他是个打击，虽然造成出血的主要责任人是蔡主任，是他那双拿起手术剪的手，是他追求完美的心。但是，主刀是陈主任，他没有及时制止蔡主任，这是他的失职，为了这份失职，他很内疚，他很悔恨。他要跟病人家属有个交代，他是主刀。

办公室里，陈主任向病人家属简单说明了手术经过及死亡原因。他站起身向病人家属深深鞠了一躬，表示他的歉疚。方樱子不解的是，陈浅学主任为什么不把责任推到蔡主任身上呢，或者直接告诉家属病人死于大出血，是意外，不是他的手术造成的。

沉默，似火山喷发前的沉默。方樱子心都慌了。

“这是捞叶仔么呐个福气喽，末怨你喽，那锅售书一升不巴望病人好奇来。（这是老爷子没那个福气了，哪个手术医生不巴望病人好起来。）”

听到这席话，方樱子的心跳得更快了，他们遇到了一个通情达理理解医生的家属。

方樱子与陈浅学主任归京，一路上，陈主任很沉默，方樱子默默跟在他身后，取行李，坐出租，把他送回家。

第二天上班，陈主任找到康健，把一本厚厚的手术笔记送给了他。他的脸色很难看。那个系着海蓝色领带，腰板挺直、头发一丝不苟的陈浅学不在了，那个神采飞扬的陈主任不在了。

“这个本子详细记录了我从毕业后第一台手术到昨天最后一台手术的记录，很详细，有心得，有总结，有感触，有画图，共三十七年，近一万台手术，送给你。”

“太珍贵了，主任，您应该留起来做纪念。”

康健翻看着那些发黄的纸张。

“你留着更有用。”

“主任，明天那台手术的术前讨论……”

康健的话还没有说完，陈浅学主任摆了摆手。

“术前讨论我参加，但是手术我不上了，从今天起，我封刀，不再做手术了。”

“啊？！为什么，您不是开玩笑吧，您不上台我心里没底，手术出了事怎么办，就是您退休了，也要返聘，离开您大手术我做不了。”

康健听到陈主任的话心里很焦急。他一直依赖着陈主任，让他独自上台做大手术，他没有信心。

“你要对自己有信心，已经把你带上了路，剩下的就靠你自己了，要自己去闯，自己去悟，自己去努力。这样吧，在我退休之前，我跟你上手术，只看，不再拿刀了。我已经把最珍贵的东西给了你，你一定做得比我好。我相信你。”陈主任微笑着看着康健。

陈主任说得很坚决，他在心里已经完全放下了那把手术刀，他的手术生涯以遗憾告终。那个英气逼人紧握手术刀的陈浅学已经不在了，这把刀也就不复存在了。

康健迫不及待地翻到最后一页，他要看看陈主任为什么做出这样的抉择，与这台手术到底有没有关系。

合上陈主任那本厚厚的手术笔记，康健无限感慨和感动，陈主任是一个有担当的人，他把责任全部归在自己身上，一个医术精良，在胸外科界享有盛誉的外科专家，敢于面对失败，敢于承认失败，他需要多大的勇气和决心。康健心里升起了对陈主任的崇敬之情。

“把每一台手术当作你的第一台手术去完成。”

这是陈浅学主任手术笔记扉页上的一句话，康健愿意与陈主任共勉。永远专心致志，一丝不苟，呕心沥血。这是康健的手术宣言。

胸外科得到一个新的消息，这个消息让所有人愣了几秒钟。方樱子看到文件以后，发了一会儿呆，自言自语地说："怎么回事呢？"

"感慨什么？"杜仲笑着对方樱子说。

"啊，啊，杜院长，祝贺你高升，恭喜你高升。"

杜仲升为主管科教的副院长，方樱子睁着眼睛闭上眼睛心里怎么翻腾，也暂时接受不了这个事实。这是什么人做的决策？不仅瞎了眼，似乎也瞎了心。方樱子联想丰富，忧国忧民。

"哎哟！恭喜兄弟，咱们科也出了一名院长，以后务必好好对待科里人，像什么美国、法国、英国的医学交流多照顾照顾咱家里人。比如，多派方樱子去法国做做业务交流，让她也逛逛香榭丽舍大街，哈哈哈！"

康健走进办公室，搂着杜仲的肩，很自然地谈笑风生。

方樱子看着康健和杜仲的表情，甚是亲热。她想不明白为什么两个人的关系突然比以前融洽了。杜仲走了以后，方樱子问康健："他当了院长，你心里无所谓吗？我纠结了很久呢。过不去心里那道坎。"

"我们改变不了的事情，只能接受啊！你想想，如果他当了胸外科主任，事情更残酷。那是对所有胸外科病人的不负责任。主管科教也算他才有所用，正好正好。有一句话，你一定听过：锐气藏于胸，和气浮于面，才气见于事，义气施于人。"康健笑着对方樱子说，也许，这句话正表现了康健的心境。

"可是，他的级别是院长，你的级别是主任，我觉得你样样比他强啊！"方樱子心有不平地说。

"樱子，樱子，谢谢你这么高看我，特别心花怒放。我现在是看淡世事沧桑，内心安然无恙。"康健微笑着走了出去，似乎很满意方樱子对他的评价，很满意自己拥有的强大内心。至于不如自己的人当了院长，他好像根本无所谓。

难道他真的无所谓？知道杜仲当了院长后，康健约了张五经喝酒。

康健说，以后，要昧着良心向那个草包赔笑脸，真虐心。

他说某些人的脑子肯定被驴踢过，不然不会提拔杜仲。张五经说肯定脑子里进水了，需要脑外科的赵主任给吸吸水。

康健高兴地说张五经的这个主意好，吸了水以后，肯定改变主意。康健拿起手机要给赵主任打电话，张五经一看康健醉了，赶快夺过他的电话，安慰康健说他是最棒的胸外科主任。

康健喜形于色地说，一定要当最优秀的胸外科主任，在雾霾重重的日子里挽救病人的肺。

张五经使劲拍着他的肩说："这就对了，你挽救肺，我照顾孕妇，我们干实事，不做假大空，我们是医务界的男人，就要撑起医学的一片天。"

"兄弟，你说的是我的心里话。"

两个敞开心扉的男人，以男人的豪情，在医学的责任与担当中成就着自己的事业。

李银针现在每晚都扎在房间里读书，这是一种自觉行为，完全不用对自己实施头悬梁锥刺股的暴行，也不用爷爷来巡查，看医书累了，他也会悬起腕子写幅书法作品。刚刚写完了一幅"形自由，思无邪"的横幅，自我感觉堪比王羲之的字，他不能控制激动万分的情绪，爪子闲得放不下，必须拍下来发给方樱子得到她的赞誉才能做下一件事。

方樱子正在听一首她非常喜欢的英文歌曲《你鼓舞了我》(*You raise me up*)。

有你的鼓励

所以我能攀上高山

有你的鼓励

所以我能横渡狂风暴雨的大海

当我依靠你时，我是如此坚强

因为你的鼓励

让我超越了自我……

方樱子看到李银针的微信，从歌曲中苏醒过来。

"樱子，我这幅字写得比上一幅牛了很多，像走路一样，越来越从容了。"

"不要再写什么'形自由，思无邪'，天天思无邪，听起来像巫医。我今天看了一篇鸡汤文章，有一句话很喜欢，肯定能让你受益终生。"

"我知道，什么凿壁偷光、囊萤夜读、头悬梁锥刺股，让我一辈子学海无涯苦作舟。"

"你就知道揪头发扎大腿自虐，感觉你对自己特别好。"方樱子笑笑说。

"噢，知道了，书中乾坤大，笔下天地宽。我听你说过这句伟大的名言警句。"

方樱子笑着说："你这句话倒切中肯綮，可是，也不对，是岐黄之道。你依照这种气势走下去，肯定……”

“肯定成仙。”李银针调侃地说。

“对，仙医李银针，超过你先祖李时珍。”

“把脑袋揪成秃子，把大腿扎成窟窿，也没有希望。”

“揪成秃子可能有希望。”方樱子肯定地说。

“哈哈哈！”两个人一起笑了起来……

今天，方樱子准备上她的又一台手术。

走廊里，阳光暖暖地扑到脸上，那份金色的暖意照到了心里。在她轻捷的脚步中，素净的白衣旋起衣角轻扬曼舞。方樱子步履从容、镇定。她的身后，紧紧跟随着一名年轻而拘谨的白衣女孩，这是一位刚刚分配来的女医生。白衣女孩低着头，脚步凌乱而急切，青涩的神态，就像方樱子第一次上手术一样。

这是又一个开始，又一个起航。

是的，每个人脚下都有一条属于自己的路。有的人，走着走着迷失了自我；有的人，走着走着磨灭了自我；有的人，走着走着找到了自我。

经历了生活的磨砺，方樱子迈开双脚，继续前行……没有人知道，前方的路上还有什么在静静地等待着她。

“行到水穷处，坐看云起时。”

人生永远在路上……

做完了手术，方樱子用温热的手，握了握手术台上病人冰冷的手，这是温暖的传递。

晚上，夜色微凉，方樱子在手术记录本的扉页上，郑重写下了这句话：

让烛光燃亮心房，温暖我们的时光。